KB273979

그림자

# 그림자

초판 1쇄 찍은 날 | 2013년 8월 23일
초판 1쇄 펴낸 날 | 2013년 8월 30일

지은이 | 노지현
펴낸이 | 서경석

편 집 장 | 권태완
편집책임 | 손수화
편    집 | 장미연
디 자 인 | 신현아

펴낸곳 | 도서출판 청어람
등록번호 | 제1081-1-89호
등록일자 | 1999. 5. 31
어람번호 | 제5-0344호

주소 | 경기도 부천시 원미구 심곡2동 163-2 서경B/D 3F (우) 420-822
전화 | 032-656-4452 팩스 | 032-656-4453
http://www.chungeoram.com
E-mail | chungeorambook@daum.net

ⓒ 노지현, 2013

ISBN 978-89-251-3433-8 03810

Chungeoram romance novel
노지현 장편 소설
그림자
도서출판 청어람

# CONTENTs

# 프롤로그

피비린내가 가득 메운 공장 안은 단 삼십 분 만에 아수라장이 되어버렸다. 죽거나 혹은 살갗이 갈라지는 고통을 토해내며 온몸에 피범벅이 된 채 살아 있음을 겨우 알리고 있는 사내들 틈으로 태준이 서 있었다. 그는 시야를 가리는 피와 땀의 불순물을 손등으로 닦아냈다.

"젠장, 겨우 이따위에 숨이 차다니 나도 한물갔군."

붕대를 칭칭 감아 손에서 칼이 떨어지지 않게 고정시켜 놨지만 이내 스르륵 풀어져 바닥으로 떨어졌다. 그 순간 뒤통수에서 느껴지는 인기척에 재빨리 뒤돌아 단칼에 상대를 베어내며 마지막 한 녀석까지 마무리했다. 울컥거리며 피를 토한 마지막 사내는 부릅뜬 눈으로 태준을 경멸스럽다는 듯 바라봤다.

"뭘 봐?"

이내 태준이 그 사내의 급소 부위를 단번에 찍어냈다. 동공이 풀린 사내의 눈동자는 그를 끝까지 경멸에 찬 눈빛으로 바라보다가 숨통이 끊어졌다. 피비린내가 코끝을 자극하자 태준은 이제야 끝이 난 상황에 한숨 돌리며 자리에 앉아 담배부터 꺼내 들었다.

피비린내를 맡으며 쓰러져 있는 사내들 사이에서 혼자 살아남아 태우는 담배 맛은 그야말로 꿀맛이었다. 마지막 한 모금을 길게 뿜어낼 때쯤 주머니에 들어 있던 휴대전화가 울렸다.

"다 처리했습니다."

〈수고했다. 너라면 충분히 해낼 줄 알았다.〉

"들어가서 보고드리겠습니다."

태준이 자리에서 일어서자 전화기 너머로 보스의 나지막한 목소리가 들려왔다.

〈잠시 몸을 피해야 할 것 같다.〉

"무슨 말씀입니까?"

〈박 검사가 결국 사고를 쳤다.〉

"사고라뇨, 무슨……."

〈지명수배가 내려졌어.〉

태준은 머리를 쓸어 올리며 두 눈을 질끈 감아버렸다.

〈그 멍청한 자식, 새로운 검찰청장에게 지 입지 굳히려 나섰다 의심만 사게 됐어. 자기 살길 찾기 위해 네 목을 걸었더구나. 내 도움을 받는다면 너쯤은 쉽게 잡을 수 있을 거라 생각했겠지.〉

항상 뒤를 봐줬던 박 검사였지만 태준은 보스와 달리 그 인간을 100% 신뢰할 수가 없었다. 엄태준 정도면 웬만한 조폭의 보스급과 맞먹었기 때문에 박 검사가 언젠간 자기 목을 내놔도 내놓을 거라 예상은 했었다. 하지만 곧 큰 물건들이 들어오는 시기를 앞두고 갑자기 내려진 지명수배로 태준의 얼굴에 적잖이 당황한 빛이 돌았다.

〈잠잠해질 때쯤 박 검사를 만나볼 참이다. 내가 연락할 때까지 몸을 숨기고 있어. 네가 있을 곳을 메시지로 알려주마.〉

"보스, 박 검사를 신뢰하지 마십시오. 이번엔 저지만 다음번엔 보스가 될 수도 있습니다."

〈건드릴 수 있었음 벌써 그랬겠지. 내 손에 지 처자식의 목숨까지 달렸다는 걸 그 누구보다 잘 아는 놈이다.〉

"그래도 부디 몸조심하십시오."

지명수배가 내려졌어도 그는 마지막까지 보스의 걱정부터 했다. 태준은 여기저기서 풍겨오는 퀴퀴한 냄새에 인상을 찌푸리며 30분간의 쟁탈전을 벌인 공장 밖으로 나왔다. 뱃고동 소리가 저 멀리서 울리며 시원한 바닷바람이 태준의 땀을 식혀주었다. 이윽고 도착한 보스의 짧은 메시지 안엔 그가 가야 할 곳이 짧게 쓰여 있었다.

"나 참. 뜻하지 않은 휴가군."

❋

여객선 선상으로 나온 태준은 삼삼오오 모여 주변을 즐기는 사람들을 쳐다보다가 한 켠으로 자리를 옮겨 담배에 불을 붙였다.

"손님, 죄송하지만 선내에선 금연입니다."

대구 없이 치켜뜬 눈빛만으로도 태준의 남다른 분위기를 읽은 남자는 주춤 뒤로 물러섰다.

얼마 후 섬에 배가 도착하자 사람들이 서로 어깨를 부딪치며 항구를 바삐 오고 갔다. 그 틈으로 여전히 입에 담배가 물려진 태준이 도착한 섬 주변을 두리번거렸다. 보스가 알려준 곳으로 왔으나 이곳은 숨어 있기엔 인적이 꽤 있는 곳 같았다.

"이보소, 젊은이."

기척에 돌아본 태준은 본인보다 머리 두 개나 차이 나는 키 작은 노인을 내려다봤다.

"날 따라오소."

낯선 사람을 볼 때마다 버릇처럼 인상을 구기고 눈에 힘을 줬지만, 노인은 뒤돌아 뒷짐을 쥐며 아무 말 없이 앞서 걷기 시작했다.

노인을 따라간 곳은 항구에서 조금 멀리 떨어진 또 다른 작은 항구였다. 배의 밧줄을 풀며 노인은 두리번거리며 서 있는 태준에게 말했다.

"안 타고 뭐 하소?"

"절 아십니까?"

"난 젊은이가 누군지 모르제. 보스라는 양반이 험상궂게 생긴 젊은이가 오거든 영도로 데려다 주라는 부탁을 받았소."

"영도?"

"나 해 지기 전에 돌아올라믄 서둘러야 하니 어서 타소."

의심스러운 말이었지만, 그의 입에서 나온 보스라는 말에 태준은 의심을 거두며 배에 올랐다.

시끄러운 모터 소리를 내며 출발한 배는 거친 파도를 헤치고 하염없이 바다 위를 나아가기 시작했다. 얼마 못 가 태준은 뱃멀미로 더더욱 인상이 험상궂어져 버렸다. 두어 번 속을 비우고 나서야 태준은 선장실로 힘겹게 다가갔다.

"지금 날 어디로 데려가는 겁니까? 정말로 저희 보스가 연락을 취한 게 맞습니까?"

그의 물음에 노인은 대꾸 없이 운전만 했다. 대답이 없자 태준은 상의 주머니에서 날카로운 칼을 꺼내 노인의 턱 밑에 갖다 대며 바짝 다가섰다.

"너…… 어디서 보낸 사람이야? 솔직히 불지 않으면 여기서 목을 따버리는 수가……."

노인은 아랑곳없이 앞에 있던 봉투 한 장을 휙 건넸다. 태준은 여전히 의심을 풀지 않는 눈빛으로 노인을 바라보며 봉투 안에서 쪽지 한 장을 꺼내 들었다.

—삼촌, 절대 다치게 해서는 안 되는 사람이오. 부디 안전한 곳으로 피신 좀 시켜주오.

종이에 적혀 있는 문구는 다름 아닌 보스의 글씨체였다. 그제야 태준은 칼을 접어 수트 안에 넣으며 의심의 눈빛을 조금 풀었다.

파도가 크게 출렁이자 또다시 시작한 뱃멀미에 태준은 미간을 찌푸리며 선상으로 나왔다. 도대체 보스가 마련해 준 곳은 어디인지 슬슬 불안해질 때쯤, 저 멀리서 조금씩 섬으로 추정되는 검은 그림자가 희미하게 일렁이고 있었다.

"설마, 무인도 따위는 아니겠지……."

그의 읊조리는 음성엔 미세한 불안감이 서려 있었다.

큰 섬에서 네 시간이나 달려 도착한 곳은 우리나라 지도에도 표시되어 있지 않은 아주 작은 섬 영도(影島)였다. 위성에서 낮에만 잠깐 검은 그림자처럼 작은 점으로 볼 수 있다 하여 그림자 섬이라 이름 붙여진 곳이었다.

따로 항구가 없어 험난한 바위들 틈에 세워진 배는 끝까지 꿀렁꿀렁 거리며 태준의 뱃멀미를 자극시켰다. 육지로 내려오자마자 바위에 걸터앉아 배를 부여안으며 노인을 험상궂게 쳐다봤다.

"보스에게 무슨 일이 있거든 바로 연락 주십시오."

"그놈 손에 죽은 자가 몇 명인데 제대로 살아 뭐 하겠소? 천벌을 받아 마땅한 것들."

노인은 태준을 강하게 노려보며 보스까지 통틀어 마음에 안 드는 듯 말했다. 노인과 보스의 관계가 갑자기 궁금해졌지만 노인은 태준의 발 앞에 가방 하나를 던져 주고는 이내 뱃머리를 돌렸다. 담배 한 개비로 뱃멀미를 진정시키며 가방 안을 살피자 그 속엔 돈다발만 가득했다.

인적 하나 없을 것 같은 섬은 그야말로 바닷새들의 쉼터였다. 그래도 사람들의 발길이 닿은 것처럼 바위들은 순서대로 반질거렸다. 태준은 바위를 조심스럽게 밟고 따라 올라간 뒤 눈살을 찌푸리며 주변을 둘러봤다. 누군가 가꿔놓은 밭은 농촌 마을 분위기를 띠고 있었고, 가지런한 채소들은 정성스런 손길이 닿아 일렬로 정돈되어 있었다.

"어촌이야, 농촌이야?"

짧게 읊조리며 길을 따라가던 태준은 주위를 아무리 둘러봐도 인적을 찾을 수가 없었다. 그러다가 순간 저만치에서 무언가 후다닥 지나가는 모습에 태준은 버릇처럼 수트 안에 접혀 있는 칼을 꺼낼 준비부터 하며 방어 자세를 취했다. 강렬한 눈빛이 주위를 두리번거렸고 가방을 들고 있던 손엔 힘이 가해졌다. 조용히 자리에 서서 주변의 소리에 귀 기울이기 위해 온 신경을 집중시켰다.

스슥, 스스슥.

조심스러운 발자국 소리가 점점 가까이 다가옴이 느껴지자 칼을 펴 들었다. 그러다 갑자기 턱! 허리에 누군가의 손길이 닿자 태준은 재빨리 그 손을 꽉 붙잡으며 칼을 높이 쳐들었다.

"아야!"

어린 여자아이의 모습에 흠칫 놀란 태준은 붙잡고 있던 팔을 놓아주며 한 걸음 뒤로 주춤 물러났다. 잡혀 있던 팔이 아팠는지 여자아이가 눈살을 찌푸리며 태준을 노려봤다.

"누구신데 남의 마을에 왔소?"

앙칼진 물음에 태준은 등 뒤로 숨긴 칼을 얼른 접으며 입을 다물었다. 얼굴이 시커멓게 그을린 여자아이는 씩씩거리며 태준을 못마땅한 눈초리로 쳐다봤다.

"누구냐고 물었자녀!"

"여기…… 너 말고 또 누가 살지?"

"아! 누구냐니께!"

앙칼지게 소리치는 여자아이는 신경질이 머리 꼭대기까지 올라 있었다. 아무리 어린애라도 태준이 조금만 눈에 힘을 주면 무섭다

울음을 터트리는데, 눈앞에 있는 아이는 절대 지지 않고 끝까지 두 눈을 마주쳐 오히려 태준이 주춤해 버렸다.

"난 해룡파의 행동대장 엄태준이다."

평소처럼 자기소개를 한 태준은 빤히 쳐다보는 여자아이의 시선에 덩달아 인상을 찌푸리며 지지 않고 강한 눈빛으로 쳐다봤다.

"뭐라는 겨?"

결국 여자아이가 짧게 비웃음을 지어 보이자, 욱한 태준이 아랫입술을 꽉 깨물며 차분히 물었다.

"여기 너 말고 누가 사는지 알려주겠나?"

"여긴 왜 왔소? 혹시 아제가 이장님댁 아들이오? 아님 처남댁 아들? 아, 맞다! 처남댁엔 아들이 없다고 그랬제? 아! 아제가 할매댁 아들? 미국에서 왔소?"

"아니, 난 그런 사람 아니야. 난 해룡파의 행동대장 엄태준이다. 그러니 여기에 너 같은 밤톨 말고 어른이 어디 있는지 알려줘."

"난 밤톨이 아니라 송해리제, 송해리!"

자기 가슴을 툭 치며 해리가 태준을 흘겨봤다. 태준은 꼬마와 말하면서도 주위를 살피며 의심의 눈빛을 풀지 않았다. 어린애와는 말이 통하지 않을 것 같아 무시하며 발길이 돌리자 쪼로록 옆으로 와 고개까지 앞으로 빼 얼굴을 쳐다보는 해리였다.

"아제. 아제 혹시 그럼 서울에서 오셨소? 왜? 누구 만날라꼬? 서울엔 진짜로 기차가 엄청 많아서 하루 만에 다 돌아다닐 수가 있소? 부릉부릉 차도 많제? 얼마나? 서울에 로봇이 살고 있다고 하던데 혹시 본 적 있소? 진짜로 로봇이 살고 있소?”

걸음을 멈춘 태준이 인상을 확 쓰며 꼬마를 내려다봤다.

“밤톨, 저리 안 꺼져?”

“밤톨이 아니라 송해리제!”

“한 번만 더 귀찮게 하면 목 따버린다?”

그제야 자신을 멍하니 바라보는 해리의 시선에 태준은 침을 훅 뱉으며 지나쳤다.

“목이 따가울 땐 서울에선 사탕을 먹는다제? 우리 마을에선 솔방울 꿀을 먹는데 그것도 진짜 효과가 좋소. 아제도 하나 주까? 우리 집에 있는데!”

어느새 다시 옆으로 쪼로록 따라오는 꼬마. 다시 자리에 멈춰 선 태준이 더 험상궂게 내려다보며 한마디 하려 했다.

“해리야, 니 그서 모하노?”

“이장댁 아줌니요! 서울에서 손님이 왔소, 서울에서!”

“뭐라꼬? 설?”

저만치에서 고래고래 물어보는 아주머니의 모습에 태준은 드디어 이곳의 상황을 판단할 수 있음에 한시름 났다.

“설에서 누가 왔는데?”

“해룡파 행동대장 엄태준이라카대요!”

“밤톨!”

흠칫 놀란 태준은 저쪽으로 뛰어가는 해리를 잡으려 했지만 날쌘 해리는 이미 태준의 주위를 벗어나 버렸다. 뛰어가면서도 못 알아듣는 아주머니를 위해 해리는 연신 소리쳤다.

“서울에서 온 해룡파 행동대장 엄태준이라제!”

그러자 저만치에서 아주머니의 웃음 섞인 화답이 들려왔다.

"아이고! 우리 해리는 이 마을 골목대장인데 친구 만났네! 잘됐다, 해리야!"

그 말에 태준은 육감적으로 무언가 잘못 돌아가고 있음을 단번에 깨달았다.

## 제1장

　저 멀리서 들려오는 파도 소리로만 이곳이 섬이라는 게 느껴질 정도로 주위는 오히려 농촌 분위기를 띠고 있었다. 제대로 된 항구가 없었던 만큼 인적은 굉장히 드물어 보였다. 보스는 이런 곳을 어떻게 알고 있었는지 궁금할 정도로 주변은 조용했다. 숨어 있기엔 제격이었지만 모래바람 하나 일지 않을 것 같은 이 답답한 곳에서 막연한 시간을 얼마나 보내야 하는지 걱정이었다. 다음 달이면 멕시코에서 대량의 밀수품이 들어오기로 되어 있었고, 필리핀에선 총기가 반입되기로 예정되어 있었다. 그 업무들을 이행하기 위해서는 자신이 꼭 필요했기에 이렇게 섬에 갇혀 있는 게 결코 마음 편한 일은 아니었다.

　"아이고, 오랜만에 섬에 손님이 왔는데 대접할 게 마땅치 않아 손이 미안하네. 대장총각?"

허름한 부엌 나무문을 열며 이장댁이 식혜 한 사발을 떠와 평상 위에 올려두었다.

"시원하게 좀 마시제?"

"됐습니다."

미안한 마음 하나 없이 딱 잘라 거부한 태준은 저만치에서 밤톨과 함께 오는 이장의 모습에 짧게 한숨을 내쉬었다.

"이장 어르신! 이 아제예요, 이 아제. 서울에서 왔다카는."

"아이고! 이 코딱지만 한 섬엔 어찌 알고 오셨는지 모르것지만, 몇 년 만에 온 손님이라 너무 반갑소. 막 반갑소!"

널따란 밀짚모자를 벗으며 마당에 들어선 이장은 반가운 마음에 악수부터 청하려 손을 내밀었다.

"이곳에서 가장 조용한 빈 집을 안내해 주십시오. 돈은 넉넉히 드리겠습니다."

대놓고 악수를 무시했지만 이장은 아랑곳하지 않은 채 호탕한 웃음을 터뜨렸다.

"이 섬의 제일 큰 자랑거리가 돈 없이도 먹고살 수 있다는 것 아니겠소? 돈은 됐으니 계시는 동안 내 집이다 생각하고 편히만 지내소."

"어차피 여 섬엔 다섯 집밖에 없어 시끄러울 일은 없소. 돌아다녀 보고 제일 맘에 드는 집을 고르면 되제."

아주머니가 어르신의 말에 동조했지만 그 말에 태준의 표정은 더욱더 심각해졌다.

"빈 집이 없단 말입니까?"

"아제! 진짜 조용하고 지낼 만한 곳, 내가 알고 있는데……"

밤톨이 씩 웃으며 태준을 반짝이는 눈으로 바라봤다.

"아제! 빨리 오소!"

저만치 뛰어간 해리는 태준을 향해 손짓을 했지만 마지막 오르막길은 숨이 턱! 막힐 정도로 가팔랐다. 매일 이곳을 오르내리는 해리와 달리 아무리 싸움으로 체력이 남들을 능가하는 태준이라 해도 평소에 걷는 것과는 차원이 달랐다. 이 답답한 섬에 숨어 지내는 것도 모자라 남의 집에 얹혀 지내야 한다는 것 자체가 더욱더 컨디션을 악화시켰다.

"짠! 아제, 여기다, 여기!"

가까이에 온 태준을 보며 해리가 평상 하나 놓여 있는 툇마루가 딸린 시골집을 거창하게 가리켰다.

"여기가 누구네 집이냐믄! 바로 해리네 집! 우리 집이제!"

자기 가슴을 툭 치며 기세등등하게 말하는 밤톨을 보며 태준은 기가 찼다. 아무리 얹혀 지내기로서니 이런 시끄러운 꼬마가 있는 집은 극구 사양이었다. 대꾸할 가치도 없어 태준은 그냥 그대로 뒤돌아섰다. 차라리 처음 들른 이장댁이 나을 듯싶었다.

"해리 왔니?"

그때 태준의 발길을 붙잡는 가냘픈 여성의 음성이 들려왔다.

"언니! 내가 설서 온 손님 델꾸 왔다! 빨리 나와 봐라!"

그냥 지나칠 수도 있었지만 보이지 않는 손이 강하게 발목을 붙잡는 기분이었다. 삐그덕거리며 부엌문이 열리자 해리는 언니 곁으로 뛰어가 허리춤을 꼭 안았다.

"서울에서 누가 왔다고?"

다시 한 번 들린 젊은 여자의 음성에 태준은 천천히 뒤돌아봤다. 느슨하게 대충 묶은 머리와 이 섬 사람이라고 보기 힘들 정도로 얼굴색이 하얘 까닥했다간 환자처럼 보일 정도였고, 할머니들이나 입을 법한 주름치마에 꽃무늬 셔츠는 그야말로 시골 처녀의 모습을 연상케 했지만 전혀 촌스러워 보이지가 않았다. 서울에서 제법 인기가 좋았던 태준에게 웬만한 여자는 성에 차지도 않았다. 한데 눈앞에 있는 여자는 그런 여자들과는 전혀 비교할 수 없는 묘한 분위기가 있었다.

"서울에서 온 해룡파 행동대장 엄태준이래!"

그 소리에 정신을 차린 태준이 미간을 구기다 여자를 보니 해리의 소개에 더욱 큰 미소를 짓고 있었다.

"좋겠네, 우리 해리 친구도 생기고."

"맞나? 이장댁도 나보고 여대장이라 카던데. 내가 이 섬 대장이 맞는 거제?"

"그래, 우리 해리가 이 섬 대장이지. 아차, 인사가 늦었네요…… 해리 언니예요. 서울에서 오셨다고요?"

한데 이 언니의 눈빛이 이상하다. 한 곳의 허공만 주시한 채 눈동자가 움직이지 않고 있었다. 자기는 분명 이쪽에 서 있는데 그의 언니는 다른 곳으로 시선을 두며 웃고 있었다.

"아! 우리 언니는 앞이 안 보이는 맹인이제. 근데, 못하는 거 없이 다 잘한다. 특히 뜨개질! 어마어마하게 잘하제!"

그의 궁금증을 단번에 이해시킨 맹인이란 단어에 태준은 다시 한 번 인상을 쓰며 그의 언니를 쳐다봤다. 맹인이란 소개에도 여전히 입가엔 미소가 지어져 있었다.

“여긴 지도에도 없는 섬이라 아는 사람이 아닌 이상 잘 오질 않
는 곳인데…… 여행객이신가요?”

차분한 물음에도 태준은 그녀가 주는 묘한 분위기에 쉽게 대꾸
하지 못했다.

“아까 이장 어른한텐 여기서 당분간 지낸다케따.”

“아, 그랬구나……. 근데 이 집은 좀 높은 곳에 있어서 다니시기
가 버거울 수도 있는데…….”

“이 섬에서 제일 조용한 집을 찾길래 내가 데리고 온 거구먼. 우
리 오라비가 썼던 방 쓰면 되잖아. 괜찮제, 언니?”

여기까지 데려와 놓고 이제 와서 괜찮으냐고 묻는 뒤늦은 질문
에 그의 언니는 전혀 당황함 없이 고개를 끄덕이며 해리의 머리를
쓰다듬었다.

“괜찮으시겠어요?”

다시 한 번 더 태준을 향해 물었지만 여태 이 밤톨이 대신 대답
해 주어 말 한마디 꺼내지 못한 태준이었다. 방금 전까지만 해도
어린애가 있는 집은 극구 사양이었지만 그녀의 차분한 음성과 묘
한 분위기에 선뜻 아니라고 대답하지 못했다. 그가 가만히 서 있
으니 해리가 이번엔 태준 앞으로 다가와 그의 가방을 흔들었다.

“아제! 저기가 아제가 쓸 방. 우리 오라비가 쓰던 방인데 지금은
서울 가 없으니께 아제가 쓰소. 언니가 매일 청소해서 무지 깨끗
하제. 거미도 없소.”

해리가 가방을 이끌자 태준의 발길은 못 이긴 척 마당 중간까
지 들어섰다.

해진은 본능적으로 태준이 서 있는 곳으로 시선을 돌렸다.

"여긴 완전히 시골이라 아마 지내시기엔 불편한 점이 많으실 거예요. 필요한 게 있으면 뭐든 말씀하세요. 최대한 지내시는 데 불편함이 없도록 도와드릴게요."

한마디 한마디에서 진실된 친절함이 묻어 나왔다. 그사이, 방으로 들어간 태준이 가방을 풀고 있는데 해리가 갑자기 방문을 활짝 열며 외쳤다.

"아제! 깨끗하제?"

갑작스런 기척에 수트 안에서 칼을 꺼내 들던 태준은 해리의 모습에 다시 자리에 앉으며 짧게 한숨을 내쉬었다.

"나가."

콧방귀를 뀌며 해리가 문을 탁 닫아버리자 태준은 벌써부터 머리가 지끈해지는 것 같았다. 도대체 여기가 어떤 곳인지 아직도 파악이 되지 않았다.


마당 한편에서 흙장난을 하고 있는 해리와 보이지 않는 눈으로 평상 위에 널려 있는 고추를 하나하나 닦고 있는 해진의 모습을 방 안에서 지켜보던 태준은 뜨거운 기운이 느껴져 시선을 내렸다. 손끝까지 타들어간 담뱃재가 곧 끊어질 것 같았다.

"혹시 재떨이가 필요하신가요?"

해진은 앞이 보이는 사람처럼 평상 위에 앉아 있던 태준 쪽을 보며 물었다. 무안함에 꽁초를 마당 밖으로 훅 던져 버리고는 열려 있던 방문을 닫아버렸다. 문이 닫히는 소리에 해진은 그저 훗 하며 웃을 뿐이었다. 개어 있는 이불에 반쯤 기댄 채 수트 안에서 핸드폰을 꺼내 들었지만 통화권 이탈 표시에 태준은 짧은 한숨을 내쉬었다.

"아제!"

갑자기 문이 열리는 바람에 태준은 본능적으로 수트 안의 칼을 재빨리 빼 들어 공격 자세를 취했다. 날카로운 칼날로 상대를 곧 내려칠 것처럼 허공 위에서 날을 세우고 있는 그의 모습이 제법 매서웠다. 그 모습을 빤히 쳐다보던 해리는 칼과 태준을 번갈아 쳐다보다 씩 웃었다.

"준비하고 있었소?"

방 안으로 사과와 배가 담긴 작은 바구니 하나를 툭 집어넣었다. 무안함에 태준은 칼을 접어 다시 수트 안에 넣었다.

"해리야, 깎아야 된다니까 그냥 드리면 어떡하니?"

"언니, 괜찮다! 이 아제 미리 칼 들고 먹을 준비 하고 있었다."

순간 실없는 사람이 되어버린 태준은 역시나 이 집에 있는 건 아닌 것 같단 생각이 들었다. 해리가 문을 닫기 전 해진의 모습이 다시 태준의 시야에 잡혔다. 입가의 미소 때문인지 그녀에게서 느껴지는 묘한 분위기는 심장 한쪽을 긴장시키는 것 같았다.


얼마나 시간이 지났을까? 오전에 있었던 쌍칼파와의 싸움과 긴 뱃멀미의 여파로 잠깐 눈을 붙이게 되었다. 잘 때 누군가 뒤통수를 칠지도 모른다는 생각에 평생을 깊게 잠 한 번 자본 적 없던 터라 밖에서 일어나는 분주한 분위기에 태준은 감고 있던 눈을 슬그머니 떴다.

여섯 시가 조금 넘은 시각을 확인하며 태준은 버릇처럼 주머니 안에 있는 칼의 여부부터 확인했다. 이 접이용 칼 하나로 여태 목숨과 자리를 지켜왔기에 이 작은 칼은 본인의 목숨과도 마찬가지였다. 그러다 또 벌컥 문이 열리자 태준은 본능적으로 사나운 눈빛으로 돌변해 칼을 손등이 위로 보이게 꽉 쥐었다.

"이 아제 아직도 혼자 칼 놀이하네?"

태준은 짧게 한숨을 내쉬며 칼을 접어 주머니에 넣었다.

"해리야, 아저씨 주무시니?"

"아니! 아제 지금 칼 놀이하고 있다!"

굳게 인상을 쓰며 해리를 노려봤으나 여전히 아랑곳없는 해리는 문을 확 닫아버렸다가 다시 문을 열어 불쑥 고개를 내밀었다.

"아차! 지금 저녁 먹는다고 다들 모였응께 아제도 얼른 나오소."

해리가 자기 할 말만 하고 다시 문을 확 닫자 태준은 오늘 밤만 여기에 있으리라 다시 한 번 더 다짐했다.

"망할 꼬마."

짧게 읊조리던 태준은 문밖에서 들려오는 시끄러운 목소리에 눈살을 찌푸렸다. 낯선 사람에게 거부 반응부터 보이는 태준은 상황 판단을 위해 미간을 좁히며 소리에 집중을 했다.

"아! 대장총각 왜 안 나오는 겨?"

"괴기 탄다! 이게 얼마 만에 먹는 괴긴데 태우는 겨?"

"아따, 술 맛나게 담가졌네. 대장총각 퍼뜩 데리고 나와라, 해리야."

"혼자 칼 놀이 삼매경에 빠졌소. 냅두소, 나오겠제."

태준은 입바람을 훅 불며 다시 이불에 기대어 누우려 했으나 창호지 문을 누군가 툭툭 치자 똑바로 앉았다.

“문 좀 열어도 될까요?”

차분한 그녀의 음성이다. 태준의 대답이 없자 방문이 빠끔히 열리더니 여전히 미소를 머금고 있는 해진이 조심스럽게 말을 붙여 왔다.

“손님이 오셨다고 마을 분들이 다들 모였는데…… 나와서 같이 식사라도 하시는 게 어떠세요? 인사도 나누시고…….”

“난…….”

처음으로 대답을 하려는데 또다시 해리가 해진의 앞으로 불쑥 끼어들어 크게 얘기했다.

“아제! 고기 탄다 하지 않소! 마을 어르신들 기다리는데 퍼뜩 나오소, 거 참!”

“그래요, 대장총각. 퍼뜩 나오소!”

뒤에서 마을 사람들의 한 소리, 한 소리에 태준이 한숨을 내쉬며 일단 마당으로 나갔다. 아까 본 이장네 부부 외에도 처음 보는 노인들이 마당을 메우고 있었다.

“오메! 대장총각 피부 하얀 것 좀 보소. 우리 해진이 저리 가라네.”

“그제? 서울에서 온 해룡파 행동대장 엄태준이라 카데? 낮에 보니까 얼굴이 밀가루 반죽마냥 뽀얗네!”

이장댁이 호들갑을 떨며 태준에 대해 심하게 아는 체를 했다.

“하이고, 대장이라 그런가? 생긴 것도 억쑤로 잘생겼소. 아, 총각 나이는 어떻게 되소? 장개는 갔나? 하이고, 이게 얼마 만에 보는 젊은 총각이오.”

“으이그! 이 늙은이 주책 떠는 것 좀 보소. 처남댁 양반은 저리 땀 뻘뻘 흘리며 괴기 굽고 있는데 젊은 게 눈에 들어와?”

“아이, 총각 본께 좋아서 그라제. 그라는 형님은 뭐 안 그렇소? 간만에 세수도 한 것 같은디?”

“내야 원래 세수는 잘하고 댕겼제.”

“아! 여편네들 시끄럽게 떠들지 말고 얼른 총각 밥이나 퍼오소!”

한 명씩 해대는 한마디에 태준은 머리가 깨질 지경이었다. 이 험한 인상을 보고도 아랑곳하지 않는 마을 사람들은 그저 태준이 반갑고 신기해 눈을 떼지 못했다. 그 와중에 늙은 할머니 하나는 밥상 앞에 앉아 맨손으로 음식을 와구와구 먹고 있었다.

“아이고, 할매요! 천천히 좀 드소. 그러다 체하것소!”

“시져! 그거 먹을 거여!”

딱 봐도 치매기가 있는 게 눈에 들어왔다.

“아! 자! 이제 대장총각도 나왔응께 우리 마을 소개 좀 하자고!”

이장이 사람들의 주목을 끌며 나서서 얘기하기 시작했다.

“나랑 이 사람은 아까 낮에 봤제? 내가 이 마을에서 제일 오래 살아가 이장이고, 우리 여편네는 그냥 편히 이장댁이라고 부르면 되고. 그라고 여긴 우리 처남댁! 에, 우리 여편네 오라비네 부부 지, 한마디로. 에, 그리고 요기 할매는 우리 마을에서 제일 나이 가 많은 할매제. 에, 보시다시피 정상은 아니여. 정신이 가끔씩 오락가락하는디 피해는 없응께 크게 신경 쓰덜 말더라고. 에, 그 라고 여기는 새댁! 우리 섬에 제일 늦게 시집와 새댁이라고 부르 기 시작했는데 지금 나이가 육십이 돼서도 새댁이라 불리우제.”

“아, 이래 봬도 여 섬에선 내가 그나마 젊은 축에 끼지 않소.”

예쁜 척을 해 보이는 새댁이 눈꺼풀을 깜빡깜빡거리자 마을 사람들이 폭소를 터뜨렸다.

"여긴 앞으로 대장총각이 함께 지낼 우리 해리네. 해진인 눈은 안 뵈도 이르케 착한 처자는 세상에 없제."

해진은 고개 숙여 부끄러운 미소를 감추었다. 지루하고 어수선한 분위기에 태준이 건진 건 그 언니의 이름뿐이었다.

"그라고, 대장총각이 서울서 대장인 것처럼 이 섬의 대장 우리 송해리!"

"내가 이 섬의 대장이제! 암만!"

고기를 먹던 해리가 양 주먹을 불끈 쥐자, 어르신들은 귀엽다고 한 번씩 해리의 머리를 쓰다듬어 주었다.

"이것이 우리 마을 사람들이 다제. 이제 총각이 왔응께 우리 마을에 딱 열 명이 사는 것이여."

다섯 가구가 산다고 해서 인원이 적을 거라 생각은 했지만, 이렇게 한눈에 보니 정말 온 마을 사람들이 모인 것치고는 그냥 동네 목욕탕에 모인 인원 수 정도일 뿐이었다.

마을 사람들의 소개가 끝나자 모두들 태준을 빤히 쳐다보며 그도 자기소개를 해주기를 바라는 눈치였으나 그런 걸 할 리 없는 태준은 마을 사람들을 바라보다 그냥 방으로 들어가 버렸다.

"오메, 설 총각 깍쟁이구만?"

"부끄러운 갑소."

"그라도 이게 몇 년 만에 손님이 온 것이여? 젊은 총각 옹께 아주 그냥 우리 섬이 반짝반짝 빛나는 것 같소."

"아, 시끄럽게 굴지 말고 괴기나 드소."

　본인의 뜻과 달리 마당 안은 태준의 등장이 그저 즐겁고 반가워 잔치가 벌어지고 있었다. 하지만 태준은 눈앞이 캄캄했다. 내일 동이 트면 이 집이 아니라 무인도로 떠나야겠다는 생각이 진심으로 들었다. 이런 시골 노인네들과는 단 하루라도 지낼 마음이 추호도 없었다. 그가 살던 곳은 오로지 피비린내와 주먹, 칼질이 난무하던 뒷골목일 뿐, 사람들의 웃음이 오가는 인간의 세계가 아니었다.

“차라리 무인도가 낫지, 내가 떠나고야 만다.”

무슨 수를 써서라도, 기필코!


　방문을 열어놓자 하늘의 별이 곧 떨어질 것처럼 잔뜩 하늘에 끼어 있었다. 이불도 펴지 않고 그대로 반쯤 기대어 있던 태준은 담배를 태우며 하늘의 별만 빤히 쳐다봤다. 시끄럽던 마을 사람들은 어느새 집으로 돌아가고 새벽이 되어서야 다시 정적을 찾은 마당은 그야말로 별빛을 빛 삼아 시야를 밝히고 있었다.

“아직 안 주무시나 보군요.”

깜짝 놀라 태준이 자리에서 일어나 앉았다. 아무도 없는 줄 알았더니 해진이 허공에 손을 더듬거리며 문 앞으로 오는 모습을 보였다. 정확하게 문 앞에 서서 방 쪽으로 발길을 돌리자 태준은 담배를 들고 있던 손을 저도 모르게 아래로 내렸다.

“아무것도 못 드셔서 어떡하죠? 혹시나 싶어 아까 음식을 좀 남겼는데…… 좀 갖다 드릴까요?”

태준은 여전히 대꾸를 하지 않았다. 해진은 기분이 나쁘지도 않은지 여전히 미소를 잃지 않고 있었다.

“이 섬에 실로 몇 년 만에 손님이 찾아온 거라 마을 사람들이 반가워서 그런 거니까 너무 기분 나쁘게 생각하지 마세요.”

마치 태준의 속을 다 꿰뚫고 있는 사람처럼 해진은 차분히 얘기했다.

“다들 좋은 분들이세요. 아, 근데 저기…… 손가락 데이시겠어요.”

그 말이 끝나기 무섭게 끝까지 타들어간 담배가 태준의 손가락을 뜨겁게 달구었고 아! 소리 한 번 내지 못하고 얼른 담배를 해진의 옆으로 튕겨 버렸다. 손가락 끝을 말없이 비비적거리자 보이진 않지만 왠지 그녀 앞에서 꼴사나워진 것 같았다. 그러면서도 신기한 건 보이지 않는데 그녀가 어떻게 이 모든 상황을 보고 있는 것처럼 말할 수 있는지였다.

“앞이 안 보이다 보니 남들보다 후각과 청각이 좀 많이 발달돼 있어서 담배 태우는 냄새만 맡아도 알 수가 있거든요. 우리 아버지가 자주 담배꽁초에 손을 데이셔서 냄새만 맡아도 알 수가 있어요. 신기하죠?”

후후, 거리며 작게 웃음을 섞어 말하는 해진을 보며 태준은 들리지 않게 헛기침을 했다.

“혹시 잠자리가 불편하셔서 못 주무시고 계셨어요?”

“아니.”

그제야 처음으로 해진의 물음에 대답했다. 그 목소리를 들은 해진은 가만히 있다가 미소를 더 크게 지어 보였다.

“좋은 목소리예요. 아저씨…… 좋은 분이시군요?”

태준은 그때 처음으로 사람이 사람처럼 보였다. 지금까지 태준에게 사람은 그저 돈을 얻기 위한 재료이거나, 내 손에 죽어야 할 적일 뿐 그 이상도 이하도 아니었다. 사람이 사람처럼 보인다는 건 그에게 꽤나 큰 감정 중 하나였다.

"아니."

"네?"

오랜 침묵 끝에 나온 말에 해진은 영문을 몰라 고개를 기울이며 되물었다. 그녀의 표정을 살피던 태준의 입에서 비웃음이 흘러나왔다.

"무슨 말인지……."

그녀의 물음에도 태준은 문을 닫으며 답을 주지 않았다. 바닥에 삐뚤게 누운 태준은 어두운 천장을 올려다보며 눈을 감았다.

나 좋은 놈 아니라고.


잠시 눈을 감았다 생각했는데 그대로 잠이 들었던 태준은 눈을 뜨자마자 수트 안의 칼부터 확인했다. 이른 시각이었지만 마당에선 벌써부터 시끄러운 해리의 목소리가 쩌렁쩌렁하게 울렸다.

"언니! 물 끓제!"

"소금 한 작은 스푼. 고춧가루도 한 작은 스푼. 다진 마늘은 얼마만큼 넣어야 하는지 이제 잘 알지?"

이윽고 들려오는 차분한 음성에 태준은 맨얼굴을 쓸어 올리며 방문을 살짝 열었다. 평상에 버너를 켜놓고 냄비를 올려놓은 채 해진이 말하는 대로 해리가 간을 맞추고 있었다. 맛을 본 해진이 고개를 끄덕였다.

"이제 파 다진 것만 넣으면 되겠다."

"내가 썰 테니 언니는 밥이나 푸소."

저런 식으로 밥을 해 먹고 사나 싶어 약간 신기하기도 했다.

"해리야, 손 조심해."

"나 이제 칼질 잘혀!"

문을 빠끔히 열어놓고 해진을 지켜보던 태준은 버너의 불을 조절하는 모습을 보며 정말로 보이지 않는 사람이 맞는지 의심이 갈 정도였다. 물 끓는 소리에 귀를 기울이면서도 해진의 입가엔 여전히 미소가 지어져 있었다. 부엌에서 나온 해리가 시야만 가리지 않았어도 넋을 잃고 그 얼굴을 볼 뻔했다. 태준은 해리의 모습이 보이자 문을 닫으며 담배부터 입에 물었다. 불을 붙일 때쯤 문이 벌컥 열리니 태준은 재빨리 반쯤 일어나 앉아 수트 안에 손을 넣었다.

"아저씨, 일어났니?"

어정쩡한 자세로 앉아 있는 태준을 빤히 쳐다본 해리가 피식 웃었다.

"인났다."

문을 탁 닫아버리는데, 도대체 뒤늦게 보인 그 웃음의 의미는 뭐였을까. 저 어린 꼬마한테 순간 욱하는 마음이 들었다.

"아제! 퍼뜩 나와 밥 먹으소."

"해리야, 어른한텐 어떻게 해야 한다고 했지?"

"아따, 귀찮게……."

그리고 얼마 지나지 않아 다시 문이 벌컥 열리며 미간을 좁힌 해리가 태준을 못마땅하게 쳐다보며 말했다.

"거 인났음 퍼뜩 나와 밥 먹을 준비 해야제. 방에서 왜 아침부터 체조는 하고 있소? 얼렁 나와 아침진지 드이소."

"생……."

생각이 없다고 말하고 싶었지만, 자신이 의사 표시를 하기도 전에 해리는 쾅! 하니 문을 닫아버렸다. 태준은 입바람을 훅 불며 어린 꼬마한테 한 번 더 인내력을 보이기로 했다. 어차피 오늘은 이 섬을 나가 아무도 없는 곳으로 갈 참이었다.

이 마을에서 유일하게 전화기를 갖고 있는 이장네를 찾기 위해 마당으로 나온 태준은 상을 다 차리지도 않았는데 벌써부터 한 숟가락 크게 떠서 입안으로 밀어 넣는 해리를 보며 혀를 끌끌 찼다.

"어디 가세요?"

해진의 말에 태준은 대놓고 무시하며 마당 밖으로 향했다.

"저 아제! 참말로 이상하구먼? 어따 대고 울 언니 말을 무시하는 겨?"

"해리야, 그런 말이 어디 있어."

"아, 내 말이 틀렸소, 언니?"

뒤에서 태준을 크게 비난하는 해리의 목소리가 들려왔지만 그는 걸음을 멈추지 않은 채 빠르게 이장네로 향했다.


태준은 통화를 시도한 지 30분 만에 겨우 보스와 연락이 닿자 성급한 목소리로 말했다.

"보스, 아무래도 거처를 옮기는 게 좋을 것 같습니다."

〈다른 지시를 내릴 때까지 그곳에 있어라. 거기만큼 지금 안전한 곳은 없다.〉

"하지만……."

〈내가 시키는 대로 당분간 얌전히 있어. 바깥일 잠시 잊고 지내
도록 해.〉

"하지만 여긴……."

〈준아, 난 널 지키고 싶구나…….〉

보스의 간절한 목소리에 태준은 더 이상 아무 말도 할 수가 없
었다.

"네, 알겠습니다."

〈그래. 곧 기별 넣으마.〉

짧은 통화가 끝이 났다. 해가 뜨길 기다리며 연락을 넣은 거지
만, 수화기를 내려놓는 손엔 힘 한 자락 남아 있지 않았다.

힘없이 이장댁을 나온 태준이 지나갈 때마다 밭일을 하던 마을
사람들이 손을 흔들어 아는 체를 해왔다. 언제가 될지 모르는 그
날까지 이 노인네들과 어떻게 지내야 할지 눈앞이 그저 막막했다.

"아제! 퍼뜩 와 내 고무줄 좀 잡아주소!"

저만치에서 해리의 목소리가 들려왔지만 태준이 반응할 리가
없었다. 이 섬을 빠져나갈 수 없음에 스트레스가 머리 꼭대기까지
곤두선 태준은 마을 사람들의 인사를 모두 무시하며 집으로 향했
다. 그러다 골목 어귀에 쭈그리고 앉아 기다란 풀잎을 자기 손목
에 감싸느라 애쓰고 있는 치매 노인의 모습을 보며 자리에 멈추어
섰다. 혼자서 끙끙거리며 풀잎으로 팔찌를 만들려는 할매는 굉장
한 집중력을 보였다.

"아제! 퍼뜩 와서 내 고무줄 좀 잡으라니까 왜 이렇게 굼떠?"

성질 급한 해리가 오르막길을 단숨에 내려와 씩씩거리며 태준

을 노려봤다.

"꺼져."

미간을 좁히며 나지막이 한마디 한 태준은 지금 아무도 자신을 건드리지 말길 바랄 뿐이었다. 노인이건 어린애건 심기를 건드렸다간 수트 안에 넣어둔 칼을 꺼내 들 것만 같았다. 그만큼 태준에겐 인정사정이란 게 없었다.

"나 이제 겨우 일곱 살밖에 안 먹었소! 어찌 설서 온 사람이 그런 상스런 말을 할 수가 있제?"

"것보다 더한 말도 할 수 있지. 듣고 싶다면 계속 개기던가."

"아제, 이제 보니 굉장히 거친 남정네구먼?"

또래들이 없어 어른들과 생활을 하는 해리는 말투가 굉장히 예스럽거나 어른스러웠다. 어쩔 땐 뜻도 모르고 그냥 내뱉을 때도 있었다. 바로 지금처럼.

"오메! 내 팔찌!"

해리가 한마디 더 하려고 했지만 쭈그리고 앉아 있던 할매가 갑자기 소리를 버럭 지르자 해리의 시선이 할매에게로 향했다.

"할매! 아직도 그라고 있소? 풀잎으로 팔찌 만들기는 어렵다지 않았소."

"어여 내 팔찌를 주소!"

끊어진 풀잎을 보며 호통을 치자 하는 수 없이 해리는 근처 풀밭으로 발길을 돌렸다. 그사이 오르막길로 들어선 태준의 이마에 땀이 고이기 시작했다. 날씨는 더웠고 산지가 대부분인 섬에서 수트는 실용성이 제로였다. 외투를 벗어 들고 힘겹게 오르막길을 올라오자 시원한 바람이 땀을 닦아주듯 훑고 지나갔다.

"해리니? 아, 아저씨군요?"

언제부터 이 자매들에게 아저씨가 됐는지 모르겠지만 귀신같이 자신을 알아챈 해진을 보며 태준은 잠시 평상에 앉아 숨을 몰아쉬었다.

"날씨가 꽤 더워요. 냉수 좀 갖다 드릴게요."

허공에 손을 더듬으며 부엌으로 들어간 해진은 앞이 보이는 사람과 맞먹는 속도로 물 한 컵을 들고 와 한 방울도 흘리지 않은 채 컵을 내밀었다. 태준은 물 한 모금을 넘기며 여전히 미소 짓고 있는 해진을 슬쩍 올려다봤다. 눈동자는 다른 사람과 똑같이 생기 있었지만, 움직임은 보이지 않았다. 혹시나 싶어 슬쩍 손을 올려 해진의 시야 앞에서 왔다 갔다 하니 순간 해진이 풋, 작게 웃음을 터뜨렸다. 얼른 손을 내린 태준은 물을 마시는 척했다.

"저 진짜 안 보여요."

손의 움직임을 느낀 해진의 한마디에 태준이 무안해져 시선을 돌렸다.

"아무래도 오랜 시간 이 집에서 지내다 보니 집 안에선 감이나 발자국 수로 움직여요. 제자리에 물건만 있어준다면 물건 찾는 일도 손쉽고요. 아마 마당에 있는 빗자루를 찾으라고 하면 제가 아저씨보다 더 빨리 찾을 수 있을걸요?"

그 말에 태준은 마당 안을 훑어보았지만, 한눈에 빗자루를 찾을 수가 없었다. 또다시 짧게 웃음을 뱉은 해진이 발로 평상 밑을 톡톡 쳤다.

"등잔 밑이 어둡죠?"

그 말에 살짝 고개를 숙이자 평상 밑에 기다란 빗자루가 놓여 있었다.

“오늘 아침도 안 드시고…… 시장하지 않으세요?”

“별로.”

“그래도 배고프실 텐데…… 언제든 필요한 게 있으면 말씀하세
요.”

해진이 그 옆에 앉아 무릎 위에 뜨개질 바구니를 올려놨다. 그
리고는 아주 능숙하게 뜨개질을 하기 시작했다. 다시 한 번 맹인
이 맞나 의심이 갈 정도로 손놀림이 재빨랐다.

“아제! 아제!”

헉헉거리며 마당으로 들어선 해리가 숨을 몰아쉬며 태준을 노
려봤다.

“해리야, 어른들 밭일 하시는데 방해하면 안 된다?”

“방해 안 했어! 할매 또 풀잎 갖고 팔찌 만드느라 애쓰제!”

“정말? 그러다 또 밤새도록 밖에 계실라…… 좀 지켜보고 있지
그랬어.”

“너무 더운 것 같아서 위에 우산 씌어주긴 했제. 아제! 그라고
도망가면 우짜요?”

태준은 시끄러운 해리와 말을 섞고 싶지 않아 자리에서 일어
났다.

“나 고무줄 좀 잡아주소.”

“밤톨, 조용히 있고 싶으니 방해하지 마.”

태준은 나지막이 한마디 하고는 방으로 들어가 버렸다.

“해리야, 아저씨 귀찮게 하지 말고 이리 와. 언니 발에 고무줄
묶으면 되잖아.”

"아, 언니는 내가 틀리나 안 틀리나 봐주지 않으니께 재미가 없
단 말이제."

"우리 해리가 보면 되지."

"내가 틀렸는데도 모른 척해 부리면 우짤라고!"

문으로 새어 들어오는 두 사람의 대화에 태준은 이불에 기대어
누우며 한숨을 내쉬었다. 그러다 문득 돈더미가 들어 있던 가방
안이 궁금해졌다. 보스가 이 섬에 대해 잘 알고 있다면 돈만 이렇
게 많이 준비할 리가 없었다.

가방을 뒤집어 돈뭉치들을 모두 쏟아내자 편지봉투 하나가 나
왔다. 태준은 재빨리 봉투 안 편지를 꺼내 들었다.


—다음 달 중순경 그 섬으로 물건이 도착할 거다. 흑룡에서 알지
못하게 처리해라.


보스의 글씨였다. 다음 달에 들어올 총기 반입은 흑룡과의 공동
사업이었다. 시가로 따지면 백억 정도의 신무기로 우리나라에 단
두 대만 들어와 있는 구하기 힘든 총기였다. 그 총을 반입할 자들
은 다름 아닌 흑룡이었다. 그제야 보스가 왜 이곳으로 자신을 피
신시켰는지 알 수 있었다. 보스의 계산 속에선 이미 흑룡은 해룡
파와 공동사업자가 아닌 이번 일을 이행해 줄 도구로만 활용할 생
각이었던 것이다. 흑룡이 총기가 실린 배를 가지고 오면 태준은
그 배 안의 인간들을 처리할 것이고, 그렇게 되면 손쉽게 백억 상
당의 무기들은 해룡파의 차지가 될 수 있다. 보스의 계획이 그렇
다면 더더욱 이 섬에 머물러야 하는 명확한 이유가 생겼다.

"싫다! 아제랑 놀고 싶다!"

"해리야, 그러면 안 돼."

두 소리가 동시에 들리며 벌컥 문이 열리자 태준은 보스의 편지를 태우고 있다가 흠칫 놀랐다. 그리고 그가 뭐라고 하기도 전에 해리가 버럭 소리를 질러댔다.

"시상에나! 언니! 아제 방에서 불장난한다! 아제! 그라믄 밤에 오줌 싼다!"

태준은 입바람을 훅 불며 불길이 솟아오른 종이를 단숨에 주먹으로 비벼 껐다. 그 모습에 눈과 입이 동시에 커진 해리는 갑자기 손뼉을 치기 시작했다.

"언니야! 아제가 지금 막 마술 부렸다. 손으로 불을 끈다! 아제, 다시 한 번만 보여주면 안 되겠소? 응?"

"꺼져."

"아제, 한 번만. 응?"

"문 닫아."

"아제야…… 내 그거 한 번만 다시 보여주소. 응?"

"죽을래?"

"아따, 거 참…… 뭘 어른이 그리 치사하노. 됐다!"

흥! 하며 콧방귀를 뀐 해리가 문을 쾅 닫아버린 뒤 혼자 삐죽거리며 마당 밖으로 나와 닫힌 태준의 방을 향해 고래고래 소리 질렀다.

"해룡파 행동대장 엄태준은 개뿔! 니가 무슨 대장이고! 자라나는 어린 새싹이 이렇게 빌면 한 번은 보여주야 진정한 대장이제! 치사가 왕빤쓰를 뚫고 나오겠소!"

"해리야!"

"몰라!"

"해리야! 밭에 나가면 안 된다! 어?"

뽀로통해져 밖으로 나가는 해리를 향해 해진이 한마디 했지만 워낙 천방지축이라 또 무슨 사고를 칠지 걱정이 앞섰다. 또래 아이 하나 없어 해리가 이 섬에서 놀 수 있는 곳이라곤 어른들이 계시는 밭이나 섬 일부가 전부였다. 그 사실이 늘 해진의 마음을 아프게 했다.

"어휴."

그녀의 한숨이 깊었다.


손을 씻기 위해 마당으로 나온 태준은 여전히 툇마루에 앉아 뜨개질을 하고 있는 해진의 모습을 슬쩍 보고는 마당 수돗가 쪽으로 발길을 돌렸다. 더운 날인데도 수돗물은 굉장히 차가웠다. 더위도 식힐 겸 찬물에 손을 씻다 세수까지 하게 된 태준은 이제야 조금 살 것 같은 기분이 들었다. 일어나 뒤돌아서자마자 흠칫 놀란 태준이 멈칫 섰다. 어느새 뒤로 온 해진은 두 손으로 공손히 수건을 들고 있었다.

"죄송해요. 해리가 워낙 어리다 보니…… 간만에 손님을 보니까 같이 놀고 싶었나 봐요. 이해해 주세요."

태준이 대꾸 없이 내미는 수건을 받아 얼굴을 닦는 동안 해진은 뒤돌아 성큼성큼 툇마루로 향했다.

"여기……."

그러다 처음으로 태준이 먼저 말을 붙였다.

"배가 들어올 만한 곳이 어디 있지?"

"도착하셨던 곳이 제일 안전해요. 나머진 다 낭떠러지라……. 혹시 배가 필요하신가요? 이장님께 말씀드리면 배를 불러주실 거예요. 처남댁 어르신이 한 달에 두 번 정도 큰 섬에 나가 필요한 물건들을 전부 사다 주시긴 하지만 혹시 급하게 나갈 일이 생기시면 미리 말씀해 주셔야지 배가 금방 도착해요. 안 그럼 네 시간 내내 기다려야 하거든요. 날씨가 좋지 않은 날엔 배가 못 들어올 수도 있구요."

"이 섬에 들어오면 죽어서나 나가겠군."

진심으로 한 소리였는데 해진은 그 말이 우스운 듯 미소를 지었다. 웃는 모습도 참 얌전해 가는 눈길을 막을 수가 없었다.

"뭐가 우습지?"

"생각해 보니 그 말이 맞아서요. 진짜로 이 섬은 한 번 들어오면 죽어서나 나갈 수 있거든요. 다들 그래 왔으니까."

조금만 생각해 보면 굉장히 무서운 말이었는데 이 여잔 우스워했다.

"아, 괜찮다면 오후엔 해리와 함께 이 섬을 구경해 보는 건 어떠세요? 둘러보시면 이런 외진 섬이라도 꽤 마음에 드실 거예요."

"됐어."

차갑게 반박하며 해진을 지나쳤지만 오후가 되면 해리와 섬 전체를 한 번 둘러봐야겠다고 마음먹었다. 보스의 계획대로 일 처리를 하기 위해선 이 섬의 구조를 잘 알아야만 했다.


오전에 뾰로통해진 걸 금세 잊은 해리는 태준과 함께 있는 일이 꽤 신이 났는지 여기저기 돌아다니며 설명하기에 급급했다.

"스머프가 이 숲에서 나는 버섯을 먹고 파래졌다는 소문이 있제. 그래서 여기서 나는 파란 버섯은 절대 먹으면 안 되제. 독이 들어 있응께."

태준이 숲으로 들어가려 하자 해리가 엉겁결에 태준의 옷자락을 잡았다.

"위험하다, 아제! 숲은 절대 들어가면 안 된다고 했소."

태준은 그 손을 가볍게 뿌리치며 숲으로 향했다. 해리는 발을 동동거리며 귀신이 나올 것 같은 숲을 둘러보다 재빨리 태준의 뒤를 쫓아 들어갔다.

"아제…… 나 여기 들어온 거 언니한텐 비밀로 해줄 거제?"

태준은 한숨을 길게 내쉬며 서둘러 걸음을 옮겼다. 들어갈수록 울창해지는 숲과 미끄럽고 발이 푹푹 빠지는 바닥 때문에 더 이상 들어갈 수가 없었다. 나무들 틈으로 거미줄이 쳐져 있어 시야를 방해했다. 무엇보다 뒤에서 무섭다고 징징거리는 밤톨의 울음소리가 더 이상 듣기 싫었다.

"아제, 무섭다. 어여 나가자! 귀신 나올 것 같소."

"그 입 안 다물어?"

태준은 섬의 가장자리에 솟아 있는 높은 절벽을 올려다보고 있었다. 그의 말에 해리가 오들오들 떨리는 목소리로 말했다.

"나가면 내 입 꾹 다물꾸마. 그러니 나가자. 응?"

짜증스레 한숨을 내뱉은 태준은 뒤돌아 왔던 길을 되돌아가기 시작했다. 그러자 해리는 태준의 옷자락을 꾹 붙잡으며 더듬더듬 걸음을 옮겼다.

숲 밖으로 나오자 구두는 진흙으로 엉망진창이 되어 있었고 샌들을 신은 해리는 발등까지 진흙의 잔여물이 묻어 있었다. 해진의 말대로 섬의 가장자리에는 무시무시할 정도로 높은 절벽이 성을 이루고 있었다. 해진이 왜 그토록 해리를 이쪽 근처로 가지 못하게 하는지도 알 듯했다.

"앗, 쑥이다!"

앞장서서 걸어가던 해리가 바닥에 쭈그리고 앉아 한 손 가득 쑥을 뜯어냈다.

"이걸로 된장국 끓이믄 그렇게 맛있제. 아제, 어제오늘 굶어서 배고프제?"

대꾸도 없이 지나치자 해리가 또 고래고래 소리를 질렀다.

"아! 사람이 말을 하믄 대답 좀 하소! 우리 언닌 장님이고, 아제는 벙어리요?"

"입에 모터를 달았군."

태준은 쨍알쨍알거리는 목소리에 귀를 후벼 파며 더 빠르게 발걸음을 옮겼다.


집으로 돌아오니 해진은 평상에 앉아 빨래를 개키고 있었다. 보이지 않아도 손 감각이 남달라 아주 반듯하게 옷들을 개어 차곡차곡 쌓아놓았다. 두 사람이 들어오는 기척에 해진이 싱긋 미소를 지었다.

"괜찮았어요?"

"언니! 내가 쑥 뜯어왔제! 저녁에 된장국 해 묵자."

"다듬어놓을래?"

“응!”

오후 내 돌아다니느라 땀에 젖은 태준은 잠시 평상에 앉아 가쁜 숨을 진정시켰다.

“땀을 많이 흘렸나 봐요.”

땀 냄새라도 나나 싶어 태준은 팔을 들어 킁 냄새를 짧게 맡았다. 그 소리를 들었는지 해진이 슬쩍 미소 지으며 말했다.

“후각이 예민하다니까요.”

마치 보고 있는 것 같은 모습에 놀라지 않을 수가 없었다.

“참, 갈아입을 옷은 좀 챙겨 오셨나요? 없으면 지금 쓰시는 방 서랍장에 보면 옷들이 있을 거예요. 오빠가 집에 오면 입던 옷들인데 사이즈만 괜찮다면 언제든 편히 꺼내 입으세요.”

그러다 불쑥 해진이 팔을 올려 태준의 팔을 턱 잡았다. 순간 움찔했지만 끝끝내 수트 안의 칼은 꺼내 들지 않았다. 태준은 저도 모르게 팔에 잔뜩 힘이 들어갔다. 팔을 쓸어 만져 본 해진은 싱긋 웃었다.

“제법 사이즈가 맞겠어요.”

“언니! 이거 다듬은 거 어찌하까?”

“어, 냉장고에 넣어둬. 저녁에 된장국 괜찮죠?”

여전히 대답 없는 그였지만 전혀 개의치 않은 해진은 끝까지 미소를 잃지 않았다.

미처 옷을 준비하지 못한 태준은 수트 하나로 버틸 수가 없었기에 방으로 들어가 서랍장 앞에 섰다. 서랍 안엔 브랜드 하나 없는 트레이닝복과 목이 늘어난 티셔츠 쪼가리들이 전부였다. 하지만 별 뾰족한 수가 없었다. 이런 촌구석에서 옷가게가 있을 리 없었다.

옷을 갈아입은 태준은 제 모습을 내려다보았다. 이 비참한 꼴을 아무에게도 절대 보이고 싶지 않았다. 하지만 다음 달까지 버티려면 이 정도는 감수해야 했기에 하는 수 없이 방문을 열었다. 역시나 자신의 모습을 보자마자 해리는 입꼬리를 샐쭉 올리며 비웃음부터 보였다.

"아제?"

"이거나 빨아."

태준은 자신이 입고 있던 정장과 와이셔츠를 해리의 발 앞에 툭 던져 놓고는 방으로 들어가 버렸다.

"언니야, 언니야! 아제 완전 이장 어르신이랑 똑같이 돼버린 거 아나?"

눈살을 찌푸린 태준은 당장 저 밤톨의 입부터 막아버리고 싶었다.

"이장 어르신? 아저씨가 어떻게 됐길래?"

"언니야도 보면 깜짝 놀랄걸? 지금 당장 밭 매러 가도 될 성싶제."

킬킬거리며 비꼬는 해리의 말에 태준이 당장에라도 마당 밖으로 뛰쳐나갈 태세를 취했다. 더 이상 밤톨을 봐주지 않으리라 생각하며. 하지만 대화는 곧 다른 방향으로 흘러갔고, 곧 구수한 냄새가 태준이 지내는 방까지 들어왔다.

"된장 크게 한 수저 풀고, 쑥 넣고……."

이틀이나 굶었더니 배에서 꼬르륵 소리가 났다. 그러다보니 마당에서 들리는 두 사람의 목소리에 귀가 기울어졌다.

"김 너무 바짝 구우면 쓰니까 살짝만. 불조심하고."

"언니, 간장에 깨 뿌리까?"

"응, 참기름도 조금 넣고. 고등어 구울까?"

"응! 이제 고등어 정도는 쉽게 구울 수 있제. 내가 부엌 가서 구워올게."

"연기 나니까 창문 다 열어야 한다?"

"걱정 붙들어 매소, 언니."

된장국? 고등어? 김구이? 서울에 있었음 마치 남들이 양식을 가끔 먹는 것처럼 태준이 가끔 먹는 음식들이었다. 항상 피비린내와 함께하다 보니 태준의 입맛은 오히려 양식처럼 자극적인 냄새 없이 깔끔함을 요하는 음식들을 주로 먹었다. 이런 섬 마을에서 스테이크를 원하는 건 아니었지만 지금 당장 밥 한 공기가 필요했다.

"해리야, 가서 아저씨께 얌전히 저녁 드시겠냐고 여쭙고 와. 주무시면 깨우지 말고. 알았지?"

이번엔 못 이긴 척 나가서 밥을 먹을 심산이었지만 벌컥 문이 열리자마자 해리는 다시 문을 확 닫았다. 이불에 기대어 눈을 감고 모르는 척하고 있었던 태준은 문이 닫히는 소리에 눈을 번쩍 떴다.

"아제, 잔다."

"아, 그래? 그럼 깨우지 마. 신경질 내시니까 얌전히 둘이 밥이나 먹자."

태준은 아랫입술을 꽉 깨물며 차라리 눈 뜨고 있을걸, 하는 후회가 생겼다.

"우와! 언니 된장국 죽이네?"

"우리 해리가 이 고사리 같은 손으로 직접 따온 건데 당연히 맛있지."

방문을 빠끔히 연 태준은 통으로 고등어 꼬리를 들고 먹는 해리의 모습을 빤히 쳐다봤다. 아무리 피도 눈물도 없는 인간이라도 배고픔 앞에서 무너지는 것은 마찬가지였다.

꼬르륵, 뱃속에서 음식을 달라는 소리에 태준은 눈을 질끈 감았다. 이러다 이 알 수 없는 섬에서 아사하는 것은 아닌지 걱정이 될 정도로 커다란 소리였다.

"아, 배고파!"

하지만 그놈의 자존심이 뭔지. 태준은 괜한 오기에 끝까지 문을 열지 못한 채 한참이나 배를 부여잡고 있어야 했다.


여름이라 해가 길었지만 영도는 6시가 조금 넘자 주위가 금방 어둑해졌다. 해가 지면서 저 멀리 파도 소리는 마치 창밖 가까이에 있는 것처럼 크게 들려왔다. 이불에 기대어 칼을 돌리며 허무한 시간을 보내던 태준은 밖에서 들리는 인기척에 칼을 강하게 쥐며 잠시 멈칫했다.

"해진이에요."

그 목소리에 긴장을 풀며 문을 툭 열었다.

"괜찮으면 청소 좀 할게요."

해진의 손엔 걸레가 들려 있었다. 태준은 아무 대답 없이 한 걸음 뒤로 물러났고, 인기척을 느낀 해진은 싱긋 미소를 지으며 방 안으로 들어갔다. 허공에 시선을 두고 방을 닦는 그녀의 손놀림은 굉장히 익숙했다.

"빈방이라 TV도 없고 라디오도 없고. 많이 지루하시죠?"

그사이 방문 앞에서 담배를 태우던 태준은 꽁초를 마당에 던지며 다시 방 안으로 들어갔다.

"내일 라디오 하나 구해 드릴게요."

"필요 없어."

"필요하실 거예요."

해진은 장담한다는 듯 싱긋 웃었다. 방문이 닫히자 태준은 한숨을 푹 내쉬며 다시 이불에 기대어 누웠다. 방을 청소해서 그런가 해진이 지나간 자리엔 기분 좋은 비누 냄새가 남아 있었다. 해진이 나간 지 얼마 지나지 않아 다시 기척이 들려왔다. 해진은 방에 삶은 감자와 동치미 한 그릇이 담긴 쟁반을 넣어주었다.

"필요 없어."

"필요하실 걸요?"

태준은 이 감자를 받게 되면 괜히 자존심이 상하고 자신의 위상이 툭 떨어질 것 같았다. 하지만 이번에도 해진의 말속엔 장담이 깃들어 있었다. 해진은 아까 잠시 방에 들어왔다 태준을 스치며 꼬르륵거리는 소리를 감지했으나 굳이 그 말은 하지 않았다.

"내일부턴 따로 밥상 준비해 드릴게요. 그럼……."

해진은 고개를 꾸벅 숙인 뒤 방문을 닫아주었다.

속내를 들킨 것 같은 기분이 들어 왠지 찝찝했지만 눈앞에 있는 노릇노릇한 감자를 보자 태준은 잠시 자존심을 잊고 급히 동치미 국물부터 들이켰다. 세상에 이렇게 달콤한 동치미가 다 있나 싶을 정도로 태준의 입맛을 확 사로잡았다. 게걸스럽게는 아니더라도 태준은 지금처럼 급히 음식을 먹어본 적이 없었다. 더군다나 감자란 음식이 양념 하나 없이 단지 삶은 것만으로도 이렇게 맛있을 수가 있는지 놀라웠다. 뜨거운 것도 모를 만큼 태준은 감자 한 입을 크게 먹고 동치미 국물로 살살 녹여 목구멍에 넘기기 바빴다. 갑자기 문을 벌컥 연 해리만 아니었더라도…….

"풉! ……쿨럭!"

해리와 눈이 마주치자마자 목이 메기 시작한 태준은 가슴을 툭툭 치며 입안 가득 들어 있는 감자를 뿜을 것 같았다.

"언니!"

그런 태준을 보며 해리가 또 해진부터 찾는다. 눈빛으로 '말하지 마, 제발!' 이라고 강하게 해리를 쳐다봤지만 아랑곳없는 쩌렁쩌렁한 목소리는 가차 없이 소리쳤다.

"아제 감자 토해!"

태준이 손을 저었지만 이미 문은 닫힌 후였다.


해리가 방으로 들어오자 뜨개질을 하던 해진이 인상을 구기며 아랫입술을 깨물었다.

"언니, 언니! 글쎄 아제가……."

"송해리. 언니가 아저씨 방 함부로 들어가지 말라고 얘기했어, 안 했어?"

"잘 자라고 인사하려고 했단 말이제."

"또 노크 안 했지?"

"하려고 했는데 깜빡했다……."

"해리가 자꾸 이러면 아저씨가 편히 지낼 수가 없잖아."

"알겠다, 조심할게."

해진의 얌전한 호통에 풀이 죽은 해리가 입을 삐죽 내밀며 책상 앞에 앉았다.

"언니, 근데 아제는 감자를 무지 좋아하는 것 같소. 그래서 맨날 밥 안 묵었나?"

해리의 질문에 해진은 그냥 웃기만 했다. 그동안 굶어서 걱정은 했으나 감자라도 먹었다니 그나마 해진은 마음이 편해진 것 같았다. 보이진 않지만 태준은 모든 면에서 굉장히 강한 사람이라는 걸 느낄 수 있었다. 그리고 지금의 상황이 다 마음에 들지 않아하는 것도 알 수 있어 내일은 조금이나마 태준이 편하게 지내길 바랐다.

"근데 언니야, 언니는 아제가 어떤 사람인 것 같소? 언니는 목소리만 들어도 알 수 있응게."

"아저씨? 음……."

해진은 잠시 뜨개질을 멈추고 생각하다 싱긋 웃었다.

"좋은 사람인 것 같아. 분명 그럴 거야. 그러니까 내일부턴 아저씨가 조금 더 편히 지낼 수 있게 해리가 많이 도와줘. 알았지?"

두 사람의 방에서 들려오는 소리에 태준은 피우고 있던 담배꽁초를 마당에 툭 버리며 방으로 들어갔다. 기대어 누운 태준은 어차피 이곳에 있어야 한다면 피하는 것만이 방법은 아닐 수도 있단 생각을 했다. 하지만 평범하지 않은 사람들과 뒤섞여 살아왔기에 과연 이곳에서의 생활이 오늘보다 조금 더 편한 내일이 될 수 있을지 그건 자신도 알 수 없었다.

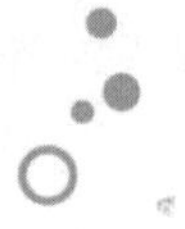

## 제2장

오늘 아침도 어김없이 해진의 레시피 읊는 소리에 태준의 눈이 떠졌다. 그리고 가장 먼저 이불 밑에 넣어둔 칼부터 확인했다.

"송해리, 노크."

그 말과 동시에 문이 벌컥 열렸지만 아차 하며 다시 문을 닫은 해리가 창호지가 찢어지게 문살을 탕탕 때렸다. 그리고 대답하기 전에 문이 벌컥 열렸다.

"아제, 옜다, 아침."

"송해리, 그건 어른한테 쓰는 말이 아니야."

"아, 귀찮다! 아제가 나와서 먹으면 될 걸 왜 이렇게까지 하는 겨!"

태준의 방으로 아침상을 들여야 한다는 잔심부름 때문에 해리는 성질이 뻗쳐 있었다.

"그리고 아제는 감자만 던져 주면 된다니께? 토할 정도로 막 먹
어. 내가 봤제!"

"해리야, 너 계속 못된 말만 골라서 할래? 던진다는 게 뭐야?"

방문을 닫으면서도 해리의 심술 난 말은 계속 이어졌다. 어제
먹다 남은 고등어 한 토막과 된장국 그리고 김치와 동치미가 전부
인 조촐한 밥상을 보며 태준은 짧게 한숨을 내쉬었다. 물건이 들
어오기 전까지 굶어 죽지 않으려면 이런 조촐한 밥상이라도 감사
하게 먹어야 했다.

허공에 시선을 둔 채 툇마루를 닦고 있는 해진. 그사이 수돗가
에 쭈그리고 앉아 묵묵히 설거지를 하고 있는 해리의 모습은 이
집에서 익숙한 풍경이었다. 깨끗하게 비운 밥그릇이 멋쩍었지만
처음이 어려운 거란 자기 위로를 하며 태준이 밥상을 방문 앞에
탁 내려놨다.

"해리야, 아저씨 식사 정리 좀 도와줄래?"

방문 열리는 소리만 들어도 뭐가 필요한지 빠르게 눈치채는 해
진 덕분에 태준의 손이 덜 민망했다. 밥상을 가지고 가면서도 태
준을 노려보는 해리의 눈빛은 매서울 정도였다.

"차린 게 마땅치 않아 죄송해요. 여긴 아무래도 먹는 음식들이
한정되어 있다 보니 서울에서 먹는 식사하고는 많이 차이 나실 거
예요."

어느새 곁으로 온 해진이 차분히 얘기했다. 역시나 대꾸 없이
태준은 주머니에서 담배부터 꺼내 들었다. 텅텅 빈 케이스를 보며
태준이 인상을 찡그렸다.

"여기 담배 파는 곳 있나?"

"처남댁에 가시면 얻을 수 있을 거예요."

방금 전까지 툴툴거리던 해리는 온데간데없이 또 태준과 함께 밖으로 나갈 수 있어서 기분이 좋아진 건지 강아지처럼 태준의 주위를 껑충껑충 뛰어다녔다.

"아제, 처남댁이 부자긴 부잔데 무슨 부잔지 아나? 바로 딸부자제. 글쎄, 처남댁엔 딸내미가 넷이나 있다지 않소. 근데 다들 저 멀리로 시집들 가서 일 년에 한 번 보기도 힘들다 카데?"

"안 물었다."

태준이 짧게 대꾸해 주며 더 빨리 걷기 시작하자 해리가 그의 뒤통수를 흘겨보며 속도를 맞추느라 발걸음을 서둘렀다. 골목 어귀를 빠져나올 때쯤, 어제와 같은 장소에 할매가 또 쭈그리고 앉아 있었다. 그래도 오늘은 팔찌를 만들어보겠다고 애쓰는 게 아니라 멍하니 먼 산을 쳐다보고 있었다.

"할매! 아침은 자셨소? 난 지금 우리 아제랑 처남댁에 담배 얻으러 가는 길이제."

해리의 대꾸에도 먼 산만 바라보는 할매의 얼굴엔 제정신이 아님이 그대로 깃들여 있었다. 오늘도 지나가는 태준을 향해 손을 흔들며 아는 체를 하는 마을 사람들이었으나 해리만 대신 인사를 할 뿐 태준은 여전히 눈길 한 번 주지 않았다.

"아제, 그라믄 못 쓰는 거라고! 언니한테 혼날 것이제."

"밤톨, 시끄러우니까 빨리 처남댁인지 처갓집인지나 가지 그래?"

"다 왔다. 여기다."

처남댁도 마당에 평상이 있는 시골집이었다. 그나마 곳곳에 생선들을 말리고 있어 이곳이 바다를 끼고 있는 곳이라는 게 느껴지긴 했다. 얼마 지나지 않아 해리가 처남댁 어르신을 모시고 들어왔다.

"아고, 대장총각이 이 누추한 곳까지 어인 일로 왔는감?"

"담배 좀 사러 왔습니다."

"아! 담배? 이 마을엔 담배 피우는 사람이 나뿐이라 담배는 라일락뿐인데…… 괜찮소?"

"뭐든."

방으로 들어간 처남댁 어르신이 손에 담배 세 갑을 들고 나오자 태준은 주머니에서 5만 원짜리 한 장을 꺼내 평상에 툭 내려놨다.

"오, 오, 돈은 필요 없제. 어차피 있는 거 나눠 피우고 하는 것이니까 그냥 가져가소."

태준은 짧은 인사 한마디 없이 그냥 그대로 뒤돌아섰다. 그 모습에 깜짝 놀란 처남댁 어르신이 돈을 들고 태준의 뒤를 쫓아와 기어이 그의 주머니에 다시 돈을 찔러 넣었다.

"아! 이렇게나 많이 필요 없다니까."

"잔돈이 없습니다."

"에이! 돈은 됐소."

"아제, 이 마을에서 돈은 필요 없소. 처남댁이 큰 섬에 나갈 때 뭐 큰 거 부탁할 때나 필요하지 평소엔 돈이 있어도 쓸 것이 없소. 진짜제?"

"그람, 그람! 아! 우리 대장총각이 담배가 필요하다는데 내가 무신 돈을 받겠어. 걍 가져가소. 어서, 어서."

태준은 한숨을 짧게 내쉬며 끝까지 인사 한마디 없이 뒤돌아섰다. 이 정도면 기분 나쁠 법도 하지만 처남댁 어르신은 그의 뒤통수에 손까지 흔들며 인사했다.

"살펴가소, 대장총각. 우리 골목대장도 살피가고."

"처남댁 으르신, 내일 망 치러 갈 때 해리도 데리고 가소!"

"아! 그람. 우리 골목대장이 원한다면 언제든 같이 가야제."

혹시라도 그를 놓칠까 처남댁 어르신과 인사를 마친 해리가 쏜살같이 태준의 곁으로 뛰어왔다. 길게 담배를 내뿜는 태준의 모습을 빤히 올려다본 해리가 손가락을 세워 담배 피우는 시늉을 따라했다.

"그렇게 맛나?"

"궁금하면 해보던가."

"아, 진짜로? 진짜로 해봐도 되제?"

반색하며 해리가 재빨리 태준의 손에 들린 담배를 뺏어 들었다.

"밤톨!"

흠칫 놀란 태준이 재빨리 해리의 입에 물려 있던 담배를 빼앗은 뒤 바닥에 던져 밟아 껐다. 장초가 처참히 짓이겨진 것을 보며 그가 짜증스럽게 말했다.

"뭐 하는 짓이야?"

"아, 해보라믄서?"

말 같지도 않은 소리에 태준은 대꾸할 가치도 없어 한숨만 내쉬며 다시 발길을 돌렸다.

"근데 아제, 설서는 나만 한 아들이 진짜 다 유치원이란 곳에 다니나?"

"몰라."

"대장이 그런 것도 몰라?"

"난 네가 생각하는 그런 대장이 아니야."

"아니긴? 해룡파의 행동대장이라 지 입으로 말해놓고선."

“지 입?”

“그래, 지 입! 남의 입은 아니자녀?”

“하아!”

강한 한숨이 절로 터져 나온다. 태준은 고개를 저으며 빠르게 해리를 지나쳤다. 해리가 또 뒤쫓아가려 했지만 저 멀리 밭에서 이장 어르신이 부르는 목소리에 해리의 발길이 다른 곳으로 돌려졌다. 골목 어귀에 혼자 들어선 태준은 여전히 그 자리를 지키고 있는 할매의 앞을 지나쳤다.

“나 팔찌 만들 거여.”

자신에게 하는 소린가 싶어 뒤돌아보니 할매는 허공을 보며 얘기하고 있었다.

“팔찌 만들 거라니께!”

태준은 어제의 모습이 생각나 근처에 있는 풀 한 포기를 뜯어 무심히 그 앞에 던져 주고는 다시 발길을 돌렸다.

마당에 들어서자 해진은 평상에 앉아 뜨개질을 하고 있었다. 앞을 보면서도 손은 분주하게 움직이고 있었다.

“아저씨세요?”

“귀신같네.”

“곁에 있음 담배 냄새가 나거든요. 해리는요?”

“이장 콜.”

그 말을 알아들은 해진이 훗, 하니 웃었다.

“아저씨, 죄송한데 저 이것 좀 잠시 봐주시겠어요?”

태준은 그냥 지나치려다가 평상 쪽으로 발길을 돌렸다. 해진은 뜨개질한 것을 쭉 펴 보였다.

"혹시 코가 빠졌나요? 아까 코가 하나 빠진 것 같은데 영 손에 잡히질 않네요."

"난 그딴 거 몰라."

"구멍 난 곳이 있나 봐주시면 돼요."

다른 사람이 부탁했다면 당장 집어치우라며 던져 버렸겠지만 들리지 않게 한숨을 내뱉은 태준은 잠시 평상에 앉아 해진이 펼치고 있는 부분을 쳐다봤다.

"멀쩡해."

"내가 잘못 느꼈나……? 고마워요, 아저씨. 참…… 어떻게 불러야 될지 몰라서 저도 해리 따라 아저씨라 부르는데 괜찮으시죠?"

"꼴리는 대로."

역시나 또 훗, 하니 웃는다. 항상 볼 때마다 입가에 미소를 짓고 있어 여유로운 사람처럼 보였다. 사실 눈이 보이지 않아 누구보다 전투적으로 살아왔을 텐데 어떻게 저렇게 웃을 수 있는지 궁금하기도 했다.

잠시 두 사람 사이로 살랑거리는 자연바람이 스쳐 지나갔다. 땀을 단번에 식혀주는 청량감과 함께 어제 해진에게서 느꼈던 향긋한 비누 내음이 또다시 코끝을 기분 좋게 간질였다. 자리에서 일어나야 한다는 것도 잊은 채 태준은 잠시 평상에 앉아 뜨개질을 하는 해진의 손끝을 저도 모르게 쳐다보고 있었다.

"저 되게 잘하죠?"

그 시선을 마치 본 것처럼 불쑥 묻는 해진의 질문에 그제야 태준이 정신을 차리며 시선을 돌렸다.

"처남댁이 이 집에서 제일 멀어서 고생하셨죠?"

　여전히 대꾸 없는 그였지만 해진은 훗, 하니 웃으며 태준 쪽으로 시선을 두었다.

　"참……."

　해진은 무언가 생각난 듯 뜨개질을 내려놓으며 평상에서 내려갔다. 그사이 태준은 슬쩍 뜨개질을 들어 한 치의 틀어짐도 없이 반듯하게 떠진 목도리를 보며 다시 한 번 더 눈 상태를 의심할 수밖에 없었다. 색깔의 맞춤까지 완벽해 바로 내다 팔아도 될 정도의 실력이었다. 해진은 작은 라디오 하나를 방에서 가지고 나와 태준의 앞에 내려놨다.

　"주파수가 두 군데밖에 잡히지 않아요. 그래도 재미난 거 많이 하니까 무료함은 많이 덜어줄 거예요."

　"어떻게 알 수 있지?"

　뜬금없는 태준의 질문에 해진이 잠시 입을 다물었다.

　"색을 구별하는 방법."

　"아…… 뜨개질이요?"

　해진은 그제야 이해하며 더듬거리다 손에 잡힌 바구니를 끌고 와 실타래를 묶고 있는 또 다른 실의 개수를 만지작거렸다.

　"하나면 빨간색, 두 개는 초록색, 세 개는 흰색……. 어차피 쓰는 실의 수는 한정되어 있어서 이렇게 매번 실로 묶어서 색깔을 구별해요. 실 사올 때마다 해리가 묶어주느라 고생은 좀 하지만 손에 익어서 이렇게 해놓으면 문제없이 할 수 있어요. 뭐, 나름대로의 점자랄까? 이 섬에서 나 같은 사람도 이렇게 잘 살아가고 있어요. 참, 아저씨는 서울에서 뭐 하셨어요? 물어봐도 되나요?"

　해진은 태준 쪽으로 시선을 돌려 조심스럽게 물었다. 그렇게 밤톨이 해룡파 행동대장이라고 떠들고 다녔는데 그 말뜻을 그대로 받아들이지 않자 태준은 마음 한편이 안심이 되면서도 허무함이 동시에 들었다.

"뭐……."

해진의 여유로움에 같이 동화되듯 태준은 자연스럽게 대답해 주었다.

"그냥 사업."

"아…… 이 섬엔 어떻게 알고 오신 거예요?"

"뭐, 지인 소개."

"그렇죠? 여긴 아는 사람만 오는 곳이라 우연히 들어오기는 힘들거든요. 그럴 줄 알았어요."

첫날에 느낀 자신의 예감이 맞아떨어진 게 기쁜지 해진의 입가엔 더욱 큰 미소가 지어졌다. 그 옆모습을 빤히 쳐다보던 태준은 눈을 뗄 수가 없었다. 향긋한 비누 내음, 마음을 차분히 가라앉힐 만큼 조용한 음성, 햇살보다 더 짙은 미소, 바람이 불 때마다 삐져나온 머리를 귀 뒤로 넘기는 섬세한 손가락……. 그동안 자신을 유혹하기 위해 육체적인 아름다움을 뽐내던 여자들을 수없이 봐 왔지만 이렇게 자연스러운 아름다움은 처음 느꼈다.

"아직…… 미혼인가?"

"저 혹시 이혼녀로 보여요?"

해진이 농조로 놀란 표정을 짓다 이내 미소를 지었다.

"나이 스물여섯에 이런 말 조금 창피하긴 하지만 아직 첫사랑도 안 해봤어요. 그럴 상대가 있었어야 말이죠."

마음먹고 이 여잘 어떻게 해봐야 한다는 속셈은 없었다. 그저……

아름답다 느껴지는 이 여자에 대해 궁금증이 생긴 것뿐이었다. 그리고 말수가 적은 자신이 술술 대화하는 모습이 신기하기도 했다.

"밤톨은 사투리를 많이 쓰던데……."

"아, 우리 해리 사투리 너무 재밌죠? 여기 섬사람들은 사실 이곳에서 오랫동안 살았다기보다 어쩌다 이곳으로 들어와 함께 살게 됐어요. 이장님만 이곳에서 태어나 사신 분이시구요. 여기저기서 오신 분들이랑 지내다 보니 해리 사투리가 중구난방으로 뒤섞였어요. 저도 가끔 해리 말투 들으면 너무 재밌어요. 마을 사람들이 워낙 가족처럼 지내다보니 지금은 이렇게 비슷하지만 사실 처음엔 다 달랐어요."

"그랬군. 근데 왜……."

"아, 저는 이 라디오 덕분에……. 할 수 있는 거라곤 듣는 게 전부라 라디오의 영향이 제법 커요. 덕분에 말투는 서울 말투라도 가끔 저도 모르게 억양이 바뀔 때가 있다우."

말끝에 억양을 넣으며 말장난을 친 해진이 쑥스러움에 고개를 살짝 숙여 웃었다.

태준은 방해 없이 연신 쳐다볼 수 있는 이 기회를 놓치고 싶지 않았다. 그러다 불쑥 고개를 든 해진과 눈이 마주치자 흠칫 놀라 얼른 시선을 앞으로 돌렸다. 때마침 헉헉거리며 오르막길을 뛰어올라온 해리의 우렁찬 목소리가 들려왔다.

"아제! 치사하게 먼저 가나!"

"해리 왔어?"

"아, 언니! 이장 어르신이 대장아제 해 먹이라고 나물 주셨다. 열무랑. 열무가 억수로 야리야리하다 하데?"

"열무김치 담가서 국수 해 먹으면 좋겠다. 해리가 다듬어놓을 래?"

"응! 참, 아제! 내일은 어르신들 망 치러 다 같이 간다는데 아제도 같이 가냐고 물어보데?"

"이틀에 한 번 바닷가에 나가 쳐놓은 망 걷는 일이에요. 이 섬에 배가 한 척 있었는데 폭풍 때 휩쓸려 가서 이젠 한 척도 없거든요. 그래서 바다까지 나가진 못하고 바위 사이에 망만 쳐서 물고기를 잡는 일인데, 은근히 남자 손이 모자라니까 도와줄 수 있는지 물어보시는 것 같네요. 요즘 고기가 철이라."

해진의 다정한 설명에 태준은 툭 자리에서 일어났다.

"그딴 건 안 해."

무심한 대꾸에도 해진은 그저 미소만 지었다. 마치 내일의 일을 예상이라도 한 듯.


그날 저녁, 태준은 무료함과 따분함에 해진이 건네준 라디오를 끝내 틀어야만 했다. 마치 교도소 독방에 갇혀 있는 것처럼 정신적인 고통이 일 정도로 시간이 가질 않았다. 내일이면 이 지루함도 나아지지 않을까.

라디오 소리를 자장가 삼아 잠들었지만, 겨우 5시가 조금 넘은 이른 시각에 눈이 떠지자 한숨부터 나왔다. 하루 종일 아무것도 할 일이 없는 이곳에서 오늘은 또 어떻게 시간을 때워야 할지 눈앞이 캄캄했다. 그러다 집에서 얼마 떨어지지 않은 위치에 제법 운치가 좋았던 곳이 생각나 태준은 집을 나선 뒤 언덕을 올랐다.

숨소리 하나 흐트러뜨리지 않은 채 언덕을 오른 그는 섬이 한눈에 보이는 곳에 이르자 걸음을 멈췄다. 저 멀리 수평선까지 펼쳐진 바다는 이제 막 떠오르는 해에 보석이라도 펼쳐 놓은 것처럼 반짝이고 있었다. 숨을 들이켜자 몸속 깊은 곳까지 청량한 공기가 퍼지는 게 느껴졌다.

"공기라는 게 이렇게 맛있을 수도 있군……."

막상 가만히 저 바다를 보며 열 다섯 살 때 고아원을 가출했을 때가 떠올랐다. 어렸을 적부터 싸움에 남다른 소질이 있었던 그가 서울에서 처음 만난 사람은 그때 당시의 해룡파 행동대장이었던 문춘식이었다. 그때의 시작으로 지금까지 한 번도 조직 일에서 손을 뗀 적이 없었던 태준은 문춘식이 죽은 이후, 행동대장으로 살면서 하루하루 촉각을 다투며 살아야만 했다. 그런 그에게 살기 넘치는 적막함과 또 다른 이 조용함이 낯선 건 어쩌면 당연한 일이었다.

"나쁘진 않네."

하지만 그 낯선 조용함이 지금은 그의 마음을 차분하게 만들어 주고 있었다.


"아제!"

태준이 가볍게 목운동을 하며 마당에 들어서던 찰나 누군가 옷깃을 확 잡아당겼다. 옆을 내려다보니 못마땅한 표정이 역력한 해리가 태준을 씩씩거리며 올려다보고 있었다.

"아침부터 어데 갔나 했다!"

"왜."

"아! 나 오늘 망 치러 가고 자픈데 언니가 글쎄 아제가 같이 안 가믄 안 된다고 하지 않소."

"뭐?"

"이럴 땐 언니지만 억수로 얄밉제."

마당으로 들어서자 해진이 밥상을 차리고 있었다.

"일찍이 어딜 가셨나 했어요."

"밤톨이 지금 무슨 소릴 하는 거지?"

해진은 말 그대로라는 듯 잔잔한 미소를 지었다.

"아, 언니! 그러는 게 어딨노! 내 망 치러 가고 자픈데 아제는 안 간대자녀!"

"아무래도 바닷가는 위험해서……. 아무리 어르신들이 계신다지만 해리까지 돌볼 여유는 없을 거예요. 괜찮으시면 우리 해리랑 동행해 주시겠어요?"

"싫다고 말……."

"아제, 그라지 말고 해리랑 같이 가주소. 응?"

울상이 되어 옷을 흔들며 말하는 해리의 눈빛이 간절하게 애원했다.

"싫어."

기어이 그 애원을 무시하며 방으로 들어가려는데 해리가 놓칠세라 태준의 앞길을 막아 섰다.

"아제, 부탁이다! 내랑 같이 바다에 가자. 응?"

"나보단 네 언니 설득시키는 게 더 빠를 거다."

태준은 끝까지 무시하며 방으로 들어가 버렸다.

"아! 언니! 저 봐라. 아제는 저래 고집이 망둥어 같다니께!"

"그래도 안 돼."

"치사해! 아제는 됐다 캤음서!"

"아무리 생각해도 혼자는 위험하니까. 아저씨께 다시 잘 말씀 드려 봐 우리 해리 예뻐서 꼭 마음이 바뀌실 거야. 우리 해리 잘하는 애교 있잖아."

얼마 지나지 않아, 문이 벌컥 열렸다. 이 꼬마에게 노크는 이제 기대도 하지 않는다.

"아제, 진지 드이소."

밥상을 넣어주며 해리가 얌전하게 말했지만 태준은 칼 손질에 여념이 없었다. 무릎 꿇은 다리를 쭉 밀어 태준의 등 뒤로 온 해리가 고개를 쑥 내밀었다.

"아제요, 뭐 하능교? 얼레? 칼 닦네? 아제, 그거 해리가 해주까요?"

눈을 마구 깜빡거리며 예쁜 척하는 해리였지만 눈길조차 주지 않은 태준은 묵묵히 칼만 닦았다.

"아제, 어깨 주물러 드릴까요?"

애써 표준말을 쓰려고 입을 오므리며 말하던 해리는 급기야 상체를 들어 태준의 어깨에 고사리 같은 손을 올려놓았다. 태준은 자신의 신체에 닿은 손길에 해리를 노려봤다.

"밤톨, 다치고 싶지 않으면 내 몸에 손대지 마라."

"아따, 이리 비싸게 굴지 말고 아제……."

다시 손을 올려 주무르자 태준이 험하게 인상을 쓰며 해리의 손목을 잡아 그대로 앞으로 업어치기하듯 그대로 넘겨 버렸다. 설마 어린애를 다치게 할 생각으로 그런 건 아니었지만 눈 깜빡할 사이 태준의 다리 위에 아기처럼 안기게 된 해리는 눈을 껌뻑이며 태준을 놀랍다는 듯 쳐다봤다.

"애라고 안 봐준다."

태준은 해리를 들어 그대로 바닥에 내려놓고는 자리에서 일어났다.

"아제! 아제! 완전 재미지다! 내 또 들어 올리도! 응? 내 또 업어치기해 봐라, 아제야. 언니, 언니! 아제가 나 지금 막 업어치기 했다! 대단하제?"

"해리 또 아저씨 귀찮게 굴었어?"

"언니도 아제 몸에 손대봐. 그람 아제가 업어치기 해줄 기야. 아제! 아제! 울 언니도 넘겨보소."

태준은 재밌으라고 한 행동이 아니었기에 뒤에서 조잘조잘거리는 소리가 거슬리기만 했다.

"식사 안 하세요?"

평상을 지나치는 태준의 기척에 해진이 물었다. 대꾸도 없이 밖으로 나가자 지구 끝까지 따라올 기세로 해리가 부리나케 그 뒤를 쫓아 나갔다. 혼자 남겨진 걸 느낀 해진은 짧은 웃음을 내뱉었다.

"우리 해리, 고생길이 눈에 훤하네."


태준이 향한 곳은 이장댁이었다. 아무것도 안 한 지 3일째가 되니 서울 일이 신경 쓰여 다시 한 번 보스에게 전화를 걸어보려는 참이었다. 시골 사람들은 아침이 이르다고 했지만 벌써 아침을 다 먹고 나갈 채비를 하고 있는 이장댁네의 모습에 태준은 참 부지런한 사람들이란 생각이 들었다.

"전화 좀 쓰겠습니다."

"아, 그럼, 그럼. 편할 대로 쓰소."

이장댁이 방에서 전화기를 끌어 마루 위에 놔주었다. 태준이 전화를 걸 동안 기어이 뒤를 쫓아온 해리가 시끄럽게 굴며 그의 신경을 예민하게 만들었다.

〈연결이 되지 않아 소리샘으로 넘어갑니다.〉

"아제! 아제! 그람 둘 중에 하나 선택해라. 날 업어치던가, 망치러 같이 가던가. 응?"

전화가 연결되지 않아 태준은 다시 버튼을 눌러 백발에게 전화를 걸었지만 백발 또한 연결이 되지 않았다. 그의 밑에서 십 년동안 일을 도맡아 해오던 백발까지 전화를 받지 않자, 그의 표정이 꽤나 심각해 졌다.

"아제, 어뜩하면 그렇게 업어칠 수 있소? 내도 그거 가르쳐 주면 안 되겠제? 응?"

〈연결이 되지 않아 소리샘으로…….〉

보스의 여동생인 민정도 전화를 받질 않으니 태준은 점점 불안해져 왔다. 이번엔 백발과 같이 그의 손과 발이 되어주는 덩치에게 전화를 걸었다.

"아제! 아제!"

〈여보세요?〉

"나다. 도대체 어떻게들 된 거야? 왜 다들 전화를 받지 않는 거지?"

"아제, 그거 가르쳐 주기 싫음 해리랑 망 치러 가자. 응?"

〈여보세요? 여보세요? 형님이세요?〉

"아제, 망 치러 내랑……."

"망치야, 내 말 들…… 아, 거 참!"

태준이 참다못해 잠시 수화기를 내려 옆에 있는 해리를 보며 인상을 팍 썼다. 해리의 말을 듣다가 자신도 모르게 '덩치'를 '망치'로 잘못 말한 것이다. 태준의 언성이 높아지자 해리가 팔짱을 끼며 입을 꾹 다물고 째려보았다. 그제야 태준이 다시 한숨을 내쉬며 수화기를 들었다.

"덩치야, 나다. 엄태준."

"해룡파 행동대장 엄태준이다. 그럼 뭐 하노. 대장이 겁이 많아 바다도 못 나가는데."

해리가 혼잣말처럼 옆에서 조잘거렸다. 태준은 인상을 쓰며 다시 한 번 참아냈다.

"왜 다들 연락이 안 되는 거냐. 무슨 일 있는 건 아니지?"

〈지금 검찰 때문에 다들 상황이 좋지 않아서 쉽게 연락이 안 될 겁니다. 형님, 안전하게 계시는 거죠? 그렇지 않아도 궁금했는데 보스께 여쭤도 가르쳐 주시질 않으니…….〉

"나는 잘 있다."

〈누구랑 계시는 겁니까?〉

"잘 있어도 너무 잘 있제, 이 골목대장 해리랑."

"골목대장 해…… 혼자 있다."

눈을 감으며 또 말이 겹쳐 나갈 뻔하자 태준은 눈을 감고 화를 참아냈다.

〈형님, 보스 걱정은 마시고 일단 형님 몸부터 챙기십시오.〉

"난 걱정 마. 행여 보스께……."

"아제, 내랑 망 치러 가는 거제?"

"아! 그래, 알았다! 알았어!"

그제야 해리가 손을 번쩍 들며 '만세'를 외쳤다.

〈형님, 옆에 누가 있는 겁니까?〉

"그래……."

〈안전하신 겁니까?〉

"아니, 왠지 모르게 생명이 단축되고 있는 것 같다……."

그의 말에 덩치는 무슨 말인지 모르겠다며 되물었지만, 태준은 또 연락을 하겠다며 전화를 끊었다.

통화를 끝낸 태준은 곧장 집으로 돌아왔다. 그 뒤에도 뭐가 그렇게 좋은지 마당에서 폴짝폴짝 뛰며 좋아하는 해리의 모습에 한숨이 절로 났다.

고난도의 미션처럼 어려운 허락받아내기에 성공한 해리는 아침밥을 먹는 내내 기분이 좋았지만 태준은 그 옆에 앉아 한숨과 함께 담배 연기를 길게 내뿜었다.

"아제! 밥 먹는데 계속 그 시꿉한 냄새 좀 풍기지 마소!"

"후! 그래, 끈다, 꺼!"

마음대로 담배도 태우지 못하는 태준은 신경질적으로 담배를 비벼 껐다. 해진의 웃음소리가 작게 들려오자 태준은 못마땅한 눈으로 그녀를 쳐다봤다.

"뭐가 우스워?"

그의 한 소리에 해진이 애써 웃음을 삼켰지만, 얼굴에 머물러 있는 미소는 사라지질 않았다.

"언니! 언니도 바람 쐬러 같이 갈 거제?"

"아니야, 아저씨랑 둘이 갔다 와."

"언니 집 밖에 안 나간 지 오래됐자녀. 아제도 있응께 우리 셋이 같이 가자. 아제, 언니도 같이 가도 괜찮제?"

"아, 거기 위험하다며? 앞도 못 보는 주제에 뭘 어딜 가? 밤톨 하나로 족하자, 어?"

태준의 무심한 말에도 해진은 그저 웃기만 했다.

"아제, 어차피 언니는 같이 가도 그 위에 있제 밑으로는 못 와. 언니, 같이 가는 거다? 응?"

뭐라 반박하려 했지만 태준은 미소 짓고 있는 해진을 보며 입을 다물었다.

잠시 후 해진은 해리의 어깨에 손을 올려놓고 해리의 발걸음에 맞춰 내리막길을 천천히 걷기 시작했다. 한 발자국 뒤에서 그 모습을 지켜보며 태준은 아무리 어깨를 잡고 있어도 앞이 보이지 않는 상태에선 저렇게 성큼성큼 걸어가지는 못할 것 같아 신기하기만 했다.

골목 어귀로 내려가자 할매가 또 그 자리에 쭈그리고 앉았다.

"언니, 할매 계셔. 할매! 아침은 자시고 나오셨소?"

마치 보이는 사람처럼 해리의 어깨에서 손을 뗀 해진은 더듬거리며 할머니 주변까지 걸어가 바로 그 앞에서 쭈그리고 앉았다.

"할머니, 오늘도 나와 계시는 거예요?"

"장님 왔는감?"

"네, 해리랑 바닷가에 나가려고 나왔어요. 오늘도 많이 더우니까 너무 오래 여기 계시면 안 돼요."

"망 치거든 내 집에도 물고기 한 마리 주겠소?"

"그럼요, 할머니 몫도 물론 있죠. 아침은 드셨어요?"

"배고파."

홋, 하니 웃은 해진이 자리에서 일어나 뒤돌아섰다.

"해리야, 할머니께 과자 좀 드려."

밖에 나가 간식으로 먹겠다고 싸가지고 온 두부과자 봉지를 꺼내 할매 손에 쥐어준 해리를 흐뭇하게 바라보는 해진이다. 역시나 정말 맹인이 맞는지 의심이 든 태준은 해진에게 다가가 시야에 또 손을 흔들거렸다.

"이것도 익숙한 일이에요."

그것을 또 느낀 해진이 짧게 웃으며 대꾸했다.

"우리 언니는 안 보여도 구신같이 다 알제. 그치, 언니?"

다시 걷기 시작하자 해진은 해리의 어깨 위에 손을 얹었다. 가면서도 해리는 밭이 어떻고, 나무의 생김새가 어떠며, 꽃의 색깔과 모양을 설명하기 바빴다. 태준은 도란도란 이야기를 나누는 두 사람을 보며 조용히 뒤를 따랐다.

"어르신!"

그러다 갑자기 해리가 뛰어가는 모습에 해진이 자리에 멈춰 서자 뒤따르던 태준도 자리에 멈춰 섰다.

"아제! 울 언니 좀 데리고 오소!"

저만치 가던 해리가 뒤돌아 소리치고는 다시 뛰어가기 시작했다. 해진의 옆으로 온 태준은 들리지 않게 짧은 한숨을 내쉬다 곁에서 들리는 소리에 고개를 돌렸다.

"아저씨가 온 이후로 부쩍 더 기분이 좋은 것 같아요, 우리 해리가."

"난 썩 좋지 않아."

후후, 웃으며 해진은 자연스럽게 곁에 온 태준의 팔을 툭 잡았다.

태준은 자기도 모르게 팔에 힘을 주게 되었다. 하지만 왜 그런지 해진이 잡고 있는 오른팔이 점점 뜨거워지는 것 같았다.

"아, 아저씨, 혹시 할머니 과자 잘 드시고 계신가 좀 봐주실래요? 가끔 음식을 급히 드셔서 엎히기도 하시거든요."

뒤돌아보자 할매는 봉지를 든 채 멍하니 먼 산만 바라보고 있었다.

"안 먹어."

"불쌍한 분이세요. 5년 전에 아들과 함께 여행 왔다고 해서 정말 그런 줄 알았는데, 다음날 아들만 이 섬을 나갔어요. 치매기가 있는 홀어머니를 두고 혼자 도망갔더라고요. 그때만 해도 할머닌 가끔 제정신이 돌아오셨는데…… 아들에게 짐이 되기 싫다며 이 섬에서 혼자 살 거라 맘을 굳히셨더라고요. 근데 저렇게 매일 저 자리에서 아들을 기다리세요. 아들에 대해 물어보면 무조건 미국에 갔다고만 하시고요."

세상 자기보다 더 나쁜 사람이 있을까 생각했지만 그 아들도 자신 못지않게 나쁜 놈이란 생각이 들었다. 얘기를 듣고 난 후 태준은 뒤돌아 다시 할머니를 쳐다봤다.

"무슨 추억이 있는지 팔찌에 굉장히 집착하세요. 기다란 것만 보면 뭐든 손목에 묶어 팔찌를 만들려고 하시거든요. 제 생각엔 아들과의 추억이 있는 것 같은데…… 아무리 치매가 있어도 자식은 그렇게 마음속에서 떠나지 못하나 봐요."

바람이 또다시 불자 해진은 머리를 귀 뒤로 넘기며 또 비누 향을 풍겼다.

"혹시 나중에 할머니 보시거든 말 한마디라도 걸어주세요. 외로운 분이시니까.”

말 끝나기가 무섭게 순간 해진의 발끝이 돌부리에 걸렸다. 앗, 할 사이에 태준의 재빠른 손이 해진의 앞을 막아주었다. 놀란 해진의 얼굴이 순간 굳더니 태준의 시선을 의식한 듯 금세 원래대로 돌아왔다. 태준의 팔을 양손으로 꼭 잡은 해진이 다시 미소를 지었다.

“해리였음 둘 다 힘이 없어 넘어졌을 거예요.”

“여긴 돌밭이군.”

“이장님 댁에 거의 다 왔나 보네요.”

땅의 모형도 익혔는지 해진은 더 꼭 태준의 팔을 붙잡았다.

“혹시 불편하시면 옷을 잡을게요.”

“편할 대로.”

해진은 미안한 마음에 태준의 옷깃을 붙잡았지만 이내 돌길로 들어오자마자 다시 팔을 잡을 수밖에 없었다. 천천히 걸음을 옮긴다 해도 순간순간 넘어질 뻔한 해진은 점점 태준의 몸 쪽에 가까이 다가가 양손으로 팔을 붙잡았다.

“미안해요, 저 때문에……. 혹시 해리 보이세요? 보이면 바로 부를게요. 해리 잡고 가도 되니까…….”

태준은 저만치 어르신들과 가고 있는 해리의 뒷모습을 쳐다봤다.

“없어.”

“죄송해요, 이래서 안 나오려고 한건데. 저는 어딜 가나 민폐만 돼서…….”

미안해하는 해진에 비해 태준은 가까이 붙어 있어 느껴지는 해진의 비누 내음과 체온이 좋았다. 덥긴 했으나 더위를 떠난 미묘한 따뜻함이 느껴졌다. 그리고 왠지 이 순간 내가 아니면 아무것도 할 수 없는 이 여자에 대한 은근한 자부심이 느껴졌다.

점점 가까워지는 파도 소리에 해진은 긴장이 조금 풀어졌다.

"오랜만에 바다 냄새 맡네요."

"난 벌써부터 멀미 나."

그 말에 웃음을 지은 해진은 태준이 걸음을 멈추자 덩달아 자리에 멈춰 섰다.

"여기쯤이 나을 것 같군. 세 발자국만 걸어 나간다면 그대로 추락이니 알아서 해."

그 말에도 웃음을 지은 해진이 고개를 끄덕였다.

"그럴게요."

말 잘 듣는 이 여자를 보며 또 은근한 자부심이 느껴졌다. 또한 뭐라 말로 표현할 수 없는 소유욕이라는 게 느껴지는 것 같았다.

"조심해요, 바위가 많이 미끄러우니까. 참, 해리는 뭐 해요?"

바위 아래를 내려다본 태준은 바닷바람에 연신 머리를 날리는 해진의 앞으로 다가갔다.

"놀아."

"잘 부탁해요. 까딱했다간……."

해진의 얼굴엔 걱정이 가득했다. 거친 파도 소리에 태준은 고개를 끄덕거리다가 아차 싶어 말했다.

"그러지."

짧은 답에 해진은 미소 지으며 고개를 끄덕였다.

바위를 타고 내려가면서 노인들과 아이가 왔다 갔다 하기에는 너무나 위험하겠단 생각이 들었다. 처음 이곳에 왔을 때도 계단

하나 없는 이곳을 보며 어떻게 사람이 왔다 갔다 하나 싶었었다.

태준의 모습을 본 처남댁과 이장댁 어르신들이 무척이나 반가워했다.

"어서 오소, 어서 와. 해리한테 온단 얘기 듣고 그리 반갑데?"

"섬에 왔음 바닷가도 종종 나와 보고 해야제?"

"아제! 물고기가 엄청 많이 잡혔제? 이것 좀 보소."

신이 난 해리는 두 팔로 망을 낑낑 들어 파닥이는 물고기들을 보여주었다.

"오늘 물고기 잔치할 거구면."

그 옆에서 두 어르신이 끙차거리며 망을 치는 소리가 들려와 태준은 짧게 한숨을 내쉬며 두 팔을 걷어붙였다. 그냥 보고 있을 수만은 없어 태준이 망을 번쩍 들어 올리자 해리와 어르신들이 박수까지 치며 좋아했다.

"역시 우리 설서 온 대장총각은 힘부터가 남달라. 아! 이거 번쩍 드는 것 좀 보소!"

"성님! 성님하고 내하고는 나가뒤져야겠소. 아, 이케 쉽게 꺼낼 걸 허구한 날 이래 왔으니 우리 둘 다 수명이 다했는갑소."

동시에 웃음이 터진 두 사람 사이에서 태준은 빨리 이 일을 끝내고 싶은 마음뿐이었다. 해리도 두 팔 걷어붙여 도와주겠다고 망을 들고 끙차거리며 한몫했다. 여기저기서 튀는 파도에 점점 옷은 젖어가고 팔의 힘은 빠졌지만, 망 하나를 걷을 때마다 팔딱팔딱 뛰는 물고기들이 가득 차 있으니 왠지 마음 한편이 뿌듯해지는 기분이었다. 새 망을 꺼낼 때마다 기대감도 생기고, 망이 비어 있으면 괜히 허탈감도 느껴졌다.

"이장 어르신, 이 망 여따 치면 되겠소?"

"오, 해리야. 그기는 위험하다. 내가 할 테니께 그냥 나와라, 나와!"

"내도 할 수 있소!"

"안 돼, 안 돼. 그기는 위험해."

"아니야, 할 수 있다!"

해리가 고집을 부리며 기어이 저쪽 바위틈으로 건너갔다. 이장 어르신이 아차 싶어 해리를 쫓아가려 할 때였다.

"오메, 해리야!"

갑자기 크게 친 파도가 해리를 덮치자 바위에 있던 해리가 넘어지며 망을 놓쳐 버렸다.

"망!"

해리가 깜짝 놀라며 망을 향해 손을 뻗었다. 순간 이끼 낀 바위 위에 손을 짚은 해리가 그대로 바다에 빠지려 하자 어르신들이 흠칫 놀라 두 눈이 크게 떴다.

아차, 하면 그대로 바위에서 떨어져 파도에 휩쓸려 가거나 바위에 얼굴을 부딪쳐 그대로 깨질 뻔한 순간, 태준이 본능적으로 손을 뻗어 해리의 팔을 붙잡았다. 그 본능적인 움직임이 아니었더라면 분명 해진의 걱정이 현실로 드러났을 것이다.

"해리야!"

"아이고, 해리야!"

또다시 친 파도에 결국 둘의 옷이 다 젖어버렸으나 다행히 해리는 큰 사고를 모면할 수 있었다.

"해리야 니 괜찮나?"

"대장총각 아니였음 니 클날 뻔했다. 아, 그라게 거긴 위험하다 카이!"

어르신이 다가와 해리의 상태를 살폈지만 해리는 괜찮다는 듯 싱긋 웃었다.

"노, 놀래켜서 죄송한디, 해리 다행히 말짱하제. 괜찮소."

태준은 한숨을 내쉬며 해리의 팔을 끌어 안전한 곳으로 데려다 놨다. 괜찮다 말했지만 놀란 해리는 온몸이 긴장에 굳어 있었다.

"대장총각, 마무리는 우리가 할 테니께 해리 데불고 그만 올라가소."

"그려, 해리 데꼬 그만 올라가소. 고생했네, 대장총각."

태준은 그렇게 하는 게 좋을 것 같아 해리를 자리에서 일으켜 세웠다.

"가자."

"어르신들 무거워서 저거 다 못 든다. 해리가 도와줘야제."

"또 고집 피울래? 진짜로 바다에 빠져야 정신이 들지?"

"그치만……."

"내가 도와주면 되잖아."

"아제가 참말로 도와줄 거제?"

"그래, 그러니까 올라가."

노인들에게 조금이나마 보탬이 되고자 하는 해리의 마음 씀씀이를 눈치챈 태준은 기어이 도와주겠다며 손가락까지 걸고 약속할 수밖에 없었다. 아까 전 파이팅 넘쳤던 해리는 놀란 마음이 가시질 않아 바위를 올라가면서도 순간순간 비틀거리기 일쑤였다.

"업혀라."

"아제, 나 무겁소."

"밤톨 열 트럭은 업을 수 있어."

못 이긴 척 해리가 태준의 등에 업혀 세게 목을 감싸 안았다.

"실은 무서웠다."

"그러니까 어른 말 들어서 나쁠 거 없잖아."

"해리도 잘할 수 있었는데……. 참, 아제…… 언니한텐 나 넘어 질 뻔한 거 절대 말하지 마소. 알겠제? 언니가 나 땜에 걱정하는 건 참말로 싫다."

업힌 와중에 귀에 대고 얘기하는 해리는 혼나기보단 걱정이 될 까 그게 더 걱정인 듯했다. 위로 올라가자 해진은 태준이 기다리 라는 곳에 얌전히 앉아 있었다. 기척이 들리자 해진이 미소를 지 으며 자리에서 일어났다.

"언니!"

태준의 등에서 내려오자마자 해진에게 뛰어간 해리가 그녀의 가느다란 허리를 감싸 안았다.

"세상에, 왜 이렇게 젖었어?"

"파도가 덥쳤부렸제!"

"어르신들은?"

"아직 밑에. 오늘 무지무지 많이 잡혔다, 물고기! 잔치할 것이 제."

"아저씨는?"

"응, 같이……."

해리가 뒤돌아봤지만 태준은 이미 다시 바위 밑으로 내려가고 없었다. 해리와의 약속도 약속이었지만 두 노인이 들기엔 상당한

양이었기에 모른 척할 수가 없었다.

"아이고, 망이 엉켜 클나뿐네!"

"성님, 이거 잘라야것소. 아따, 오늘따라 와 이리 파도가 씨노. 이거 자를 만한 거 없제?"

"그게 어딨노. 걍 냅둬야제."

"그러다 밑에서 다 엉킴 클나뿌제."

태준은 말없이 다가가 주머니에서 칼을 꺼내 들었다. 오늘 아침에 다듬어놔 유난히 빛을 내며 더욱 날카로워 보이는 칼로 묵묵히 망을 자르기 시작했다.

"이햐, 대장총각, 역시 대장이라 다르네."

"아따, 대장총각은 칼을 호미처럼 들고 다니는 갑소. 어째 주머니에 그런 게 다 있다요?"

대꾸 없이 망을 다 쳐낸 후, 무거운 물고기들을 들고 묵묵히 바위틈을 오르기 시작했다. 그 틈에 마을 할머니들이 하나둘 모이기 시작했다. 다들 태준이 없었으면 일이 금방 끝나지 않았을 거라며 칭찬 일색이 늘어졌지만, 태준은 그런 게 익숙지도 않았고 그렇게 반갑지도 않았다.

잠시 후 바다에서 가장 가까운 처남댁으로 간 마을 사람들은 이것저것 잡힌 망 속의 해산물을 보며 금괴라도 발견한 사람들처럼 입을 다물지 못했다.

"이것 좀 보소. 어째 해삼까지 걸려들어 왔소?"

"오메, 이 뽈락 통통한 것 좀 보소! 이번엔 우째 뽈락이 많이 잡혔는감?"

"아따, 오메, 오메! 이거 장어 아니여, 장어!"

"아, 지금이 장어 철이제! 이거 과서 우리 대장총각 좀 먹여야쓰겠네."

"그란 건 총각 먹여봤자 소용 없제. 어디 힘 쓸 데도 없지 않은감?"

태준을 보며 놀리 듯 한마디 한 새댁의 모습에 다들 웃었지만 태준은 길게 담배 연기만 내뿜었다. 이렇게 물고기가 많이 잡힌 날은 잔치가 열리는 날이었다. 잡아온 해산물들로 진수성찬을 차려내는 마을 사람들의 손은 바빴다. 해리는 방금 전의 놀람은 금세 잊은 듯 잔심부름을 하며 곧 있을 물고기 잔치에 신이 나 있었다. 한쪽 편에 앉아 분위기만 느끼고 있는 해진은 여전히 미소만 머금고 있었다.

"아, 이거 누가 꼬치 만들어야 쓰겠네."

"칼 어딨소? 처남이 나무 좀 다듬어 봐! 대여섯 개만 만들어 보소."

"아따, 나 지금 회 뜨는 거 안 보이소? 성님이 힘 좀 써보소."

나뭇가지로 생선을 꽂을 꼬챙이를 만들어야 하는 상황이었다. 하지만 노인 중 손이 한가한 사람이 없어 서로 일을 미루고 있었다.

"아이, 섬에 있는 남자라곤 둘뿐인데 뭐 이리 굼떠? 냅두슈, 내가 할 테니께!"

이장댁이 두 팔을 걷어붙여 칼로 나무 끝을 다듬었지만 영 시원치가 않았다. 태준은 옆에 있는 나뭇가지를 주운 뒤 주머니에서 칼을 꺼내 손이 보이지 않을 정도로 빠르게 칼질을 했다. 그러자 옆에서 감탄사가 터져 나왔다.

"오메, 오메, 오메!"

눈이 커진 이장댁은 끝이 점점 뾰족해지는 나무 꼬챙이를 보며 입을 다물지 못했다. 눈살을 찌푸리며 칼질을 하는 그의 솜씨는 단연 최고였다. 이렇게 쓰라고 문춘식이 남겨준 칼은 아니었지만, 지금 이 칼의 쓰임새의 최선은 이런 것뿐이었다. 찔리면 피가 날 정도로 날카롭게 다듬어진 꼬챙이에 마을 사람들의 박수갈채가 쏟아졌다.

"우리 아제 최고제!"

오히려 해리의 어깨에 힘이 들어갔다. 막 바다에서 건져 올린 싱싱한 회와 나무 꼬챙이에 꽂아 노릇노릇하게 구운 생선, 거기다 직접 밭에서 키운 채소까지 올리자 멋들어진 상차림이 되었다. 해리가 할매를 모시고 오니 온 마을 사람들이 다 처남댁 마당에 모였다.

"아, 대장총각, 해진이 데리고 이리로 오소."

"언니! 아제! 얼른 와! 회가 팔딱팔딱 아직도 싱싱하다!"

태준이 혼자라면 그냥 무시했겠지만 뒤에 앉아 있는 해진을 챙겨야 했기에 하는 수 없이 자리에서 일어나 해진의 앞으로 다가갔다. 곁으로 온 태준을 눈치채며 해진이 팔을 뻗자 태준은 왼쪽 팔을 내주었다.

"계단 두 개."

"네."

훗, 하니 웃으며 돌계단을 내려온 해진을 데리고 상차림이 있는 곳으로 온 태준은 그냥 지나치려 했지만 먹음직스러운 회를 보니 발이 멈칫했다. 더군다나 이장이 술잔을 비우며 태준에게 빈 잔을 내밀었다.

"아, 대장총각, 한잔허이. 이게 무진장 좋은 술이여."

술이라니, 이게 도대체 얼마 만인가? 소주 한 병 팔지 않을 것 같은 이 마을에서 기대도 하지 않았던 술을 보니 태준은 그대로 자리를 잡고 앉았다. 그는 항상 그의 입맛을 만족시키는 맥칼렌만 마셔온 나름 고급 입맛이었다. 술에 있어선 수많은 양주를 접해봤지만 고가인 만큼 그를 만족시킬 수 있는 건 맥칼렌이 전부였다. 브랜드도 없는 술 따위가 입맛에 맞을 리 없다고 생각하며 아무 생각 없이 술을 들이켰다. 하지만 입에 착 감기며 부드럽게 넘어가 온몸을 알싸하게 적셔주는 맛은 뭐라 표현할 방법이 없었다.

"한 잔 더 하제?"

태준은 말없이 술을 받아 마셨다. 그 모습을 마을 사람들이 모든 동작을 멈추고 쳐다봤다. 태준의 고개가 뒤로 젖혀지자 덩달아 마을 사람들도 점점 턱을 들며 그를 따라 했다.

"아따, 대장총각 허벌나게 잘 마시네? 내 잔도 한 잔 받으소."

이장댁이 주는 술에도 태준은 군말 없이 한 잔 받아 또 넘겼고, 마을 사람들은 또 그 모습을 보며 덩달아 고개를 뒤로 젖혔다. 알코올을 섭취하고 나니 이제야 한숨 돌리는 기분이 들었다. 태준은 마을 사람들이 주는 술을 마다하지 않고 연신 마셨지만 바람 좋고, 경치 좋고, 안주 좋은 이곳에서 쉽게 취하지는 않았다.

이제 누가 따라주지 않아도 자기 잔을 채워 마시는 태준은 벌써 한 주전자를 다 비우고 새 주전자도 반쯤이나 따라 마셨다. 말 한 마디 없이 술만 비우는 그의 모습에 쳐다보는 마을 사람들도 신기한 듯 눈길을 떼지 못했다.

"아제, 그러다 취하것소."

"너무 많이 마시지 마세요. 보기보다 독한 술이에요."

해리와 해진이 걱정스럽게 한마디 했지만 태준은 또 자기 잔에 술을 따라 목구멍을 축였다. 이장댁이 한마디 하기 전까지는.

"오메, 우리 대장총각 구더기 술이 입에 잘 맞는갑소."

"풉!"

그대로 입안에 가득한 술을 뿜어낸 태준은 멍하게 이장댁을 쳐다보다 주전자 뚜껑을 열어봤다. 흠칫 놀라 얼른 주전자를 내려놓고 그대로 수돗가로 가 물로 입을 헹궈내기 시작했다. 정말로 구더기가 둥둥 떠다니고 있었다.

"아제, 갑자기 왜 그라소? 이제 맛이 없소?"

"밤톨! 이게 구더기면 그렇다고 말을 해야지!"

"아! 말도 없이 쭉쭉 들이켠 사람이 누군디 내한테 화를 내소?"

옆에서 상황을 눈치챈 해진이 작게 웃었다.

"웃지 마!"

"뭔지도 모르고 그렇게 마시면 어떡해요."

"마시기 전에 설명을 해줬어야지!"

"미안해요, 앞이 안 보이다 보니……."

놀리는 어투에 태준은 입바람을 훅 불며 자리에서 벌떡 일어났다. 구더기 술이라고 생전 처음 들어봤지만 그 맛은 굉장히 기가 막혔다. 주전자 뚜껑을 열어보기 전까지는.

"아제, 집에 갈라요? 나는 더 놀고 싶은데."

"해리야, 언니도 그만 일어나는 게 좋겠어. 빨래도 걷어야 하고, 할 일을 그냥 두고 나왔어."

"그람 해 지기 전에 해리 보낼 텐게 둘이 먼저 가."

"총각, 오늘 무지 고생 많았소. 대장총각 아니었음 우리 이거 온종일 해도 못 끝냈을 껴."

"그라게. 아주 그냥 젊은 사람이 있응게 마을 일도 잽싸게 해부리고. 아주 좋구먼."

태준은 칭찬이 민망해 그대로 뒤돌아 마당 밖으로 나갔다.

"나 버리고 가게요?"

그 소리에 태준이 그제야 뒤돌아봤다. 앞을 더듬거리며 오는 해진 쪽으로 가 팔을 내미니, 그녀가 가볍게 팔을 잡아왔다.

"취기는 안 올라요? 그 술…… 제법 센 편인데."

"말 꺼내지 마. 다신 생각하기도 싫으니까."

후후, 거리며 웃는소리에 태준은 왠지 또 실없는 사람이 된 것 같아 미간이 좁혀졌다.

"그렇게 재밌어?"

"아니요, 아니에요."

해진의 말에 태준은 찝찝한 기분을 느꼈지만, 애써 무시하며 그녀의 발걸음에 맞춰 걸음을 옮겼다. 얼마나 걸었을까. 걷는 내내 태준은 옆구리가 조금씩 아파오는 것 같았다. 그 정도 일을 했다고 근육통이 생기진 않았을 것이다. 아마 욱신거리는 부위를 봐선 아까 해리를 잡다가 순간 바위에 부딪힌 곳이 무리가 온 듯했다.

"회 맛있었죠? 볼락이 꽤 달았어요. 그렇죠? 저녁엔 볼락찜 해 먹어요. 그것도 굉장히 맛있거든요."

"하아……."

짧은 신음에 해진이 고개를 갸웃했다.

"어디 불편해요?"

"아냐."

"옷을 잡을게요."

"그런 거 아니라고."

해진이 손을 놓으려다 강한 부정에 계속 팔을 잡고 걸었다. 태준은 오르막길을 오르면서 본격적으로 욱신거리는 통증에 아랫입술을 꼭 깨물었다.

"아저씨?"

"왜."

"불편해요?"

"뭐가."

"아저씨 숨소리…… 어디 불편한 거 맞죠?"

눈치 빠른 해진이 그 소릴 놓칠 리 없었다. 걱정스럽게 묻는 말에 태준은 대수롭지 않게 대답했다.

"바위에 조금 부딪혔을 뿐이야. 신경 쓸 거 없어."

"어디를요? ……네? 어딜 다쳤어요?"

대답이 없자 해진이 좀 더 안달하며 물었다.

"옆구리 쪽."

"집에 가서 치료해요. 서둘러요."

앞도 보이지 않는 주제에 해진은 발걸음을 빨리 움직이기 시작했다. 마당에 들어서자 해진은 아주 익숙하게 손을 더듬거리며 방으로 향했다. 태준은 평상에 앉아 티셔츠를 올려 봤다. 그러자 손바닥만 하게 부풀어 오른 피멍이 보였다. 갈비뼈에서 조금 벗어난 곳이었고, 까닥했다간 갈비뼈가 으스러질 뻔한 자리였다.

"연고가 필요할까요? 아님 붕대? 이장댁이 침술이 좋으신데, 이장댁을 불러 올까요?"

"호들갑 떨 필요 없어. 그냥 멍이 좀 든 것뿐이야."

"좀 볼게요."

"보이지도 않는 주제에……."

해진은 아랑곳하지 않고 태준의 옆에 앉았다. 농담이 통하지 않는 진지한 표정에 해진이 손을 더듬거리며 태준의 팔부터 잡았다.

"오른쪽이에요, 왼쪽이에요?"

"보이지도 않으면서 뭘 보겠다는 거야?"

"아저씨는 무조건 괜찮다고 고집 피울 테니까."

단호한 해진의 손이 더듬거리며 가슴팍으로 오자 태준은 저도 모르게 상체에 힘을 주며 숨을 참았다. 왜 그런지 이 여자의 손길은 사람을 긴장하게 하는 재주가 있었다. 가슴팍에서 점점 내려온 손이 왼쪽 옆구리에 다다르자 태준은 짧게 윽! 소리를 내었다.

"부었어요, 엄청 많이."

"긁혔을 뿐이야."

"얼음찜질 좀 해야겠어요. 만들어 올게요."

해진이 자리에서 일어나려 하자 태준이 잡아 앉혔다.

"호들갑 떨지 말래도. 겨우 이까짓 상처 아무것도 아니야. 이봐, 난 칼에 찔려도 봤고 총에도 맞아봤어. 이깟 상처쯤 아무것도……."

태준은 눈을 동그랗게 뜨며 입을 다무는 해진의 상기된 표정에 나지막이 말했다.

"아무것도 아니란 뜻이야. 연고나 바르면 나을 정도라고. 별거 없어."

태준은 기어이 연고 하나로 아픔을 참아냈다. 이 정도 상처는 정말 대수롭지 않아 해진의 호들갑은 시끄럽고 그의 신경만 날카롭게 만들 뿐이었다.

"좀 나아요?"

"그래."

"괜히 제가 아저씨 데리고 바다에 가자고 그런 것 같아서…… 그게 신경 쓰여서 그랬어요. 거슬렸다면 죄송해요."

"꽤나 사서 걱정하는 타입이군."

"보이지 않으니까…… 그게 어느 정도인지 몰라 걱정이 많이 앞서긴 해요."

"밤톨 때문이겠지."

"해리가 철이 없어도 속은 깊은 아이예요. 다쳐도 저한테는 티를 안 내요. 제가 걱정할 걸 아니까……."

말은 멋대로 해도 지 언니한테 하는 거 보면 꽤나 속 깊은 아이라는 것쯤은 태준도 알고 있었다.

"정말 찜질 안 해도 괜찮으시겠어요?"

여전히 걱정을 풀지 않는 해진의 표정에 태준이 불쑥 해진의 손을 잡아 자기 옆구리에 갖다 대었다.

"이제 됐지?"

놀란 해진이 아무 말도 못하고 가만히 있으니 태준은 해진의 손을 꽉 잡아 더 힘을 가했다.

"별거 아니야."

해진이 얼른 손을 떼며 어쩔 줄 몰라 했다.

"찝찝하다. 샤워를 좀 해야겠어."

"아, 아, 네. 뜨거운 물을 준비……."

당황한 해진이 자리에서 일어나 걸음을 뗐지만, 당황스러움에 발걸음을 제대로 체크하지 못해 그대로 평상 모서리에 걸려 넘어질 뻔했다. 뒤따라 일어서던 태준이 재빨리 해진의 허리를 끌어당겼다.

"오늘따라 산만하군."

태준의 품에서 얼른 떨어진 해진이 꾸벅 고개를 조아렸다.

"죄, 죄송합니다."

"그딴 소리 듣자는 거 아니야. 정신 차려. 까닥하다간 밤톨이 아니라 그쪽이 다칠 테니까. 그럼 밤톨이 퍽이나 좋아하겠어."

"샤워 물…… 준비해 드릴게요."

뒤돌아선 해진은 깊게 숨을 내뱉으며 정신을 차리려 애썼다.

해진이 사라지자, 태준은 머리를 거칠게 쓸어 올렸다. 말은 그렇게 했지만 내심 해진의 허리를 잡았던 팔의 감촉을 잊을 수가 없었다. 팔이며 옆구리며 해진의 손길이 닿았던 구석구석의 체온이 계속 느껴졌다.

앞마루에 걸터앉아 티셔츠를 벗자 태준의 몸 이곳저곳엔 상처투성이였다. 아마 해진이 봤더라면 기겁했을 정도로 태준의 몸엔 조폭을 상징하는 문신 대신 상처로 가득했다. 더군다나 팔에 난 깊은 칼자국은 보는 이로 하여금 눈살을 찌푸리게 할 정도로 크고 짙었다.

부엌문 열리는 소리에 태준이 고개를 돌리자 해진이 난감한 표정을 지었다.

“도와주세요.”

부엌으로 들어가니 큰 솥 안에 물이 한가득 담겨 있었다.

“불 좀 지펴주시겠어요?”

“찬물로 해도 돼.”

“많이 차가우실 텐데…….”

“상관없어.”

태준이 그녀의 곁을 지나치려 하자, 해진은 불쑥 그의 품 가까이에 다가와 숨을 크게 들이마셨다.

“담배 냄새보다 이 냄새가 훨씬 좋네요.”

“뭐?”

“몸에서 아저씨 진짜 냄새가 나요.”

싱긋 웃으며 해진이 지나치자 태준은 자기 팔을 들어 킁킁거리며 냄새를 맡았으나 아무 냄새도 나지 않아 고개를 갸웃거렸다.

“도대체 무슨 냄새가 난다는 거야?”

한 번 더 냄새를 맡은 태준은 밖으로 나오기 전 옛날 부엌을 그대로 옮겨놓은 듯한 곳을 둘러본 뒤 마당으로 나왔다. 그때 구석의 닫혀진 마구간 문 앞에 선 해진이 문을 열었다.

“여기서 샤워하시면 돼요. 아마 물 받아놓은 게 있을 거예요.”

태준은 안으로 들어가 문틈으로 바깥이 다 보이는 이 마구간에서 샤워를 해야 하는 제 신세에 한숨을 푹 내쉬었다.


망 치는 일이 나름 힘들었던 태준은 처음으로 자리에 눕자마자 잠이 들었지만, 이번엔 갈증이 그의 잠을 방해했다. 얼마 지나지 않은 시간을 보며 한숨을 내쉰 태준이 머리를 거칠게 쓸어 올렸다.

“쳇.”

꿈도 꾸지 않을 정도로 곤한 잠에서 깬 것이 마음에 들지 않았다.

태준은 방 밖으로 나오다 마구간에서 새어 나오는 소리에 멈칫했다.

“꺄! 언니, 간지럽다!”

깔깔 웃음을 터트리는 해리의 목소리에 자신도 모르게 호기심에 귀를 쫑긋 세운 태준은 그다음에 이어지는 말에 몸을 움찔 떨었다.

“언니 찌찌 진짜 크다! 나도 빨리 언니만큼 커서 브라자 입어보고 싶다.”

“조금만 더 크면 언니가 예쁜 속옷 사줄게.”

태준은 마치 목욕 중인 두 사람을 훔쳐보기라도 한 것처럼 얼른 수돗가로 발길을 돌렸다. 놀란 마음에 냉수를 평소의 양보다 더 들이켜며 입가에 흘린 물줄기를 손등으로 닦아냈다.

“뭐야, 왜 내가 죄지은 기분인 거야?”

혹시 자기도 모르게 시선이 마구간 쪽으로 갈까 봐 애써 고개를 돌리며 방으로 들어왔다. 하지만 방 안까지 들려오는 물소리에 신경이 예민해져 크게 심호흡까지 내뱉어야 했다.

잠이 완전하게 깨버린 태준은 자리에 누워서도 뒤척이길 반복했다. 직접 훔쳐본 것도 아닌데 자기도 모르게 해진의 모습을 상상해 버릴 것만 같아 몸을 벌떡 일으킨 뒤 팔굽혀펴기를 하기 시작했다.

“서른하나, 서른두울, 서른세엣!”

온몸이 흠뻑 젖을 정도로 몸을 움직이자 순간 머릿속이 뿌옇게 변했다. 하지만 그것도 잠시, 문틈이 조금 열려 있었던 사실이 떠오르자 태준은 짙게 인상을 쓰며 자기 머리카락을 거칠게 털어냈다.

"이 섬에 계속 갇혀 있다간 완전히 변태 또라이가 되겠군."

다른 여자의 몸을 몰래 훔쳐보다니, 자신답지 않다. 서울에서는 제 품에 안기고 싶어 하는 여자들이 줄을 섰으니, 이러한 마음이 든 것도 처음이었다. 그 사실이 태준은 참 마음에 들지 않았다. 당장 나가 저 문틈 사이를 다 꿰매 버리고 싶을 정도로 태준은 이 낯선 기분이 당황스러웠다.

"저예요."

바로 그때, 기다렸다는 듯이 들려오는 해진의 목소리에 흠칫 놀란 태준이 헛기침을 하며 일부러 인상을 썼다. 어차피 안 보일 걸 알면서도 이 순간 제 마음을 들키고 싶지 않은 마음에.

"뭐야."

"아직 안 주무신 거 맞죠?"

"깨워놓고 묻는 건 무슨 심보야?"

"어머, 잠들었는지 몰랐어요. 해리가 불이 켜져 있다고 하기에."

"왜?"

태준은 서둘러 말을 돌렸다. 앞 얘기가 길어봤자 좋을 게 없다는 생각이 들었다.

"아, 해리 배고프다고 그래서 감자 좀 찔까 하고요. 혹시 아저씨도 드실 거면 같이 준비할게요."

싱긋 웃는 모습에 그제야 목욕을 마친 해진의 모습이 정확하게 눈에 들어왔다. 촉촉하게 젖은 머리카락은 어깨 끝에 닿아 있었고, 따뜻한 물 때문인지 두 뺨은 붉게 물들어 있었다. 비누 향이 평소보다 좋게 느껴지자 태준은 얼른 시선을 돌렸다.

대답을 기다리던 해진이 한 번 더 물었다.

"같이 드시겠어요?"

"됐어."

문을 확 닫아버리며 눈앞에서 해진을 차단시켰다. 더 지켜보다간 한없이 넋을 놓을 것 같았다.

"그럼 쉬세요."

문밖에서 들려오는 해진의 조용한 음성에 태준은 신경질적으로 이불을 머리끝까지 끌어 올렸다. 여전히 코끝에서 맴도는 짙은 비누 내음과 방금 보았던 해진의 모습이 쉽게 사라지지 않았다.

"왜 한밤중에 씻고 난리야?"

짜증스럽게 내뱉은 태준은 눈을 질끈 감은 채 벽 쪽으로 돌아누웠다. 그때 건너편 해진의 방에서 두 사람의 까르르 웃는소리가 들려오자 태준은 또 뒤척이며 반대편으로 돌아누웠다.

"왜 난 계속 신경 쓰고 난리야!"

태준의 신경질적인 밤은 길어지고 있었다.

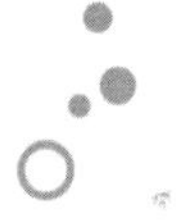

# 제3장

"아제, 아제!"

이젠 제법 익숙해진 목소리에 태준이 눈을 번뜩 떴다. 눈앞엔 밝은 얼굴로 웃고 있는 해리의 얼굴이 보였다. 깜빡 존 것 같았는데 벌써 날이 밝아 있었다.

"밤톨, 너 그러다 내 칼 맞는 수가 있다."

태준은 자신도 모르게 꺼낸 칼을 거둬들였다. 하지만 잔뜩 겁을 먹어야 하는 아이는 입술을 뾰족하게 내밀며 투덜거릴 뿐이었다.

"꿈자리 사납게 왜 그딴 걸 이불 밑에 숨겨놓고 자나? 누가 덮칠까 봐? 아따, 겁도 많제, 퍼뜩 나와서 울 언니 좀 도와주소."

해리가 문을 쾅 닫고 나가자 태준이 시각을 확인했다. 겨우 6시 반밖에 되지 않은 이른 시각에 한숨부터 나왔다. 마당으로 나가니 해진은 마당 한편에 돗자리를 펴놓고 어제 잡은 물고기들을 펼치고 있었다.

"대장총각 해 먹이라고 이 집에 많이 갖다 놨응께 꼬들꼬들 말려가 쪄 먹고 궈 먹고 하라고."

이장 어르신이 아침 일찍 갖고 온 물고기 한 대야엔 난생처음 보는 물고기가 가득했다.

"대장총각, 내가 아주 맛있는 것들만 골라왔제. 애껴 먹지 말고 싸게 싸게 먹으라고."

"으르신요. 해리도 싸게 싸게 묵어도 되겠소?"

"아, 그람! 우리 두 대장들 배부르게 먹으라고 이케 많이 가져왔제. 해진이도 맛나게 묵고."

"예, 어르신. 아침부터 고생 많으셨어요."

"아, 오늘은 해진네 밭 좀 갈 꺼여. 감자 씨알이 굵게 나오고 있구만."

"어머, 그래요? 그럼 오늘 새참은 저희가 준비할 테니까 이장댁에 애쓰지 마시라고 해주세요."

"그럴까? 그람 오랜만에 송해진이표 부침개 좀 맛보자고."

"예, 어르신."

아침부터 분주한 이 마을에서 가장 한가로운 사람은 담배만 연신 피워대는 태준이었고, 고사리 같은 손으로 뭐든 해보겠다며 뽈뽈 돌아다니는 해리는 이 섬에서 가장 바쁜 사람이었다.

아침 일찍이 가지고 온 물고기들 덕분에 머리가 지끈거릴 정도로 비린내가 풍겼다. 어젯밤만 해도 해진의 비누 내음에 기분이 좋았는데, 그 비누 내음을 단번에 사라지게 만드는 강력한 바다 냄새였다. 해진은 고무장갑을 낀 채 보이지 않아도 돗자리에서 벗어나지 않게 물고기들을 깔아냈다.

"아제, 가만히 있지 말고 가서 모기장 좀 가지고 오소."

"해리야, 손님한테 심부름 시키면 어째. 해리가 가서 얼른 가져와."

"허구한 날 놀고먹고 할 것이여? 밥값은 해야제. 안 그렇소, 아제?"

말로 못 당할 걸 알기에 태준이 자리에서 일어났다.

"어디 있는데?"

하는 수 없이 묻자 오히려 해진이 풋, 하니 웃었다.

"웃지 마."

"아제, 마구간에 보믄 위쪽에 봉지에 넣어뒀구만. 모기장 접어 놨응께 그거 가져오면 되제."

태준은 한숨을 내쉬며 마구간 안으로 들어가 단번에 모기장을 꺼내왔다.

"주세요, 제가 할게요."

"관둬."

태준은 손을 내미는 해진을 무심히 지나치며 생선 위에 모기장을 쳤다. 해리를 보며 저 작은 게 무얼 할 수 있나 싶었지만 제법 도와주는 손길이 야무져 일을 빨리 끝낼 수 있었다.

"언니, 다 했다."

"고생했어요."

"아, 언니! 일은 내가 다 했는데 왜 아제한테 인사하노?"

"그래, 우리 해리도 수고했고."

오후 내내 라디오 소리에 겨우 시간을 보내던 태준은 방문을 열어놓고 담배 한 대를 피우며 분주한 해리와 해진의 모습을 지켜봤다. 오늘 새참 준비를 하겠다던 해진은 보이지 않아도 감으로 부침개를 무리 없이 뒤집었다.

"언니, 다 타겠소!"

"아냐. 올려놓은 지 얼마 안 됐어. 아직 뒤집을 때 아니야. 기름 조금만 더 부을래?"

보이는 사람보다 오히려 더 잘 알고 있었다.

"나머진 언니가 할 테니까 해리는 뒷마당에 가서 김치 좀 꺼내와."

해리가 자리에서 일어나자 태준은 시선을 돌리며 딴청을 피웠다. 그 모습이 얄미웠던지 해리가 툴툴거리며 말했다.

"아제, 그라고 있지 말고 나와서 울 언니 좀 봐주소."

"퍽이나. 잘하구만, 뭐."

해리가 태준을 향해 메롱을 길게 외치며 흥, 하니 지나쳤다.

"저게, 콱!"

태준의 중얼거림에 해진이 미소를 지었다.

"심심하시죠? 저희 방에 가서 TV라도 보시겠어요?"

"됐어, 라디오도 귀에 안 들어와."

보고 듣는 거엔 익숙하지가 않아 태준은 급기야 라디오를 툭 꺼버렸다. 지글지글거리는 부침개 굽는 소리가 맛있게 귀를 자극했다. 허공을 보며 가만히 앉아 있는 해진의 모습에 혹시나 부침개가 타지는 않을까, 태준이 고개를 빼 이리저리 살폈다.

"저기…… 연기 나는 것 같은데?"

"아, 그래요?"

프라이팬을 들어 한 손으로 부침개를 뒤집으니 태준은 헛웃음
이 났다.

"진기명기에 나가보지 그래?"

"저 보고 있을 거면 나와서 프라이팬에 기름이나 좀 둘러줘요."

"난 그딴 거……."

"아제! 아, 그라고 가만있지 말고 퍼뜩 나와 울 언니 좀 도와주
소! 그러다 울 언니 다치기라도 하믄 아제 맘은 뭐 편할 것 같소?"

해리가 그새 뒷마당에서 나와 태준을 보며 한 소리 했다. 태준
은 입바람을 훅 불며 못 이긴 척 평상에 나와 빈 프라이팬에 기름
을 둘러줬다.

"이거면 되는 건가……."

"기름이 바닥을 다 덮으면 되니까…… 어때요?"

"뭐, 제법 내 눈대중이 적당했던 것 같군."

해진이 프라이팬을 굴리자 기름이 전체를 덮어씌웠다. 태준은
만족한 듯 고개를 끄덕였다. 한 국자 퍼 새로 부침개를 부치는데
한쪽으로 재료들이 쏠린 모습에 태준이 손가락으로 한쪽을 가리
켰다.

"여기, 여기로 좀 모여야겠는데?"

"어디요? 여기요?"

"아, 아니, 내 쪽으로. 오징어가 거기 뭉쳤잖아. 아니, 아! 이리
내봐!"

뒤지개를 낚아채며 태준이 동그랗게 부침개의 모양을 잡았다.

"이러니 맹인이지. 제대로 할 줄은 모르잖아?"

무심한 말에도 해진은 맑게 웃었다.

"맛 좀 봐볼래요?"

노릇노릇한 모습에 태준은 대꾸 없이 부침개 한쪽을 찢어 맛을 봤다. 부침개를 잡은 손가락이나 부침개가 돌아가는 입안이나 둘 다 홀라당 데일 정도로 뜨거웠지만, 그는 얼른 씹어 맛을 음미했다. 이장이 눈이 보이지도 않는 해진에게 부침개를 해달라고 할 정도로 아주 훌륭했다.

"어때요? 나도 먹어봐야겠다."

해진이 싱긋 웃으며 손을 더듬는데 순간 손이 프라이팬 쪽으로 가는 것 같아 태준이 얼른 손목을 잡았다.

"위험해."

"아!"

태준은 부침개 한쪽을 찢어 짧게 헛기침을 하며 해진의 입가에 내밀었다. 먹여주는 음식엔 꽤 익숙한 터라 해진이 덥석 받아먹자 태준은 괜한 민망함을 느꼈다.

"꽤 괜찮네요."

싱긋 웃는 모습에 더 민망함이 느껴졌다. 누군가에게 음식을 먹여준 건 태어나 처음이었다.

"아, 탄다. 뒤집어야 해요."

냄새를 맡은 해진이 급히 말하자 태준이 엉겁결에 프라이팬을 들어 부침개를 한 번에 뒤집는 걸 성공시켰다.

"봤어? 지금 나 한 번에 성공한 거?"

저도 모르게 기쁜 억양의 말투가 나왔고, 해진은 웃으며 고개를 끄덕였다.

“보이지도 않으면서, 뭘.”

순간 혼자 또 민망해져 한 소리 하며 괜히 뒤지개로 부침개만 꾹꾹 눌렀다.

그때부터 부침개 만드는 재미에 맛 들린 태준이 아예 자리 잡고 앉아 해진을 대신해 부침개를 만들기 시작했다. 새참거리를 다 준비하고 난 후, 세 사람의 외출이 다시 시작되었다. 굳이 안 가겠다던 태준은 할 일도 없고 연신 쫑알거리는 해리의 잔소리가 듣기 싫어, 하는 수 없이 밖으로 나왔다.

“아제, 울 언니 잘 데리고 오소.”

“해리야, 넘어지지 않게 천천히 가야 된다?”

“내 걱정 말고 언니나 조심히 오소.”

앞장서 걷는 해리의 뒤로 해진이 또 태준의 팔을 붙잡고 뒤따랐다.

“아저씨한테 부침개 냄새 난다.”

“생선 비린내보단 낫겠지.”

후후, 거리며 웃는 해진을 내려다보다 툭하니 막걸리 주전자를 뺏어 들었다.

“아니, 괜찮은데……”

“그거 엎어지면 밤톨이 나한테만 지랄…… 뭐라 할 거 아니야?”

“그 정도로 악하진 않아요.”

“악하진 않아도 잔소리는 엄청 심해.”

오늘도 어김없이 골목 어귀 그 자리엔 할매가 쭈그리고 앉아 먼 산을 쳐다보고 있었다. 태준은 해진에게 할매가 있다고 얘기하려던 순간 해진이 먼저 알아차렸다.

“할매, 새참 가지고 왔어요. 조금만 기다리시면 금방 갖다 드릴
게요.”

“나 팔찌 만들 것이여.”

“또요? ……아저씨, 주변에 기다란 풀 있음 뽑아서 할머니께 좀
드리겠어요?”

태준은 들리지 않게 한숨을 내쉬며 풀 한 포기를 뽑아 할매 앞
에 툭 내려놔 주었다.

“저번엔 팔찌 만들겠다고 밤새도록 저기에 계셔서 한동안 고생
하셨어요. 새벽에 이장 어르신 아니였음 날 샐 때까지 계셨을 거
예요.”

“그러니 치매겠지.”

무심하게 대답했지만 태준은 뒤돌아 팔찌 만들기에 열중인 할
매의 모습을 한 번 쳐다봤다.

밭으로 가자 마을 사람들이 새참을 가지고 온 해리네를 아주 반
갑게 맞아주었다.

“이것이 우리 아제가 만든 부침개랑께.”

“오메, 대장총각이 이런 것도 할 줄 아소? 맛 좀 봐야쓰것네.”

젓가락도 필요 없이 손가락으로 쭉쭉 찢어 먹는 마을 사람들은
삼키기도 전에 엄지손가락을 치켜세우며 무조건 맛있다고 폭풍
칭찬을 했다.

“구데기 술 좀 갖다 주까?”

“됐습니다.”

태준은 둥둥 떠다니던 구더기가 생각나 인상을 찌푸리며 뒤돌
아섰다.

“아제, 이리 와보소.”

해리가 갑자기 태준의 팔을 잡아끌어 당겼다. 귀찮은 표정을 지으며 해리를 따라 밭 중앙으로 들어가니 해리가 두 팔을 쭉 뻗어 한 바퀴 빙 둘렀다.

“여기가 해리네 땅이제. 넓지라?”

“그래, 네 똥 굵다.”

“아제, 아제, 아제가 토할 정도로 먹은 그 감자가 바로 여서 난 감자제. 여기에 감자가 다 묻혀 있거든? 한번 캐보겠소?”

“됐어, 그런 식으로 밭일까지 시키려는 속셈을 내가 모를 줄 알아?”

“아, 그라지 말고 한번 캐보소.”

해리가 괭이 한 자루를 내밀었다.

“싫다니까?”

쳇, 하며 해리가 쭈그리고 앉아 굵은 감자 한 알을 캐 태준에게 내밀었다.

“제법 굵제?”

태준은 귀찮은 듯 대답도 하지 않으며 주머니에서 담배를 꺼내 들었다.

“아제, 어디 가게?”

뜨거운 뙤약볕을 피하려 나무 그늘 밑으로 간 태준은 나무에 기대어 앉았다. 한쪽에서 밤톨은 감자를 캐겠다며 호미질에 열심히였고, 한쪽에선 새참에 겨우 한숨을 돌리며 웃고 떠드는 마을 사람들과 여전히 미소 짓는 얼굴로 바라보고 있는 해진의 모습이 보였다.

"해리야, 이것 좀 할머니께 갖다 주고 와."

해진의 목소리가 들리자 괭이질을 하던 해리가 벌떡 일어나 해진이 쪽으로 뛰어갔다. 괭이 한 자루가 남겨진 밭을 보며 어렸을 적 고아원 텃밭에 매일 나가 일을 했던 그때가 떠올랐다. 원장이건 선생이건 조금 큰 아이들은 학교에서 돌아오면 무조건 동생들 돌보는 일이라던지, 청소며 빨래며 뭐든 일손을 도와야 한다며 등을 떠밀었다. 그래서 매일 학교가 끝나면 무슨 핑계를 삼아서라도 고아원에 늦게 들어가곤 했다. 그땐 어른들이 시키는 일이 죽어라 하기 싫었다.

"혼자 여서 뭐 하소."

기척에 시선을 올리니 처남댁 어르신이 다가오고 있었다.

"담배 좀 하나 빌리겄소."

태준은 말없이 라일락 하나를 건네주었다. 담배 연기를 내뿜으며 밭을 둘러보던 그가 흐뭇한 표정을 지었다.

"저 끝에서 저 끝까지가 해리네 밭이제. 해리네 부모 죽고 나서 한 2년은 그냥 놀게 했더니 아깝더라고. 마을 사람들이 조금씩 도와 밭을 가꾸면 제법 수확물이 나올 것 같아 시작했제."

물어보지도 않은 이야기에 혼자 넋두리를 하듯 얘기하는 처남댁 어르신이었다.

"해진이 조것은 우리가 이러코롬 일하고 있음 미안해서 어쩔 줄을 몰라 하제. 바보같이 착해 빠져서리……. 해진이 보믄 우리 막내딸이 생각나. 아, 우리 막내딸은 귀가 시원치 않거든. 지 시어망한테 구박이나 받지 않으려나……. 해진이 조거 보고 있음 우리 막내 딸내미 생각나 맴이 아프제. 아, 내가 딸 부잣집이란 얘기는 들었을랑가 모르것네.”

“밤톨한테 들었습니다.”

“그라제? 요새 딸들은 다 시집밑천이라던데 우리 딸들은 어찌지 앞가림이나 하고 살고 있을랑가 모르겄어. 다들 지 자식들 키우고 살기 바빠 부모는 안중에도 없지만, 내랑 우리 여편네는 눈이 오나 비가 오나 고 기집아들 걱정에 살거덩. 대장총각 어매도 허구한 날 총각 걱정에 살제?”

태준은 그딴 건 없다 말하고 싶었지만 굳이 말하지 않았다.

“자식은 그런 것이제. 품고 있어도 걱정, 내놔도 걱정. 딸 자석들 다 여의고 나믄 편히 살 줄 알았더만 또 그러치가 않제. 보고 싶어도 보기도 힘들고. 우리 딸들 데리고 밥 한 끼 먹어본 지가 까막득혀.”

담뱃불을 비벼 끄며 처남댁 어르신이 급기야 태준의 옆에 털썩 앉아 목에 걸어둔 수건으로 이마를 닦아냈다.

“대장총각이 아까만치 해진이 조거 데리고 오는데 아, 우리 기집아들이랑 사우들 생각이 퍼뜩 나더라고. 늙은이 넋두리가 재미없어도 대장총각이 쪼매 이해하소.”

웃으며 얘기해도 처남댁 어르신은 깊은 한숨을 내쉬었다. 굳이 이야기를 말릴 생각도 없었다. 어차피 이 노인네들도 허허 웃으며 살아도 결국 속은 누구나 가지고 있는 자식 걱정으로 가득한 평범한 인간들이었다. 문득 안쓰러운 마음도 들었다. 기껏 낳아 길러 남의 아들한테 줘버리고 본인들은 보고 싶어도 보고 살 수가 없으니, 이 갑갑한 섬마을에서 얼마나 외로울지 조금은 알 것 같기도 했다.

“아, 거서들 뭐 혀! 이리 와 막걸리 한잔씩들 더 하제!”

이장의 쩌렁쩌렁한 목소리가 들려왔다.

"이라지 말고 같이 가서 한잔하제."

"아니요, 됐습니다, 전."

맥칼렌만 고집하던 입에 막걸리가 맞을 리 없었다.

하지만 얼마 지나지 않아, 벌써 네 그릇째 막걸리를 비우는 태준은 이번에 새댁이 주는 잔까지 서슴없이 받았다. 끝까지 함께하자고 마을 사람들이 계속 손짓을 하니 못 이긴 척 자리에서 일어나 이곳으로 왔지만 직접 구운 부침개에 막걸리는 그야말로 찰떡궁합이었다. 싸움뿐만이 아니라 술자리에서도 누구에게 져본 적이 없는 술고래이기도 한 태준은 분명 자신의 입엔 고가의 맥칼렌만 맞았는데 이따위 브랜드도 없는 막걸리가 마치 꿀물처럼 느껴지는 게 믿기지 않았다. 마을 사람들은 웃음이 끊이지 않을 만큼 즐거워했고, 그사이에 있는 태준 또한 어느새 동화되어 불편한 기색 없이 술잔을 기울이고 있었다.

"되게 맛있으신가 봐요?"

이미 마을 사람들은 다시 밭일을 하러 갔지만 옆에서 연신 술을 들이켜는 소리에 해진이 한마디 했다.

"누가 좋아서 마시는 줄 알아? 할 일이 없으니까 마시는 거지."

해진이 또 짤막히 웃자 태준은 눈살을 찌푸렸다.

"웃지 마."

"아제, 심심하믄 내랑 같이 감자 캐소."

"싫어, 그딴 건 안 해."

"대장총각, 대장총각!"

반박하자마자 저만치에서 새댁 노인이 부르는 소리가 들려 시선을 돌렸다.

"아, 그라지 말고 이리 와서 이것 좀 들어주지 그라소. 이쪽이 손이 쪼까 모자르네잉."

"거봐라."

지지 않고 해리가 길게 날름거리며 뒤돌아섰다.

"부탁해요, 아저씨. 아무래도 우리 밭이다 보니 모른 척은 할 수가 없네요."

해진마저 부탁하자 태준은 자리에서 일어날 수밖에 없었다. 일손을 거들기 위해 태준이 밭으로 들어가자 마을 사람들은 잘 됐다는 듯 너나 할 것 없이 여기저기에서 부르기 시작했다.

생각보다 힘든 밭일에 어느새 태준의 얼굴과 온몸이 땀으로 범벅되었다. 어찌 노인들이 이 힘든 일을 다 할까 싶었지만 생각해 보면 우리나라의 농부들은 모두 이만한 노인들이 대부분이었던 것 같았다. 쭈그리고 앉아 갈퀴로 감자를 캐던 태준의 머리 위로 불쑥 널따란 밀짚모자가 씌워졌다. 흠칫 놀라 뒤돌아보니 해리가 모자 쓴 모습을 마음에 들어 하며 싱긋 웃어 보였다.

"아제, 잘 어울린다."

"이딴 거 안……."

"대장총각, 쓰는 게 좋을 것이여. 안 그랬다간 하루 만에 살까시다 타부려서 고생할 것이제."

저쪽에서 감자를 캐던 이장댁까지 한마디 거들자 못 이긴 척 다시 모자를 눌러썼다.

"아제, 이건 땀 닦으라고 언니가 줬제."

해리가 이번엔 태준의 목에 수건을 걸어주었다. 완벽한 농부 패션이 완성된 태준은 수건은 기어이 하지 말자 싶었지만 이내 해진의 비누 내음이 코끝이 와 닿자, 못 이긴 척 그냥 목에 걸어두었다.

"아니제, 아니제. 이렇게, 이렇게 해야 감자들이 쏙쏙 뽑히제!"

"어이, 대장총각! 그쪽 다 했음 이리 와서 같이 좀 날라야 쓰것네."

"대장총각! 여기 땅 좀 메꿔야 쓰것는디?"

저 멀리 들려오는 마을 어르신들의 목소리에 앉아 있던 해진의 얼굴에 미소가 절로 지어졌다. 태준이 오고 나서 아주 오랜만에 섬 전체가 활기가 도는 것 같았다.

"언니야, 언니야! 글쎄 아제가 밭일이 제격인가 벼. 아주 그냥 솔찮게 힘을 제법 쓰제."

특히나 해리의 목소리가 더욱 활발한 것 같아 해진 역시 태준이 이곳에 온 게 고맙고 즐겁기만 했다.

"아이고, 오늘도 대장총각 덕분에 일을 싸게 싸게 해부렸구만."

"그라게, 아주 그냥 우리 섬에 복덩이가 굴러 들어왔제. 그라지 말고 대장총각, 낼도 나와서 같이 거들제?"

"하이고, 우리 대장총각 아니었음 오늘 이것도 다 못했을 것이여. 보기보단 실허니 무진장 쓸모가 있소."

이제야 한숨 돌리며 태준 곁으로 모여든 마을 어르신들이 뿌듯하게 밭을 둘러봤지만 태준의 눈엔 여전히 할 일이 많아 보였다. 그러니 내일부터 하지 않을 거라는 말은 차마 할 수가 없었다. 평생 느껴본 적 없던 양심이 조금씩 꿈틀거리고 있었다.


샤워를 마친 태준은 방으로 들어오자마자 그대로 이불에 뻗어버렸다. 절로 입에서 아고고, 하는 신음이 나왔다.

"언니, 감자 볶으까? 이따 야참으로 감자전도 해 묵고. 아제가 감자를 토할 정도로 좋아하니까 오늘 감자 반찬 많이 해놓제."

마당에서 들려오는 해리의 말에 태준은 인상을 팍 쓰며 고개를 돌려 버렸다. 익숙하지 않은 일을 하다 보니 태준의 몸은 성한 곳이 없었다.

"이게 무슨 꼴이람."

물고기 잡는 것도 모자라 이젠 밭일이라니……. 이 섬에서 하는 일은 한정되어 있었지만, 노인들이 그 일들을 다 할 수 있는지 한편으로는 대단하단 생각도 들었다.

"아제, 아제!"

발로 뻥 찬 것처럼 벌컥 문이 열렸다. 이제 익숙해진 태준은 어차피 해리일 게 뻔해 눈만 살짝 떴다.

"새댁이 감자옹심이 해왔제. 와서 좀 먹어보소."

"해리야, 말 예쁘게."

"잡숴보소."

"잘 거야. 문 닫아."

귀찮아 다시 고개를 돌리며 눈을 감았으나 다가와 팔을 붙잡고 억지로 일으켜 세우려는 해리의 힘에 몸이 휘청거렸다.

"아! 새댁 아줌니가 아제 줄라고 일부러 여까지 왔는데 이라믄 못쓰제! 언니! 아제 좀 봐라!"

"아, 그거 참!"

귀찮아 자리에서 일어나 앉은 태준을 보며 해리가 싱긋 웃었다.

"울 언니한테 호되게 혼꾸멍 나고 싶지 않음 퍼뜩 일어나소. 그라고 새댁 아줌니 감자옹심이는 한번 맛보믄 절대 잊을 수 없는 맛이제.”

“해리야, 아저씨 힘드시면 그냥 둬. 해리가 방에 갖다 주면 되잖아.”

“아, 그게 싫어서 이러는구만! 퍼뜩 나오소!”

해리가 슬쩍 째려본 뒤 뒤돌아섰다. 당장에라도 나가지 않으면 더 귀찮게 할 것 같아 하는 수 없이 밖으로 나온 태준은 평상에 앉아 어깨를 돌리며 찌뿌둥한 몸을 가볍게 풀었다.

“내가 대장총각 줄라꼬 옹심이 좀 만들어 왔제. 입맛에 맞을란가 모르겠네.”

“아줌니, 아줌니 감자옹심이는 지상최고제. 아제가 토할 정도로 감자를 좋아하니께 분명 입맛에 맞을 것이제!”

“야, 밤톨. 토할 정도는 아니거든?”

기어이 한마디 한 태준이 뜨거운 옹심이를 한입 먹자 새댁이 흐뭇하게 그 모습을 바라봤다.

“어뗘? 맛있제? 먹을 만하제?”

“예, 예.”

“아이고, 다행이네! 담에 내가 또 해다 줄 텐께 실컷 먹으라고.”

영혼 없는 대답에도 새댁은 활짝 웃으며 좋아했다.

“같이 좀 드시죠.”

먹는 모습을 부담스러울 정도로 쳐다보는 시선에 태준이 애써 한마디 했다. 서울에 있었더라면 먹든지 말든지 참견 안 할 테지만 그 시선에 목이 메일 것 같았다.

“어, 어. 그라제. 아주 그냥 먹는 것만 봐도 이리 든든허이 내 배가 다 부르는구먼.”

“맛있게 봐주셔서 아주 그냥 감사합니다.”

말꼬리 잡아 건성거리며 꼬는 말투에 해리가 태준을 톡 쏘아 쳐다봤다.

“고맙단 뜻입니다.”

정정하니 그제야 해리의 눈빛이 풀어졌다.

“아이, 뭐, 이깟 거 갖고…… 그럼 싸게들 자셔. 난 이거 저 위에 할매 좀 갖다 주어야 쓰것네.”

“해리야, 네가 좀 도와드려.”

“아, 지가 같이 가 드리것소. 거 이리 주소. 내가 들 테니께.”

“아녀! 어여 밥이나 묵어.”

“아니에요, 해리랑 같이 가세요. 밤눈도 어두우신데 위험해요. 해리 나중에 먹어도 괜찮지?”

“아, 당연하고말고.”

귀찮은 기색 없이 자리에서 일어난 해리는 새댁의 짐 보따리를 대신 들어주며 앞장서 나갔다. 평상에 단둘이 남으니 적막함이 잠시 흘렀다.

“입에 맞으세요?”

“그렇다니까.”

“어디 불편하세요?”

“밭일 두 번했다간 온몸이 부서질 거야.”

“힘드셨나 봐요.”

“만만치 않은 노동이더군.”

“이럴 때 일손에 도움이 못 되는 게 미안해요. 어르신들이 이렇

게 더운 날 고생하시는데……. 그래도 오늘은 아저씨가 같이 해주
셔서 얼마나 고마웠는지 몰라요. 이 집이 오르막길이라 어르신들
이 자주 오지는 못하시는데 그나마 아저씨가 계시니까 새댁 아주
머니도 오시네요. 아저씨가 이 섬에 온 이후로 분위기가 달라졌어
요."

"나 같은 놈이 뭐가 좋다고."

"그렇지 않아요. 그래도 말없이 뭐든 다 해주고 계시잖아요."

"그건 밤톨이……."

반박하느라 해진의 얼굴을 보자 절로 입이 다물어졌다.

"때가 되면 여길 당장 벗어날 거야, 이따위 섬!"

"그때가 언젠지는 모르겠지만 계시는 동안엔 저희 모두 즐거울
거예요, 분명."

"난 그런 재밌는 놈이 아니야."

"그런 놈 따로 없어요. 그렇게 느끼는 마음들만 있을 뿐이지. 그
래도 아저씬 좋은 분이세요. 싫다, 싫다, 해도 오늘 밭일까지 다
해주셨잖아요. 그리고……."

해진이 잠시 머뭇거리다 새침한 표정을 지었다.

"내일도 해주실 거고?"

"하! 그 순진한 얼굴들을 하고선 두 자매가 날 농락하는군."

농담에 해진이 풋, 하니 웃었다.

"들어요, 식기 전에."

해진이 흘러내린 머리끝을 잡고 얌전히도 먹는 모습을 태준이
잠시 보다가 먹기 시작했다. 이곳에서 그나마 마음에 드는 게 있
다면 음식들이 온통 맛있다는 점이었다. 한참 맛있게 먹고 있는

데, 해진이 숟가락을 불쑥 내밀며 말했다.

"아저씨, 나 김치 한 조각만 줄래요?"

눈 상태가 이러니 군소리 없이 태준은 해진의 식사를 도울 수밖에 없었다. 아마 부하들이 봤더라면 뒷목 잡고 쓰러질 일이었겠지만 이 집에서 이런 건 별게 아니었다.

"또 줘?"

자연스럽게 묻기까지 했고, 해진은 미소를 지으며 고개를 끄덕였다. 점점 이곳 생활에, 이 사람들에게 익숙해지는 해룡파 행동대장 엄태준이었다.


지지직거리는 라디오 주파수를 맞추다 신경질이 나 그냥 꺼버린 태준은 한쪽 팔을 베개 삼아 이불에 기대어 누웠다. 하루 종일 고단했던 걸 핑계 삼아 일찍 잠자리에 들었지만, 눈이 쉽게 감기지 않았다. 문이 벌컥 열리는 소리가 들려도 어차피 해리일 게 뻔해 눈길만 내려 쳐다보았다. 역시나 그의 예상대로 해리가 파스 하나를 들고 방으로 들어왔다.

"아제, 언니가 파스 붙여주래."

잘됐다 싶어 군말 없이 자리에서 일어나 앉은 태준이 티셔츠를 올렸다. 멀쩡한 피부가 보이지 않을 만큼 상처투성이인 몸을 보며 해리가 눈이 커져라 놀랐다.

"아제, 맞고 자랐나?"

"잔말 말고 붙이기나 해. 등 가운데에."

"오메, 이게 무슨 사람 등짝이고. 소 등짝도 여보단 깨끗하것소."

"아, 잔말 말고 붙이기나 하라니까."

짜증에 해리가 흘겨보며 짝! 소리가 나게 파스를 붙이니 태준이 티셔츠를 확 내리며 강하게 쳐다봤다.

"오늘 그거 좀 했다고 아프나? 어르신들보다 열 개나 어리믄서 뭔 엄살이 그리 심하노?"

"다 했음 나가. 시끄러."

"안 된다. 언니가 어깨도 열 번 주물러 주고 오라 캐서 것도 해야 된다."

해리가 상체를 들어 어깨에 두 손을 올려놓았다.

"네 조막만 한 손으로 뭘 하겠다는 거야? 됐어."

"언니가 시키는 건 무조건 해야제, 안 그럼 혼꾸멍난다. 가만히 있어봐, 아제."

해리도 별로 내키진 않았는 듯 건성으로 숫자를 세었지만 꾹꾹 누르니 손아귀 힘이 제법 세 그 열 번 만에 어깨가 조금 풀어진 기분이 들었다.

"시원하제? 울 언니는 내가 안마해 주면 그리 시원하다 카데."

태준은 빤히 보다가 주머니에서 만 원짜리 한 장을 꺼내 내밀었다.

"공짜는 사양이니까."

"아제, 이게 돈 맞제?"

"그럼 돌이겠냐."

"내 돈 필요 없다. 쓸지도 모르고 써본 적도 없제. 이게 몇 원인지도 나는 모른다."

"그래도 받아. 돈은 언젠가 쓸 데가 있을 테니까."

“이거 말고 대신 딴 거 해주면 안 되나?”

“……?”

“소원이 있다.”

해리가 눈을 빛내며 말했다.

군말 없이 태준의 밥상까지 치운 해리는 그 어느 때보다 분주했다.

“아제! 아제!”

태준은 이미 각오하고 있었다는 듯 해리의 부름에 평상으로 나갔다. 어젯밤 수긍하지 않으면 밤새도록 귀찮게 할 것 같아 해리가 원하는 대로 오늘부터 공부를 봐주기로 한 것이다. 공부와는 담 쌓았지만 그렇다고 간단한 셈이나 한글을 못하는 건 아니었기에 어쩔 수 없이 또 해리의 계획에 휩쓸려 버렸다.

“아저씨가 공부 봐준다고 우리 해리 아주 신이 났구나?”

툇마루에 앉아 뜨개질을 하던 해진은 목소리만 들어도 업이 되어 있는 해리의 모습에 덩달아 미소를 지었다.

“언니하고 공부하믄 답답했던 게 퍽이나 많았제.”

“그래서 모르는 게 뭔데? 빨리빨리 물어.”

귀찮은 태준이 평상에 아빠다리를 하고 앉아 팔짱을 끼었다.

“아제, 아제, 이것 좀 봐봐라. 받침이 없는 건 알겠는데 받침이 들어가믄 무지 헷갈린다. 이건 어케 읽노?”

“꽃.”

“아! 이게 꽃이란 글자가? 언니! 꽃이란다, 꽃!”

그렇게 해리는 물 만난 물고기마냥 태준에게 이것저것을 물었다. 새삼 한글이 이렇게나 많았나 싶을 정도로 해리의 공책은 빼곡히 연습의 흔적이 남아 있었다.

"밤톨. 이 멍충아. 자, 봐. 감자가 다섯 개가 있어. 손가락 다섯 개 펴봐."

"이렇게?"

"그래! 그중에 두 개를 먹었어. 그럼 손가락 두 개 접어봐. 옳지! 그럼 몇 개 남아?"

"하나, 두이, 서이. 서이!"

"그래! 그럼 5 빼기 2는 뭐겠어?"

"서이!"

"그래, 이 멍충아! 꼭 이렇게 응용을 해야 알아듣겠냐!"

"그 멍충이 소리 좀 안 하면 안 되나? 뭐 그리 승질머리가 개똥 같누? 모르니까 배울라꼬 이렇게 있는 거제. 드릅게 잘난 척이고."

"송해리, 착하게 배워야지, 그게 무슨 말버릇이야?"

부엌에서 나오던 해진이 한마디 하자 해리가 삐죽거렸다. 그사이 입바람을 훅 불며 태준이 속에서 부글부글 끓어오르는 답답함을 겨우 삭여냈다.

"식혜 좀 들어요. 해리야, 아저씨 그만 피곤하게 하고 오늘은 그만해."

"아제, 나중에 또 물을게."

"다른 데서 배우고 와서 물어라, 좀."

"누가 꽁짜로 알려달라고 했간? 오늘도 내가 야무지게 주물러줄 텐게 잘 좀 부탁하제. 아제, 성질은 그지 같아도 언니한테 배우는 것보다 훨씬 쉽다."

"미안해, 잘 못 가르쳐 줘서."

해진이 농담처럼 뾰로통하게 한마디 하며 평상 위에 식혜 통을 내려놨다.

"아, 이제 공부 다 했응게 아제 내랑 밭매러 가소."

"뭐어?"

"오늘도 할 일이 산더미다. 어르신들은 벌써 나와서 밭 가는데 우린 공부하느라 쪼까 늦었소."

"아저씨가 어제 하루 하더니 힘이 많이 드셨나 봐. 오늘은 그냥 쉬게……."

"누가 힘이 들어? 겨우 그까짓 걸로."

괜히 욱한 태준은 해진을 향해 한마디 하며 자리에서 일어났다.

"이래 봬도 내가 해룡파…… 됐다. 수건이나 챙겨와."

미소 지은 해진이 빨래걸이에서 수건 하나를 빼어냈다.

"아제, 모자도."

목에 수건을 걸고 밀짚모자까지 쓰자 태준은 완벽한 농부 패션이 되었다.

"언니, 아제랑 해리랑 댕겨오께. 집 잘 보고 있소."

"말썽 피우지 말고. 어르신들 말 잘 듣구. 그리고 아저씨, 이거……. 너무 무리하지 말아요. 굳이 안 나가도 되는데…… 괜찮겠어요?"

"그러면서 지금 면장갑까지 건넨 사람은 누군데?"

푸훗, 웃은 해진을 보며 태준 역시 헛한 웃음을 짧게 지었다.

해리와 함께 골목 어귀를 나오자 오늘도 뙤약볕이 내리쬐었다. 할매는 여전히 먼 산을 바라보며 그 자리에 쭈그리고 앉아 있었고,

해리는 또 식사 안부부터 물으며 태준의 몫까지 대신 인사를 했다.

해리와 태준의 모습이 보이자 마치 오랜만에 만난 사람들처럼 마을 사람들은 아주 반갑게 두 사람을 맞이해 주었다. 태준은 어제 한 번 해봤다고 오늘 밭 손질을 곧잘 하자 마을 사람들의 칭찬 일색이 또 이어졌다.

새참이 오자 태준은 막걸리를 원샷으로 시원하게 비워내며 잔치국수 한 그릇도 뚝딱 해치웠다. 일하다 먹는 새참 맛은 지금까지 먹어본 음식들 중 손가락에 꼽힐 만큼 기가 막혔다. 나무 그늘 밑에서 바람을 맞으며 막걸리 한 잔에 더위를 식히고, 잔치국수와 전 하나로 허기를 채우자 만족스러움이 몸 안을 가득 채웠다. 이 맛은 서울에 나가서도 종종 생각날 것 같았다.

"어머나, 어머나! 이러지 마세요~ 여자의 마음은 갈대랍니다."

어르신들의 요청에 호미를 마이크 삼아 밭 한가운데서 노래를 부르는 해리를 보며 태준 역시 웃음을 짧게 뱉었다. 노래조차 사투리 억양이 섞여 있으니 웃음이 나올 수밖에 없었다.

"얼씨구, 잘한다!"

"아따, 쟁반에 옥구슬이 굴러가는구먼."

해리의 노래를 응원 삼아 다시 힘을 내는 영도의 오후는 그 어느 때보다 뜨거웠다.


해가 뉘엿뉘엿 지자 모두들 그제야 허리를 펴며 오늘 하루를 정리했다. 한곳에 모인 마을 사람들은 오늘 수확한 야채들을 집집마다 나누어 주었다.

"대장총각, 좀 수고스럽지만 짐이 많아 그러는디 같이 좀 들어

주겠소?"

"그럼요! 물론이제. 우리 아제가 힘이 장사구먼!"

나서서 대답한 해리가 싱긋 웃으며 태준을 쳐다봤다. 밭에서 얼마 멀지 않았지만 오늘따라 짐이 많은 새댁의 무거운 물건들을 챙겨 들자, 망 치다 다쳤던 옆구리가 다시 쑤셔오기 시작했다.

혼자 사는 새댁의 집은 허름하고 작았다. 태준은 곧 귀신이라도 나올 것 같은 주변을 살피며 새댁이 건네준 물 한 사발을 받았다.

"아이고, 대장총각이 있응게 내가 다 편하구먼."

"아줌니, 온 김에 저번에 주신다던 오이장아찌 좀 가져가야것소. 아제가 들고 가믄 될 것이제."

"아! 그래야겠구만. 글치 않아도 내가 어제 가져갈까 했는디, 무거워서 들 수가 있어야 말이제."

잘됐다 싶은 새댁이 잠시 부엌으로 들어간 사이 태준은 주변을 다시 둘러봤다.

"오메, 아줌니요. 저 지붕 날라갈 것 같소."

"비 오기 전에 고치긴 허야겠는디 요새 이장댁이나 처남댁이 바빠서 손을 못 쓰고 있제."

"저러다 쓰러지것소."

"아직은 괜찮혀."

지붕은 그야말로 쓰러지기 일보 직전처럼 지푸라기와 패널이 아슬아슬하게 얹혀 있었다. 바람이 불면 훅 날아갈 것처럼 허술해 보였다.

"아제, 어디 불편하요? 표정이 왜 똥 씹었소?"

"네 얼굴 보느라."

밉살맞은 소리에 해리가 쳇, 하며 노려봤다. 어젯밤에도 옆구리가 쑤셔 한참 고생하다 잠들었는데 오늘도 꽤 고생할 듯했다. 슬쩍 만져 본 옆구리는 아직도 땡땡 부어 있었다.

해리의 손엔 오늘 수확한 채소들이 한 바구니 들렸고, 태준의 두 손엔 새댁네가 장아찌며 밑반찬거리들을 싸주어 양손이 무거웠다.

"조심혀서들 가."

굳이 문 앞까지 나와 손을 흔드는 새댁네는 두 사람의 모습이 안 보일 때까지 그 앞을 지켰다.

"새댁 아줌니는 열아홉에 큰 섬으로 시집을 왔다 카는데 얼라를 못 낳아가 이 섬으로 쫓겨왔다제."

"안 물어봤다."

"그라지 말고 새댁 아줌니가 을매나 불쌍한지 들어보소."

노려본 해리가 계속 말을 이었다.

"삼십 살 때부터 혼자 여서 살아왔다는디 얼마나 적적하겠소?"

"밤톨, 넌 그게 무슨 뜻인지나 알고 씨부리는 거냐."

"뭐라고 딱히 말할 순 없지만 대충 무신 말인제는 알고 있제. 아, 여 마을 어르신들 중에 적적하지 않은 어르신이 어디 있다고?"

"알긴 아나보네."

"옛날에 울 엄니 살았을 적에 제일 친하게 지냈다고 했는디 울 엄니마저 없응께 더 외로울 것이제."

"너희 부모님은…… 언제 돌아가셨는데?"

"음…… 솔직히 내는 기억 못하는디, 내가 세 살 때 바다에 나갔다가 둘 다 실종이 됐다 카데? 폭풍이 겁나게 불었다는구만. 엄니, 아부지 얼굴은 잘 모르지만 항상 언니가 사진을 보여줘서 그라도 나중에 하늘나라 가믄 한눈에 알아볼 수 있을 것이제.”

유독 해리가 바닷가에 나가는 걸 걱정하던 해진이 떠올랐다.

“보고 싶겠네.”

“그라도 나는 울 언니가 있응께 괜찮제. 근데 예전에 울 언니 혼자서 엄마 보고 싶다고 운 걸 본 적이 있다. 아! 이건 비밀이여. 절대 내가 언니 우는 거 봤다고 말하믄 안 돼.”

해리가 눈을 부릅뜨며 표정으로도 경고를 했다.

“언니는 내 앞에서 절대 울지 않지만 나는 언니가 혼자서 나 모르게 우는 걸 몇 번 봤제.”

“왜…… 우는데?”

“엄니도 보고 싶고…… 또 내가 아플 때도 울었제? 울 언니는 이 세상에서 내가 제일 소중해서 내가 아프믄 너무너무 마음이 아프다고 막 울어. 그래서 나는 언니 앞에서 아파도 아프다고 말하지 않을 것이제.”

속 깊은 마음에 오늘따라 해리의 얼굴이 조금은 어른스러워 보였다.

“어메! 할매요! 아직 집에 안 들어가셨소.”

골목 어귀에 여태 앉아 있는 할매를 보며 해리가 뛰어갔다.

“아제, 나 할매 집에 모셔다 드리고 갈 테니께 이것도 들고 집에 먼저 가소.”

해리가 야채 바구니를 태준의 옆구리에 끼워준 뒤 할매에게 달려갔다. 할매의 팔을 조심스럽게 부축해 가는 해리의 모습을 보니 태준의 입가에 짧은 미소가 지어졌다. 말도 많고 시끄럽고 귀찮게 굴어도 속 깊고 정 많은 아이인 건 분명했다.

엉겁결에 바구니까지 들고 집으로 돌아오자 평상에 앉아 있는 해진이 보였다.

기척이 들리자 해진이 자리에서 일어났다.

"늦어서 내려가 볼까 했어요."

헉헉거리며 평상에 짐들을 내려놓고 그대로 드러누운 태준은 숨을 돌리며 수건으로 땀부터 닦아냈다.

"해리는요?"

"치매노인 집에 데려다 준다고……."

숨이 차 말을 제대로 잇지 못하던 태준은 깊이 숨을 들이켠 뒤 상체를 일으켜 자리에 앉았다.

"이장댁이 항상 들어가시기 전에 모시고 가는데 오늘은 때를 놓치셨나 보네요. 그런데 밭일이 많이 바빴어요?"

"저, 누구야. 그 애 못 낳아서 쫓겨 왔다는……."

"새댁이요. 거기 들렀다 오신 거예요?"

"짐이 많아서…… 샤워부터 해야겠어. 윽!"

태준이 무심코 자리에서 일어나다 옆구리를 잡으며 멈칫하자, 소리에 민감한 해진이 눈썹을 치켜떴다.

"왜 그래요?"

"바다에서 다친 곳이 아직 낫질 않는군."

"침을 좀 맞아보는 게 어때요? 이따 해리보고 이장댁 모시고 오라고 할게요."

"그 정돈 아니야. 샤워하고 올 테니 연고나 줘."

무심히 지나치다 자리에 멈춰 선 태준이 뒤돌아 해진의 종아리를 내려다봤다. 치마 밖으로 피가 얼룩진 게 눈에 띄었다.

"왜 이래?"

"네?"

"다리 말이야."

"아…… 왜, 이상한가요?"

"피가 나잖아? 다쳤어?"

"아, 생선 말리는 걸 깜빡하고 피한다고 피하다가 수돗가로 넘어졌거든요. 아프진 않은데 상처가 좀 났나 봐요."

"앉아봐."

"아니, 저…….."

태준은 해진을 평상에 억지로 앉힌 뒤 한쪽 무릎을 꿇고 앉아 치마를 걷었다. 해진은 어찌할 바를 몰라 양손을 비비적거리며 괜찮다고만 계속 읊조렸다.

"뭐에 찔린 거야? 넘어진 상처가 아니잖아?"

자리에서 일어나 수돗가를 넘겨다 본 태준은 그곳에 땅을 파헤치고 고를 때 쓰는 농기구가 놓여 있자 눈살을 찌푸렸다.

"아프진 않았어요. 지금도 괜찮고요. 해리가 보기 전에 옷을 좀 갈아입고 나올게요."

해진이 치마를 얼른 내리며 자리에서 일어섰다. 아무리 이 집을 눈 감고 다녀도 해진에겐 모든 게 다 위험 물질들이었다. 마당을 훑어보던 그의 미간이 찌푸려졌다. 샤워를 하기 위해 마구간에 들어가서도 태준은 위험해 보이는 것들만 눈에 들어오자 한숨을 내쉬었다. 아무래도 내일은 마당과 마구간 정리를 좀 해줘야 할 듯 싶었다.

젖은 머리를 수건으로 툭툭 털며 마당으로 나온 태준은 문밖에 서 있는 해진의 모습에 그쪽으로 발길을 돌렸다.

"보이지도 않으면서 뭘 보고 있는 거야?"

"아, 해리가 늦어서요. 해리 안 보여요?"

"글쎄, 안 보이네. 갈 곳 없는 여기서 어딜 갔겠어."

"하긴…… 할매 저녁상까지 봐주고 오려나 봐요."

"그렇게 마냥 착하게 키워봤자 이 세상 살아가는 데 도움될 거 없어. 바깥세상은 착한 사람들이 살기엔 결코 호락호락하지 않다고."

훗, 하니 웃은 해진은 손에 들고 있던 연고를 내밀었다.

"잠깐만요."

해진이 태준의 팔을 잡아 가슴께에 손을 뻗어 더듬거린 뒤 왼쪽 옆구리로 손을 내렸다. 그 손길에 태준은 온몸에 힘을 주며 긴장했지만, 이내 붓기를 만진 해진은 손을 금방 떼어냈다.

"팩을 좀 만들어줄게요. 아마 효과가 있을 거예요."

해진이 지나치려 하자 그가 얼른 팔을 붙잡아 세웠다.

"나보단 그쪽 다리가 더 심각해."

"아뇨, 전……."

"고집불통인 건 두 자매가 똑같나 보군."

해진이 흠칫 놀라며 그의 손에 끌려갔다. 태준은 그녀를 평상에 억지로 앉힌 뒤 치마를 걷었다. 무릎까지 올라간 치마에 종아리가 휑하자 해진은 또 어쩔 줄 몰라 했다.

"아, 아저씨, 전……."

"상처에 아직도 흙이 묻어 있어. 이 상태로 방치하면 어떻게 되는지 잘 알고 있지? 밤톨 걱정시키고 싶지 않음 시키는 대로 해.”

태준의 손길이 닿자 아픔에 해진이 움찔하며 발끝을 세웠다. 치마 속에 숨겨진 해진의 다리도 얼굴만큼이나 하얘 태준은 자기도 모르게 허벅지까지 올라간 시선에 정신을 차리며 자리에서 일어났다.

“잠깐 있어.”

수돗가로 가 차가운 물에 적신 수건의 물기를 최대한 짜낸 그가 해진에게 다가갔다. 인기척이 느껴지니 긴장하고 있던 해진은 수건이 닿자 태준의 어깨를 꼭 붙잡았다.

“아!”

“생각보다 많이 다쳤다니까? 참지 마. 밤톨 없으니까 아프다고 해도 돼.”

“……아파요.”

나름 상처 치료엔 일가견이 있는 태준은 겨우 연고 하나와 붕대가 전부였어도 정성스레 연고를 발라주고 붕대를 감싸주었다. 그 손길에 해진의 아픔도 점점 사그라졌다.

“근데 아저씨, 몸이 울퉁불퉁해요.”

“뭐, 제법 몸이 좋지. 근육이…….”

“아니, 피부가요.”

태준의 어깨를 쓸어내리던 해진은 손끝에서 느껴지는 태준의 상처 많은 피부에 궁금해했다. 민망함에 입을 다물며 시선을 돌린 태준은 마당 안으로 들어서는 해리의 모습에 자리에서 벌떡 일어났다.

“어이, 밤톨. 배고프다, 밥 차려라.”

“아제는 내가 무신 밥솥이제? 언니! 할매 저녁 좀 차려 드리고 오니라 좀 늦었소.”

“그래, 고생했어. 해리도 배고프지? 얼른 밥 차리자.”

“아…… 나 너무 배가 고파서 할매랑 같이 밥 묵었는디…… 아제랑 언니랑 둘이 먹어. 아제! 오늘도 밥상 방에 갖다 줘야 혀? 걍 나와서 묵지?”

“예, 그러지요.”

대충 대답을 한 태준이 방 앞마루에 걸터앉는 사이, 해리가 달려와 해진의 품에 폴싹 안겼다.

“언니, 잘 있었제?”

“그럼. 아이고, 우리 해리, 땀 냄새 좀 봐. 일 억수로 많이 했나 보네?”

“응, 날씨가 더웠제. 그라도 아제가 있어가 일 또 많이 해부렸제. 아제가 제법 쓸모가 있어.”

“어이고, 고맙네.”

담배에 불을 붙이며 영혼 없는 인사를 한 태준이 시선을 돌렸다. 두 사람이 평상에 마주 앉아 밥을 먹는 동안 해리는 씻겠다며 마구간 안으로 들어가 버렸다. 크게 한 쌈 먹던 태준은 손을 더듬거리며 쌈장을 어마어마하게 많이 뜨는 해진의 손길에 얼른 음식을 꿀꺽 삼키며 그녀의 손을 덥석 잡았다.

“배보다 배꼽이 더 커, 지금.”

“아, 그래요?”

“이리 내.”

태준은 해진의 손에서 상추를 뺏어 들어 대신 쌈을 싸 손에 쥐어주기까지 했다.

“미안해요, 불편하게 해서……. 저 신경 쓰지 말고 그냥 드세요.”

“먹기나 해.”

태준은 밥을 먹으면서도 해진이 잘 먹고 있는지 눈길을 뗄 수가 없었다. 그는 멍한 해진의 시선을 보며 물었다.

“눈은…… 언제부터 그랬던 거지? 선천적인 건 아닌 것 같고.”

“아홉 살 때 심하게 열병을 앓았어요. 제때 치료를 하지 못해 점점 눈이 멀어져서 그 후로 일 년 만에 완벽하게 눈이 멀더라구요. 그나마 색깔은 어떤지, 어떻게 생겼는지 다 알고 있어서 생각보다 그리 힘들진 않아요.”

“다리를 그따위로 만들어놓고 힘들지 않다는 거야?”

해진은 그저 웃기만 했다.

“고등학교 마칠 때까지 읍내에서 혼자 살았는데 학교 다닐 때가 제일 힘들었어요. 사춘기이기도 했지만, 시골 학교라 편의시설이 전혀 없었거든요. 정말 많이 다치고 구르고 그랬죠. 고등학교 졸업한 후에 섬으로 다시 돌아와 이제야 겨우 익숙해져서 살고 있는데, 지금도 마찬가지지만 뭐, 앞으로도 평생을 순간순간 아차, 하며 살아야 하겠죠. 어쩔 수 없는 일 아니겠어요?”

“난 앞이 보여도 그쪽처럼 여유 있게 산 적이 없어.”

“제가 여유 있어 보여요?”

“그래 보여. 항상 웃고 있는 표정에서 여유가 보이지. 남들보다 더 전투적으로 살아왔던 주제에 너무 여유로운 표정이라…….”

“전투적으로 살아야 할 때는 이미 지났죠. 이젠 보이지 않는 것에 너무 익숙해져서 그런가, 욕심도 그렇다고 어떠한 희망도 없어요. 그저 지금은 우리 해리 건강하게 자랐으면 좋겠고, 내년에 혼자 큰 섬에 나가 학교를 다녀야 하는데 잘할 수 있을지…… 그 생각만 해요.”

“그런 생각만 하기엔 그쪽 꽤 젊어. 내가 이런 말을 할 입장은 아니지만…… 뭐라도 했으면 좋겠군.”

“제 주제에 뭘 하겠어요. 그저 민폐 안 끼치고 사는 게 전부인데…….”

쓸쓸한 미소를 지은 해진은 더듬거리며 물컵을 들었다. 항상 여유 있어 보여도 사실은 모든 걸 포기하고 살아가고 있다는 느낌이었다. 그 모습을 보자 태준은 보이는 게 다가 아니란 생각이 들었다.

물을 마시다가 흘러내린 물줄기에 멈칫한 해진이 닦으려 하자, 재빠른 태준이 먼저 손을 뻗어 닦아주었다. 엄지손가락으로 닦아냈지만 쉽게 손을 떼지 못한 태준은 왠지 서로 눈을 마주치고 있는 것 같았다. 금방이라도 눈물이 터질 것 같은 해진의 표정에 저도 모르게 천천히 뺨을 쓸어내렸다. 입을 다문 해진은 눈길을 돌리며 손끝에서 느껴지는 위로에 어쩔 줄 몰라 했다.

“아제! 언니!”

그때 마구간 문이 벌컥 열리며 해리의 쩌렁쩌렁한 목소리가 들리자, 태준은 얼른 손을 내린 뒤 헛기침을 하며 시선을 돌렸다.

“이것 좀 보소. 귀뚜라미가 우리 마구간에 있지 않소! 이것 좀 봐봐!”

두 손을 모은 해리가 가까이 오자 흠칫 놀란 태준이 자리에서 벌떡 일어났다.

“밤톨! 저리 안 꺼져! 당장 버리고 와!”

“오메, 아제! 이게 지금 무서워서 소리치는 거제? 아따, 언니, 아제 좀 보소. 표정이 완전 똥 씹었구먼. 에비!”

“야!”

움켜쥔 손을 들이밀며 놀리자 태준이 흠칫 놀라 재빨리 마루 쪽으로 도망갔다. 조폭계에 길이 남을 만한 싸움꾼에 냉혈한이었지만, 그래도 싫은 건 싫은 거였다. 밥을 먹다 말고 해리를 피하느라 한동안 태준은 온 마당을 뛰어다녀야 했다. 해진은 그 소리만 들어도 우스워 연신 웃음을 터뜨렸다.

“그거 안 치워!”

“그거라니, 아제! 귀뚜라미다, 귀뚜라미! 그것도 모르나!”

“밤톨, 너 진짜! 공부 안 봐준다!”

오늘따라 해리네 집 마당은 시끌벅적했다.


흰밥과 굵은소금을 1:1로 섞어 꾹꾹 뭉쳐 만든 팩을 태준의 옆구리에 붙여 랩으로 마무리하는 솜씨가 제법이었다. 태준은 해리의 고사리 같은 손을 보며, 이런 게 설령 효과가 있을까 싶으면서도 이 섬 구석에서 할 수 있는 최선의 치료란 생각에 군소리 없이 해주는 대로 가만히 있었다. 얼마의 시간이 흘렀을까. 태준은 해리가 다 했다며 손을 떼자 인상을 찌푸렸다. 밥 눌러놓은 걸 몸에 장난해 놓은 것 같아 보기에는 그렇게 좋지 않았다.

“아제, 죽은피 뽑아내는 데는 이것이 최고제. 나도 저번에 발가락을 찔어서 이거 덕 봤다니께? 아마 낼 떼어내면 죽은피를 밥알이 다 뽑아냈을 것이제. 붓기가 싹 가라앉았을 거라고.”

“이것도 노인네들한테 배운 거냐.”

"그라제! 울 언니가 어르신들 말만 잘 들어도 세상 살아가는 데에 문제는 없을 거라고 했제!"

"아무렴, 이 섬에서 그 노인네들 방식만큼 편한 게 더 있을까."

티셔츠를 내리며 태준이 이불에 기대어 누웠다. 꿇고 있던 다리를 쭉 밀어 옆으로 온 해리가 눈을 말똥말똥 뜨며 태준을 빤히 쳐다봤다.

"뭘 봐?"

"아제도 애인이 있소?"

"뭐?"

"장개 안 갔음 애인은 있을 것이라고 어르신들이 얘기하니까, 갑자기 해리도 궁금해져서 그라제."

"밤톨…… 이래 봬도 이 아저씨가 서울에선 꽤나 여자들 울리는 외모거든? 비록 여기 와서 이 낡은 추리닝에 이장님 패션을 하고 있지만, 그래도 잘난 건 가려지지가 않지."

촌스럽든 아니든 패션의 완성은 얼굴이 아닌가. 자아도취에 빠져드는 태준의 모습을 못마땅하게 여긴 해리가 눈살을 찌푸리며 한마디 했다.

"아, 내 말 못 알아먹것소? 애인이 있는가 없는가 물었제, 누가 아제 얼굴 자랑하라 캤소?"

"비밀이야."

"뭐 그리 대단하다고 꽁꽁 감추노. 됐다! 안 파고들란다!"

콧방귀를 뀌며 자리에서 일어난 해리가 문을 박차며 밖으로 나갔다. 그제야 태준이 닫힌 문을 보며 풋, 하니 짧게 실소를 지었다.

"성질머리하고는……"

"왜, 또?"

해리가 씩씩거리며 방에 들어오자 뜨개질을 하던 해진이 부드럽게 물었다. 그러자 해리는 아직도 분이 풀리지 않는 듯 언성을 높였다.

"설에 애인 있냐고 물어봤더니 비밀이라고 안 가르쳐 주자녀!"

"애…… 인?"

"응, 아까 어르신들이 아제가 장개를 안 갔음 애인은 있을 거라고 하대? 그래서 물어봤더니 지 얼굴 자랑만 하자녀!"

"……비밀이라 셔?"

"응, 치사해서 끝까지 안 물어봤다!"

삐죽거린 해리가 책을 펼치며 공부를 시작하자 해진은 입을 꾹 다물며 왠지 씁쓸한 기분이 되었다.

"참, 언니."

"어, 어?"

"아제 몸 만져 본 적 있어?"

"왜?"

"매 맞고 자랐는 것 같어. 온통 상처투성이다."

"그랬어? 그래…… 아까 전에 그런 게 느껴지긴 했어. 매 맞고 자랐대?"

"아니, 그런 말은 없었는데…… 엄청 흉측스럽게 많제. 맞고 자라서 허구한 날 망둥어같이 어두침침했나? 그리 생각하니 불쌍하다. 내일부턴 쪼까 잘해주까?"

"그런가……?"

그래서 아까 그 질문에도 말을 피했을까? 순간 해진의 표정이 태준에 대한 안쓰러움으로 흐려졌다.


믿거나 말거나였지만 아침에 랩을 뜯어내자 정말로 하얀 밥알에 빨간 피가 흥건히 배어 있었다. 신기하게도 붓기가 빠져 있었고 욱신거림은 사라져 있었다.

"솔찮게 효과가 있제?"

밥과 굵은소금으로 이렇게 할 수 있다는 새로운 사실에 신선한 충격을 받은 태준은 밥알소금팩에서 눈을 떼지 못했다.

"아픈 건 어때요?"

"사라졌어. 신기하네?"

태준의 말에 해진이 미소를 지으며 조곤조곤한 목소리로 말했다.

"민간요법이에요. 이 마을에선 다 민간요법으로 치료하거든요. 그건 꽤나 효과가 좋은 방법이구요. 오늘 밤에 한 번 더 해요."

"나중에도 써먹어야겠어. 병원 갈 필요 없겠네."

"언니, 칼 어딨제? 연필이 또 뭉그러졌다. 안 써져!"

평상에 밥상을 펴고 앉아 공부를 하던 해리가 연필 끝에 침을 묻힌 뒤 공책에 벅벅 문질렀다.

"아, 칼 심 사와야 하는데……. 나중에 처남댁 어르신 나가실 때 연필깎이 하나 사다 달라고 부탁하자. 아예 쓸 게 없니?"

"이리 내봐."

태준이 보다 못해 손을 내밀자 해리가 뭉툭한 연필을 건네주었다. 주머니에서 칼을 꺼내어 연필을 다듬는 손놀림에 해리가 손뼉을 치며 태준에게 가까이 다가왔다.

"아제! 손이 번개 같다! 언니야, 아제가 지금 연필을 깎는디 손이 엄청스레 재빠르다! 딴 연필도 가지고 와야쓰것구만."

흥이 난 해리가 분주하게 평상을 내려와 방으로 들어갔다. 이렇게 쓰라고 문춘식이 남겨준 칼이 아님을 마음속으로는 항상 알고 있지만 이곳에서 쓸 수 있는 방법은 겨우 이런 것뿐이었다. 태준의 날카로운 칼은 그 용도에 맞지 않은 곳에서 날렵히 사각사각 소리를 냈다. 찔리면 피가 날 정도로 뾰족하게 다듬어진 연필들을 보며 해리는 입을 다물지 못했다.

"아제가 이제 보니 칼질에도 솜씨가 제법이구만? 이거 본께 어째 도끼질도 남다를 것 같은디? 그제, 언니?"

해진은 그저 훗, 하니 웃기만 했다.

"원래 내가 처음에 도끼질을 배우다가 들고 다니기가 무거워서 칼질을 배운 건데……."

빤히 쳐다보는 해리의 눈빛에 지금 무슨 설명을 하나 싶어 태준이 자리에서 일어났다.

"말하다 말고 어데 가? 도끼질 좀 하냐고 물었자녀?"

"아, 도끼질은 왜? 또 뭘 시키려고?"

씩 웃은 해리가 손가락으로 뒤를 가리켰다.

"겨울에 쓸 장작 좀 패볼 텐감?"

"안 해!"

태준이 휙 뒤돌아서자 해진이 또 풋, 하니 웃었다.

"웃지 마!"

그러면서도 마구간 문을 연 태준은 이곳을 어떻게 정리해야 할지 슥 둘러봤다. 해진이 조금이나마 다치지 않게 주변을 살펴줘야겠다는 생각이 머릿속을 떠나지 않았다. 혹시 또 혼자 있을 때 정말 크게 다치기라도 하면 큰일이란 생각에……

"아제, 거서 뭐 하는 겨? 대낮부터 씻을라꼬? 해리도 같이하까?"

"밤톨은 내 취향 아니야."

한 소리 하며 태준은 안을 둘러보다 고개를 끄덕였다.

"밤톨, 아저씨랑 누가 더 힘이 센가 내기할까?"

잠시 후 마구간의 잡다한 것들을 마당 밖으로 빼고 나니 제법 많은 분량의 짐들이 쌓였다. 해리가 마지막 물건을 내려놓으며 손을 탁탁 털었다.

"아제, 그럼 이제 뭐부터 하면 되제?"

"잘 쓰지 않은 것들부터 위에 올릴 거야."

"아! 그럼 이거……."

"아니, 위험한 물건들부터 올리자. 이런 삽들은 녹이 많이 쓸었는데 버려도 되지 않아?"

"글쎄…… 언니, 언니! 마구간 선반에 있는 녹슨 호미는 버려도 괜찮제?"

무얼 하는지 알 수 없는 해진은 갸웃하며 툇마루에서 내려왔지만 이내 태준이 제지하고 나섰다.

"위험하니까 그쪽은 그냥 거기 얌전히 앉아 있어."

"뭘 하는데 이렇게……."

해진은 여전히 의문 섞인 표정이었지만, 태준은 무시하며 뒤돌아섰다.

"쓸모없는 것 같으니 버리도록 하지."

"어, 근데 그건 아버지가 쓰셨던 물건이에요. 함부로 버리기가……."

"그래서 언제까지 묵혀둘 건데? 수돗가에 있는 저 뾰족한 것도 이 집에선 쓸모없는 거잖아."

"것도 아부지가 쓰던 거라 했제."

"아차 하는 순간 네 언니 발모가지 나갈 수가 있어. 그래도 안 치우겠단 거야?"

"그건 안 된다! 울 언니 다치믄 절대로 안 되제."

"그러니까 정리 좀 하자는 거야."

이제야 태준의 뜻을 알게 된 해진이 짧게 웃으며 자리에 앉았다. 언젠간 정리를 해야 한다고 생각은 했지만 몇 년째 미뤄온 일을 이렇게 갑자기 하게 될 줄은 미처 생각하지 못했다.

"아제, 아제! 이건 겨울에 쓰는 건데 우예 할까?"

"쓰는 거라면 밤톨 손이 닿는 곳에 놓는 게 낫겠지. 이리 가져와 봐."

들려오는 두 사람의 분주한 소리에 해진은 절로 미소가 지어졌다. 툇마루에 앉아 뜨개질을 하는 해진, 태준 옆에서 낑낑거리며 도움이 되고자 그 작은 체구를 바삐 움직이는 해리, 오늘도 비 오 듯 땀을 쏟으며 짐을 들고 있는 태준.

영도의 한 작은 집 마당은 그 어느 때보다 바빴다.

제 4장

물 마시듯 벌컥벌컥 콩국물을 마신 태준은 고소한 맛에 빠져 또
다시 후루룩 소리를 내며 먹기 시작했다. 힘쓰느라 배고팠던 해리
도 쉴 새 없이 후루룩거리며 먹기 바빴다. 두 사람의 후루룩거리
는 화음에 해진은 웃음이 터져 버렸다.

"언니도 어여 먹어."

"응, 해리 많이 먹어. 아저씨, 국물 좀 더 갖다 드릴까요?"

"해리가 가져올게!"

자리에서 벌떡 일어난 해리가 평상을 내려가는데 태준이 빈 그
릇을 자연스럽게 내밀었다.

"동치미도 더 퍼와."

"아따, 귀찮게."

"입맛에 맞는 것 같아 다행이네요."

"아니, 그냥 죽지 않으려고 먹는 거야. 난 이딴 거 먹는 사람이 아니라고."

말은 그렇게 해도 또 후루룩 소리가 들려오자 해진은 들리지 않게 웃어버렸다.

"웃지만 말고 먹기나 해. 자, 여기. 여기 김치 올려놨으니까 먹어."

태준이 국수 위에 김치를 올려놓고는 해진의 손목을 끌어 젓가락을 갖다 댔다. 무뚝뚝한 손길에서 나오는 세심함에 해진의 입에선 미소가 가시질 않았다.

"고마워요. 덕분에 다치는 일은 없을 것 같아요."

"그러라고 개고생한 거니까 다치지 않도록 해. 마당에도 웬만한 건 다 정리했으니까……."

"드시고 한숨 주무세요. 해리 방해 안 하도록 조심시킬 테니까."

"그럴 시간 없어. 오늘 밭에 약 뿌려야 되는데 아침부터 창고 청소하느라 늦었어. 먹고 나가봐야 해."

무덤덤하게 말한 태준은 해리가 가져온 동치미도 그릇째 들이켠 뒤 자리에서 일어났다.

"아제, 어디 가게?"

"여기서 어디 갈 데라도 있었으면 좋겠다."

자연스럽게 목에 수건을 걸고 밀짚모자를 쓴 태준을 보며 해리가 눈을 동그랗게 떴다.

"같이 가자, 아제."

"네 언니 밥 먹는 거나 다 보고 와. 넌 오늘 있어봤자 도움도 안 되니까."

태준은 진지하게 목장갑까지 끼고선 밖으로 나갔다. 그 모습을 뒤돌아보면서까지 쳐다본 해리가 연신 고개를 갸웃했다.

"웬일이제? 아제가 먼저 저리 나서고? 오늘 해가 북쪽에서 떴나?"

"책임감이 생긴 거지, 아저씨도. 막상 밭일 해보면 노인분들만 일하게 둘 수는 없으니까."

"언니, 반도 못 먹었네? 내가 먹여줄게. 아, 하그라."

"됐어, 언니가 먹을게."

해진 역시 바깥쪽으로 시선을 돌리며 태준의 뒷모습을 바라봤다. 보이진 않아도 무뚝뚝함 속에 숨겨진 그의 따뜻한 마음이 느껴졌다.

"참 좋은 분인 것 같아."

"응? 언니, 뭐라고 했노?"

멸치볶음을 날름 먹은 해리가 듣지 못했다는 듯 되물었다. 동생의 물음에 해진은 고개를 저으며 웃었다. 별 얘기 아니라며.

수건을 두건 삼아 쓴 후, 그 위에 밀짚모자를 쓰니 한결 땀이 시야를 가리는 게 덜해졌다. 파란 소시지 추리닝 바지에 러닝셔츠만 입은 채 삽질을 하는 태준의 모습은 누가 봐도 이 섬 사람처럼 보였다.

"아, 대장총각, 쪼매 쉬었다 혀!"

뒤에서 이장 어른이 행여 쓰러지기라도 할까 얘기했지만 태준은 아랑곳 않고 삽질에 열중했다.

"아제! 아제!"

저 뒤에서 들려오는 해리의 목소리에 그제야 굽히고 있던 허리를 편 태준은 해리와 함께 오고 있는 해진의 모습에 피식 웃음을 뱉었다. 해리가 앞서 뛰어오고 있었고, 그 뒤로 나무작대기를 짚으며 해진이 더듬더듬 걸어오고 있었다.

"아제! 벌써 약 다 쳤나? 나 그거 잘하는데."

"밤톨, 그렇다고 네 언니 저렇게 버리고 오면 어떡해?"

"울 언니 지팡이만 있어도 잘 걷는다. 어? 아제 삽질하네? 해리도 삽질 잘하는데!"

혹시 해진이 넘어지지는 않을까 시선이 계속 그쪽으로만 갔다.

"어째 해진이도 다 나왔제?"

"아! 대장총각이 여기 있응께 따라 나왔지, 뭐. 보면 뻔한 거 아니것어?"

"오메! 우리 해진이가 대장총각 좋아하는 거여?"

마을 사람들의 목소리에 해진이 어쩔 줄 몰라 하며 손을 저었다.

"아유, 그런 거 아니에요. 해리가 하도 같이 나가자고 졸라서요. 괜히 아저씨 불편하시게 그런 말씀 마세요."

그 모습을 보며 태준이 괜한 헛기침을 하며 다시 땅을 파기 시작했다. 한참 일을 하다 허리를 편 태준은 나무 그늘 밑에서 감자 씨알을 만지작거리고 있는 해진의 모습을 바라보다가 그쪽으로 발길을 돌렸다.

"뭐 하는 거야?"

"아, 내일이 큰 섬 장날이라 처남댁 어르신이 가져가서 판다고 해서요. 씨알 좋은 거 골라내고 있었어요. 만져 보면 알거든요. 이

거라도 도우려고요."

시커멓게 손이 지저분해진 모습에 태준이 그 앞에 쭈그리고 앉아 목에 걸어둔 수건으로 손을 툭툭 닦아냈다. 그리고는 자기 손에 끼고 있던 장갑을 벗어 해진의 손에 끼워주었다.

"기껏 다치지 말라고 집 정리 해줬더니 나와서 다치려는 건 무슨 청개구리 심보야?"

"가만히 있는 것보단 나으니까…… 난 괜찮아요. 아저씨가 껴요, 장갑."

"내 눈은 멀쩡해. 위험한 건 충분히 피하고도 남지."

"나도 괜찮은데……."

"언니, 말 좀 듣지 그래?"

태준의 장난스러운 말에 해진이 작게 미소를 지으며 고개를 끄덕였다.

"고마워요, 아저씨."

보고 있으니 계속 바라보고 싶어 시선이 쉬이 떨어지지 않았다. 태준은 맑은 그녀의 얼굴을 보다가 자리에서 일어났다. 뒤돌아서자 해리와 마을 사람들이 갑자기 일을 하는 척하며 두 사람의 모습에서 시선을 후다닥 돌렸다. 태준은 고개를 기울인 뒤 다시 자리로 돌아왔고, 장갑을 낀 해진은 두 손을 꼭 잡으며 콩닥콩닥 뛰는 가슴을 진정시키느라 깊게 숨을 들이켰다. 내색은 안 했지만 오늘따라 태준의 손이 스친 손끝이 유독 뜨거웠다.

"날씨가 점점 더워지나……."

그녀는 붉어지는 얼굴을 느끼며 연신 손부채질을 했다.

해가 질 무렵 고됐던 힘든 일도 어느새 끝이 났다. 섬 너머로 노을이 지자 한곳에 모인 마을 사람들은 오늘의 수확물을 분배한 뒤 각자의 집으로 향했다.

"해리야, 오늘 저녁은 뭐 해 먹을까?"

"오늘도 감자가 많응께 감자 쫑쫑 썰어 넣고 신 김치 넣고 뽀끔밥 해 묵으까? 아제, 뽀끔밥 좋제?"

"어이, 밤톨. 이래 봬도 입이 고급이라 난 그딴 거 잘 안 먹어."

말은 그렇게 해도 제일 먼저 밥그릇을 비운 건 역시나 태준이었다. 먹기로는 해리도 지지 않았지만 태준 앞에선 그냥 어린애 수준이었다. 하루 종일 일하고 와서 먹는 이 평상 위에서의 밥은 아주 꿀맛이었고, 게 눈 감추듯 먹게 만들 정도로 최고였다. 텅 빈 그릇을 두고 태준이 자리에서 일어나자 해리는 입을 뻐끔거리더니 그를 올려다보며 말했다. 오늘따라 유독 식성이 좋은 그에게 놀란 것처럼 보였다.

"아제, 이제 보니 돼야지였소?"

"밤톨, 시끄러."

그가 민망함에 서둘러 평상 위에서 내려가자, 해리는 그의 뒤통수에 대고 말했다.

"돼야지가 아니면 소구먼? 우걱우걱 먹어대는 소."

그 말에 태준은 자기 방으로 들어가려다 말고 해리를 날카롭게 쏘아보았다.

"어이, 밤톨."

"와 불러 싸. 밥 먹고 있는데."

그의 말에 톡 쏘아붙인 해리가 연달아 구시렁거리자, 그는 회심의 미소를 지으며 말했다.

"너, 계속 나 놀리면 공부 안 가르쳐 준다?"

"아제! 치사하게 그런 게 어디 있소!"

"밥 많이 먹는다고 구박하는 건 안 치사하고? 요즘 밥값도 완전 곱빼기로 하고 있는데?"

짧게 일갈한 태준이 방 안으로 쏙 들어가자, 해리는 밥을 먹다 말고 자리에서 일어나 그의 뒤를 후다닥 쫓아갔다.

"해리야, 밥 먹고……."

해진은 멀리서 들려오는 둘의 다투는 목소리에 곧 미소를 지었다. 이 시끌벅적함이 참 마음에 들었다.


어느새 어두워진 밤하늘에 해리네 집 마당에도 짙은 어두움이 찾아왔다. 방문을 열어놓고 라디오에서 흐르는 음악 소리를 들으며 담배를 태우던 태준은 '아저씨' 하며 부르는 소리에 라디오를 껐다. 문 앞에 모습을 드러낸 해진이 밥알소금팩을 들어 보였다.

"해리가 잠이 들어서……."

"일찍 잠이 들었군, 이제 8신데."

"내일 아침 일찍이 처남댁 따라 큰 섬 나가겠다고 벼르고 있었거든요. 참, 혹시 필요한 게 있으면 해리한테 얘기해요. 큰 섬에선 뭐든 다 살 수가 있으니까."

"그러지."

"이거 혼자 할 수 있겠어요?"

"이리 내."

팩을 건네주고 나자 막상 할 말이 없어진 해진이 미소를 싱긋 지어 보였다.

"그럼 쉬세요."

"잠이 안 오는군……."

해진이 발길을 멈춰 세웠다.

"그럼 술상을 봐드릴까요?"

"좋지."

태준의 말에 해진은 조금 있다 나오라며 서둘러 방을 나섰다.


방에서 새어 나오는 빛을 불빛 삼아 평상에 나란히 앉은 둘의 옆으로는 구더기 술 한 주전자와 감자전이 놓여져 있었다. 생긴 게 비슷해서 구더기 술이라 불렸지 알고 보니 진짜 구더기가 아닌 굼벵이로 담근 술이었다. 생긴 것만 껄끄러울 뿐 그 맛을 한 번 보고 나니 다시금 손이 갔다.

"할 줄 알면 한잔하던가."

"아뇨. 아저씨 잘 드신다고 이장님이 따로 챙겨주신 거예요. 다신 안 드실 줄 알았는데."

"맛은 나쁘지 않으니……."

알싸하게 퍼지는 향에 태준이 눈썹을 치켜뜨며 빈 잔을 쳐다봤다.

"밤이 이렇게 길어서야 매일 이곳에 사는 그쪽은 참 지루하겠어."

"뜨개질하고 있으면 시간 가는 줄 몰라요. 어쩔 땐 새벽까지 뜨고 있다가 해리한테 혼나기도 하거든요."

"그게 재밌어? 이 더운 날 하고는 영 안 맞잖아?"

"유일하게 잘할 수 있는 거니까요. 눈이 멀고 나서 엄마가 앞이 안 보여도 손재주 하나는 있어야 한다며 호되게 가르쳐 주셨어요. 저희 엄마가 제법 솜씨가 좋았거든요."

"태풍에 휩쓸렸단 애긴 들었어. 한순간이었겠군."

그의 말에 해진의 표정이 순간 어두워졌다.

"부모님의 갑작스런 사고를 받아들이는 것보단 겨우 세 살밖에 되지 않은 해리를 앞도 안 보이는 제가 어떻게 키울 수 있냐, 그게 걱정이 되었어요. 어르신들 아니었으면 정말 이렇게까지 해리 키우지 못했을 거예요."

"오빠가 있다고 하지 않았나?"

"오빤 중동에 있어요. 고등학교 졸업하자마자 돈 벌겠다고 혼자 서울로 가더니 아예 그 먼 나라까지 가버렸어요. 자주 못 봐서 아쉽긴 하지만 오빠는 오빠의 인생을 사느라 지금 많이 힘들 거예요. 정말로 전투적으로 사는 사람일지도 모르겠고……."

"내년에 밤톨 학교 다녀야 된다며. 그럼 혼자서 어떻게 살려고?"

"그렇다고 해리 핑계 삼아 오빠를 더 힘들게 할 수는 없어요. 붙여주는 돈도 너무 미안한데……. 오히려 전 여기서 해리랑 편히 살고 있다 생각해요."

이런 촌구석에 살면서 편히 산다고 생각하는 그녀의 말이 진심이란 걸 알기에 태준은 더 이상 묻지 않았다.

"오빠 얘기 하니까 또 눈물 나려고 한다."

그렁해진 눈가를 얼른 닦아내며 해진이 애써 미소를 지으며 말을 돌렸다.

"근데…… 아저씨 혹시 어렸을 때 많이 힘들게 보냈어요?"

"나?"

고개를 끄덕이는 해진의 표정엔 조심스러움이 가득했다.

"해리한테 들었어요. 아저씨 온몸에 맞은 상처들이 많다고……. 그건 나도 느꼈고요. 많이 힘드셨어요?"

태준은 자신의 팔에 난 상처들을 보자 헛웃음이 절로 나왔다.

"그런 거 아니야."

"아니에요? 근데 왜……."

"남들보다 조금 더 거칠게 살아와서 그래. 어쩌면 나한텐 훈장과도 같은 상처일지도 모르고……."

"몸 너무 함부로 쓰지 마세요. 소중한 몸인데 잘 간수해야죠."

"하! 허구한 날 일 시키는 자매가 누군데?"

"에이, 뭘 또 허구한 날 시켰다고. 오늘 같은 경우는 아저씨가 먼저 솔선수범해 준 거라고요."

"그래서 내일부턴 방에 틀어박혀 꼼짝도 안 하려고."

"우리 해리가 그런 아저씰 가만두지 않을걸요?"

해진이 후후 웃으며 말하자 태준은 콧잔등을 찌푸리며 말했다.

"이봐, 언니. 어린 동생 앞세워 날 농락할 생각 말라고."

"어머, 제가 언제요? 증거 있어요?"

서로 농조로 한마디씩 건네는 말에 결국 동시에 웃음을 터뜨렸다.

저 멀리 바람이 살랑거리며 두 사람의 머리를 흩날렸다. 이렇게 기분 좋은 밤은 난생처음 겪어보는 태준이었다.

"좋군."

그가 자신도 모르게 말했다. 그러자 맞은편에 앉아 있던 해진 또한 웃으며 답했다.

"저도요."


오랜만에 큰 섬으로 나간다는 흥분에 해리가 아침부터 분주했다. 벌컥 문이 열렸지만 태준은 어차피 해리일 게 분명해 이젠 놀라지도 않았다.

"아제! 서둘러야제! 이러다 배 시간 못 맞춘다!"

섬으로 가지고 갈 짐이 많아 태준도 아침부터 해리를 따라나서야 했다.

언제나처럼 입은 투덜거렸지만 양손엔 짐을 한가득 들고선 집을 나섰다. 뒤에서 나무작대기를 지팡이 삼아 따라오는 해진이 신경 쓰여 태준의 시선과 손은 바쁘기만 했다.

"어이, 앞에 돌맹이."

"아, 고마워요."

저 멀리 해안가가 보이자 해리는 더욱 마음이 급해진 것인지 그의 팔을 잡아끌며 독촉했다.

"아제, 빨리 가야 된다!"

"알았으니까 그만 좀 쨍알거려."

"아제가 느림보마냥 느리니까 카제!"

"그럼 먼저 가던가."

태준의 말에 해리는 입술을 뾰족하게 내밀더니 서둘러 배가 정박해 있는 곳으로 뛰어간다.

섬으로 들어온 배 주인은 노 영감이었다.

해진은 여전히 걱정이 많은지 해리를 보며 이것저것 일러주고 있었다.

"해리야, 어르신 말씀 잘 듣고. 장난친다고 배 위에서 뛰어다니면 안 된다? 응?"

그녀의 걱정스러운 말에도 해리는 배 위에 폴짝 뛰어 올라가 신이 난 마음을 감추지 못하고 있었다.

"아제! 그라믄 나 올 동안 울 언니 좀 잘 부탁혀. 알겠제?"

"댁이나 신경 쓰시지?"

"섬에 나가서 아제가 먹을 맛난 것도 사다 줘야겠구먼?"

"내가 사오라는 거나 까먹지 말고 사오기나 해."

"쪽지 적어준 거 잘 챙겨뒀제!"

"아, 요 우리 골목대장은 신경 쓰지 말고, 대장총각은 해진이나 좀 신경 써줘."

처남댁 어르신이 다가와 해리의 어깨에 손을 얹으며 한마디 했다.

"그럼 다녀오십시오."

태준은 정중하게 목례를 했다.

"아제! 빠이, 빠이!"

연신 태준을 향해 손을 흔드는 해리의 모습에 그는 짧게 미소 지으며 고개를 끄덕였다.

"해리 잘 갔어요?"

태준은 바다 수평선을 향해 가는 배를 보며 여전히 걱정 가득한 해진의 얼굴을 보며 말했다.

"걱정 마. 처남댁 영감이 잘 챙겨준다고 했으니까."

"너무 까불거려서 괜히 다치기라도 할까 봐……."

"이렇게 걱정할 것 같으면 같이 나가지 그랬어?"

"눈만 보였어도 같이 나갔을 거예요."

"잘 다녀올 테니 걱정하지 말고 집으로 가자고. 자, 잡아."

태준은 자연스럽게 해진의 곁으로 가 팔을 내밀었다. 하지만 해진은 작대기를 짚으며 그를 지나쳤다. 그 행동이 순간 기분이 나빠 눈썹을 꿈틀거리며 해진의 옆으로 다가가 비꼬듯 말했다.

"지팡이 짚고 따라갔음 됐겠네."

하지만 해진은 해리와 떨어졌다는 사실에 신경이 날카로운 것인지 기분 나쁜 어조로 말했다.

"아저씨, 미워요."

저 또한 그러고 싶은 마음이 굴뚝같았지만 그럴 수가 없었다. 해진이 남에게 피해를 주는 것을 극도로 싫어하는 것을 그 또한 알고 있었으면서도 비꼬았다.

태준은 저 멀리 걸어가는 해진의 뒷모습을 보며 깊은 한숨을 내쉬었다. 그러곤 빠르게 걸음을 옮겨 그녀에게 다가가 손을 붙잡으며 말했다.

"미안."

"뭐가요?"

그녀가 톡 쏘아붙이자 태준은 머리를 벅벅 긁었다.

"그냥 미안하다고."

퉁명한 사과. 하지만 해진은 그 말을 꺼내기까지 그가 얼마나 큰 용기를 냈는지 잘 알고 있었기에 고개를 끄덕였다.

"저도 미안해요."

“그래. 그럼 쌤쌤이니까 화해할까?”

그 말에 해진은 피식 웃음을 내뱉은 뒤 고개를 끄덕였다.


전화 때문에 이장댁에 잠시 들른 태준은 마루에 걸터앉아 보스에게 전화를 걸었다. 그사이 뒤늦게 도착한 해진이 평상에 조심스럽게 앉았다. 보스는 물론 다른 사람들까지 전화를 받지 않자 태준이 짧게 한숨을 내쉬며 수화기를 내려놓았다.

“연락이 잘 안 되는 거예요?”

“알 것 없어.”

무심하게 대답하던 찰나, 상대가 전화를 받았다.

〈여보세요?〉

“응, 나다, 민정아.”

나지막하고 부드러운 목소리로 태준이 여자의 이름을 부르자 부채질을 하던 해진의 손이 멈칫했다.

〈오빠, 어떻게 된 거예요? 잘 있는 거예요? 우리 오빠한테 얘기는 들었어요. 지금 어디 몸 숨기고 있다고……〉

“보스랑 연락이 잘 안 돼서…… 잘 계신 거지?”

〈우리 오빤 잘 있어요. 지금 검찰 쪽 움직임이 좋지 않아서 다들 몸 사리고 있어요. 여기 걱정은 말고 오빠 몸이나 잘 챙겨요.〉

“그래, 내 걱정은 말고, 응…… 그래.”

평소의 무심했던 말투는 온데간데없이 굉장히 부드러운 음성이었다.

“또 연락할게.”

태준이 통화를 마무리 짓는 것 같아 해진이 자리에서 일어나 먼저 뒤돌아섰다.

바깥 상황이 영 좋지 않은 것 같아 태준은 해진의 뒤를 따라가면서도 딴생각에 잠겼다. 그러다 해진이 비틀거리자 본능적으로 팔을 뻗었다.

"조심해!"

해진의 양팔을 잡으며 품으로 당겼다.

"지팡이가 제 역할을 못하나 보군?"

태준의 말에도 해진은 깜짝 놀라 말문이 막힌 것인지 잠시 호흡을 골랐다. 그러다가 이마에 맺힌 식은땀을 닦아내며 말했다.

"이쪽은 길이 고르지 못해서요. 아저씨 아니었으면 그대로 넘어졌을 거예요. 고마워요."

싱긋 웃으며 잡고 있는 태준의 손에서 팔을 뺀 해진이 다시 조심스럽게 걷기 시작했다.

한 발자국 뒤에서 따라가던 태준은 몇 번이고 넘어질 뻔한 해진을 받쳐 주며 눈을 떼지 못했다.

골목 어귀에 들어서자 할매가 여전히 먼 산을 바라보며 앉아 있었다.

"할머니, 햇볕이 너무 따가워요. 오늘은 일찍 집에 들어가시는 게 어떠세요?"

대꾸가 없자 해진이 뒤돌아 태준 쪽으로 시선을 뒀다.

"할머니 뒤쪽으로 보면 우산이 있을 거예요. 그거 펴서 할머니 어깨에 받쳐 주시겠어요?"

구멍이 송송 난 검은 장대 우산을 펼쳐 해진이 시키는 대로 한 태준은 어딜 그렇게 쳐다보나 싶어 할매의 눈빛을 따라 뒤를 돌아

보았다. 하지만 보이는 거라곤 허공뿐이었다.

"갔어. 우리 아덜이 저리 갔어."

저 멀리 허공을 가리키는 손가락에 어차피 치매 노인이 하는 소리러니 생각한 태준은 그냥 지나쳤다.

마당에 들어서자 해진은 나무작대기를 수돗가에 세우며 평상에 앉아 잠시 숨을 돌렸다.

"해리, 잘 가고 있을지 모르겠네요."

"다음부턴 보내지 마. 두 번 보냈다간 사람이라도 붙일 기세군."

"아저씨 같이 가게끔 할걸 그랬나?"

"얼씨구?"

해진은 자신의 농담이 제법 웃긴 것인지 뒤늦게 풋, 하며 웃음을 터뜨렸다.

해리가 없다고 생각하니 두 사람 사이엔 보이지 않는 어색함이 잠시 맴돌았다. 태준은 방문을 열어놓고 라디오를 들으면서 평상에 앉아 뜨개질을 하고 있는 해진을 보았다. 방에서 흘러나오는 라디오 사연을 듣던 해진이 웃음을 터뜨리자 슬쩍 볼륨을 높여주기까지 했다.

한쪽 팔을 받쳐 누워선 해진을 바라보고 있는 이 아침 시간이 그저 여유롭고 평온하고 조용하기만 했다.


"아저씨, 혹시 주무세요?"

"어, 아니!"

깜빡 졸았던 태준은 방문 앞에 서 있는 해진의 모습에 졸았단 사실을 들키지 않으려 정신을 차리며 시각부터 확인했다. 항상 위험 속에 살았기에 단 한 번도 낮잠이란 걸 자본 적 없던 그의 몸이 날이 갈수록 변하는 것 같았다.

"무슨 일이지?"

"배 안 고파요? 점심 먹어야죠. 조기 구워서 먹어요. 꼬들꼬들 잘 말라서 끓인 밥에 얹어 먹음 너무 맛있을 것 같아요. 찬밥 처치도 해야 하고……."

기지개를 쭉 켜며 밖으로 나가자 평상 위엔 이미 가스버너며 냄비를 올려놓고 점심 차릴 준비가 되어 있었다. 오늘 해리가 없어 식사 준비는 오로지 태준의 몫이었다.

인상을 찌푸리며 행여 자기 몸에 닿을까 생선 꼬리를 집게손가락으로 겨우 붙잡은 태준이 부엌으로 들어가 얼른 프라이팬에 생선을 올려두곤 손을 닦아냈다. 생전 이런 건 해보지 못했기에 그저 이 상황이 마음에 들지 않았다.

"아저씨, 이거 냄비부터 봐요. 물 끓으면 꺼야 하니까."

"아, 나 이거 하잖아! 어? 어? 넘친다, 넘친다!"

화들짝 놀란 태준이 얼른 해진의 곁으로 다가가 찬밥을 끓이고 있는 버너를 끄며 해진의 다리를 자기 쪽으로 끌어당겼다. 물이 끓어 넘쳐 해진의 다리 쪽으로 흘러내리고 있었다.

"안 다쳤어?"

"네, 다치진 않았는데…… 어? 아저씨, 생선!"

부엌에서 들리는 치익거리는 소리에 또 태준이 황급히 부엌으로 가 연기가 모락모락 나는 생선을 맨손으로 들려다 외마디 비명을 짧게 지르며 얼른 손을 떼어냈다.

"악! 젠장!"

"조심해요."

혹여 생선이 탈까 다급한 마음에 프라이팬을 들고 부침개 뒤집듯 뒤집자 태준이 또 기뻐하는 억양이 되어 해진을 쳐다봤다.

"나 아무래도 요리에 소질이 있나 봐."

해진이 고개를 끄덕이며 가볍게 웃어 보였다.

노릇노릇 구워지는 생선을 보던 태준은 갑자기 20대 초반 때의 겨울날이 떠올랐다. 길거리에서 장사를 하던 노부부는 장사가 잘되지 않는다며 하루만 자릿세를 미뤄달라고 빌었었다. 그리고 그때 태준은 그 애원을 무시했다. 문득 든 생각에 기분이 나빠지기 시작했다. 왜 이러한 기분이 드는 것인지……. 자신도 알 수 없는 마음에 멍하니 있던 찰나였다.

"아저씨, 그러다 생선 타겠어요."

"어? 아……."

서둘러 생각을 밀어낸 태준은 손목 스냅으로 생선을 뒤집었다. 그때 자신의 모습을 떠올리자 가슴 한 켠에 울컥 화가 치솟았다. 왜 그랬을까. 하루 정도는 미뤄줬어도 됐는데…….

생선은 한쪽 면은 탔지만 그래도 속살은 김이 모락모락 나며 맛있게 익어 있었다. 반찬이 몇 가지 없는 조촐한 밥상이었지만 생전 처음 차려본 거라 마음 한구석이 뿌듯했다. 후후 불며 끓인 밥을 얌전히 한 숟갈 먹은 해진은 싱긋 미소를 지었다.

"구수해요, 굉장히. 자, 생선도 줘요."

해진이 내민 숟가락에 생선을 발라 얹어주니 해진은 음, 소리를 내며 너무나 맛있게 먹었다. 그 모습을 보자 그는 괜스레 뿌듯해지는 마음에 어깨가 펴졌다.

“우와, 아저씨, 요리 엄청 잘하네?”

“돈 주고도 못 먹는 밥상이라고, 이게. 영광인 줄 알아.”

“해리한테 자랑해야겠어요.”

“하지 마. 이걸 기회 삼아 매일 나보고 밥하라고 할지도 모르니까.”

생각해 보니 그때 그 노인도 연탄불에 조기를 굽고 있었던 것 같았다. 지금의 딱 이장댁 어르신 연배였었는데 어쩜 그렇게 모질게 굴었는지 모르겠다. 밥을 먹던 해진이 조용해진 태준의 행동에 잠시 먹던 걸 멈추었다.

“아저씨, 안 드시고 있어요?”

“어? 어, 아니. 먹고 있어.”

“딴생각했나 보네?”

“잠깐…… 자, 먹어.”

태준은 다시 생선살을 발라 해진의 숟가락 위에 올려놔 주었다.

“이것도 좀 먹고…….”

해진의 식사 보조 일을 하는 태준의 손길은 굉장히 자연스러웠다. 동치미 그릇을 들어 해진의 손에 쥐어주자 해진은 짤막히 한 입 맛보고는 다시 그릇을 태준에게 건네주었다.

“시원해요. 아저씨도 마셔봐요.”

마시려던 찰나, 태준은 계속 그때의 그 노인 부부 모습이 머릿속에서 떠나질 않아 더 이상 밥이 넘어가질 않았다. 아마 이곳의 노인들처럼 자식 걱정하며 살아가는 평범한 사람들이었을 텐데…… 하는 생각에 십 년이 넘은 이제야 죄책감이 조금 드는 것 같았다.

불쑥 손을 뻗은 해진이 태준의 팔을 툭 잡으며 멈춰져 있는 느낌을 알아차렸다.

"역시…… 왜 계속 안 드세요. 입맛에 안 맞아요? 되게 맛있게 잘 구웠는데……."

"이미 다 먹었어. 날 그쪽 속도에 맞추지 마."

"에이, 애인 보고 싶어서 그러는구나?"

"뭐?"

"아까 전에 통화한 분…… 애인 아니에요? 그 통화하고 나서부터 아저씨 조금 조용해졌는데."

"이봐, 언니. 난 원래부터 조용하던 사람이었어."

해진이 웃자 태준은 눈썹을 치켜 올렸다.

"뭐지, 그 웃음은?"

"아저씨 되게 재미있는 사람인데요?"

"난 그런 사람 아니야. 밥이나 드시지?"

"근데 진짜 애인 맞아요? 해리한테 들었어요. 비밀이라고 하는 거 보면 있긴 한 것 같은데."

"그런 건 아니더라도…… 유일하게 지켜야 할 여자이긴 하지."

보스의 여동생이자 해룡파의 총무 일을 모두 맡아 하고 있는 유일한 해룡파의 여자였다. 행동대장으로서 항상 보호해야 할 의무가 있었기 때문에 서슴없이 한 얘기였다.

그 한마디에 가슴 한쪽이 순간 울컥 아파온 해진의 얼굴에 어색한 미소가 번졌다.

"……그렇구나. 유일하게 지켜야 할…… 여자……."

그리고 태준은 그 표정 변화를 알아차리지 못한 채 그 노부부는 어떻게 살고 있을까, 한숨을 내뱉었다.

태준은 처남댁마저 없어 밭일에 손이 모자랄 것 같아 오후에도 밭에 나가볼 참이었다. 식사를 마친 후 평상을 닦는 해진을 쳐다보던 태준이 그녀에게 다가갔다.

"혼자 있을 수 있지?"

그가 말을 붙여오자 해진은 허리를 펴며 싱긋 웃었다.

"그럼요."

"밭에 나갔다 올게."

"아! 물 준비해 줄게요."

해진이 자리에서 일어나 내려오려는데 순간 미끄러져 앞에 있던 태준이 얼른 붙잡았다. 엉겁결에 태준의 어깨를 붙잡은 해진과 가까이에 얼굴이 마주쳤다. 눈이 마주친 것처럼 두 사람의 눈빛이 잠시 서로를 향했다.

"미, 미안해요."

해진이 미소를 지으며 얼른 어깨에서 손을 떼어냈다. 태준은 그 눈빛에 순간 정신이 그녀에게 온통 빼앗긴 듯 멍하니 앞만 쳐다보고 있었다. 조심스럽게 아래로 내려온 해진이 지나치려 하자 그의 팔이 본능적으로 해진의 앞을 가로막아 세웠다. 발길이 붙잡힌 해진은 영문도 모르는 채 태준을 올려다봤다.

"뭐 필요……."

해진을 돌려 세우며 마주 서자 또다시 눈이 마주쳤다. 태준의 눈빛이 바삐 그녀의 얼굴을 훑어내렸다. 두 사람의 분위기를 부추기는 듯 청량한 바람이 시원하게 불어왔다. 그 살랑거림에 해진의 비누 내음이 태준의 코끝을 간질였다. 그 얼굴을 바라보다 자기도 모르게 점점 고개를 숙여 다가가자 두 사람의 몸인 좀 더 밀착되었다. 그러자 해진이 눈을 동그랗게 뜨며 물었다.

"아저씨, 뭐 해요?"

"어? 아……."

그제야 정신을 차리며 태준은 이 눈빛 교환이 혼자만의 착각이었음을 얼른 깨달았다. 당황스럽고 다급한 마음에 평상 위에 있던 빨래집게 하나를 들어 해진의 흘러내린 머리에 탁! 꽂았다.

"더워죽겠는데 머리는 왜 산발이야?"

"네?"

"간다!"

무심한 척 말하면서도 뒤돌아서는 태준의 발걸음은 황급했다. 머리에 빨래집게 하나를 꽂은 채 해진은 머리를 기울였다.

"그렇게 더워 보였나?"

뒤에서 들려오는 해진의 말에 그는 입을 꾹 다문 채 더욱 빨리 걸음을 옮겼다.

민망함에 통이 넓은 티셔츠 자락을 펄럭이며 골목 어귀로 내려가던 태준은 여전히 먼 산을 바라보는 치매 할매 앞에 멈춰 섰다.

"지가 무슨 촉이 발달돼, 발달되긴. 안 그래요, 할멈?"

태준은 입바람을 훅 불며 가시지 않는 민망함에 머리를 거칠게 쓸어 올렸다. 그 모습에 멍하던 할매의 눈동자가 차츰차츰 태준에게 옮겨졌다.

"아…… 들? 아들인 겨?"

"아뇨, 전 그런 거 아닙니다."

"우리 아들 맞는 겨?"

갑자기 활짝 웃으며 다가오려는 몸짓에 순간 흠칫한 태준이 더듬더듬 뒤로 걸음을 옮겼다.

"아들! 에미가 기다렸당께! 들가 밥 묵자, 아들!"

등 뒤에서 들려오는 목소리를 무시하며 태준이 발길을 서둘렀다.

얼마 없는 마을 사람 중 제일 시끄러운 해리와 남자 한 명이 빠지니 밭은 그야말로 조용하고 넓기만 했다. 해리가 없어 일이 잘될 것 같았는데 자기도 모르게 순간순간 해리를 찾듯 이리저리 고개를 돌리고 있었다. 든 자리는 몰라도 난 자리는 표 난단 말을 십분 이해했다. 그 말을 다른 사람들도 느꼈는지 오늘은 평소보다 일찍 밭일을 끝냈다.

"어? 오늘은 일찍 왔네요?"

평상에 앉아 뜨개질을 하고 있던 해진이 태준의 기척에 자리에서 일어났다. 해진의 얼굴을 보자마자 낮에 있었던 민망함에 태준은 대꾸도 없이 마구간으로 들어가 버렸다.

"아저씨?"

"샤워할 거야."

안에서 들려오는 무뚝뚝한 대답에 해진은 평소처럼 미소를 지으며 뒤돌아섰다.

해진이 주방에서 식혜 한 잔을 내오는 사이 그새 샤워를 끝내고 평상에 앉아 수건 양쪽을 잡고 머리를 털던 태준은 어깨에 살이 접히자 쓰라림을 느꼈다. 벌겋다 못해 검게 그을린 살은 뙤약볕 아래에서 일을 할 때는 몰랐지만, 꽤 심각해 보였다.

“마셔요.”

태준은 맥주라도 마시는 것처럼 시원한 소리를 내며 식혜를 단숨에 비워냈다.

“밤톨은 언제 들어오는 거야? 담배가 떨어졌는데 처남댁 노인도 없으니 마냥 밤톨만 기다리고 있어야 해.”

“지금 해 지고 있어요?”

“곧 그럴 기세야.”

“아, 그럼 해 져서나 도착하겠어요. 장 끝나고 오면 여기까지 오는 데만 네 시간이니……. 막상 없으니까 보고 싶죠, 아저씨?”

“가는 귀도 멀었어? 밤톨이 아니라 담배를 기다리는 거라니까?”

쯧, 하며 혀를 차며 자리에서 일어난 태준이 해진을 무심하게 지나쳤지만 그녀는 그런 태준의 행동에 언제나처럼 그저 미소만 지었다.

단둘이 있다간 아까처럼 진짜로 사고를 칠 것 같아 밖으로 나온 태준은 절경 자리로 올라가 노을이 지는 바다를 바라봤다. 버릇처럼 피우던 담배가 없으니 얇은 풀잎을 잘근잘근 씹었다.

“아저씨, 아저씨!”

저 밑에서 해진의 부르는 소리에 태준이 자리에서 일어났다.


마을 쪽을 향해 시선을 두고 태준을 부르다 등 뒤에서 기척이 느껴져 해진이 활짝 미소를 지으며 뒤돌아섰다.

“어디 있었어요. 저녁 들어요.”

다시 집으로 들어가려다 우뚝 멈춰 선 해진이 뒤돌아섰다.

"……아저씨?"

대꾸가 없자 흠칫 놀라 뒤로 주춤하며 다급히 손을 뻗어 허공을 더듬거렸다.

"아, 아저씨 아니에요? 아저씨!"

정색한 해진이 한 발자국 앞으로 다가가는데 그 순간 누군가 해진의 손목을 강하게 잡아끌어 당겼다. 깜짝 놀라 비명조차 지르지 못한 채 그대로 경직되고 나니 이내 '위험하잖아?' 하는 태준의 목소리가 들렸다. 한 발자국만 더 앞으로 왔어도 돌부리에 걸려 그대로 넘어질 뻔했다. 품으로 당겨 안았지만 금세 태준의 품에서 벗어난 해진은 방금 전에 느꼈던 불안함과 낯선 느낌에 눈빛을 떨었다.

"왜 그래?"

"아, 아저씨…… 방금 일부러 대답 안 한 거예요?"

"무슨 소리야?"

태준이 이해하지 못하겠다는 듯 고개를 기울였다.

"아니, 방금 제가 불렀는데……."

"그래서 왔잖아?"

해진은 방금 느꼈던 그 낯선 느낌을 쉽게 머릿속에서 지우지 못했다. 밥을 먹는데도 여전히 해진의 얼굴에선 어둠이 사라지지 않았다.

그는 해진의 밥그릇 위에 반찬을 올려놔 주며 두리번거리는 해진의 시선에 뒤를 돌아봤다.

"이 섬에 누가 들어왔음 알았겠지. 몰래 들어올 만한 곳도 없다며?"

"네, 그렇지만…… 정말 누군가 있었던 것 같아요."

“밤톨 걱정에 예민해졌나 보군.”

“……그런가?”

태준은 들리지 않게 짧은 한숨을 내쉬며 해진의 손목을 잡아 수 저를 쥐게 해주었다.

“걱정 마, 나쁜 일 생기지 않을 테니까.”

그제야 해진은 살짝 미소를 지으며 고개를 끄덕였다. 말은 그렇 게 해도 태준은 티 나지 않게 주위를 둘러보며 아무 일 없다는 듯 다시 밥을 먹기 시작했다.

해진이 평상을 정리하는 동안 태준은 방문 앞에 앉아 있다가 그 녀가 부엌에 들어간 사이 슬쩍 문 앞으로 나갔다. 해진이 밥 먹는 내내 불안해한 걸 보면 그 느낌이 결코 헛된 것만은 아닐 거란 생 각이 들었다.

“아저씨?”

“어.”

짧은 대꾸로 해진을 안심시킨 태준은 날카로운 눈매로 주변을 둘러봤다. 저 멀리 보이는 우거진 숲이 신경 쓰였으나 그곳은 사 람이 쉽게 들어갈 수 있는 곳이 아니었다.

마당으로 들어선 태준은 뜨개질 중인 해진에게 한마디 했다.

“발달되어 있다는 그 감각들, 다 뻥이지?”

“네?”

“그냥 확 덮쳐 버릴걸.”

중얼거리는 목소리와 곁을 지나치는 기척에 해진은 무슨 소린 가 싶어 고개를 갸웃거렸다.

　세상에 어둠이 깔릴 무렵, 해리가 탄 배가 보인다는 말에 그제야 해진의 얼굴에 화색이 돌았다. 해리를 데리러 가려고 밖으로 나온 태준은 머뭇거리는 해진의 모습에 자리에 멈춰 섰다.

　"왜, 무슨 할 말이라도 있어?"

　"같이 데리고 가주세요. 걸리적거리겠지만…… 오늘은 혼자 있기가 불안해서요."

　내색은 안 해도 여전히 해진의 마음이 불안해 보였다. 수돗가에 놓아뒀던 작대기를 찾는 해진의 모습을 보던 그가 재촉했다.

　"서둘러. 이러다 늦겠어."

　해진은 하는 수 없이 태준의 팔을 붙잡아야 했다. 보이지 않게 굳은 입술로 미소를 지은 태준은 곁에 딱 달라붙어 서는 해진의 체온이 내심 마음에 들었다.


　저 멀리 보이는 태준과 해진의 모습에 해리가 양팔을 흔들었다.

　"언니, 아제! 해리가 왔어요, 해리가!"

　뱃소리와 파도 소리에 가려 해리의 목소리가 잘 들리진 않았지만, 기분 좋아 보이는 모습을 보니 큰 섬에서 재미난 시간을 보내고 온 것 같아 태준의 입꼬리가 올라갔다.

　"밤톨 오네."

　"아직 신나 있죠?"

　"안 봐도 비디오야?"

　태준은 해진을 한쪽에 세워두고 바위 아래로 내려가 배에서 짐부터 내렸다.

　"아제!"

해리의 손을 잡아 배에서 내려주자마자 해리는 반가움에 태준의 허리를 꼭 끌어안았다. 멈칫한 태준이 품에 안긴 해리를 보며 어쩔 줄 몰라 했다. 스킨십이 익숙하지 않은 그에게 이 작은 체구가 주는 따스함은 마음을 굉장히 당혹스럽고 묘하게 만들었다. 해리는 태준의 허리를 꼭 붙잡은 채 얼굴을 비비며 반가움을 감추지 못했다.

"아제! 내가 아제 선물 많이 가져왔제. 기대하소."

불쑥 고개를 들어 말하는 해리가 허리에서 손을 풀며 급히 바위 위를 밟고 올라가기 시작했다.

"이것 좀 받제, 대장총각?"

"아, 네에……."

그제야 정신을 차리며 처남댁 어르신이 건네주는 짐을 받아 들었다. 짐들을 들고 바위 위를 겨우 올라온 태준은 해진의 품에서 하루 동안 헤어져 있었던 어리광을 피우느라 정신없는 해리를 보았다. 그러다 태준을 발견한 해리는 종종걸음을 옮겨 고사리 손으로 짐 드는 걸 도와주었다.

"아제, 울 언니 안 괴롭혔제?"

"엄청 괴롭혔다. 왜, 어쩔래?"

두 사람의 티격태격거리는 대화가 시작되자 해진이 소리 내어 짧게 웃었다.

"아제가 울 언니 안 괴롭힌 거 다 안다."

태준은 그게 무슨 뜻이냐는 듯 해리를 내려다보았다. 그의 시선이라도 느낀 듯 해리가 은밀한 미소를 지으며 말했다.

"아제, 울 언니 무서워하잖녀. 그러니까 시킨 건 꼬박꼬박 다 할 것이구먼."

"그래. 네 언니 무서워 죽는 줄 알았다."

"맞제? 아제도 울 언니 무섭제? 나도 울 언니 디게 무섭다!"

두 사람의 대화에 해진의 입에서 또 한 번 웃음이 터져 나왔다.


처남댁네에 마을 사람들이 모여 섬에서 가지고 들어온 물건들을 나누기 시작했다.

"아, 요것은 대장총각이 필요할 것 같아서 사가지고 온 것이제. 설에선 다 이런 것들 쓴다며? 섬에 나가니께 사람들이 설 사람들이 쓰는 물건들 알려주드라고. 이거 맞제?"

샴푸 하나를 들며 처남댁 어르신이 조심스럽게 태준에게 내밀었다. 그리고는 전기면도기를 덩달아 내밀었다.

"요거 부탁한 거! 요거 사느라 아주 고생이 많았제! 그라도 나가 대장총각한테 고마운 게 많아서 시장 안을 다 뒤졌다는 거 아니겠소."

"고생하셨습니다."

태준은 짧은 대답으로 고맙단 인사를 대신했다. 옆에 있던 이장댁이 눈으로 무언가를 찾다가 이장 어르신께 불쑥 물었다.

"아, 내가 사오라는 건 사왔소?"

"어, 어, 그라제. 아! 네가 말한 거 찾느라 막 고생했다는 거 아니겠냐."

이장댁의 한마디에 의기양양해진 처남댁이 봉지들을 뒤적거리다 태준에게 선크림 하나를 내밀었다.

"요건 선물이제. 우리 대장총각 첨 봤을 땐 얼굴이 뽀얗고 이뻤는디, 요새 우리 밭일 도와주느라 얼굴 시커매진 게 마음에 걸려서……. 설 사람들은 이런 거 쓴다 하드라고. 이거 맞제?"

이장댁이 조심스럽게 물었지만 태준은 선크림을 받으며 아무 대답도 할 수가 없었다.

"잘했구만. 내도 우리 대장총각 점점 시커매지는 것 같아서 맘이 안 좋았제. 그래서 오늘 갖다 줄라고 오이랑 감자랑 갈아놔 넣어뒀는디 무지 잘됐구만."

손뼉까지 치며 처남댁이 오히려 더 좋아했다. 사실 이 노인들이 더 시커멓게 그을린 모습들이었기에 이 선크림을 받는 손이 부끄럽기만 했다. 이런 거까지 신경 써줄 거라고 미처 생각지 못한 태준은 더 이상 자리에 있을 수가 없었다.

태준이 평상에서 일어나 뒤돌아서자 노인들이 혹여 잘못 사온 건가 싶어 자기들끼리 눈치를 살폈다.

"영감님 피곤하실 텐데…… 저흰 그만 가도록 하죠."

태준은 마루에 앉아 있는 해진 곁으로 다가갔다. 오늘 하루가 고단했는지 그사이에 해진의 무릎을 베고 잠이 든 해리의 모습에 태준이 군소리 없이 해리를 등에 업었다.

"아제……."

고사리 같은 손이 목을 꼭 끌어안자 태준은 마음이 더 무거워지는 것 같았다. 특별한 이유가 없었지만 죄를 지은 느낌이 들어 마음이 무거웠다.

밖으로 나오자 노 영감이 담배를 피우며 서 있는 모습이 보였다.

"송가네 큰딸이구만."

"어머, 노 영감님 아니세요? 잘 지내셨죠?"

해진이 목소리를 알아들으며 반갑게 아는 체를 했다. 하지만 노인의 시선은 태준을 향해 있었다.

"순진한 송가네 딸내미들 꼬시지 말고 얌전히 있다 가소."

태준을 못마땅하게 쳐다본 노 영감이 한마디 하며 뒷짐을 지고 집으로 들어가 버렸다. 자신에게 적대감을 불태우는 노 영감을 보자 그의 미간이 찌푸려졌다.

"저 노인네는 왜 안 가고 저러고 있는 거야?"

"늦었잖아요. 해 질 때 들어오시면 위험해서 처남댁에서 하루 묵고 다음날 아침 일찍 나가시거든요."

다시 발길을 돌리는데 '해리야, 해리야!' 하는 소리가 들려와 두 사람의 걸음이 멈춰졌다. 처남댁이 바가지 하나를 가져와 해진의 품에 안겨주었다.

"이거 오이랑 감자랑 간 것이제. 오늘 대장총각 어깨에 좀 올려놔야 쓰것구먼? 뭐, 좋은 크림이 있다지만 그라도 이거 해주는 게 좋을 것이제. 싸게들 가."

꾸벅 인사한 해진이 뒤돌아서자 흐뭇하게 바라보던 처남댁은 그들의 모습이 보이지 않을 때까지 그 자리에 서 있었다.

"아이고, 셋이 딱 그림이여, 그림."

다시 마당에 들어선 처남댁은 해리를 업고 해진과 함께 길을 걷던 태준을 떠올리며 말했다.

"아, 대장총각이 우리 해진이만 좀 어찌 잘 받아주면 좋것는디."

"그라제? 아, 실허게 일도 잘하고 해진이도 잘 챙기고…… 그만

한 총각이 없제."

여자들의 대화에 평상에 앉아 있던 노 영감이 가래침을 툭 뱉으며 자리에서 일어났다.

"착하디착한 송가네 딸을 시방 누구한티 붙이는 겨! 시상 없어도 그런 깡패 놈은 절대 안 되제! 그 작자가 어떤 놈인지나 알고들 떠드는 겨?"

일순간 마을 사람들이 조용해졌다.


오르막길 끝에 다다르자 태준은 깊이 숨을 내쉬며 겨우 숨을 몰아쉬었다. 평상에 조심스럽게 해리를 내려놓은 그는 허리를 쭉 펴며 그제야 한숨 돌렸다.

"수고했어요."

"방에 눕혀야 해. 깊이 잠든 것 같아."

"아, 이불 펼게요."

해진이 서둘러 방으로 향하자 태준이 다시 해리를 들쳐 안았다. 이 집에 온 지 꽤 되었지만 처음으로 두 자매의 방에 들어간 태준은 해리를 이불 위에 눕혀놨다. 해진은 가슴팍까지 이불을 잘 덮어주며 해리의 머리를 쓸어주었다.

"더웠나 보네, 우리 해리. 땀난 것 좀 봐……."

책상으로 둔갑한 밥상, 오래된 5단 서랍장, 옷이 담긴 박스들, 작고 낡은 TV 한 대가 전부인 좁은 방이었다.

"고마워요, 아저씨."

"생각보다 별게 없군."

"아, 아저씨 이 방 처음 보는 거죠? 시골집에 뭐 별게 있겠어요?"

"금괴라도 있음 훔쳐 갈까 했지."

태준의 의미 없는 농담에 해진이 작게 미소 지었다. 그때 태준의 눈에 책상 위에 놓인 낡은 사진첩 하나가 들어왔다. 사진 속에는 두 자매의 부모로 보이는 사람들과 갓난아기를 안고 있는 앳된 해진과 오빠로 보이는 사람이 나란히 서 있었다.

"가족이야?"

잠시 생각하던 해진이 '아!' 하며 고개를 끄덕였다.

"사진 말이죠?"

"어."

"유일한 가족사진이에요. 해리 백일 때니까 오빠도 그때 본 이후로 여태 딱 한 번 보고 못 봤네요."

해진과 눈매가 닮아 누가 봐도 남매인 게 느껴졌다. 그 뒤로 보이는 어른들은 딱 봐도 시골 인심이 느껴지는 인자한 인상이었다.

"질투가 날 만큼 부모님 금슬이 좋으셨어요."

"그러니까 뒤늦게 밤톨도 낳았겠지."

"그렇다고 어른들이 누누이 말씀하시긴 했어요. 엄마가 딱 쉰이 되셨을 때 해리를 가지셨는데, 전 그때 왜 그렇게 마을 어르신들 얼굴 보기가 창피했는지…… 처음엔 늦게 동생이 생긴 게 기쁘다기보단 창피했거든요. 지금이야 해리의 존재가 너무 감사하지만 그땐 그랬어요. 두 분 모두 계셨더라면 해리 재롱 보면서 진짜 행복하셨을 텐데…… 전 예전부터 애교가 없는 딸이었거든요."

그러다 문득 엄마가 보고 싶어 혼자 우는 걸 봤다는 밤톨의 이야기가 떠올랐다.

"보고 싶겠군."

"언제나 그립죠……. 아, 밖에 짐들부터 정리해야겠어요."

해진이 자리를 피하듯 일어섰다. 큰 섬에 나가 사온 짐들은 꽤 많았다. 해진의 털실들이며, 해리의 과자가 한 짐. 거기다 태준이 부탁한 담배 다섯 보루까지 더하니 수북했다.

"아저씨, 이건……!"

식용유를 건네던 해진이 멈칫하자 건네받던 태준 역시 행동을 멈췄다.

"왜 그래……?"

"지금 무슨 소리 못 들었어요?"

"아니."

태준이 의아하다는 듯 말했고, 바짝 얼어 있던 해진은 표정을 조금 풀며 말했다.

"그래요? 잘못 들었나 봐요."

애써 미소를 지은 해진은 다시 물건 정리를 했지만 찜찜함에 다시 뒤를 돌아봤다.

"이상하다…… 분명히 들었는데."


방으로 들어온 태준은 이장 어르신이 건넨 봉투 안을 살펴보고 있었다. 선크림이며 샴푸, 남성용 로션까지. 사가지고 온 물건들을 보자 마을 노인들의 마음에 고마움은 둘째 치고 무겁고 불편하단 생각부터 먼저 들었다.

"아저씨."

밖에서 들려오는 해진의 목소리에 태준이 문을 열었다. 해진의 손에는 커다란 바구니가 들려 있었는데, 그 안엔 감자와 오이를 갈아놓은 팩이 들려 있었다. 색깔은 별로였지만, 밥알소금팩의 효과를 본 태준은 그때부터 민간요법에 대한 거부감이 없었기에 해진의 손길을 마다하지 않았다.

태준이 자리에 앉아 바구니를 받자, 해진은 손을 더듬거려 그의 곁에 앉았다.

"보이지도 않는 주제에 뭘 하겠다고."

"우리 해리도 제가 다 해줬어요. 이렇게 해봐요."

기어이 해주겠다며 해진은 태준의 어깨 위에 살며시 손을 올렸다.

"어머, 많이 탔네……. 열기가 그대로 있어요. 그동안 아팠을 텐데 어떻게 참았어요."

"어제까진 괜찮았어."

"그릇만 이렇게 좀 잡고 있어줄래요?"

해진이 시키는 대로 바가지를 잡고 있으니 어깨 위에 올려진 손이 팔 끝을 따라 내려오며 위치를 잡더니 곧 팩을 집어 어깨 위에 올려놔 주었다.

차가운 것이 몸에 닿아서 그런 걸까, 연신 어깨와 팔을 스치는 해진의 손길 때문일까. 태준은 몸이 점점 경직되는 것 같았다. 팔 끝을 따라 해진의 손길이 바가지로 향할 때마다 등 뒤로 바싹 다가오는 해진의 숨결에 태준은 이러다가 몸이 제 뜻과는 다르게 움직일 것 같다는 불안한 예감을 느꼈다. 젠장, 속으로 욕설을 지껄인 그가 못마땅한 목소리로 물었다.

"아직…… 멀었나?"

“다 했어요. 랩으로 감싸고 반대편도 해줄게요.”

“됐어, 이쪽은 내가 하지.”

기어이 해진의 손길을 뿌리치며 태준은 위험한 상황을 모면해 냈다. 여자와의 잠자리를 즐기는 건 아니었어도 긴 시간 강제 금욕을 하고 있으니 해진의 별것 아닌 행동에도 순간 이성이 날아갈 것 같았다.

자리에서 일어나려고 바닥에 손을 짚던 해진은 손끝에 로션이 걸리자 태준에게 물었다.

“이게 뭐예요?”

“로션.”

“이런 것도 발라요? 냄새 안 나는데?”

해진이 고개를 내밀어 냄새를 맡는 시늉을 했다.

“노인네가 사온 것 같아.”

“서울 사람이라고 꽤 챙기신 모양이에요.”

“그런 것 같네……”

힘없는 목소리에 해진이 고개를 기울이며 바라봤다.

“마음에 안 들어도 이해하세요. 이런 거에 대해선 잘 모르니까……”

“그런 거 아니야…… 아니라고.”

그의 목소리는 음울했고 또 어딘가 침통해 있었다. 그의 기분을 풀어주고 싶은 마음에 해진이 애써 밝게 말했다.

“아저씨가 토할 정도로 좋아하는 감자 있는데…… 술 한잔할래요?”

“뭐?”

"구더기가 포동포동 살이 올라서 아마 더 맛있을 텐데?"

농조 섞어 말하는 해진을 보며 태준은 실소를 짧게 지었다.

"술도 못마시는 주제에."

잠시 후 구더기 술 한 주전자와 감자전을 안주 삼아 평상에 나란히 앉은 태준과 해진은 저 멀리 불어오는 바닷바람을 맞았다. 살랑살랑 불어오는 바람에 머리카락이 휘날렸지만, 볼을 간지럽히는 수준이었다.

술 한 잔을 넘긴 태준은 짧은 한숨을 내쉬며 하늘을 올려다보았다. 며칠 전부터 계속 마음이 무거웠다. 하지만 마음 한구석이 무거운 그 이유를 딱히 집어내질 못했다.

"아저씨, 무슨 일 있어요?"

"뭐가."

갑작스런 해진의 물음에 그의 입에서 퉁명한 답이 나왔다. 요즘 며칠 사이 그의 기분이 종종 바닥을 기고 있음을 눈치채고 있었다.

"숨소리가 안 좋아서요. 혹 어디 아픈 거라면……."

"아니야."

그가 딱 잘라 말했다. 그 뒤 둘 사이에 잠시 침묵이 돌았다. 술 한 잔을 넘기며 잔을 빙빙 돌리던 태준은 조용히 이야기를 꺼냈다.

"배가 도착하자마자 밤톨이 품에 안기는데…… 지난날에 알았던 어떤 꼬마가 생각나더라고."

한마디 해놓고 또다시 생각에 빠진 듯 태준은 말을 잇지 못했다. 그 지난날이 바로 어제 일처럼 눈앞에 펼쳐졌다.

"그 꼬마…… 아버지가 교통사고로 사경을 헤매고 있는데 나보고 한 푼만 도와달라고 하는 거야."

"저런……."

"그런데 난 그 아이를 밀어냈어."

그땐 그 애절한 얼굴을 보며 아무런 감흥도 느낄 수 없었다. 그는 그만큼 잔인하고 감정을 잃은 사람이었다.


"난 너 같은 연놈들을 많이 봤지. 어린 나이에 대가리에 똥만 차선 어떻게든 돈 좀 뜯어내 볼까……."

"아니에요! 아저씨! 절대 거짓말이 아니에요…… 뭐든 다 할게요. 아저씨가 하라는 대로 뭐든 다 할 수 있어요. 제발 한 번만 도와주세요."


태준은 그때가 생각나 고개를 끄덕였다.

"맞아, 딱 밤톨만 한 나이였어. 그 애도 여자애였고……."

"아저씨도 여건이 안 되니까 못 도와줬을 거 아니에요. 너무 죄책감 갖지 말아요."

"그땐 난 죄책감이라는 게 뭔지도 모르고 살았어. 여건? 이봐, 언니. 난 언니가 생각하는 것보다 훨씬 가진 게 많아. 돈은 발끝에 차일 정도고, 지금 딱 아무 일 안 해도 평생 먹고사는 데 전혀 지장이 없을 정도지. 그런 나한테 겨우 한 푼은 별게 아니었어."

"그럼 도와주지 왜 그랬어요?"

"그땐 남을 도와주는 것 자체가 이해가 안 되는 사람이었어. 알고 보니 그 꼬마의 아버지가 내가 관리하는 나이트 주방에서 일하던 사람이었더군. 그 꼬만 책임자로 있는 내가 돈이 많다는 걸 알고서 도움을 청하러 온 거였어.”

태준은 그 꼬마애가 다녀간 이후 그 사람이 죽었단 얘길 전해 들었지만, 그때도 전혀 내 일과 상관없는 일이었을 뿐 그 꼬마가 눈에 밟히지 않았다. 근데 또 몇 년이 지난 지금 그 꼬마가 갑자기 눈에 밟혔다. 가만히 있던 태준이 나지막이 읊조렸다.

“……이제야 마음이 무거운 이유를 알겠군.”

해리가 태준의 허리를 끌어안았을 때 문득 그때 그 꼬마의 모습이 떠올랐다. 그때 그 아이에게 돈 한 푼 쥐어줬더라면 분명 그 아이도 아빠와 함께 알콩달콩 지금까지 살고 있었을 텐데…… 하는 마음이 계속 조여오는 것 같았다.

“난 지금까지 많은 사람들을 만나왔어. 밤톨보다도 어린애며, 노인네들보다 더 나이 많은 사람들도 다들 내 앞에서 벌벌 떨며 기었지. 그땐 그게 아무렇지 않았는데, 벌써 몇 년 전 일들인데 왜 이제 와서 그것들이 계속 생각나는지 모르겠어.”

태준은 술을 들이켜며 또다시 잔을 채우고 비워냈다. 오늘따라 유독 쓴 술맛에 깊은 한숨이 절로 나왔다.

“자기들 얼굴 시커멓게 그을린 건 생각지 않고 내 어깨 탄 게 그렇게 눈에 걸렸나……. 왜 쓸데없이 그런 건 사가지고 와서 사람을…….”

해진은 미소를 지으며 고개를 끄덕였다. 태준의 마음을 조금 알 것 같았다.

“나 같은 게 뭐 대수라고…….”

미간을 좁힌 태준은 빈 잔을 빙글 돌리며 또 한숨을 내쉬었다.

“아저씨가 왜요? 충분히 좋은 분이세요. 어르신들도 저와 똑같이 생각하시구요. 뭐…… 무뚝뚝한 건 있지만 그래도 뭐든 다 해주고는 있잖아요.”

“밭일 두 번했다간 훈장 주겠군.”

“특별히 밭일 도와준다고 그러는 게 아니라 어르신들 눈엔 우리가 모르는 연륜의 감이라는 게 있는 것 같아요. 분명 아저씨한테서도 그런 걸 느꼈기 때문에 이렇게까지 잘해주시는 것 아닐까요?”

“노인네들이 잘해줄수록 난 괜한 죄책감이 더 들어. 내가 이런 걸 느낀다는 것 자체가…….”

그러다 순간 부스럭거리는 소리가 들려 태준이 말을 멈추었다.

“아저씨?”

“쉿!”

태준이 해진의 팔을 잡으며 자리에서 일어섰다.

“아, 아저씨…….”

“여기 가만히 있어.”

소리가 나는 쪽으로 발길을 조심히 뗀 태준은 주머니에서 칼을 꺼내 들었다. 해진이 느꼈던 불안한 소리가 태준에게까지 전달되었다.

태준은 숨을 죽이며 소리가 나는 쪽으로 발길을 돌렸다. 촉각을 곤두세운 그는 단번에 소리가 나는 쪽을 급습해 갔다.

“뭐야?”

태준의 입에서 당황한 목소리가 흘러나왔다. 채소뿌리를 갉아 먹던 토끼가 놀라 저쪽으로 뛰어갔다. 잘못 봤나 싶어 눈살을 구기고 조심히 다가가니 역시나 토끼가 분명했다. 그토록 해진을 불안하게 했던 것도, 태준의 칼날을 무섭게 세우게 한 것도 이 작은 토끼가 원인이었다.

"토끼야."

"정말요?"

"그래, 그쪽 계속 불안하게 했던 것도 이 토끼 같아."

근처가 엉망이거든. 그의 말에 해진이 고개를 끄덕였다.

두려움의 정체를 알고 나니 해진은 허탈하면서도 안심이 되었고, 태준은 간만에 느낀 잠시 잠깐의 긴장감이 조금 낯설게 느껴졌다. 그러면서도 태준은 다행으로 여겼다. 불길한 그림자가 아니란 사실에. 평생 보스와 해룡파를 지키며 살아야 한다는 생각으로 살아왔던 태준에게 점점 지키고 싶은 것들이 바뀌게 되었지만, 여전히 태준은 그 마음을 눈치채지 못하고 있었다. 이깟 토끼 하나에 마음 졸이는 제 자신이 그저 우스울 뿐…….

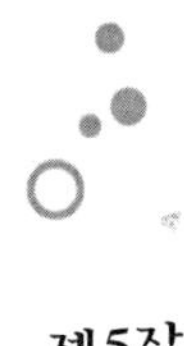

# 제5장

큰 섬으로 가기 위해 일찍이 잠에서 깬 노 영감이 기지개를 켜며 밖으로 나오다 흠칫 놀라 자리에 멈춰 섰다. 처남댁 담벼락에 기대어 담배를 피우던 태준이 인상을 쓰며 담뱃불을 손가락으로 튕겨냈다.

"거서 뭐 하소!"

흠칫 놀란 걸 애써 티 내지 않으며 노 영감이 무뚝뚝하게 한마디 했다. 태준은 몸을 일으키며 노 영감 쪽으로 천천히 다가갔다. 그리고 그의 앞에 메모지를 내민 뒤 낮고 음습한 목소리로 중얼거렸다.

"청이 있습니다."

노 영감과 만난 후, 집으로 돌아온 태준은 걸음을 멈췄다. 일찍이 일어난 해진이 평상을 닦고 있는 모습이 보여 잠시 숨을 돌리며 마당으로 들어갔다. 기척이 들리자 해진이 걸레질을 멈추며 시선을 올렸다.

"누구시죠?"

"음, 나야."

"어머, 벌써 일어났어요? 아직 주무시는 줄 알았는데."

"어, 좀 일찍 눈이 떠졌어."

"해리는 아직 꿈나라예요. 어제 큰 섬에 다녀온 게 많이 피곤했나 봐요."

"조용하니 좋군."

"라디오 좀 틀어줄래요? 해리가 자고 있어서 TV를 못 켰더니 날씨를 못 들었어요."

태준은 방문 앞에 걸터앉아 라디오를 틀어놔 주고는 자리에서 일어섰다.

"담배 하나 태우고 오지."

행여 찾기라도 할까 행선지를 알리며 언덕을 올라간 태준은 수평선으로 향하는 노 영감의 배를 보며 길게 담배 연기를 내뿜었다.

태준이 다가가자 내색은 안 해도 노 영감이 은근 겁을 먹고 있는 게 보였다. 주머니를 뒤적거려 메모지 한 장을 내밀자 노 영감이 메모지와 태준을 번갈아 쳐다봤다.


"이게 뭐요?"

"필요한 물건입니다. 준비되는 대로 이곳에 보내주십시오."

"내가 왜 이런 걸……."

태준은 준비해 온 봉투를 노 영감에게 내밀었다. 돈이 두둑이 들어 있는 봉투 안을 본 노 영감은 입을 굳게 다물며 태준을 빤히 쳐다봤다.

"이보슈, 젊은이. 여기 사람들이 순하다고 나까지 똑같이 생각하면 오산이유. 이딴 썩어빠진 돈 열 트럭을 갖다 줘도 난 사양이니까……."
"부탁합니다. 필요한 물건들입니다. 꼭 준비해 주십시오."

여전히 못마땅한 눈빛으로 빤히 쳐다보는 시선에 태준이 다시 한 번 더 정중하게 말했다.

"나쁜 곳에 쓸 게 아니니 빠른 시일 내로 부탁드리죠, 영감님."

그때 누군가 태준의 허리를 꽉 붙잡으며 덥석 안기는 바람에 순간 위협을 느낀 태준이 주머니에서 칼을 뽑을 뻔했다.
"밤톨, 놀랐잖아!"
다행히 해리인 게 금방 티가 나 칼은 뽑지 않았지만 5초만 늦었어도 태준의 칼에 해리가 다쳤을 게 분명했다.
"아제!"
"아, 더워!"
어제처럼 따뜻하게 느껴지는 체온에 어쩔 줄 몰라 태준은 매몰

차게 해리를 품에서 떼어냈다.

"아제, 내가 아제 참말로 좋아한다! 진짜다, 이건! 첨부터 해리는 아제가 참말로 좋은 사람인지 알아봤제. 이것도 진짜다!"

"됐어. 속 보여, 밤톨."

해리가 아침부터 이렇게 방긋 웃으며 온갖 애교를 떠는 이유를 잘 알고 있었다. 어제 하루 종일 해진을 불안하게 했던 토끼를 끝끝내 잡은 태준이 해리에게 주려고 박스 안에 가둬두었기 때문이다. 동물을 보기 힘든 이 섬에서 그 작은 토끼는 해리에게 크나큰 선물인 셈이었다.

해리의 손에 이끌려 아래로 내려온 태준은 토끼에게 영혼이 팔린 밤톨을 보며 혀를 끌끌 찼다. 아침을 먹기 시작했는데도 해리는 토끼 상자 앞에서 떠날 줄을 몰랐고, 쫑긋 솟은 귀를 손가락으로 쿡쿡 찌르며 눈을 반짝이고 있었다. 그 모습에 해진이 결국 참지 못하고 외쳤다.

"해리야, 아침 먹고 봐야지?"

"언니, 이것 봐! 토깽이가 당근을 먹고 있제! 신기하다!"

"어허, 송해리! 얼른 이리 와서 밥 안 먹어?"

토끼에게 빠져 아침밥도 거르는 해리에게 나름 무섭게 한마디 한 해진은 아랫입술을 꼭 깨물며 인상까지 썼다. 중간에 앉아 해리와 해진을 번갈아 쳐다보던 태준은 헛기침을 했다.

"밤톨, 밥부터 먹지?"

해진의 표정이 장난은 아닌 것 같아 태준이 두 사람 대화에 한마디 끼어들었다.

"아, 토깽이 밥 먹는 것만 다 보구."

“송해리!”

결국 해진이 언성을 높이자 그제야 시무룩해진 해리가 평상 위로 올라왔다. 하지만 아이는 잔뜩 뿔이 난 상태였다.

“밥은 이따 먹어도 되자녀!”

“그럼 너 밥 먹을 때까지 또 기다려야 하잖아? 토끼는 이따가도 볼 수 있는 거야. 그리고 언니가 한 번 말을 하면 말을 들어야지, 왜 끝까지 고집이야?”

“아! 그래서 왔자녀!”

버럭 소리를 지르니 해진이 들고 있던 수저를 탁! 내려놓았다. 그 소리에 얌전히 밥을 먹던 태준이 흠칫 놀라 ‘흠!’ 하며 해리에게 말대꾸하지 말라는 눈짓을 해 보였다. 그에 더 뾰로통해진 해리가 수저로 밥을 꾹꾹 누르며 투덜대기 시작했다.

“이게 뭐시여. 밥이 왜 이렇게 진득혀. 생선도 이제 지겹다!”

“생선 지겨우면 딴 거 먹으면 되잖아.”

해진 역시 냉랭하게 한마디 했다.

“김치도 쉬어 꼬부라져 맛없다!”

“너 또 쓸데없는 꼬투리 잡을래? 먹기 싫음 관둬! 먹지 마!”

“안 먹을 겨!”

급기야 해리도 숟가락을 세게 내려놓으며 자리에서 일어났다. 뛰쳐나가면서도 해리는 토끼를 품에 안고 나가 버렸다.

“후우……”

물을 한 모금 마신 뒤 해진이 한숨을 내쉬었다.

“죄송해요, 아저씨. 식사하시는데……. 해리가 한 번씩 골이 나면 말도 안 되는 꼬투리 잡아서 저래요. 항상 혼내도 영 안 고쳐

지니…….”

“애들이 다 그렇지 뭐…… 근데 저렇게 나갔는데 괜찮겠어?”

“멀리 벗어날 곳이라도 있으면 걱정되겠지만…… 아시잖아요.”

애써 웃은 해진이 평상에서 내려왔다.

“숭늉 끓였는데 좀 갖다 드릴게요.”

얌전한 사람이 화나면 더 무서운 법이라더니, 왠지 해진도 화가 나면 엄청 무서울 것 같은 느낌이 들었다. 괜히 토끼를 잡아서 아침부터 두 사람을 싸우게 한 건가 싶은 생각이 들어 태준도 아침부터 마음이 편칠 않았다.

“오늘 저녁에 비 온대요. 밭에 물 안 줘도 되니까 굳이 주지 마세요.”

“아, 그래? 일을 하나 덜었군.”

“참, 어깨는 어때요? 어제 한 오이감자팩이 꽤 효과가 좋죠?”

“민간요법들이 제법 쓸 만해. 어깨도 많이 괜찮아졌어. 드라마틱하게 하얘진 건 아니지만 쓰라림은 좀 줄어들었고.”

“그러니까 밭에 나갈 때 러닝만 입지 말고 좀 덥더라도 어깨는 가려줘요. 직사광선을 바로 받아서 고생하니까.”

“그러지.”

“자, 이거 챙기구.”

일단 수건으로 두건을 만들어 쓴 뒤, 그 위에 밀짚모자를 쓰고 어깨에 수건을 걸친 후, 해진이 챙겨주는 물 한 통과 면장갑을 챙겨 드는 일이 이제는 꽤나 익숙해져 있었다.

“가다가 해리 보면 달래주지 마요, 버릇 나빠지니까.”

“그러지.”

"점심엔 콩국수 준비할까요?"

"좋지, 근데 저번보단 조금 덜 달았음 해. 저번엔 약간 단 것 같았어."

"아, 해리가 단 걸 좋아해서. 오늘은 아저씨 입맛 맞춰놓을게요."

싱긋 웃으며 해진이 대꾸하자 태준은 문득 이 상황이 참 우스웠다.

"누가 보면 부분 줄 알겠군."

"우와, 영광인데요? 아저씨 같은 남편이 있다니."

"흠! 다녀오지."

분명 해진도 아무 감정 없이 한 대꾸였겠지만 태준은 민망하여 헛기침을 내뱉었다. 괜히 할 말이 없어 정색하며 뒤돌아섰고, 그걸 알 리 없는 해진은 보이진 않지만 손까지 흔들어주었다.

골목 어귀로 내려오자 해리는 치매 할매 앞에서 토끼를 보여주고 있었다.

"할매, 이것 좀 보소. 우리 토깽이 하늘만큼 땅만큼 귀엽지 않소?"

여전히 먼 산을 바라보는 할매는 대꾸도 없었지만 해리는 토끼 자랑에 여념이 없었다.

"오메, 아제 왔소? 토깽이 너무 이뻐죽갔다. 아제, 참말로 고맙소."

"야, 밤톨. 넌 네 언니 열받게 해놓고 혼자 좋나?"

"아, 그건 언니가 이상한 거구먼? 괜히 토끼 못 보니께 내한테 신경질 내는 거제."

"으휴, 그래서 네가 아직 애라는 거야. 하여튼 네 언니가 너 달래주지 말라고 했으니까 난 그냥 차갑게 지나간다."

"그것은 또 뭔 말이래?"

태준이 까닥 손을 올려주며 지나치자 할매가 불쑥 태준을 보며 말을 꺼냈다.

"아들! 왔어? 에미랑 밥 먹으러 가자, 응?"

"오메, 할매. 아제가 눈에 보이는가 벼? 근디 우째스까? 아제는 할매 아들이 아닌데. 할매가 착각해 부렸소."

항상 오후가 되어야 밭에 나오던 태준이 오늘은 일찍 밭에 나오자 마을 사람들이 반갑게 아는 체를 해주었다.

"아니것제?"

"에이, 아닐 것이여."

어제 노 영감에게 들었던 이야기들을 소곤소곤거리던 마을 사람들은 믿기지 않아 하며 손을 저었다. 저렇게 묵묵히 땀 흘리며 일하는 청년이 절대 그런 사람일 거라 믿지 않았다. 더군다나 해리가 토끼 한 마리를 들고 와선 태준이 잡아준 토끼라며 늘어놓는 자랑과 기쁨에 더더욱 아니라고 생각했다. 무엇보다 해진이 말한 연륜의 감이 태준은 분명 좋은 사람일 거라 단정 지으니 한순간 흔들렸던 마음을 다시 고쳐 잡았다. 그걸 알 리 없는 태준은 오늘도 묵묵히 제 할 일에 여념이 없었다.

"아이고, 비가 오긴 오려나 보네."

잠시 허리를 펴며 저 멀리 먹구름이 밀려오는 모습에 이장댁 어르신이 한마디 했다. 덩달아 하늘을 올려다보던 태준은 자리에 쭈그리고 앉아 호미질에 정신이 팔려 있는 새댁을 쳐다봤다.

그때 불쑥 나타난 해리가 태준의 옷자락을 흔들며 말했다.

"아제, 내가 생각해 봤는디, 우리 토깽이한테 실한 이름 하나 지어줘야겠소. 아제, 뭔 이름이 괜찮을지 한번 생각해 보소."

해리의 질문에도 딴생각을 하던 태준은 결심한 듯 물었다.

"……여기 연장 좀 있지?"


사다리를 타고 올라가자 지붕 위는 그야말로 아수라장이었다. 하지만 패널을 정리해서 다시 못질만 하면 바람에 날아가는 일은 없을 듯했다.

"아이고, 우리 대장총각 힘들게 뭐 다러 이 누추한 곳까지 신경을 써. 걍 둬도 괜찮은디."

비가 오기 전 새댁의 지붕을 고쳐야겠단 생각에 밭일을 하다 말고 새댁네로 온 태준은 밀짚모자를 휙 던졌다.

"아제, 해리도 올라가 도와주까?"

"됐어, 밤톨은 그냥 토끼새끼나 구경하고 있어. 어르신도 필요 없으니까 볼일 보세요."

"아효, 그라도 될랑가? 밭일을 하다 말고 와서……."

"아줌니요. 아제가 말끔하게 해놓을 텐게 걱정 말고 밭에 나가서 일 보소."

해리까지 한마디 거드니 미안한 새댁이 무거운 발걸음을 뗐다.

태준은 이런 잡일을 해본 적이 없어 잘할 수는 있을지 모르겠지만 그래도 손 놓고 있을 수만은 없었다.

"나는 아제가 그랄 줄 알았제."

"뭐?"

"그때 못 느꼈소? 내가 일부러 지붕 얘기 꺼낸 거?"

"뭐야? 너, 이 자식, 그럼 나 들으라고 일부러 꺼낸 얘기였던 거야?"

"그라제! 그렇지 않아도 비 오기 전에 고쳐 달라고 얘기하려고 했는데, 아, 아제가 먼저 얘기해 주니 을매나 고마운지 모르제. 아 저씨가 최고랑께?"

"아, 이 밤톨! 내가 진짜, 어휴! 됐다, 됐어."

"고마우니께 내가 오늘 아제 어깨 백 번 주물러 줄랑께?"

"백 번 우습게 보지 마라? 나 그거 꼭 받을 거다."

"걱정 마소. 해리는 한 번한 약속 꼭 지키니께."

"알았으니까 저쪽으로 가 있어."

태준은 왠지 해리에게 당한 것 같아 뒤가 찜찜했지만 저 밑에서 토끼를 끌어안고 신이 나 빙빙 돌고 있는 해리의 모습이 조금은 귀엽게 보였다.


작업이 끝나자마자 태준은 서둘러 걸음을 옮겼다. 곧 비가 한바 탕 쏟아지려는지 습하고 더운 날씨에 집에 오자마자 마구간부터 찾았다.

그가 깨끗하게 몸을 닦고 나오자, 태준이 나오길 손꼽아 기다리 던 해진은 그의 기척에 평상에서 일어났다.

"해리는요?"

"글쎄."

"못 봤어요? 아침도 굶었는데 점심도 안 먹으려는지 아직 들어 오질 않아서……. 어디에 있는지도 못 보셨어요, 혹시?"

"달래주지 말래서 굳이 찾아보지도 않았는데?"

"……그래요."

태준은 능청스럽게 대답하며 평상에 앉아 시원한 콩국물부터 들이켰다.

"앞도 안 보이면서 이런 건 어떻게 만드는 거야?"

"면만 못 삶았어요. 국물은 원래 있던 거구……. 근데 저기, 해리……."

"걱정 마. 노인네들이랑 다 같이 밥 먹고 있으니까."

"뭐예요. 왜 놀리고 그래요?"

"허, 되게 기분 나빠하는 것 같네?"

"그런 게 아니라……."

뾰로퉁한 해진의 모습에 태준이 피식 웃었다. 그 모습에 저도 모르게 해진의 뺨을 살짝 꼬집은 태준은 아차 싶어 재빨리 손을 내렸다.

"며, 면은 내가 삶을게."

"주, 준비해 놨어요."

당황한 해진도 덩달아 시선을 돌렸다. 어쩔 줄 몰라 하는 해진의 모습을 보니 태준은 연신 웃음이 났다. 해진 역시 입을 꾹 다물었지만 이내 지어지는 미소는 감출 수가 없었다.


콩국수를 먹고 돌아오는 태준의 모습에 밥을 먹다 말고 달려 나간 해리는 마치 오랜만에 만난 사람처럼 태준을 반겼다.

"아제, 아제! 새댁네로 바로 갈끄제?"

"그래."

"해리도 같이 가자."

"밤톨, 밥은 다 먹은 거야?"

숟가락을 가지고 나온 모습에 태준이 묻자 해리가 아차 싶어 배시시 웃었다.

"아니, 아제 보자마자 바로 뛰쳐나왔제. 나는 밥보다 아제가 훨씬 좋다."

"참네, 토끼의 여파가 아직도 가는 거냐?"

"아이다! 해리는 참말로 아제가 좋제! 진짜다."

"알겠으니까 가서 밥이나 드셔."

태준이 피식 웃으며 지나치니 해리가 뒷모습에 대고 크게 소리쳤다.

"아제, 다음번엔 돼야지도 한 마리 잡아주소!"

태준이 눈썹을 치켜 뜨며 가던 길만 열심히 갔다.


오후 내내 지붕 고치는 일에 여념인 태준은 이젠 제법 망치질이 익숙해졌다. 혼자서 뚝딱뚝딱 묵묵히 일하는 모습을 보며 해리가 저 밑에서 물었다.

"근데, 아제는 우예 망치질도 그리 잘하노?"

"원래 나같이 멋진 남자들은 못하는 게 없지."

"맞나? 그라믄 도끼질은 우예 할낀데?"

"어이, 밤톨. 이제 나 시켜먹는 건 이 정도면 되지 않냐?"

"그래? 그렇게 생각하노?"

"인마, 지금 나서서 지붕 고쳐 주는 것도 꽤나…… 어? 어? 밤톨!"

태준은 갑자기 사다리를 낑낑거리며 치우는 해리의 모습에 눈이 왕방울만 하게 커졌다.

"좋은 말 할 때 제자리에 갖다 놓으시죠, 밤톨 양?"

"장작 우야노?"

갑자기 울상을 지으며 해리가 위를 올려다봤다.

"안 한다니까?"

"하아…… 올핸 걍 얼어 뒈지야 쓰것네. 구신이 되믄 아제가 장작 안 패줘가 얼어 뒈졌다 케야지. 그라믄 아제는 맴이 아파 평생 해리 생각하며 울겠제? 막…… 미안해서? 그제?"

"하!"

"아제, 도끼질 좀 할 줄 아능가?"

"그래, 안다, 알아. 됐냐?"

그제야 씩 웃은 해리가 사다리를 꼭 쥐며 방긋 웃었다.

"역시 울 아제는 최고다."

태준은 이 작은 여우에게 매번 지는 꼴이 이제는 익숙해 그저 헛웃음만 났다.

한동안 일에 열중이었던 태준은 저 너머로 보이는 바다와 기분을 상쾌하게 만들어주는 시원한 바람을 만끽했다. 기분 좋은 바다 내음이 코끝을 스치자 절로 두 눈이 감겨졌다.

"오메! 새집 같소!"

마침 새댁네로 몰린 마을 사람들이 다 고쳐진 지붕을 보며 감탄을 아끼지 않았다. 사다리에서 태준이 내려오자 기다렸다는 듯 마을 사람들이 태준의 등을 한 대씩 토닥여 주며 너무나 좋아라 했다.

"당분간은 튼튼할 겁니다. 패널 자체가 오래돼서 많이 깨졌더라고요."

"우리 대장총각이 고쳐 준 건데 백년만년 써야제. 암만, 그래야제!"

"오메, 우리 대장총각 아주 그냥 손이 보물이구먼. 뚝딱하면 뚝딱이여. 그제?"

"보면 볼수록 맘에 쏙 드는구먼."

"아! 역시 우리 늙은이들보단 낫소. 아주 그냥 새집 같소!"

"울 아제가 이리 멋지구만요! 이 토깽이도 잡아주고 새댁 아줌니네 지붕도 고쳐 주고! 장작도 패준다 약속했으니 어르신들도 시킬 것이 있으면 싸게 말…… 읍!"

얼른 해리의 입을 막은 태준이 어색한 미소를 지었다.

"그럼 이만 가보겠습니다."

그의 품에서 질질 끌려간 해리는 새댁네를 나와서야 태준의 손에서 벗어날 수 있었다.

"퉤! 퉤! 아! 짜라! 아! 아제 손에 소금 칠했소? 와 이리 짠 겨?"

"어이, 밤톨. 나 여기 일하러 온 사람 아니거든?"

"아, 누구보다 잘하는디 사람은 잘하는 것을 해야지 않것소?"

"것보다 난 놀고먹는 걸 더 잘하는 사람이니 내일부턴 그걸 하도록 하지."

"그럴 수 있나 두고 보겠소, 아제."

일곱 살짜리 여자애에게서 이런 앙큼한 표정이 과연 나올 수 있을까? 태준은 고개를 설레설레 저으며 해리를 재빨리 지나쳤다. 그런 태준을 놓칠세라 옆으로 온 해리는 골목 어귀에 들어서자 발길을 우뚝 멈춰 세웠다.

"아제, 혼가 가소."

"뭐?"

"해리는……."

아침에 해진에게 혼난 것이 생각나 선뜻 집에 들어가지 못하는 모양이다.

"아! 하, 할매 모셔다 드리고 갈랑게 아제 먼저 가소."

해리가 토끼를 끌어안은 채, 재빨리 뛰어가 앉아 있는 할매를 일으켜 세웠다. 그 모습을 보던 태준은 혀를 끌끌 찬 뒤 집으로 걸음을 옮겼다.

태준이 마당 안으로 들어가자 해진은 해리의 안부부터 물었다.

"해리는요?"

"치매 노인 데려다 준다고."

"집에 늦게 들어오려는 수작이네요……."

이미 그 속을 꿰뚫은 해진이 한숨을 내쉬며 뒤돌아섰다.

"그럼 아저씨가 저녁 하는 걸 또 도와줘야 하는데, 괜찮겠어요?"

"이봐, 이봐, 두 자매가 이젠 날 대놓고 부려먹는다니까?"

"어쩔 수 없잖아요."

해진이 피식 웃으며 부엌으로 들어갔다.

"샤워부터 할 거야. 지붕 고치다 내 몸이 다 고장 나는 줄 알았어."

마구간으로 들어서며 태준이 이야기하자 해진이 불쑥 주방 밖으로 나왔다.

"지붕을 고쳐요?"

"육십이나 된 새댁 노인네 집 지붕이 완전 무너지기 직전이라 비 오기 전에 고쳐 놓은 것뿐이야. 오늘부터 비 온다며? 뭐, 얻어 먹은 것도 있고 그냥 모른 척할 수가 없었어. 근데 그것도 알고 보니…… 엄마야!"

태준은 몸에 물을 뿌리며 얘기하다 순간 마구간 문틈으로 보이는 해진의 모습에 바가지로 아랫부분을 얼른 가렸다. 생전 처음으로 엄마를 찾으며 소스라치게 놀란 태준은 해진과 눈이 마주친 것 같았지만 그녀가 앞을 보지 못한다는 사실에 금세 마음을 가라앉혔다.

"아, 미안해요. 물소리 때문에 하나도 안 들려서. 근데 보진 못했어요."

"아! 당연히 그랬겠지!"

샤워를 마친 태준이 마당으로 나가자 빗방울이 조금씩 떨어지기 시작했다.

툇마루로 밥상을 옮긴 두 사람이 마주 앉으니 기다렸다는 듯 비가 쏴아아, 내렸다.

"제법 많이 오나 보네요."

"그러네. 아, 생선 말린 건 언제 다 치운 거야?"

"비 온단 소식 듣고 아까 하나씩 창고로 옮겨놨어요."

"보이는 거 아니지?"

"그랬으면 아저씨 알몸 다 봤게요?"

자기 농담에 풋 하고 웃은 해진이 불쑥 얘기했다.

"아저씨, 고마워요."

국을 떠먹던 태준은 무슨 소리냐는 듯 해진을 보았다.

"사실…… 이 섬에서 제일 젊은 사람이 전데 전혀 도움이 안 되고 있어서 마음이 정말 편치 않았거든요. 어르신들은 행여 제가 신경 쓸까 봐 무슨 일이 있어도 잘 말씀을 안 해주시는데, 아저씨가 계시니까 제가 해야 할 일들을 전부 아저씨가 대신 해주고 있는 것 같아서 너무…… 너무 고마워요, 정말."

"보였어도 지붕 같은 건 그쪽 혼자 힘들어."

"그래도 아무것도 못하는 것보단 뭐라도 했었겠죠. 아저씨가 저번에 뭐라도 했으면 좋겠다고 말했을 때, 사실은 곰곰이 생각을 해봤어요. 과연 내가 이 상태로 무얼 할 수 있나……. 그런데 딱히 없더라고요. 도움 될 수 있는 일이 전혀……."

"왜 그렇게 도움이 되고 싶어 하지? 그냥 남 눈치 안 보고 될 대로 살면 될 것을. 뭘 그리 도움이 되고 싶어 안달인지 모르겠군."

"저 역시 그만큼 도움을 받으니까요. 그만큼 해주고 싶은 거고. 무엇보다 내가 좋아하는 사람들에게 무언가를 해주고 나면 오히려 내 맘이 더 따뜻하고 좋아요. 조금이라도 도움이 된다면 그것만큼 가슴 따뜻한 일은 없거든요. 아저씨도…… 그래서 그런 거 아니에요? 지붕이요."

"난 그런 게 아니야…… 아니라고."

부정하는 태준에게 더 이상 뭐라 말은 하지 않았지만 해진은 분명 태준도 그럴 거란 생각이 들었다. 태준 역시 막상 부정했지만 지붕을 고치고 난 후 이렇게 비가 쏟아지니 얼마나 다행인지, 고쳐 주길 잘했다는 뿌듯함이 느껴지는 걸 굳이 티 내지 않았다.

엄태준의 세상엔 가슴 따뜻한 일이란 건 있을 수 없는 일이었다. 그래서 그가 어떠한 마음으로 그 일을 했는지 본인도 알지 못했다.

"대장총각, 대장총각."

방 안에 있던 태준은 밖에서 들리는 부름에 문을 열어보니, 우비에 겨우 몸을 감추고 있는 새댁이 동그란 바구니 하나를 들고 서 있는 모습이 보였다. 덩달아 방에서 나온 해진이 목소리에 놀라 툇마루 끝에 서서 얼른 손짓을 했다.

"아주머니, 얼른 이쪽으로 오세요."

"아이고, 웬 비가 이렇게 쏟아진담. 해진아, 나 잠깐 대장총각 좀 쪼깨 보고 갈게."

"아, 예."

열린 문 앞으로 새댁이 와 얼굴에 흘러내린 빗물을 닦으며 다 젖은 바구니를 방 앞에 조심히 내려놓았다.

"이게 뭡니까?"

"아! 오늘 지붕 고쳐 준 게 을매나 고마운지……. 내가 줄 건 없고. 이거, 저기……."

방문 앞에 걸터앉아 불쑥 고개를 내민 새댁이 누가 들을까 봐 소곤거렸다.

"산삼이제."

"네?"

"아, 암 소리 말고 대장총각 혼자 몰래 드소! 이거 진짜 산삼이제. 혹시 먹을 일이 생길까 봐 고이 모셔둔 건디 아, 우리 대장총각이 딱 먹음 쓰것구먼."

"아니요, 전……."

"아, 그라지 말고 어여 챙겨 드소. 알긋제? 내가 줬단 말 허지 말고. 그냥 아무도 모르게 뿌리 하나씩 씹어 먹음 그리 몸에 좋다 지 않소."

"아니요, 어르신. 전 이런 건……."

"사양하믄 섭섭하제. 안 받아주면 내가 계속 마음에 걸려서 그런 거니께 싸게 받으소."

새댁은 기어이 바구니를 방 안으로 밀어 넣으며 방문까지 닫아 버렸다. 얼마나 귀하게 쌌는지 두 겹의 보자기 속에 신문지까지 돌돌 말아놓은 산삼 한 뿌리는 태준의 마음을 또다시 무겁게 만들 었다.

"어, 해진아. 내 그만 가볼 텐게 쉬고들 있으라고."

"조심히 내려가세요."

밖에서 들려오는 소리에 결국 태준이 밖으로 나갔다.

"잠깐만 기다리세요."

잠시 새댁을 불러 세운 태준이 해진 쪽으로 다가갔다.

"노인네 모셔 드리고 올게. 오는 길에 밤톨도 데리고 올 테니까 얌전히 집에 있어."

"그럴게요. 참, 우산……."

"어디 있는 줄 알아. 괜히 비 오는 날 나와서 다치지 말고 방에 있어."

해진이 고개를 끄덕였다. 그러다 해진의 어깨가 젖어 있는 걸 보며 태준이 옷깃을 털어주었다.

"이것 봐. 금방 젖었잖아."

"길 미끄러우니까 조심해요. 아, 해리 우비 챙겨줄게요."

잠시 방으로 들어간 해진이 고이 접은 우비를 챙겨주자 태준이 받아 들었다. 두 사람의 모습을 흐뭇하게 바라보던 새댁은 태준이 가까이 오자 얼른 웃음을 감추며 태준의 옆자리를 따라나섰다.

보이지는 않아도 태준의 행동이 눈에 그려지는 것 같아 마루 기둥을 잡고 서서 두 사람이 나간 자리를 지켜보는 해진의 입가엔 미소가 가시질 않았다. 그러다 슬쩍 어깨의 물기를 털어주던 태준의 손길이 스쳐 지나간 자리에 손을 올렸다. 팔을 잡을 때마다 힘을 꽉 주던 태준의 뜨거웠던 체온이, 볼을 꼬집으며 스칠 때마다 닿았던 손끝에서 풍기는 알싸한 담배 내음도 왠지 기분 좋게만 느껴지던 그때를 생각하자 자기도 모르게 더 큰 미소가 지어졌다.

방에서 기다릴 생각에 뒤돌아서던 해진이 순간 자리에서 멈칫했다. 일순간 표정이 굳어진 해진이 천천히 뒤돌아 어제 느꼈던 그 낯선 느낌에 몸을 떨었다. 온몸에 소름이 돋자 그녀는 비로소 알 수 있었다.

"그건 토끼가 아니었어."


"아고, 내도 제때 얼라만 가졌어도 해진이만 한 딸내미가 있을 텐디 참 아깝제? 그만한 딸이 있었으믄 대장총각 내 사우 삼았을 텐디. 보면 볼수록 실허고. 아! 사내다운 게 딱 내가 원하던 남자랑께? 하이고, 주책이지! 왜 내가 삼십 년만 젊었어도, 하는 생각이 드는지 모르겠구먼?"

여전히 대꾸 없는 태준이었지만 새댁은 그저 이렇게 얘기하는 게 즐거워 쉴 새 없이 말을 이어갔다.

"아, 근디 대장총각은……."

"여기서부턴 금방 찾아가실 수 있으실 겁니다."

무심하게 말을 잘라내며 태준은 집 근처에서 멈춰 섰다.

"아, 그라제, 그라제."

"그럼, 쉬십시오."

짧게 인사하며 돌아서려는데 새댁이 서둘러 그를 불렀다. 새댁이 진지한 웃음을 지으며 나지막이 얘기했다.

"이렇게 우리 섬에 와준 것만으로도 고맙소. 대장총각이 와서 우리 섬이 반짝반짝 빛나는구먼. 그럼 싸게 살펴가소."

그대로 멈춰 선 태준은 새댁이 집에 들어갈 때까지 그 뒷모습을 지켜볼 수밖에 없었다. 마음 한구석이 조여와 도저히 발걸음이 떨어지질 않았다. 그저 그 진심 어린 고맙단 한마디가 너무 마음에 와 닿았다.

주먹을 꽉 쥐며 두 눈을 감아버린 태준은 아래로 떨어지려는 고개를 꼿꼿이 들고 있었다. 죄책감과 자존심의 치열한 싸움에 자리에 멈춰 섰던 태준은 세차게 고개를 흔들며 겨우 뒤돌아섰다.

해리를 데리러 가기 위해 집 방향의 반대쪽으로 몸을 돌린 태준은 깊게 한숨을 내쉬며 시선을 돌리다 멈칫했다. 오르막길이라 자세히는 보이지 않았지만, 검은 실루엣이 빠르게 집 안으로 들어가는 것 같았다.

설마 이 섬에 누가 들어왔을까 싶어 이내 자리에 멈춰 선 태준은 그대로 우산을 떨구며 빠르게 집 쪽으로 뛰어갔다. 빗물에 흠뻑 젖은 태준은 오르막길 위에서 거친 호흡을 가다듬으며 주머니 속에 들어 있던 칼을 꺼냈다. 주변을 예리한 눈으로 살피며 방 앞까지 다가갔지만 안에선 아무 소리도 들려오지 않았다. 혹여 이 방문을 열었을 때 피범벅이 된 해진의 모습을 보게 되지는 않을까, 이렇게 죽은 사람이 두려워 본 적도 처음이었다.

부스럭.

그 순간 방 안에서 기척이 들려오자 들고 있던 칼을 재빨리 손등으로 한 바퀴 돌려 금방이라도 찌를 수 있게 공격적인 자세를 취했다.

태준은 문고리로 조심스럽게 손을 내밀었다. 뛰고 있는 심장의 미동도 죽여야 할 차례. 눈빛을 내리깔며 녀석이 다가오길 기다리던 태준은 문에 비치는 그림자에 본능적으로 행동했다.

퍽!

상대의 뒷목을 손날로 내려친 태준은 목을 조르며 날카로운 칼날을 턱 아래에 살이 움푹 파이도록 날을 세웠다. 그대로 각도만 튼다면 이 칼날은 녀석의 살을 파고들어 단숨에 숨통을 끊어놓을 것이다. 그걸 상대 또한 알았는지 태준에게 단숨에 제압된 사람이 재빨리 양손을 들며 당황한 목소리로 외쳤다.

"혀, 형님. 저예요, 덩치!"

익숙한 목소리에 태준이 인상을 썼다. 품에 다 안기도 힘든 커다란 덩치에게 겨눠진 칼을 거둔 그가 얼굴을 확인했다.

"형님!"

반가움에 덩치가 활짝 웃으며 아는 체를 했지만 태준은 참고 있던 숨을 내쉬었다. 다리에 힘이 풀려 방문을 잡은 뒤 방 안부터 살폈다.

"어? 나와 계신 거예요?"

해진의 목소리가 들려 뒤돌아보니 그녀의 손엔 수건들이 들려져 있었다.

"비가 너무 많이 와서 수건을 좀 넉넉히 챙겨왔어요."

멀쩡한 해진의 모습에 태준이 급기야 소리 내어 한숨을 내쉬었다.

"어머, 아저씨, 벌써 왔어요?"

자신을 노려보는 강렬한 눈빛에 덩치가 눈치를 살피며 어설픈 미소를 지었다.

"혀, 형님……."

"네가 왜 여기 있어."

그가 무거운 목소리로 물었다. 하지만 덩치는 한참이나 말을 하지 못한 채 어색한 미소만 짓고 있었다. 덩치가 해진의 눈치를 살피자, 태준은 이마에 맺힌 땀을 닦아낸 뒤 자신이 지내고 있는 방을 가리키며 말했다.

"들어가자."


문살을 두드리는 소리에 태준이 방문을 열자 해진은 조심스럽게 식혜가 담긴 쟁반을 내밀었다. 가까이에 있던 덩치가 제 외모와는 어울리지 않게 두 손으로 받으며 공손히 인사했다.

"감사합니다."

"말씀들 나누세요."

방문이 닫히자 덩치는 조심스럽게 태준에게 물었다.

"어쩌다 장님 집으로 들어온 겁니까? 몸을 숨기기엔 적절하긴 하지만 형님이 불편한 게 많을 것 같은데……. 조만간 형님 수발 들 만한 애들 붙이겠습니다."

"쓸데없는 짓 하지 마. 넌 여기 어떻게 들어온 거야? 어제부터 이 주변을 어슬렁거리던 게 너야?"

"네, 아무래도 형님이 걱정돼서 보스께 말씀드렸더니 알려주시더군요."

"날 찾아 뭐 하려고? 그러다 눈에라도 띄면 어쩌려고."

행여 누가 들을까 가까이 다가와 앉은 덩치가 나지막이 말했다.

"배가 이쪽으로 들어올 거란 얘기 들었습니다. 보스께서 형님이 조용히 일 처리할 수 있게 도와주라 하셔서……. 섬 주변이 조용하니 일 처리하기엔 제격이지 말입니다?"

"이번 일은 내가 알아서 해. 넌 다시 돌아가."

그의 말에 덩치가 고개를 저으며 말했다.

"그럴 수 없습니다. 혼자는 너무 위험하다고요."

그 말에도 일리는 있다. 하지만 다른 사람들의 눈에 띄면 좋지 않다. 태준은 한숨을 쉬며 물었다.

"어떻게 들어왔어?"

마을 사람들에게 외부인이 들어왔다는 이야기를 듣지 못한 그가 물었다.

"섬 뒤쪽으로 몰래 들어왔어요."

이름 그대로 덩치가 큰 그가 몰래 들어왔다니. 원래부터 날쌘 녀석이란 생각은 했지만.

덩치는 이야기가 끝나지 않았는지 계속 말을 이었다.

"어제 형님이 계속 낯선 분들과 함께 있어서 쉽게 나설 수가 없었습니다. 조금만 더 참았다가 형님만 살짝 뵐까 했는데……."

"했는데?"

"그게…… 어제부터 아무것도 먹지도 못하고 또 비도 너무 많아 와가지고…… 도저히……."

인상을 짙게 쓰며 바라보던 태준이 한숨을 내쉬며 자리에서 일어났다.

"일단 뭐라도 먹자."

그가 문을 열고 밖으로 나가자 덩치가 그 뒤를 강아지처럼 졸졸 따랐다.


덩치답게 게걸스럽게 밥을 먹는 모습을 바라보며 태준은 짧게 한숨을 내쉬었다. 밥을 가져다주는 족족 그릇을 비우는 덩치는 밥그릇까지 파먹을 기세로 빠르게 숟가락을 움직이고 있었다.

숭늉 한 그릇을 가져온 해진은 미소를 지으며 말했다.

"천천히 드세요, 밥 더 있으니까요."

그 옆에서 담배를 피우던 태준이 아차 싶어 자리에서 일어났다.

"밤톨 데려오는 걸 깜빡했군. 해치진 않으니 밥이나 한 그릇 더 주라고."

태준이 자리에서 일어나자 덩치가 급히 밥을 삼키며 따라 일어서려 했다.

"형님, 저도 같이……."

"밥이나 먹어."

　나가는 태준의 뒷모습을 보다가 다시 자리에 앉아 밥을 먹는 덩치 옆으로 해진이 다가가 물었다.

　"감자 삶은 게 있는데 드릴까요? 동치미 국물이랑 먹으면 꽤 맛이 좋아요."

　"아! 저 감자 엄청 좋아하는데……."

　"잠시만 기다리세요."

　싱긋 웃으며 자리에서 일어나니 덩치가 해진의 팔을 툭 잡았다.

　"아, 저기……."

　"네?"

　"상당히…… 아름다우십니다."

　해진은 부끄러움에 시선을 내리며 어쩔 줄 몰라 했다.

　"그런 의미에서…… 밥 한 그릇 더……."


　새댁만큼이나 허름한 할매네 집은 작은 집 한 채와 비에 젖은 장독대 몇 개가 전부였다. 평상 하나 없는 썰렁한 마당에 들어서자 열린 방문 안에서 토끼를 끌어안은 채 앉아 있던 해리가 번쩍 눈을 떴다.

　"아제!"

　"밤톨, 어두워지면 얼른얼른 집에 와야지. 꼭 데리러 오게 만드냐?"

　"울 언니 아직도 화 많이 났제?"

　"그걸 말이라고 해?"

　"우째 쓰까……."

　"밥은?"

"할매랑 먹었제. 하아, 울 언니 화나면 진짜 무서운디⋯⋯."

"혼날 때 혼나더라도 시간 되면 집에 와야지. 자, 여기 네 우비."

울상인 해리가 우비를 받아 들며 자리에서 어기적거리며 일어나 입었다.

"우리 아들 아닌가? 아들! 드디어 온 것이여?"

"할매. 할매네 아들이 아이고 우리 아제랑께. 잘못 보셨소."

"아니여, 우리 아들이 맞제. 미국에 간 우리 아들이 분명하구먼. 들어와 에미랑 밥 묵자."

태준은 방 안 한구석에 앉아 그를 향해 손짓을 하는 할매의 모습을 보며 짧게 한숨을 내쉬었다.

"저 그런 거 아니라니까요. 망령이 들려면 좀 점잖게⋯⋯."

한 소리 더 하려다 아이가 있으니 태준은 말을 멈추며 뒤돌아섰다.

"얼른 나와."

"같이 가, 아제."

해리는 태준을 놓칠까 봐 급히 단추를 채우며 그의 뒤를 쫓았다. 행여 토끼가 비라도 맞을까 품에 토끼를 숨긴 해리가 옆으로 다가오자, 태준은 해리에게 우산을 씌워주며 자신의 어깨가 젖는 것도 상관하지 않은 채 아이의 보폭에 맞춰 걸었다.

"아제, 내가 곰곰이 생각해 보니께 우리 토깽이 이름을 해룡이라고 지어야것어."

"뭐?"

"아제가 잡아준 토깽이니까 그 의미로다가 해룡이가 제일 좋겠구먼?"

"그러다 얘가 여자면 어쩌려고? 해룡인 너무 남자 이름 같잖아."

"괜찮구먼. 설에 있는 울 오라방 이름은 송해교랑께. 그거 텔레비전에 나오는 여자 이름이랑 똑같지 않소? 그런거 보믄 이름은 아무렇게나 지어도 괜찮제. 아, 그나저나 나 울 언니 무서워가 집에 들가기 싫은디 우짜제?"

"그러게 누가 언니한테 개기래? 혼나도 싸."

"워째 아제는 항상 언니 편인 것이여?"

"네 언닌 너처럼 나 안 부려먹거든."

집 앞까지 오긴 왔으나 우뚝 멈춰 선 해리는 쉽사리 집에 발을 들이지 못했다. 언니에게 혼날까 울상이 되어 태준을 올려다봤다.

"아제, 나 무서워서 못 들어가겠소."

"여기까지 와놓고 뭐. 밤톨, 그동안 나한테 대들었던 기세로 들어가면 된다니까? 네 언니보다 내가 더 엄청나게 무서운 사람이라고."

"아제가 울 언니 회초리에 안 맞아서 봐서 하는 소리제."

"난 그것보다 더한 칼이나 쇠파이프에…… 아휴, 됐다. 몰라, 데리고 왔으니까 들어오든지 말든지 알아서 해."

태준이 먼저 집에 들어가려고 하니 발을 동동 구른 해리가 그의 앞을 막아섰다.

"아제, 내 편 들어주소. 응?"

"싫어."

"아잉, 아제. 언니가 나 때리려고 하믄 그것만 막아주소. 응?"

"그럼 나한테 뭐 해줄 건데?"

“장작 세 개 빼줄게.”

“됐다.”

태준이 정색하며 지나치려 하자 발등에 불똥이 떨어진 해리가 소리쳤다.

“장작 없던 걸로 해주께!”

그 소리에 태준이 해리를 보며 씩 웃었다.

“만세.”

툇마루에 회초리를 놓고 앉아 있던 해진이 두 사람의 기척이 들리자 회초리를 들어 올리며 바닥을 툭툭 쳤다.

“송해리, 이리 와.”

“어, 언니.”

“어서!”

해리가 태준을 보며 눈짓을 하자, 그가 슬그머니 마루에 걸터앉았다.

“송해리, 너!”

“아, 나야!”

회초리를 들어 올리는 모습에 태준이 흠칫 놀라 해진의 손목을 턱 잡았다.

“송해리, 이리 안 와?”

“아, 저기…… 많이 반성하고 있으니까 오늘은 한 번 봐주는 게 어때?”

“안 돼요. 매번 이런 식으로 고집부리고 제멋대로 하려고 해서 혼날 땐 혼나야 한다구요. 송해리, 빨리 이리 와!”

잔뜩 화가 난 해진의 모습에 해리의 몸이 움찔 떨렸다.

"어, 언니! 내가 잘못했다. 응? 다신 안 그럴게. 한 번만 봐주소. 응?"

"그래, 한 번 봐줘. 아! 밤톨이 많이 반성하고 있더라고. 가니까 밥도 안 먹고 언니한테 미안하다며 혼자 울고 있더라니까?"

"아제, 그건 아니여……."

해리가 뒤에서 소곤거리며 고개를 저었다.

"아, 아니야? 어, 이건 아니고…… 밥은 먹었대. 그러니까 오늘은 그냥 봐주지 그래?"

"송해리, 너 아저씨 방패 삼지 마!"

"언니! 참말로 다신 안 그럴게. 응?"

태준이 뒤돌아 해리를 보며 우는 시늉을 하라며 손가락으로 눈물 모양을 해 보였다. 해리가 얼굴에 물음표를 달자 태준이 두 손으로 눈물을 만들며 입으로 계속 '울어, 울어' 하며 지시했다.

"으앙! 언니! 잘못했다! 으앙! 나 울고 있제! 그치, 아제?"

"아이고! 우리 밤톨이 닭똥 같은 눈물을 아주 그냥 뚝! 뚝! 흘리네!"

두 사람의 쌩쑈에 결국 해진의 입에서 헛한 웃음이 터져 나왔다.

"어? 웃었네? 화 풀린 거지?"

"아니, 이건 어이가 없어서……."

"어이가 없어서 웃는 건 웃는 게 아닌가? 밤톨, 언니 화 풀렸다."

"참말?"

번갯불에 콩 볶아 먹듯 넘어가려는 태준의 속셈에 해진은 결국 웃음을 참지 못하고 소리 내어 웃음을 터뜨렸다. 그 모습을 보던 해리가 이젠 안심이라는 듯 잔뜩 긴장하고 있던 몸에 힘을 풀었다.

앞으로 한 걸음 언니에게 다가가던 해리가 우뚝 자리에 멈춰 서며 화장실에서 나오는 거구의 모습에 입을 다물지 못했다.

"아, 아, 아제…… 고, 고, 곰이다."

"아, 밤톨. 곰이 아니라 저래 봬도 사람이야. 물진 않는다."

"설마…… 그사이 애 낳아 키운 건 아니시죠?"

해리를 본 덩치도 기어이 한마디 했다.


연신 손은 토끼를 쓰다듬으면서도 시선은 덩치에게 고정한 해리는 곰처럼 커다란 사내를 신기한 듯 쳐다보았다. 해진이 과일 쟁반을 내오자 자연스럽게 태준이 받은 뒤 주머니에서 칼을 꺼내 깎기 시작했다.

"형님……?"

"여기선 이게 최선이다."

담담하게 과일을 깎으며 대답하는 태준의 모습이 기가 막힌지 덩치는 한동안 말을 잇지 못했다. 하지만 곧이어 들려오는 해리의 말에 그가 발끈했다.

"우리 아제는 과일을 무진장 좋아해, 항상 깎아 먹을 준비를 하고 다니제. 근디 아제는 우리 아제 동생인갑소? 행님 하는 거 본께."

"이분은 감히 너희가 이런 일을 시켜도 되는 분이 아니야. 이분은 해룡……."

"해룡파 행동대장 엄태준이제! 이 마을에 그거 모르는 사람이 누가 있겠소?”

이번엔 태준이 해리의 소개를 담담히 해주며 과일 접시를 내밀었다.

“이분은 다름 아닌 이 마을 골목대장 송해리이시다.”

“형님, 이건 좀 아니지 않습니까?”

“너도 여기서 3일만 지내봐. 사물을 바라보는 기준이 달라질 거다.”

“아니, 형님…….”

“놀라는 건 나중에 하고 과일이나 먹어라. 여기 과일은 서울에서 맛볼 수 없는 당도 100%를 자부하니까.”

태준이 칼로 참외를 푹 찍어 먹자 덩치가 얼이 빠져 버렸다.

“형님!”

“아, 왜 자꾸 불러! 닥치고 과일이나 먹어!”

“아제 바보. 우에 닥치고 과일을 먹을 수 있노? 입을 벌려야 과일을 묵제.”

참외를 아삭아삭 먹으며 해리가 흘깃 쳐다보는 눈초리에 태준은 신경질적으로 참외를 한입 베어 먹었다. 덩치는 두 사람을 번갈아 보며 도대체 이 분위기는 뭔지 도통 이해할 수가 없었다.


태준은 차가운 표정으로 깊이 담배를 빨며 방문 앞에 걸터앉아 있었고, 덩치는 방 안에서 양반다리로 앉아 허리를 꼿꼿이 세우고 차렷 자세를 하고 있었다.

“형님, 따로 지낼 만한 곳을 찾아보겠습니다. 어떻게 형님이 이런 곳에서 지낼 수 있습니까?”

"이번 일 끝날 때까진 이 섬에 있을 거다."

"꼴이 이게 뭡니까. 다름 아닌 형님이십니다. 애든 어른이든 감히 형님을 이런 식으로 대하다니…… 가만두지 않을 겁니다!"

"실컷 밥 얻어먹고 그딴 소리나 해?"

"하지만 형님……."

"행여 이 마을에 작은 소란이라도 있을 경우, 넌 내 손에 죽는다."

태준은 진심으로 얘기했다.

"여긴 네가 생각하는 곳하고는 달라."

"그럼 다른 섬으로 알아보겠습니다. 근처에 있다가 물건 들어올 때나 이쪽으로 오면 될 거 아닙니까?"

"그건 내가 알아서 할 테니, 신경 쓰지 마. 아직 박 검사에게선 별다른 소식은 없어?"

"그렇지 않아도 백발이 뒤를 캐고 있습니다. 아직 형님 수배가 풀릴 만한 마땅한 방법이 없어서 저희도 답답합니다."

"흠……."

"이번 일만 해결되면 박 검사 이 자식 절대 가만두지 않을 겁니다!"

주먹을 불끈 쥐며 살기 넘치는 표정으로 말하는 덩치를 보며 태준은 비웃어 보였다.

"니들이 어떻게 할 건데?"

"다리병신이라도 만들어놔야죠. 형님 얼굴 내놓은 만큼 그만한 대가를 치러야지 않겠습니까?"

"겨우 내 목이 박 검사 다리 한쪽에 불과했냐."

"네?"

자리에서 일어난 태준이 팔짱을 끼며 한숨을 내쉬었다. 문밖에서 쏟아지는 빗줄기를 보며 나지막이 말했다.

"그렇게는 건드리지 마. ……박 검사도 한 집안의 아버지이자 남편일 텐데…… 죄 없는 가족까지 고통받게 해선 안 돼."

"형님!"

덩치가 이해할 수 없다는 듯 외쳤다. 하지만 태준은 자신의 생각을 꺾지 않겠다는 듯 말했다.

"박 검사 뒤를 캐서 약점이나 잡아둬. 다시는 이런 일이 생기지 않게, 큰 약점이나 잡아두라고."

"하지만 그거 가지고……."

"다리병신 만들어놓으면 우리한테 남는 게 뭐가 있어? 차라리 약점 하나 잡아서 완벽히 우리 편으로 만들어놓는 게 낫지."

덩치는 입을 다물었다. 그에게서 풍기던 강한 아우라가 예전만큼 무섭게 느껴지지 않았다. 그가 화를 내면 이가 딱딱거릴 정도로 두려웠는데, 이젠 그렇지 않다. 신선한 공기와 제 주제를 모르고 태준을 대하는 사람들 때문에 그의 권위 또한 무너진 것 같았다.

"덩치야."

"네, 형님."

"가끔은 조용히 사는 것도 나쁘지 않다."

"환경이 그렇게 생각하도록 만든 것뿐입니다. 흔들리지 마십시오."

눈길만 뒤돌아 덩치를 쳐다본 태준이 짧게 웃었다.

"다행이네, 흔들릴 수 있는 마음이라도 아직 남아 있어서……."
인상을 쓴 덩치가 주먹을 꽉 쥐었다.
"형님, 보스 다음으로 굳건해야 하는 분이 형님이라는 거 잊지
마십시오. 우리 조직이 강한 이유는 행동대장의 명성이 그 어떤
보스보다 강하기 때문입니다. 우리 업계에 형님의 명성을 떨어뜨
리지 마십시오. ……아시잖습니까, 형님이 손을 놓게 된다면 그
끝이 어떤지를. 부디 자리를 지키십시오. 차기 보스는 형님이십니
다."
"잊을 리가 있나……."
태준이 뒤돌아 덩치의 눈을 마주쳤다.
"평생을 그 속에서 살아왔던 내가 갈 곳이 어디 있다고."
태준의 목소리는 씁쓸했다.

큰 덩치에 밀려 잠이 깬 태준은 미간을 누르며 정신을 차렸다.
이 좁은 방에 산만 한 덩치와 함께 자다가 그의 험한 잠버릇에 결
국 자리에서 일어나 버렸다. 툇마루로 나와 담배에 불을 붙이며
여전히 추적거리는 빗방울에 담배 연기와 함께 한숨을 섞어 보냈
다. 막상 덩치를 보고 나니 내가 돌아가야 할 곳은 이곳과 완벽히
다른 세상이라는 생각에 가슴이 턱 하고 막혀오는 것 같았다.
덜컹, 문 열리는 소리가 나자 태준이 방문을 보았다.
"……아저씨 계세요?"
담배 내음에 멈칫한 해진이 물었다.
"어, 자다가 깼어. 왜 안 자고?"
"비 올 땐 제법 잠자리가 춥거든요. 전기난로 좀 가지러 나왔

어요.”

두 사람의 나지막한 목소리가 잠시 이어진 뒤, 해진은 마루 한쪽에 놓여 있는 서랍장을 열어 전기난로를 꺼내왔다.

“잠 놓치셨나 봐요. 술상 봐드릴까요?”

“어, 아니야. 술 생각은 없군.”

해진이 미소를 지으며 태준의 옆에 무릎을 모으고 앉았다.

“들어가. 그거 밤톨 켜주려고 했던 거 아니야?”

“잠깐 아저씨 말상대 해주고 들어갈게요. 얘기하다 보면 잠이 올 수도 있으니까.”

태준은 짧게 웃어 보였다.

“아직도 비가 꽤 오는 것 같네요. 내일 파도 엄청 치겠다.”

“그러게. 덩치 저 녀석, 일찍이 섬 밖으로 보내려고 했더니 당분간 데리고 있어야겠어.”

“아, 근데 어떻게 이 섬에 들어온 거예요? 들어왔더라면 우리가 모를 리가 없을 텐데.”

“어? 아, 그…… 다들 식사할 때 들어온 모양이야.”

사실을 말할 수 없으니 대충 둘러댔다.

“그랬구나. 그래도 아저씨 계시니까 외부 사람도 들어오구…… 참 좋네요.”

“그렇게 사람이 그립나?”

“아무래도 그렇죠. 여긴 오지 섬이잖아요. 우리 섬이 왜 영도인지는 아시죠? 낮에 잠깐 위성에 그림자처럼 비치고 말기 때문에 그렇게 불린대요. 그런데…… 난 아저씨가 왠지 이 영도랑 너무 잘 어울리는 것 같아요.”

"내가?"

고개를 끄덕인 해진이 무릎을 모아 감싼 곳에 뺨을 기대며 태준 쪽으로 시선을 돌렸다.

"그림자처럼 묵묵히 저와 해리 주변에 꼭 있으니까……. 아저씨가 온 이후로 한 번도 아저씨가 우리 주변에 없던 날이 없었어요. 잠깐 잊고 있다가도 어느새 보면 아저씨가 항상 옆에 있더라고요. 꼭 그림자처럼 항상……."

"불편했겠군."

그의 말에 해진이 작게 미소 지은 뒤 고개를 저었다.

"전혀요. 하지만 요샌 좀 걱정 돼요……. 그 그림자가 갑자기 사라진다면 나랑 해리는 더 외로워지는 건 아닐까……. 아, 그렇다고 아저씨한테 부담 주려는 얘기는 아니에요. 막상 아저씨 동생분이 데리러 왔다고 생각하니까, 이제 아저씨와의 이별도 준비해야 하나 싶어서."

"지금 당장은 아니니 걱정할 필요 없어."

고개를 들며 웃은 해진이 불쑥 태준의 팔을 쓸어내렸다.

"아저씨 차다. 춥죠? 얼른 들어가요."

"그러는 그쪽 손이야말로 차갑네. 그만 들어가."

"그래야겠어요."

얌전히도 자리에서 일어난 해진이 뒤돌아서다 자리에 우뚝 멈춰 섰다. 미소 짓고 있던 입가에도 점점 미소가 사라졌다. 그대로 해진의 손끝을 잡은 태준은 여전히 비가 내리는 마당에 시선을 두고 있었다.

"너무…… 외롭게 지내지 마. 그 생각 하면 나…… 쉽게 여기 못

떠날 것 같으니까."

해진의 손을 놓고 싶지 않았다. 하지만 태준은 정신을 차리며 애써 손을 내려놓았다. 이대로 손을 놓지 않으면 마음 한편에 잠겨 있는 빗장이 그대로 풀어져 버릴 것 같았다.

"잘 자."

태준이 나지막한 목소리로 인사를 건넸다. 그러자 해진은 그의 갑작스런 스킨십에 어쩔 줄 몰라 하다 그 자리를 도망치듯 걸음을 옮겼다.

방으로 들어온 해진은 조용히 문을 닫으며 그대로 천천히 주저 앉았다. 손에 강하게 남아 있는 태준의 기운에 손을 꼭 잡아 가슴팍으로 끌어당겼다.

왜 그런지 마음이 울컥하게 차오른다. 손에서 느껴진 그 따뜻한 느낌에 해진은 아랫입술을 꼭 깨물며 두 눈을 감아버렸고, 이내 눈물 한 방울이 뜨겁게 볼을 타고 내려왔다.

"왜 자꾸 눈물이 나는 거야."

그녀가 속삭이듯 말했다. 결코 그에겐 닿을 수 없는 말이었다.


태준은 덩치를 보았다. 커다란 몸집 때문에 소개를 해두지 않으면 마을 사람들이 더 이상하게 볼 것 같아 소개했고, 마을 어르신들은 반가운 손님의 커다란 손을 잡으며 눈을 빛냈다.

비가 와 밭일에 나갈 수 없었던 사람들은 일찍이 이장댁에 모여 잔칫상을 열었다. 너무 대놓고 웃고 떠드는 것 같아 슬쩍 눈치를 살핀 덩치가 태준 옆으로 다가갔다.

"마을 사람들한테 우리의 정체를 밝히면 위험하지 않습니까?"

태준이 덩치를 처음 마을 사람들에게 소개할 때, 해룡파에서 자신의 뒷일을 봐주는 자라 소개를 했었다. 그 말에 마을 사람들은 행동대장 꼬봉이구만, 이라며 낄낄거렸다. 그 모습을 떠올린 덩치가 걱정스레 말하자 태준은 무심한 어조로 툭 내뱉었다.

"말해도 안 믿는 게 이 사람들 특징이다."

태준은 구더기 술 한 잔을 들이켜며 고개를 저었다.

"그렇습니까?"

"그래. 그러니 걱정할 필요 없어."

그의 말에 덩치는 그제야 안심이라는 듯 고개를 끄덕였다.

잔치는 계속되었다. 술이 한 잔, 두 잔 오고 갈수록 어르신들의 흥은 더 흥겨워졌고, 그건 덩치 또한 마찬가지였다. 제법 사람들과 잘 어울리는 덩치는 그나마 자기와 성격이 달라 다행이란 생각이 들었다. 덩치와 죽이 잘 맞는 해리는 금방 친해져 제일 신이 나 있었다. 해리의 구성진 트로트 메들리에 덩치와 새댁이 손잡고 춤을 추고 사람들은 젓가락으로 박자를 맞추며 추임새를 넣기 바빴다. 그 모습을 미소로 바라보는 해진은 손을 더듬거리며 무언가를 찾는 것 같았다.

"뭐 찾아?"

"아, 물이요."

해진의 대답에 말없이 물을 한 잔 따라 그녀의 손에 쥐어주자, 해진은 물을 삼키며 컵을 꼭 쥐었다. 어제 새벽에 잠시 두 사람 사이에 묘한 감정이 오고 간 이후 오늘따라 유독 어색한 기류가 맴도는 것 같았다.

"아, 형님! 형님도 이리 와서 같이……."

　자신을 춤판에 끌어들이려는 덩치를 태준이 찌릿하고 노려보자 덩치가 얼른 눈빛을 피하며 뒤돌아 해리와 손을 잡았다.

"아제는 신나게 노는 법은 모르제!"

"우리 형님이 원래 좀 재미없는 분이긴 했어. 그래도 오늘은 우리 꼬마숙녀가 있어서 아주 그냥 즐거운데?"

"오메, 내가 숙녀인감? 아직 얼라인디."

"지금까지 내가 본 숙녀 중에 제일 예쁜 숙녀구만."

덩치의 칭찬에 기분 좋은 해리가 더 큰 소리로 노래를 부르기 시작하자 마을 사람들의 흥이 더 오르기 시작했다.

해진이 자기 팔을 쓸어내리며 몸을 웅크렸다.

"추워?"

"조금요. 바람이 차네요. 긴팔 하나 걸쳐 입고 올걸 그랬어요."

"일어나. 그만 집으로 가자."

"해리가 가기 싫어할 거예요."

"밤톨은 덩치가 있으니 걱정하지 마. 저놈이 있는데 무슨 걱정이야?"

그의 말에 해진은 조금 마음이 흔들린 듯 물었다.

"정말 괜찮을까요?"

"물론. 어서 일어나기나 해."

그가 팔을 내밀자, 해진이 자연스레 붙잡았다. 바닥에 내려두었던 우산을 펼쳐 해진에게 씌워준 그는 좁고 동그란 어깨를 끌어당겨 품에 안겼다.

"아."

"비를 맞고 갈 수는 없잖아."

그의 말에도 해진의 얼굴은 여전히 붉어져 있었다. 하지만 별말 없이 그와 함께 걸음을 옮겼다.

이장댁을 나서는 둘의 뒷모습에 정신없이 놀던 마을 사람들이 마치 짠 것처럼 모두 행동을 멈추며 둘을 보았다.

"아, 그림이요, 그림."

"딱 두 사람이 연분이랑께."

"무슨 소리들 하시는 겁니까?"

덩치가 묻자 해리가 어깨를 으쓱하며 한숨을 내쉬었다.

"아, 글쎄. 아제랑 울 언니랑 엮어줄라고 어르신들이 용쓰고 있다제."

"등치총각, 그라지 말고 성님인께 잘 좀 설득해 보소. 아! 우리 해진이가 앞이 안 보이는 게 하나 흠이지 대장총각만 한 연분이 없다니께."

"맞소, 대장총각만 한 사내도 없고 우리 해진이만 한 색시도 없제."

"하지만 저희 형님은 이곳에 정착할 수 없습니다. 해야 할 일도 많으시고…… 지금이야 사정이 있어서 여기에 있는 거지만 때가 되면 이 섬을 떠나야 합니다."

"그라도 사람이 있다 보믄 정이 붙는 거제."

"아, 내가 보기엔 벌써 정이 들었구먼. 안 그냐, 해리야?"

"모르것소. 지가 볼 때마다 둘이 밥만 먹고 있제."

덩치는 두 사람이 지나간 빈자리를 쳐다보며 짧게 한숨을 내쉬었다.

태준의 가슴에 자꾸 머리가 닿자, 해진은 그의 몸에서 떨어지려 용을 썼다. 하지만 태준은 그녀가 자꾸 우산 밖으로 나가는 것이 신경 쓰여 제 품으로 계속 끌어당겼다.

"젖어."

"괜찮은데……."

더욱더 밀착된 품에서 해진은 쿵쾅거리는 심장을 혹여 들킬까 또 옆으로 벗어났다. 젖어드는 어깨에 태준은 미간을 찌푸리며 한 마디 했다.

"이것 봐, 다 젖었잖아."

"괜……."

반박할 틈도 없이 태준이 더 세게 품으로 끌어당겼다. 해진은 이러다 심장이 터져 버리는 것은 아닐까 걱정하며 두르고 있는 그 의 팔을 풀었다.

"그냥 걸을게요."

태준은 그녀가 자신의 손길을 불편해한다는 걸 알아차렸다. 손 을 놓기 싫었지만 불편해하는 표정에 손을 내렸다. 그제야 해진이 옆으로 조금 벗어나 참았던 숨을 짧게 터뜨리며 한시름 놓는 순간 돌부리에 덜컥 걸려 넘어지려 했다. 재빠른 그의 손이 가볍게 해 진의 허리를 감싸 안았다. 마치 그녀의 행동을 계속 지켜보고 있 었던 것처럼 놀란 해진에 비해 태준은 담담히 말했다.

"앞이 보이지 않는 건 답답하기보단 위험한 일인 것 같군."

태준은 자신이 붙잡고 있던 해진의 허리를 놓아주며 말했다. 담 담히 말한 것에 비해 사실 방금 전 그녀가 넘어질 뻔했을 때 심장 이 덜컹 내려앉는 기분이었다. 하지만 해진은 익숙한 일이라는 듯 슬쩍 웃으며 말한다.

"그래서 집에만 얌전히 있는 게 여러 사람 도와주는 일이라고 생각해요. 오늘 내가 같이 나오지만 않았어도 아저씬 귀찮게 저 부축하는 일……."

"귀찮다 생각한 적 없어."

초연한 그 말에 태준은 말을 싹뚝 잘랐다. 정색하면서까지 얘기한 태준은 아차 싶어 눈을 찡긋거렸다.

"그러니까…… 미안한 생각 갖지 마."

해진은 짧게 미소만 지었다.

"…… 그 눈은 고칠 방법이 아예 없는 건가?"

잠시 말없이 걸어가다 태준이 먼저 물었다.

"글쎄요……."

"글쎄라니? 검사는 받아봤을 거 아니야."

해진이 고개를 짧게 저었다.

"제 형편에 무슨. 수술하면 돈도 엄청 많이 들 텐데……. 타지에 나가 벌어먹고 살기 힘든 오빠한테 짐이 되는 게 싫어서 이러고 아등바등 사는걸요……."

"그렇다고 병원을 안 가? 참, 답답한 아가씨군."

"세상을 보고 싶은 욕심도 없어요."

태준은 짧게 한숨을 내쉬었다. 해진의 생각이 너무나 답답하게만 느껴졌다. 누군가의 인생이 이렇게 안타까워 보기는 난생처음이었다. 왜 이렇게 섬사람들은 자신의 마음을 약하게 만드는지……. 너의 삶도, 내 인생도 너무 답답하기만 했다.

그날 밤, 해진의 생각에 잠을 못 이루던 태준은 연신 줄담배만 태웠다. 그의 깊은 한숨 소리에 등을 돌리고 누워 있던 덩치가 슬그머니 자리에서 일어났다.

"형님⋯⋯."

"왜 안 자고."

"어쩌실 생각이십니까."

"뭐가."

"송해진 씨⋯⋯ 혹시 다른 생각⋯⋯ 가지고 계신 겁니까?"

"무슨 생각."

"어르신들 말씀으로는⋯⋯."

"그 노인네들 얘기에 휘둘리지 마. 그 여잔 그냥 단순히⋯⋯ 단순히⋯⋯."

차마 말을 잇지 못했다. 단순하다고 하기엔 마음 한켠이 쥐어짜는 것같이 뻐근해 왔다.

"단순히, 정말 그냥 단순한 겁니까? 형님 생각이 굳건하시다면 차후에 자리는 마련할 수 있습니다. 함께 서울로 나오신다면⋯⋯."

"그 여잔 이 섬을 벗어나 살 수 없어. 설령 앞이 보인다 해도 이 섬을 떠나지 않을 거라고."

"형님은 확실히 마음이 있긴 한 거군요."

"아냐, 그런 거. 내가 겨우 장님한테⋯⋯."

말이 끝나기 무섭게 부정했지만 말끝을 흐렸다. 태준은 덩치의 시선에 담뱃불을 끄는 척 시선을 돌렸다.

"불쌍한 것뿐이야."

“불쌍하다고요? 형님이……?”

그가 과거에 피도 눈물도 없는 인간이었다는 걸 누구보다 잘 알고 있던 덩치였다. 아니, 과거가 아니다. 영도에 들어오기 전, 그는 잔인하고 사람이 느껴야 하는 가장 기본적인 감정도 느끼지 못했던 사람이다.

머리가 아프다. 가슴이 아팠다. 스스로의 변화를 눈치챈 그는 눈을 감으며 대화를 피해 버렸다.

“그만하자.”

“형님…….”

덩치가 한마디 더 하려 했지만 애써 말을 피하는 게 보이자 그 역시 입을 다물었다.

등 돌리고 누운 태준의 어깨가 좁아 보였다. 이렇게 나약한 분이셨나, 라는 생각이 드는 순간 덩치는 고개를 저었다.

‘해룡파의 행동대장이 나약해? 설마.’

말도 안 되는 생각에 헛웃음을 내뱉은 덩치는 한동안 그의 뒤통수를 바라보며 두 주먹을 꽉 쥐었다.

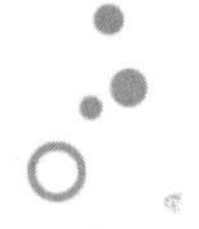

제6장

"등치아제, 이제 비 그쳤다!"

"그러게? 그나저나 우리 꼬마숙녀는 한글도 벌써 깨우치고, 산수도 잘하고, 나중에 커서 최초의 여성 보스가 되겠어."

"틈틈이 대장아제한테 공부 배우고 있었제. 아마 난 대장아제 같이 훌륭한 행동대장이 될지도 몰러."

"해, 행동대장?"

해리가 순수한 얼굴로 고개를 힘차게 끄덕였다. 그 순수함에 절로 미소가 나온 덩치는 해리의 머리를 쓰다듬어 주다 태준이 방에서 나오자 자리에서 벌떡 일어났다.

"이제 비가 그쳤지 말입니다, 형님."

먹구름이 지나가는 하늘을 보며 태준은 고개를 끄덕였다. 그러다가 마당 한구석에 파란색 포대자루에 가려져 있는 것을 보다가 씨

익 미소 지었다. 그의 음흉한 미소에 덩치의 몸이 움찔 떨렸다.

"혀, 형님? 왜, 왜 그렇게 무섭게 웃으십니까?"

물음에도 그는 답을 해주지 않았다.


"형님, 이, 이 도끼가 제게 어떤 의민데 이런 걸 칩니까? 이러다 날 나가면…….."

찌릿한 눈빛에 덩치가 입을 다물었으나 표정에선 답답함과 억울함까지 느껴졌다. 그 기분을 모르는 건 아니지만 이곳에서 연장은 사람이 아닌 사물로 향해야 했다.

"네 연장, 내 연장, 본래의 목적은 이런 것들이었다. 그동안 우리가 잘못 쓴 거지."

"아니, 형님은 과일도 모자라서 지금 그걸…….."

나무꼬치를 만들던 태준은 아랑곳없이 다음 나무막대기를 들어 다듬기 시작했다. 그 모습을 보며 깊은 한숨을 내쉰 덩치는 차마 안 할 수가 없어 장작을 콱! 내리찍었다. 나무에 꽂힌 도끼를 통해 찌릿한 통증이 팔로 그대로 전달되어 오자 외마디 비명을 질렀다.

"아, 형님! 내 도끼질 인생 10년 만에 이렇게 아픈 적은……악!"

"넌 팔이 아프지만 난 처음 사과껍질을 깎았을 때 마음이 그렇게 아팠다."

"농담이 아니라고요! 아, 무슨 장작이 이렇게! 아오!"

갑자기 오기가 생긴 덩치가 두 손으로 도끼를 빼더니 머리끝까지 들어 올려 있는 힘껏 냅다 내리꽂았다.

"아니제, 아니제, 그 각도가 아니제."

거만한 목소리를 내며 해리가 검지손가락과 고개를 동시에 저으며 나타났다. 태준은 해리의 등장에 실소를 지었다. 어디 한번 골목대장에게 된통 당해보라는 듯 그가 콧방귀를 꼈다.

"도끼 손잡이를 힘껏 잡는 것이제, 이렇게."

해리는 고사리 같은 손을 위아래로 가지런히 모아 손수 도끼 잡는 법을 보여주었다. 덩치는 다시 도끼를 빼더니 아이가 가르쳐 준 대로 도끼를 쥐었다.

"요 장작이 쪼개지면 얼어 뒤지는 일은 없을 것이제. 허면 기도하는 맴으로다가 머리 위와 장작의 곡선이 흐트러지지 않게 일자로 내려치면 쩍! 소리가 시원하게 날 것이구먼."

"지금까지 이 작업을 설마 혼자서 한 건 아니지?"

그럴싸한 설명에 덩치가 믿기지 않는 듯 물었다. 해리는 다시 팔짱을 끼며 거만하게 대답했다.

"이 가냘픈 손으로 우째 장작을 패것소. 당연히 으르신들이 했제."

해리의 대답에 태준이 나무작대기에 바람을 후후 불며 말했다.

"지가 한 것도 아니면서 거만은."

"아제는 여기 신경 쓰지 말고 하는 거에나 신경 쓰소."

"그러고 있거든요?"

태준을 째려본 해리는 다시 덩치에게 지시를 내렸다.

"다시 해보소, 내가 가르쳐 준 대로."

덩치가 다시 도끼를 제대로 잡으며 있는 힘껏 내리꽂았다. 하지만 또다시 통증이 전기처럼 팔로 전해졌다. 덩치가 울상을 짓자, 태준은 피식 웃었다.

"밤톨 마음에 들기가 어디 쉬운지 아냐?"

"형님, 진짜로 아픕니다. 꼬마아가씨, 이게 정말 만만치 않은 일이라니까?"

덩치는 자기 팔을 주무르며 두 사람을 번갈아 쳐다봤다. 해리는 또다시 고개와 검지손가락을 저었다.

"정성이 빠졌제, 정성이."

그러다 불쑥 덩치에게 얼굴을 내밀며 잽싸게 말했다.

"귀신도 놀라자빠지게!"

이윽고 입으로 슝슝! 소리를 내며 양손으로 엑스자를 그렸다.

"바람을 가르며!"

그것도 모자라 한 바퀴를 돌아 멈춰 다리 벌리고 두 손을 위로 뻗었다.

"있는 힘껏!"

그리고 마지막으로 내리찍는 시늉까지 해 보였다.

"콱! 이렇게! 해보소."

태준은 놀란 눈빛으로 해리를 보며 고개를 저었다. 하지만 그와 달리 덩치는 굉장히 진지한 자세로 해리의 모든 행동을 따라 하며 장작을 내리찍었다. 퍽! 하고 단번에 갈리는 장작을 보며 태준은 비웃던 입꼬리를 얼른 감추었다. 해리는 만족한 듯 박수를 치며 덩치의 허리를 토닥여 주었다.

"겁나 잘했소, 등치아제! 일하는 것이 누구보다 훨씬 낫다 싶소."

해리는 태준을 흘깃 쳐다봤다. 태준은 믿기지 않는 눈으로 갈라진 장작과 해리를 번갈아 쳐다봤다.

"말도 안 돼."
"되니께 장작이 갈라지제. 안 그렇소, 등치아제?"
"그렇소, 꼬마숙녀님."
두 사람은 약속이나 한 것처럼 하이파이브를 했다.
일곱 살 어린아이에게 칭찬받고 좋다고 웃는 덩치와 계속 해보라며 지시를 내리는 해리를 태준은 어이없다는 눈빛으로 한참이나 바라보았다.
아주 죽이 척척 맞네, 척척 맞아!


벌겋게 충혈된 눈을 깜빡이자 고여 있던 눈물이 떨어지더니 이내 쉴 새 없이 쏟아지기 시작하자 덩치는 손등으로 눈물을 닦아내려 했다. 그런 그의 손을 덥석 잡은 해리의 얼굴도 눈물범벅이었다.
"닦지 마소, 아제."
"하지만……."
해리는 코까지 훌쩍이며 옆에 있는 수건으로 덩치의 눈물을 툭툭 닦아냈다.
"손으로 닦으면 더 고통스럽소."
"꼬마숙녀……."
"아제……."
덩치와 해리가 이내 입술을 부들부들 떨며 곧 포옹이라도 할 기세로 두 눈을 마주쳤다.
언덕에서 시간을 보낸 태준은 마당으로 들어가며 쌩쇼 중인 두 사람을 어이없다는 듯 바라보았다. 평상엔 마주 앉아 마늘을 다듬던 두 사람이 수건으로 서로의 눈물을 닦아주고 있었다.

"뭐 하냐, 둘이?"

"아! 아제는 마늘 까라는디 도대체 어디서 놀다 왔소!"

"일꾼이 둘씩이나 있는데 내가 뭐 하러?"

태준이 평상에 앉아 벌써부터 코끝을 맵게 찌르는 냄새에 인상을 찌푸렸다. 그사이 주방에서 빠끔 고개를 내민 해진이 얘기했다.

"아저씨 오셨으면 식사 준비 할게요. 해리야, 평상 좀 정리해 줄래?"

"언니! 아제는 밥 줄 필요 없다! 마늘 하나도 안 깠다! 일하지 않은 자는 먹을 필요도 없제!"

"정리 정돈은 도와주마."

마치 인심이라도 쓰는 것처럼 태준은 마늘 바구니를 옆으로 치우며 고개를 까딱였다. 여전히 눈이 시큰한 덩치는 표정이 썩 좋지 못했다. 하지만 곧 해진의 손에 들려 나오는 맛난 음식을 보며 뻘겋게 변한 눈을 연신 깜빡였다.

조촐하게 차려진 밥상 위엔 콩국수가 놓였다. 다 같이 한데 모이자 덩치가 울상을 지으며 말했다.

"형님, 태어나 이렇게 울어보긴 처음입니다. 이젠 맵다 못해 아파요."

그 소리에 해진이 미소를 지었다.

"굳이 안 하셔도 된다니까 왜 고생하세요. 그래도 손님인데 편히 지내다 가셔야죠."

젓가락을 들던 태준이 눈썹을 꿈틀거렸다.

"이봐, 언니. 어째서 덩치는 손님 대접이고 난 몸종 대접이지? 나도 처음엔 손님으로 온 거였다고."

"손님이 밥만 축내고 있으면 우째, 일이라도 해야제! 안 그렇소, 등치아제?"

해리가 태준을 째려보며 대신 대답하고는 덩치에겐 방긋 미소를 지어 보였다.

"맞아요, 맞아. 꼬마숙녀님. 사람이 밥값은 하고 살아야지."

그 말에 태준이 콧방귀를 뀌었다.

"넌 일단 사람부터 돼야지. 네가 깐 마늘 다 먹고."

"형님! 이래 봬도 인간성으로 따지면 형님보단 제가 훨씬 더 인간적이거든요?"

"공기 좋은 데 있으니깐 몸이 가뿐해졌지? 다시 한 번 세상 짐 다 짊어진 것처럼 뻐근하게 만들어줘?"

그제야 덩치가 얼른 미소를 지어 보였다. 그리고 어색한 웃음으로 서둘러 말을 돌렸다.

"우와, 콩국수 진짜 오랜만이다!"

두 손으로 그릇을 들어 후루룩 국물부터 마신 덩치의 눈이 왕방울만 하게 커졌다.

"대, 대박! 허!"

"좋으냐?"

엄지손가락을 치켜든 덩치는 재빨리 젓가락을 들어 면까지 입에 물었지만, 금세 울상을 지었다.

"손에서 마늘 냄새 올라와요."

"그 냄새라도 실컷 맡고 인간 되라, 이 멍청아. 그릇 내려놓고 먹어야 덜하지! 꼭 숟가락을 쥐어줘야 알겠냐?”

“오메, 아제! 우째 우리 등치아제 못 잡아서 안달 났소? 마늘은 하나도 안 깐 주제에?”

“마늘 한 번 까줬다고 벌써 우리가 됐냐?”

태준이 못마땅하게 해리를 쳐다봤다.

“아! 알아서 척척 밥값하는디 당연히 우리 등치아제구먼? 등치아제! 내가 콩국수 더 맛나게 묵는 방법 알려주까? 이것은 대장아제도 알려주지 않은 나만의 비법이제!”

해리가 실눈을 뜨며 심오하게 말하자, 울상이던 덩치가 눈빛을 반짝였다.

“어떻게?”

해리는 뒤에 까놓은 마늘 한 움큼을 집어 덩치의 그릇에 퐁당 빠뜨렸다.

“이러면 더 맛있제.”

해맑게 웃는 해리에 비해 덩치는 그릇에 둥둥 떠다니는 마늘을 멍하니 쳐다봤다. 태준은 웃음을 참으며 국수 한 젓가락을 크게 떴다.

“역시 밤톨은 내 편이라니까.”

보이진 않아도 해진은 이 상황이 어떻게 돌아가는지 알 것 같아 연신 웃음이 나왔다. 이렇게 시끄러운 식사 자리는 처음이었지만 이 순간이 어느 날 갑자기 끝날까, 해진은 마음 한편이 씁쓸하기도 했다.

태준은 미소 지은 채 가만히 있는 해진의 그릇을 앞으로 내밀었다.

“먹어.”

“아, 네.”

국물을 마시다 입안으로 불쑥 들어간 통마늘에 결국 덩치는 또 눈물을 왈칵 쏟아야 했다.

시끄러운 식사 시간이 끝난 후, 다시 마늘 까기에 들어간 덩치와 해리는 쉴 새 없이 눈물을 흘리고 있었다.

주방에서 해진의 식사 정리를 도운 태준은 밖으로 나와 또 서로의 눈물을 닦아주는 두 사람을 보며 말했다.

“이장님 댁에 갔다 올 거니까 그때까지 그거 다 까놔.”

“오메, 아제 지가 안 한다고 막 시키는 것 보소?”

“뭐? 지? 에휴, 됐다.”

대꾸해서 뭐 하겠나 싶어 태준은 눈이 시뻘개진 해리를 노려본 뒤 뒤돌아섰다. 이맘때쯤 잠깐 집에 오라는 이장 어르신의 말 때문에 태준은 서둘러 집을 나서야 했다.

비가 그치고 나니 골목 어귀에 치매 할매가 언제나처럼 그 자리를 지키고 앉아 있었다.

“아들…… 에미랑 가서 밥 묵자, 아들.”

여전히 무심히 지나치는 태준을 할매는 애타게 불렀지만 그는 뒤를 돌아보지 않은 채 곧장 이장댁으로 들어가 버렸다.

“오, 왔능가. 기다리고 있었제. 아! 다 됐제?”

태준의 모습에 평상에 앉아 생선을 다듬던 이장 어르신이 부엌을 향해 소리쳤다.

“다 되었소. 쪼매만 기다려 보소!”

“잠깐 앉아 있제?”

이장댁이 돗자리를 끌어당겨 태준이 앉을 수 있는 자리를 마련해 주었다.

"이건 뭡니까?"

난생처음 보는 물고기를 보며 태준이 자연스럽게 물었다.

"어, 이것이 이래 봬도 멸치여. 꽤 크지 않소? 여서 나는 멸치는 다 큰데 배가 없어가 많이 잡지도 못하제. 이렇게 가끔 눈 삔 멸치가 잡힐 때나 구경하제 안 그럼 보기도 힘들어."

"배가 없어서 꽤 불편하긴 하시겠어요. 큰 섬 나갈 때도 그렇고……."

"불편하다기보단도 노 영감이 매번 왔다 갔다 하는데 미안시럽지. 그래서 자주는 못 부르고 큰 섬 장 서는 날에나 나가지, 뭐."

"그럼 배가 있었을 땐 생활이 지금보단……."

"아, 훨씬 낫제! 나랑 처남이랑 나가 크게 망 치고 아낙네들이 밭일하고. 지금 생활보다 훨 나았제. 배만 있어도 물고기 잡아 충분히 큰 섬에 내다 팔았응께. 그나마 그땐 우리 아들도 좀 도와주고 그랬는디 지금은 영 그라질 못해가 아들한테 전화 한 통 못 넣고 있제."

갑자기 기운이 빠진 이장 어르신이 한숨을 푹 내쉬며 말했다.

"아들 하나 있는 거 돈 벌겠다고 섬 간 지가 십수 년인디 지 처자식 먹여 살리기 바빠 구경도 못하고 있제. 사업 망하고 빚덩이 이만큼 쌓아가 그때 있던 소들 다 팔아줬더니 그라고도 빚에서 못 헤어나와가 고생이 심했제. 에휴!"

아들 생각에 표정에서부터 근심, 걱정이 그대로 묻어 나왔다.

"며늘앤 여적지 식당 나가 일하고 있소. 며늘애도 벌써 나이가 오십 줄인디 얼마 전에 허리가 다쳤다 캐서 뱅원비 보태라고 또 모아둔 돈 보내주고……. 손주녀석들 대핵교 보낼 돈도 없다 캐서 또 것도 보태라고 보내주고……. 그라고 나니 뭐 남는 게 이씨야 돕제. 그놈에 돈에 치여 새빠지게 사는 거 보믄 마음은 아프고…… 도와줄 방법은 없응게 답답은 허고. 내가 마냥 생각 없이 사는 것 같아도 아들새끼 생각하믄 울화통이 치밀제."

"아들이…… 하나이신 겁니까?"

생전 남에게 관심 없던 태준은 자연스럽게 질문까지 했다.

"그라제. 원래 그 밑으로 하나 있었는디 둘째 놈은 진즉에 먼저 가뿌렸지."

"어쩌다……."

"그놈 얘기하믄 가슴이 먹먹햐."

섣부른 질문이었나 싶어 태준은 입을 다물었다.

"아, 영감탱! 뭔 소릴 한다요?"

부엌에서 나오던 이장댁이 괜히 언성을 높이며 한마디 했다. 태준은 이장댁이 가지고 나오는 큰 주전자를 보다가 한걸음에 달려가 무거운 짐을 받아 들었다.

"이거 영지랑, 유자랑, 오미자랑, 약재들 좀 넣고 폭 곤 것인디 몸에 좋은 거니께 그 집 식구들 수시로 먹으라고."

"네, 그러겠습니다."

"아, 대장총각."

나가려는 태준을 이장댁이 잠시 불러 세웠다. 부엌으로 다급히 들어가 그릇 한 사발을 가지고 나왔다.

"이거, 우리 영감만 주는 귀한 것인디 대장총각 온 김에 한 그릇 들제?"

"아, 아닙니다. 전 됐습니다."

"그라지 말고 싸게 드소."

"고것이 보약이제, 보약. 구하기 힘든 것인 게 어여 드소."

앉아 있던 이장 어르신도 거들어 한마디 했다. 태준은 건네는 손을 마냥 거부할 수가 없어 단숨에 약 한 사발을 들이켰다. 쓴맛에 저절로 인상을 찌푸렸다. 이장댁은 태준이 쓴 물을 다 마시자 기다렸다는 듯 박하사탕을 불쑥 그의 입에 넣어주었다.

"쓰제? 가는 길에 이거 하나 더 잡소. 이 사탕도 요 섬에서 꽤 귀한 것이제."

박하사탕 하나를 태준의 주머니에 불쑥 넣어주며 연신 쓴맛에 어쩔 줄 몰라 하는 태준의 얼굴을 흡족하게 바라봤다.

"오메, 또 이케 본게 우리 둘찌 놈이랑 또 닮은 것도 같소."

"아! 사람 세워놓고 뭐 햐? 주책 떨지 말고 어여 보내소. 그거 식기 전에 얼른 가 한 대접씩들 먹으라고."

이번엔 어르신이 이장댁을 보며 한마디 했다.

"아, 그려. 얼른 가소. 나중에 또 혼자 오믄 이 귀한 보약 줄 텐게, 자주 오라고."

박하사탕 하나에 쓴맛이 가시진 않았다. 오히려 박하 맛에 쓴맛이 겹쳐져 더 쓰게 느껴졌다. 하지만 태준은 집으로 돌아가는 내내 그 사탕을 뱉을 수가 없었다.

"아들, 아들. 에미여. 응? 에미여."

무심코 지나치다 들리는 목소리에 자리에 멈춰 선 태준은 잠시 할매 앞으로 다가갔다.

"이봐요, 어르신. 나 댁 아들 아니니까 그렇게 좀 부르지 마십시오."

"아들……."

애처롭게 눈을 마주치며 아들을 부르는 할매를 보며 한숨을 내쉬다 주머니에서 박하사탕을 꺼내 할매의 손에 쥐어주었다.

걸음을 다시 옮긴 태준이 문득 자리에 서서 할매를 돌아보았을 때, 할매는 여전히 먼 산만 바라보고 있었다.


"밤……."

마당에 들어서며 해리를 부르려다 말고 멈칫한 태준은 툇마루 기둥에 기대어 잠이 든 해진의 모습에 조용히 주전자를 평상에 올려놓았다. 다 까놓은 마늘 바구니가 평상 한가운데에 놓인 걸 보니 해리와 덩치는 마실이라도 나간 것 같았다.

해진의 앞으로 발길을 돌린 태준은 불편하게 잠든 모습에 깨우려고 손을 올리다 이런 기회가 아니면 잠든 모습을 볼 수 없을 거란 생각에 잠시 그녀의 얼굴에 시선을 두었다.


"그래서 요샌 좀 걱정돼요…… 그 그림자가 갑자기 사라진다면 나랑 해리는 더 외로워지는 건 아닐까……."


또 마음이 복잡해진다. 마음 한 켠, 단단하게 채워진 빗장을 누군가가 열심히 손으로 두드리는 것 같았다. 흘러내린 머리카락을 조심히 쓸어 올려주며 손끝으로 뺨을 천천히 쓸어내린 태준은 다시 한 번 손을 치우며 짧게 한숨을 내쉬었다.

"뭐 혀?"

불쑥 고개를 삐죽 내민 토끼의 얼굴에 흠칫 놀란 태준이 한 발짝 뒤로 물러섰다. 해리가 해룡이를 껴안고 요상한 눈빛으로 태준을 쳐다봤다.

"뭐, 뭐야, 밤톨!"

"시방 울 언니한테 뭐 하려고 했소?"

"하긴 뭘 해? 깨우려고 그랬지. 언니! 이봐, 언니!"

그제야 부스스 눈을 뜬 해진이 눈살을 찌푸렸다. 아직도 눈꺼풀이 무거워 보였다.

"어머, 졸았나 봐요."

"아, 자려면 들어가서 자!"

괜히 신경질적으로 말한 태준은 헛기침을 하며 평상으로 갔다.

"아제!"

"왜!"

"끼 부리지 마소."

눈에 힘을 주며 강하게 한마디 한 해리가 흥! 하더니 부엌으로 들어갔다.

"도대체 밤톨 잰 아는 단어의 레벨이 어느 정도인 거야?"

"왜 또 그러는데요."

"아! 몰라! 이거나 먹어. 이장댁이 영자랑 유자랑 미자랑 넣고 끓인 거라니까."

"네에?"

해진도 가끔 태준의 말을 이해하기 어려울 때가 종종 있었다.

바로 지금처럼. 그는 해진의 물음에도 답해주지 않은 채 방으로 들어간 뒤 문을 쾅 닫았다.

물에 밥을 말아 생선 한 쪽을 들고 와구와구 밥을 먹는 태준의 모습을 멍하니 바라보던 덩치는 눈으로 보고도 지금 이 상황이 믿기지 않았다. 식탐은 물론이고 아무리 값비싼 음식이 있어도 거의 입에 대지 않았던 사람인데 어찌 이렇게 밥을 먹을 수 있는지. 그 옆에서 지지 않고 후루룩거리며 물에 만 밥에 생선을 통째로 들고 먹는 해리와 똑같은 행동이었다.
"덩치아제는 왜 안 드소?"
"입맛에 안 맞으세요?"
해리의 말에 해진이 걱정스럽게 물었다.
"아, 아니요. 먹고 있어요, 열심히."
덩치는 서둘러 대답하며 그제야 밥을 먹기 시작했다. 제 그릇을 비우기 바쁜 태준은 해진이 수저를 들고 있자, 김치 한 조각을 잘라 해진의 수저에 올려주었다. 덩치의 턱이 쩍 벌어졌다. 눈앞에 있는 사람이 진짜 엄태준이 맞나 싶을 정도였다.
"왜, 너도 먹여주랴?"
"아, 아닙니다."
"아제 너무하다, 진짜."
둘의 모습을 보던 해리가 태준을 째려봤다.
"왜?"
"아제는 생선 먹고, 울 언니는 왜 김치만 주나?"
"괜찮아, 해리야. 언니 김치 좋아하잖아."

"그건 아니제. 이왕 줄라믄 맛난 거 골라서 줘야제! 아제 입은 입이고, 울 언니 입은 조동이요?"

해리가 강하게 째려보자 태준이 입바람을 훅 불며 생선살을 발라 해진의 수저에 탁 내려주었다.

"옜다, 생선."

풋, 웃음을 뱉은 해진은 덩달아 맛있게 먹는 시늉을 하며 해리가 있을 곳을 바라보며 미소 지었다. 세 사람의 모습을 지켜보던 덩치가 고개를 저으며 한마디 했다.

"가관이지 말입니다, 형님."

태준이 어깨를 으쓱하며 한마디 했다.

"왜?"

"어이, 꼬마숙녀. 도대체 우리 형님을 어떻게 이렇게 만들어놓은 거냐. 다름 아닌 우리 해룡파 행동대장님을!"

"이분은 이 섬의 골목대장이시거든."

태준이 대신 대답하자 해리가 자신의 가슴을 퉁퉁 치며 말했다.

"암, 그렇고말고! 내는 골목대장 송해리제, 송해리!"


언덕에 올라와 지는 노을을 바라보던 태준은 길게 담배 연기를 내뿜었다. 옆에서 말없이 태준을 향해 꾸벅 목을 조아리고 있던 덩치는 담배꽁초가 필터까지 타들어가자 나지막이 물었다.

"고민 있으십니까?"

"뭐?"

"형님은 생각의 깊이만큼 담배꽁초가 짧아지시잖아요."

"아……."

그제야 손끝이 뜨거워지는 걸 느껴 담뱃불을 툭 껐다.

"여기서 저 바다를 보고 있으면 없던 생각도 들어. 너도 한번 봐."

"무슨 생각인지 말씀을 해주셔야 제가 도움이 되어 드리죠."

"……정말 날 도울 생각은 있는 거고?"

예리한 질문에 덩치의 미간이 좁혀졌다.

"그런 말씀이 어디 있습니까, 형님. 제 조직 인생 십 년을 형님 밑에서 충성했습니다."

"벌써 그렇게 됐구나."

붙잡을 새도 없이 많은 시간이 흘렀다. 태준은 생각이 많은 눈동자로 바다를 향해 고개를 돌렸다.

"제가 여기 장작이나 패자고 온 건 아니지 않습니까."

그 말에 태준이 짧게 웃었다.

"십 년 치 웃는 걸 이곳에 와서 다 봅니다, 전."

"뭐?"

"막상 있어보니 여기 주민들이 모두 심성이 좋은 건 알겠지만 그래도 형님은 중요한 일 처리를 앞두고 있다는 걸 잊지 마십시오. 제가 들어오길 잘했습니다. 안 그랬다간 형님을 여기 사람들에게 뺏길 뻔했지 말입니다."

"뺏겨? 뭘?"

"이성 말입니다. 형님, 어떻게 형님이…… 물에 밥을 말아 드시고…… 생선을 손으로…… 거기다 생선살을 발라주다뇨. 어떻게……."

다시 생각해도 이해할 수 없는 행동이었다. 말하다 보니 점점 흥분해 숨이 차자 덩치는 이내 말을 멈추며 숨을 몰아쉬었다.

“형님, 일 처리 끝날 때까지 저도 여기 머무를 겁니다. 돌아가지 않을 테니 그렇게 알고 계십시오.”

“노인네들 망 치러 나갈 땐 항상 밤톨을 주시해라. 까딱했다간 바로 물살에 휩쓸릴 수 있으니 눈에서 떼어놓지 마. 나갈 때 칼 한 자루 꼭 챙겨가고. 망이 꼬였다 싶음 바로 잘라내야 돼. 안 그럼 물속에서 다 엉켜 버리니까.”

다짜고짜 얘기하는 태준을 덩치는 의아한 눈으로 보았다.

“밭에 나가자마자 야채 물부터 줘. 밭에 나가면 노인네들이 뭐 해달라고 먼저 말할 거야. 그거 하고 나면 해가 질 거고, 해가 지면 하루 일과가 다 끝난다.”

“무슨 말씀이십니까, 지금.”

말을 멈춘 태준은 나지막이 말했다.

“나…… 잠시 서울 좀 다녀와야겠다.”

“형님!”

자리에서 일어선 태준이 덩치 쪽으로 발길을 돌려 마주섰다.

“말했지? 이 섬에서 내가 해야 할 일이 있다고……. 시간이 더 늦기 전에 해야겠다.”

“어쩌시려고요! 도대체 왜 이러시는 겁니까. 지금 형님 도대체……”

덩치의 어깨에 올린 손을 꾹 잡으며 태준은 고개를 끄덕였다.

“그래, 네가 걱정하는 게 뭔지 알아. 근데 내가 지금 이러는 건 다…… 다시 내 자리로 돌아가기 위해 이러는 거니까…… 당분간은 그냥 보고만 있어라.”

"형님……."

"그냥 이대로 두면…… 난 다시 돌아갈 수가 없을 것 같다."

이미 태준의 눈엔 결심이 서 있었다. 자신이 모시는 분이 어떤 분이신가. 한 번 마음먹은 일은 꼭 하고야 마는 분 아니신가. 더 이상 대꾸할 수 없었던 덩치는 고개를 숙여야 했다.

"……명령에 따르겠습니다."

"명령 아니다. 부탁이지."

태준이 어깨를 툭툭 쳐주며 덩치를 지나쳤다.

그의 뒷모습을 덩치는 한참이나 떨리는 눈으로 보았다.


마당으로 들어서자 평상 위에서 해리에게 이장님이 주신 차를 먹이는 해진의 모습이 보였다.

"아제, 언니가 오늘 화로 피워 감자 구워준댔다. 최고제?"

대꾸 없이 해리를 빤히 쳐다보던 태준의 표정에 해리가 미소를 감추었다.

"아제……."

"네 언니 데리고 잠시 서울에 갔다 오마."

해리와 해진 모두 깜짝 놀라 아무 말도 하지 못한 채 태준을 바라봤고, 태준은 담담히 두 사람을 쳐다보며 각오한 듯 크게 숨을 들이켰다.

"이봐, 언니. 서울 가자, 나랑. 서울 나들이 가자."

그의 말에 영문 모를 표정만 짓고 있는 자매를 보며 태준은 부드럽게 미소를 지었다.

"선물 줄 게 있어."

“네? 그게 무슨…….”

해진의 물음에 태준은 아주 오랫동안 생각했던 말을 꺼냈다.

“그쪽한테 빛을 선물해 줄게.”


“배 온다! 배 온다!”

흥분에 들뜬 해리의 목소리가 마당에서 쩌렁쩌렁 울렸다. 처음 이곳에 들어올 때 입었던 정장을 입자 태준은 갑갑하고 낯설게 느껴졌다. 그는 걱정스럽게 쳐다보는 덩치의 어깨를 토닥여 주었다.

“별일 없을 거다.”

“나가시는 동안 보스께 연락을 취해놓겠습니다.”

“그래, 최대한 빨리 들어올 거니까 단 하루가 됐든, 이틀이 됐든…… 잘 부탁한다.”

해리는 언니의 눈을 고칠 수 있는지 방법을 찾으러 간다는 사실이 설레기만 했다. 그건 마을 사람들도 마찬가지였다. 서울에 있는 큰 병원에 간다는 자체만으로 해진의 눈이 나을 거란 생각에 마을 사람들 모두가 설레고 좋기만 했다.

바위를 내려오는 자체부터가 해진에겐 모험의 시작이었다. 고등학교 졸업 이후, 이 섬에 들어와 한 번도 섬 밖으로 나가본 적이 없었다. 노인들의 걸음으로도 10분이면 내려올 거리를 해진은 무려 30분이나 걸어서야 내려올 수 있었다.

그녀는 배에 올라타면서도 그냥 집에 있겠다며 고집을 부렸지만 아무도 그 이야기를 들어주진 않았다. 눈만 나을 수 있다면 뭐든 해봐야 한다는 마을 어르신들의 성화에 입을 꾹 다물었다. 이 마을에서 서울로 나간다는 사실에 제일 근심 걱정인 사람은 해진 혼자뿐이었다.

"언니! 아제 손 꼭 붙잡고 댕겨야 한다! 해리 걱정하지 말고!"

"해리야, 덩치아저씨 말씀 잘 듣고, 어르신들 말씀도 잘 듣고. 어? 너무 까불거리고 다니면 안 돼!"

배가 멀어질수록 해진의 목소리는 더욱 커졌다. 부푼 희망을 안은 마을 사람들은 해진의 배가 저 멀리 나갈 때까지 손을 흔들어주었다.

"제가 부탁한 건 잘 준비되고 있습니까?"

기관실로 다가간 태준이 묵묵히 항해 중인 노 영감에게 물었다.

"여긴 설이 아니여. 툭 하면 톡 하고 나오는 게 아니니 쪼매 기다려 보소."

무뚝뚝한 대답에 태준은 짧게 한숨을 내쉬며 뒤돌아섰다.

"이보소, 젊은이."

홀로 있는 해진이 걱정되어 서둘러 걸음을 옮기던 태준이 부름에 다시 뒤돌아서자 여전히 바다에 시선을 둔 채 노 영감이 나지막하게 말했다.

"순진한 사람들 괜한 헛꿈 꾸게 하지 마소. 당신들은 그저 한순간이겠지만 저 사람들은 평생인 거요. 특히나 세상물정 모르는 저 송가네 딸내민 무서운 거라곤 겪어보지 못한 여리디여린 심성이니 잘 판단하시오."

노 영감의 진심 어린 충고 한마디였다.

"알겠습니다."

✳

태준은 배 난간을 꼭 붙잡고 여전히 근심 걱정만 가득한 표정으로 앉아 있는 해진의 모습을 바라봤다. 행여 나쁜 결과가 있더라도 시도는 해보고 싶었다. 최대한 해볼 수 있는 건 뭐든 해주고 싶은 마음에 이렇게 위험을 무릅쓰고 서울행을 택했다.

네 시간의 긴 여정도 모자라 큰 섬에서 또 바로 배를 타고 시내 항구로 나와야 했다. 행여 알아보는 사람이 있을까 주변의 시선도 살펴야 했고, 초행길에 유독 긴장을 하는 해진을 위해 한 발자국 움직일 때마다 신경을 써줘야 했다.

큰 배에서 내리는 사람들 중 태준의 모습을 한 번에 찾을 수 있었던 백발이 급히 다가와 허리를 굽혔다.

"형님!"

"연락받은 모양이구나."

"덩치한테 연락받았습니다. 안전히 계셨던 겁니까?"

태준은 옆에 서 있는 해진을 슬쩍 보며 짧게 고개를 끄덕였다.

"누구…… 만나신 거예요?"

해진의 모습에 놀란 듯 백발이 태준을 쳐다보며 눈빛으로 상태를 물어봤고, 태준은 또 짧게 끄덕이며 그 물음에 맞다고 대답해주었다.

"제가 모시죠."

"됐다."

그녀의 팔을 잡으려는 백발의 손을 뿌리친 태준이 날카로운 눈으로 말했다.

"건들지 마."

해진을 품으로 끌어당긴 태준이 먼저 걸음을 옮기자 그 뒤를 백발이 더듬더듬 걸음을 옮기며 따랐다. 방금 전 보았던 그 표정.

"착각…… 이겠지?"

백발은 앞서 걷는 그가 들을 수 없게 작은 목소리로 속삭였다.

서울을 떠난 지 겨우 한 달도 안 된 시간인데 높은 빌딩 숲이 낯설었다. 긴 뱃시간으로 인해 아침 일찍 나왔지만 늦은 오후가 되어서야 서울에 도착했다. 해진은 피곤할 텐데도 불안과 긴장감에 온몸이 굳어 차 안에서도 태준의 옷자락을 놓질 않았다.

"보스께서 기다리고 계십니다."

호텔 정문 앞에 차를 댄 백발이 백미러를 보며 얘기했다.

"알았다."

짧게 답한 태준은 해진을 부축해 차에서 내렸다. 호텔 안으로 들어서자 검은 정장을 입은 직원들이 허리를 숙여 인사했다. 하지만 태준은 그 모습이 익숙했던지라 무시하며 걸음을 옮겼고, 해진은 낯선 세상 속에 던져진 느낌에 그의 팔을 쥔 손에 힘을 풀지 않았다.

엘리베이터를 타고 위층으로 올라간 그는 곧장 보스가 기다리는 방으로 향했다.

똑똑, 똑똑똑, 똑.

암호를 알리는 노크를 하자 곧바로 문이 열렸다. 태준의 등장에 거실에 있던 거구의 사내들이 한 치의 오차도 없이 동시에 고개를 꾸벅 숙였다. 직감적으로 이상한 분위기를 느낀 해진은 태준의 품에 바짝 다가섰다. 태준은 걱정스럽게 해진을 바라보다 접객실로 향했다.

"잠깐 여기서 기다려."

태준이 해진의 팔을 떼어놓으려 하자 그녀는 양손으로 팔을 붙잡으며 고개를 세차게 저었다.

"가, 가지 마요. 같이 있을래요."

믿을 곳이라고는 태준뿐이라 한순간도 떨어져 있기가 겁이 났다. 하지만 태준은 불안에 떨고 있는 해진을 보스 앞에 선뜻 데려갈 수 없었다. 보스의 보이지 않는 기에 해진을 더 이상 불안하게 만들고 싶지 않았다.

"보스께 곧 간다고 해줘."

"네, 형님."

한 사내가 꾸벅 목을 조아리며 뒤돌아서자 태준은 해진을 데리고 침실로 들어갔다. 조심스럽게 해진을 침대에 앉힌 뒤 행여 쓰러지기라도 할까 안색을 살폈다.

"괜찮아?"

"도대체 아저씨…… 아저씨, 날 어디로 데리고 온 거예요?"

"미안, 미안해……."

진심으로 하는 말이었다. 가뜩이나 앞이 안 보여 그 누구보다 불안할 텐데 몸도 편히 못 쉬게 하고 마음도 불안하게 만들어 진심으로 미안한 마음이 들었다.

그는 해진이 조금이라도 진정하길 바라며 물 한 컵을 따라 해진의 손 위에 올려주었다.

"잠깐 기다려 줄 수 있지?"

"어, 어디 가게요. 가지 마요."

"여기에 지금 그쪽 혼자야. 걱정 마. 금방 올게. 잠깐만 얘기 좀 하고…… 응?"

태준은 부드러운 목소리로 말했다. 오로지 믿을 사람이 자신밖에 없다는 걸 알기에 이토록 겁을 먹은 해진에게 최대한 다정다감하고 싶었다.

"금방 올게."

그리고 손끝으로 자연스럽게 해진의 머리를 쓸어 올려주었다. 그 친밀한 몸짓에 해진은 슬며시 눈을 감았다.


뒷짐을 지고 서서 창밖을 바라보던 보스는 태준의 등장에 천천히 뒤돌아 오랜만에 그의 모습을 바라봤다. 해진에겐 한없이 다정했던 태준의 모습은 온데간데없이 보스와 마주한 그의 눈빛은 해룡파 행동대장 본연의 모습으로 돌아와 있었다. 그가 영도로 떠나기 전의 모습. 다른 이들이 볼 때면 치를 떨며 두려워했던 그 눈빛으로. 그에게서 느껴지는 차디찬 무거운 공기가 접객실을 완연히 짓눌렀다.

"오랜만이구나, 준아."

"그간 건강히 잘 지내셨습니까."

"네가 고생이지, 난 잘 지냈다."

보스는 태준의 모습에 고개를 끄덕이며 다시 뒤돌아 창밖을 바라보았다.

"검찰 움직임이 좋지 않은 만큼 최대한 조용히 일 처리를 해야 한다."

"명심하고 있습니다."

"그날 들어올 물건이 얼마나 중요한 건지 잘 알고 있지? 절대 차질을 빚어선 안 돼."

"네."

"준아……."

나지막한 부름에 태준이 그제야 고개를 들어 보스를 보았다.

"무슨 일이 있었던 거냐?"

"무슨……."

"네가 여자를 데려왔다는 것에 놀라지 않은 사람이 없다. 나도 마찬가지고……."

"안쓰러운 사람입니다. 제가 아니면 도와줄 사람이……."

엄태준이 누군가를 안쓰러워한다? 그에 대해 누구보다 잘 알고 있는 보스는 뒤돌아 태준을 빤히 쳐다보았다. 태준은 그 시선에 이내 짧은 숨을 내쉬며 눈빛을 아래로 내렸다.

"마음 편히 다시 돌아오고 싶은 것뿐입니다. 절…… 너무 먼 곳까지 보내셨습니다, 보스."

조금은 원망 섞인 눈빛. 왜 하필 그 섬으로 날 보냈는지, 왜 하필 그 사람들이, 그 여자가 있는 곳으로 보냈는지, 그의 눈빛이 원망을 쏟아냈다. 보스는 눈썹을 치켜뜨며 그 원망을 피하듯 말을 돌렸다.

"오늘은 피곤할 테니 그만 쉬거라. 애들은 그대로 붙여놓고 가마."

"아뇨, 혼자 있는 게 더 안전할 것 같습니다. 괜히 사람들의 이목만 끌 수도 있습니다."

고개를 끄덕인 보스가 태준을 지나쳤다. 뒤를 따르려는 태준의 움직임에 보스가 자리에 멈춰 그의 어깨를 힘주어 잡았다.

"괜히 따라나설 것 없다."

짧게 말한 그는 태준의 어깨를 몇 번 토닥이더니 인자하게 웃었다.

"준아, 다시 보게 돼서 참 좋구나. 쉬어라."


"아저씨?"

방문이 열리는 소리에 해진이 불쑥 고개를 들어 물었다. 곁으로 다가간 태준은 짧게 대답하며 안절부절못하는 해진을 안쓰럽게 바라봤다.

"내일 병원 갔다가 다음날 바로 들어가자."

미소를 지은 해진이 고개를 끄덕였다.

태준은 수트를 벗어 침대 위에 툭 던져 놓고는 창가로 다가가 와이셔츠 소매와 목 언저리의 단추를 끌러냈다.

"서울에 있으니까 아저씨, 정말 서울 사람 같아요."

"뭐?"

"안 보여도 그 분위기는 알 수 있으니까…… 그냥 분위기가 딱 아저씨 같아서……."

태준은 온통 조폭들만 지나쳐 온 일들을 떠올리며 당연하단 생각이 들었지만 굳이 그 얘긴 하지 않았다.

그는 말을 돌리기 위해 해진에게 물었다.

"서울은 처음인가?"

해진이 고개를 끄덕이자, 그가 밝은 어조로 말했다.

"있는 동안 최대한 즐겨보자고."

해진이 그제야 빙긋 웃으며 평소의 미소를 보여주었다. 그 모습을 보니 태준도 이제야 입가에 미소가 지어졌다.

"근데 저…… 여기가 호텔이란 곳이에요?"

"응."

"말만 들어봤지 와본 적은 없어서……. 나…… 구경 좀 시켜줄래요?"

이곳에 단둘이 있다는 걸 알아차린 해진은 그제야 조금 마음이 풀어지는 것 같았다. 태준은 해진의 손을 이끌며 하나하나 설명을 해주었다.

"이게 욕조라는 거야. 음, 일종의 우리 마구간 안에 있는 물받이 통 역할이지."

"차가워요. 돌로 만든 거예요?"

"글쎄, 돌인가? 아, 대리석일 확률이 높겠군. 이래 봬도 나름 스위트룸이니까. 처음 와본 것치곤 룸이 과할 정도로 크지."

태준은 다시 해진의 손을 잡아끌었다.

"이건 세면대라는 거야. 만져 봐. 이걸 이렇게 올리면……."

해진은 따뜻한 물이 바로 나오자 깜짝 놀란 듯 눈을 깜빡깜빡거렸다. 태준에겐 익숙하고 흔한 것들이 해진에겐 마냥 신기한 것들이었다.

거실을 둘러보면서도 이건 소파고, 테이블이며, 모든 걸 다 손에 만져 보게 해주었다. 마치 해리가 된 것처럼 해진은 신기해하며 즐거움을 감추지 못했다. 비록 겁은 났지만 이렇게 태준이 옆에 있어주는 것만으로도 안심이 되었다.

발코니로 나오자 태준과 해진은 동시에 영도와는 확연히 다른 공기에 콧잔등을 찡그렸다.

"정말이네, 서울은 공기가 다르다더니……."

"평생을 이 공기를 마셨는데 그 며칠 영도 공기 좀 마셨다고 몸
이 먼저 알아차리는군."

"어머, 아저씨두요?"

"공기가 맛이 없잖아."

그 말에 해진이 소리 내어 웃었다.

"너무 맞는 말이다. 맞아요. 맛이 없어요, 공기가. 그래도 서울
공기 잔뜩 맛보고 가야지."

두 눈을 감고 깊게 숨을 들이켜는 해진을 보며 태준은 불쑥 그
녀의 손을 잡아 올렸다. 그리고 팔을 움직여 그녀의 손끝을 어디
론가 가리켰다.

"자, 저기가 남산이라는 곳이야. 서울의 야경을 가장 멋지게 볼
수 있는 곳이지. 지금 슬슬 해가 지고 있으니 저 남산타워에 불이
켜질 거야. 음, 길고 굉장히 커. 끝은 뾰족하고……."

태준은 여기서 보이는 서울 곳곳의 모습들을 하나하나 설명해
주었다.

"바다보단 좁지만 그래도 서울의 바다라고나 할까? 한강이라고
들어봤지?"

고개를 끄덕인 해진은 서울 구경에 빠져 하루 동안의 피곤함을
잠시 잊게 되었다.

태준의 농담에 웃어보기도 하고 그의 설명을 경청하며 서서히
서울 구경에 푹 빠져 버렸다. 마치 보이기라도 하는 사람처럼 해
진의 얼굴엔 호기심과 설레임이 가득했다. 문득 그 표정을 보던

태준은 잡고 있던 해진의 손을 내리며 자신의 몸 쪽으로 돌려세웠다.

"이번엔 또 무엇을 보여주려고요?"

기대된다는 표정에 태준은 잠시 해진을 바라보다 나지막이 물었다.

"앞을 보게 된다면 뭐가 가장 보고 싶지?"

해진은 뜬금없는 질문에 미소를 살짝 숨겼다.

"만약 내일 병원에서 수술이 가능하다면…… 앞을 볼 수 있게 된다면 말이야……."

태준은 잡고 있는 손을 조금 더 꼭 쥐며 답을 재촉했다.

"음……."

지그시 눈을 감고 생각하는 해진은 한 명 한 명 떠오르는 사람들을 순서대로 얘기했다.

"일곱 살 된 우리 해리. 얼마나 예쁘고 귀여울지 상상도 할 수가 없어요. 단 일 분, 아니, 딱 일 초의 시간이 주어진다면 우리 해리의 모습은 꼭 보고 싶어요."

"그게 첫 번째일 거라고 생각은 했어. 그리고?"

"가끔 통화하면 자기 늙었다고 징징대는 우리 오빠요. 제 기억 속의 오빠는 중학생이었는데 지금 어떤 청년이 되었을지 그것도 궁금해요."

"역시 가족이 먼저군?"

"네. 그래서 세 번째로는 우리 엄마, 아빠 사진이 보고 싶어요. 너무…… 보고 싶어요."

울컥해진 해진은 잠시 고개를 숙이고 있다가 고개를 들어 밝아진 얼굴로 즐거운 이야기를 이어 나갔다.

"아! 나 새댁 아주머니도 너무 궁금해요. 아주머니가 종종 16년 전의 모습에서 변한 게 없다고 하셨는데 진짜인지 꼭 확인하고 싶거든요. 그러면 꼭 옆에서 이장댁이 한 소리 하셨는데……."

그때 당시가 회상되자 해진은 미소를 지었다. 즐거워하는 해진의 얼굴을 보며 태준 역시 웃음을 내뱉었다.

해진은 마을 사람들 한 명 한 명을 언급하며 지난날의 추억과 함께 보고 싶다는 말을 끊임없이 했다. 세상을 보고 싶지 않다는 말은 거짓말이었던 것처럼 그녀의 마음은 보고 싶은 사람이 한가득이었다.

"그리고 음……."

주변 사람들을 모두 이야기하고 난 해진은 다시 곰곰이 생각했다.

"인맥이 그리 넓지는 않군? 10분도 안 돼서 이야기가 끝난 걸 보니?"

"그런가? 그래도 딱 그분들만 볼 수 있다면…… 너무 꿈 같은 얘기지만 암튼 그래요, 전."

미소를 짓던 해진이 문득 뭔가 생각났는지 손뼉을 치며 말했다.

"아! 또 있다!"

"누구?"

"저요!"

"뭐?"

"사실 내 얼굴도 너무 궁금해요. 마지막으로 본 게 열 살 때였으니까…… 아마 저 지금 많이 늙었을 거예요. 그렇죠?"

그리고는 소리 내어 웃기까지 했다. 하지만 태준은 그런 해진의 손을 꼭 잡으며 차분하게 말했다.

"예뻐, 너."

온 세상이 멈춰진 듯 두 사람 사이엔 적막만이 흘렀다. 해진은 어쩔 줄 몰라 하며 시선을 돌리다 얼른 태준의 손에서 자기 손을 빼며 베란다 난간을 잡았다.

"서울 공기도 계속 마시니까 괜찮네."

여기서 더 얘기했다간 부끄러움에 해진이 불편해할 것 같아 태준 역시 다른 말로 돌렸다.

"샤워 좀 해야겠어."

"네, 그러세요, 아저씨."

태준이 안으로 들어가는 기척에 해진은 흩날리는 머리카락을 귀 뒤로 넘기며 읊조렸다.

"……아저씨도요."

해진 혼자 베란다에 두는 게 불안해 다시 데리러 나오던 태준의 발걸음이 멈춰졌다.

"아저씨도 너무 보고 싶다. 우리 해리…… 다음으로."

나열된 이름들 중 자신의 이름이 없어 섭섭했지만 내색 않았던 태준은 지금이라도 당장 다가가 저 가냘픈 몸을 끌어안고 싶었다. 하지만 혼잣말을 해놓고 부끄러움에 어쩔 줄 몰라 하는 모습을 보며 태준은 못 들은 척 다시 안으로 들어왔다.

그의 입가엔 감출 수 없는 미소가 지어졌다.

"해리야!"

〈오메, 언니! 언니 전화 기다리다 목 빠지는 줄 알았소! 우째 뱅원에선 눈 고칠 수 있다 카제? 얼른 말해봐라, 언니야.〉

"해리야, 숨넘어가겠어. 병원은 내일 갈 거야. 서울에 도착하니까 너무 늦어서 오늘은 갈 수가 없대. 여긴 호텔이란 곳인데 너무너무 좋은 것 같아. 나중에 우리 해리도 꼭 왔으면 좋겠어. 근데 공기는 좀 별루야……."

소파에 앉아 수화기를 두 손으로 꼭 붙잡고 조곤조곤 설명하는 해진의 말속엔 약간의 흥분이 섞여 있었다. 막 샤워를 마치고 나와 그 옆에서 캔맥주 하나를 시원하게 들이켠 태준은 통화 중인 해진에게서 눈을 뗄 수가 없었다. 막상 서울에서 보니 더 예쁜 것 같았다. 비록 여전히 할머니 패션이긴 하지만 때 묻지 않은 그녀의 아름다운 아우라가 고스란히 느껴졌다.

"아저씨? 어, 잠깐만."

태준은 눈을 동그랗게 뜨며 '나?' 하고 해진의 옆자리로 옮겨 앉았다.

"어이, 밤톨."

〈아제!〉

막상 통화로 목소리를 듣자 해진만큼은 아니더라도 태준 또한 반가움을 느꼈다. 감이 멀어 그 쩌렁쩌렁한 목소리가 완벽하게 다 들리진 않았지만 흥분한 해리의 목소리는 느낄 수 있었다.

〈아제! 아니, 글쎄 등치아제는 이 영도를 위해 태어난 것 같다. 아제랑 일하는 게 확 비교가 된다니께? 비록 일하는 것보다 먹는 게 더 많긴 하지만 힘도 장사고, 손도 재빠르고……. 아제는 등치

아제에 비하면 새 발의 피제, 피.〉

"밤톨…… 나 없다고 하루 만에 그새 덩치한테 달라붙어 아양이냐?"

〈그게 아이고, 진짜로 밭일을 너무 잘해 오늘 어르신들한테 박수까지 받았제. 아, 근데 오늘 등치아제가 무슨 감자를 캤는데 생긴 게 아제랑 똑 닮았다고…… 읍!〉

〈꼬, 꼬마숙녀! 지금 무슨 소릴 하는 거야? 제발 그 얘긴…….〉

옆에서 당황한 덩치의 목소리가 들렸다. 두 사람이 잠시 티격태격거리자 태준은 피식 웃음을 내뱉었다. 아주 잘 지내고 있는 모양이었다. 죽이 척척 맞는 소리가 서울에까지 들렸다.

〈아제, 울 언니 잘 부탁혀. 알제? 언니는 내 보물인 거.〉

"그래."

〈아제 오믄 내가 안마 삼백 개 해줄게.〉

"하나도 빠짐없이 다 받을 거야. 사람이 한 번 뱉은 말은 꼭 지켜야 하는 거 알지?"

걱정 말라는 우렁찬 해리의 말에 태준은 고개를 끄덕였다.

"혼자 잘 지낼 수 있지? 최대한 빨리 갈게."

〈해리 걱정하지 말고 울 언니나 신경 써주소.〉

"갈 때 선물 많이 사가마."

〈아이다! 안 그래도 되제! 해리는 진짜진짜 괜찮제! 초코파이 하나믄 되는데…….〉

해리는 부끄러운 듯 자기도 모르게 소리 내어 웃고 있었다.

통화가 끝나자 해진이 입술을 뾰족하게 내밀며 말했다.

"두 사람 엄청 친해 보여요, 샘날 정도로."

"내가? 밤톨이랑? 설마."

"해리가 말은 떽떽거려도 보면 아저씨 무지 좋아해요."

"원래 애나 어른이나 나 안 좋아하는 여자 없어. 워낙 매력 있어야지."

그 소리에 해진이 또 소리 내어 웃어 보였다.

"뭐야? 못 믿겠다는 거야? 이래 봬도 나……."

"아니, 그게 아니라…… 아저씨 성격도 좀 변한 것 같아서요."

"성격?"

해진이 고개를 끄덕였다.

"처음엔 아저씨 너무 말도 없고, 뭐랄까…… 되게 무뚝뚝하고, 지금의 모습은 전혀 상상할 수가 없었거든요. 근데 지금은 이렇게 말장난도 잘하시고 갈수록 해리화가 되어가고 있다고나 할까?"

"날 그런 밤톨과 같은 종족으로 보지 마."

자리에서 일어난 태준은 연신 웃는 해진의 모습을 보았다. 발코니에서 혼잣말에 부끄러워하던 모습이 떠오르자 태준은 그녀의 얼굴에서 시선을 떼지 못했다.

"아저씨, 서울 얘기 좀 해줘요."

불쑥 쳐다보는 시선에 꼭 눈이 마주친 느낌이 들어 흠칫 놀란 태준이 얼른 시선을 돌렸다.

"서울 얘기?"

"네, 정확히 얘기하자면 서울에서 살면서 재미났던 이야기요."

"글쎄, 워낙 재미없는 인생을 살아서 뭘 얘기할 게 없는데."

"그래도요."

"어디 보자……."

그녀의 재촉에 태준은 들고 있던 맥주를 한 모금 마시며 잠시 생각하다 웃음부터 터뜨렸다.

"아, 그 얘기가 좋겠군. 덩치 처음 만났을 때. 그때도 덩치가 굉장히 커서 보는 사람마다 씨름선수냐고 물었었거든."

흥미롭게 쳐다보는 시선에 태준은 조금이라도 재미있게 이야기를 해주고 싶어 과장도 조금 보태며 이야기를 풀어냈다.

술집에서 시비가 붙었는데 알고 보니 경찰청장의 아들이어서 식겁했던 일, 깡패가 자신에게 돈을 뜯어내려고 했던 일, 15대 1로 싸우는 줄 알았는데 나중에 알고 보니 서른 명과 대적했던 일이라던지. 그는 무난한 에피소드들을 쉼 없이 이야기했다.

한참 이야기 삼매경에 빠져 있던 태준은 툭 떨어지는 해진의 손에 말을 멈추었다.

"뭐야, 감히 잠들어?"

태준은 고개까지 떨구며 깊이 잠든 것 같은 모습에 피식 웃음이 났다. 하루 종일 긴장하고 고단했을 걸 생각하니 안쓰럽기도 했다.

해진을 깨우려던 태준은 곤히 잠든 모습에 들고 있던 캔맥주를 내려놓고 자리에서 일어났다. 조심스럽게 두 팔로 안아 올리자 해진의 얼굴이 힘없이 가슴팍에 기대어졌다. 침실로 들어와 그대로 눕혀놓자 해진은 포근한 베개에 얼굴을 부비며 편안한 표정이 되었다.

미소를 지으며 해진의 얼굴을 보던 태준이 자리에서 일어서려다 다시 그 앞에 앉아 잠든 해진의 얼굴을 바라보기 시작했다.

"앞을 볼 수 있게 되면 나 같은 그림자는 없어도 될 거야……"

비 오던 그날 밤, 서글픈 목소리로 외로울 거라고 말했던 게 내 내 마음에 걸렸다. 그때만 해도 곁에 있어도 되지 않을까 했지만, 막상 서울에 와서 보스를 만나고 나니 태준은 자신이 있어야 할 곳은 영도가 아님을 다시 한 번 느낄 수 있었다.

"내가 언제까지 곁에 있을 수 없으니……. 대신 빛을 줄게."

혹여 잠에서 깰까 머리를 넘겨주다 뺨을 살며시 쓰다듬던 태준은 고르게 숨을 쉬는 해진의 얼굴을 한참이나 바라봤다.

"아름다울 거야. 그쪽이 보는 세상은…… 분명……."

아름다운 마음으로 보는 세상은 분명 그 마음씨만큼이나 아름다울 것이다.

늦은 시각이 되도록 태준은 잠든 해진의 곁을 떠나지 못했다.

# 제7장

　"송해진님 보호자분."

　간호사의 부름에 벽에 기대있던 태준은 서둘러 걸음을 옮겼다. 간호사 손을 잡고 밖으로 나오는 해진에게 다가가 작은 손을 잡았다.

　"어땠어?"

　"그냥 누워만 있었는걸요."

　"안색이 별로 안 좋아."

　"긴장해서요. 이런 건 처음이라……."

　해진이 여러 검사를 끝마치고 나올 때마다 태준은 안색이며 기분을 세심하게 살폈다. 혹여 힘들지는 않을까, 지치지는 않을까, 걱정이 이만저만이 아니었다. 자신이 과할 정도로 해진에게 신경 쓰고 있다는 걸 알아차린 건 모든 검사가 끝난 오후쯤이었다.

모든 검사가 끝난 후 기력을 다 소진한 해진은 차 안에서 잠시 휴식을 취하는 중이었고, 태준은 병원 밖 흡연구역에서 담배를 태우는 중이었다.

태준은 제 곁에 서 있는 백발을 힐긋 보며 말했다.

"보스는 어디 계시냐."

"요 며칠 양평 별장에 머무르고 계십니다. 어젠 형님이 오신다기에 잠시 서울에 나오신 거구요."

"그래, 괜히 나오셨다가 검찰 눈에 띄면 좋지 않지. 그 와중에 나까지 서울에 없으니 보스도 지금 마음이 마음이 아니시겠구나."

"그러니까 한 번에 일을 잘 끝내셔야 합니다. 제가 동행하고 싶지만 눈에 띄어서 좋을 건 없으니……."

"너 아니어도 혼자 충분하다."

"너무 섭섭한 말씀이십니다. 십 년을 형님께 충성한 저인데."

"너도 십 년이냐? 하기사, 폭설이 쏟아지던 그때 너랑 덩치 둘이서 내 뒤 졸졸 쫓아다니며 일 배워보겠다고 코 찔찔대던 모습이 생각난다. 그 코찔찔이들이 벌써 이렇게……."

짧게 웃음을 내뱉던 태준의 얼굴이 순식간에 굳었다. 해진이 타고 있는 차 쪽으로 낯선 사내 한 명이 서성이는 모습이 보였던 것이다. 태준은 뒤에서 소리 없이 다가오는 공격을 느낀 사람처럼 한걸음에 달려갔다.

"형님!"

흠칫 놀란 백발이 그 뒤를 재빨리 쫓았지만 이미 태준은 차로 다가가던 남자의 팔을 꺾어 범퍼에 엎어버렸다. 쾅! 소리가 들리자 차 안에 있던 해진 역시 깜짝 놀라 고개를 번쩍 들었다.

"누가 보냈냐."

목과 팔을 압박하며 읊조리듯 묻는 말투엔 잔뜩 날이 서 있었다. 지나가던 주변 사람들이 놀라 자리에서 멈춰 쳐다봤고 뒤늦게 도착한 백발이 재빨리 태준의 손을 가로채며 사내의 팔을 붙잡았다.

"형님, 보는 눈이 많습니다."

누가 들을까 빠르고 조용히 말한 백발은 아픔에 아등바등거리며 살려달라는 사내를 차 범퍼에서 일으켜 세워 얼굴부터 확인했다. 태준은 주변 사람들의 시선에 모자를 눌러쓰며 일단 차에 올라탔다.

"아저씨!"

차 문을 닫자마자 놀랐던 해진이 단번에 태준을 알아차리며 불안함에 그의 팔을 붙잡았다. 태준은 앞 유리창으로 보이는 낯선 사내를 보며 해진의 팔을 토닥여 주었다.

"괜찮아. 지나가던 사람이…… 좀 부딪친 거야. 어디 다친 곳은 없는 거지?"

해진을 내려다보며 태준이 묻자 해진이 고개를 끄덕였다.

"서울은 너무 위험한 곳 같아요."

해진의 말에 태준은 입술을 비틀었다. 서울이 아니라 내 주변이 위험한 거다. 하지만 해진에게 차마 그렇게 말하진 못했다. 자신의 안 좋은 모습 따윈 보여주고 싶지 않았다. 그녀에겐 그저…… 좋은 아저씨로만 남고 싶었다. 그것이 욕심이라도 어쩔 수 없지만.

서울을 구경시켜 주려 하다가 불안감만 심어준 것 같아 마음이 좋지 않았다.

다행히 낯선 사내는 이 병원의 주차관리요원이었고, 주차 때문에 차를 기웃거린 것뿐이었다. 그 소리에 안심은 되었지만 언제 어디서 뒤통수에 칼이 꽂힐지 모르는 이 서울 바닥에서 태준은 한 시도 안심할 수 없는 시간들이었다. 더군다나 자신 때문에 해진이 다칠까 그게 더 신경이 쓰였다.


태준의 팔을 꼭 붙잡고 진찰실로 들어온 해진은 자리에 앉아서도 그의 팔에서 손을 놓을 수가 없었다. 긴장감으로 온몸에 찌릿찌릿 전기가 흐르는 기분이었다.

"남편분이 오히려 더 긴장하신 것 같네요."

머리 희끗한 인상 좋은 담당의는 두 사람의 긴장을 풀어주려 부드러운 대화부터 꺼냈다.

"선생님……."

차분한 음성으로 결과를 얼른 얘기해 달라는 암묵적인 재촉에 담당의는 고개를 끄덕였다.

"너무 오래 방치하신 건 알고 계십니까? 그동안 남편분이 너무 무심하셨어요."

"아, 선생님. 이분은……."

태준이 해진의 손을 꼭 잡으며 잘라 말했다.

"계속 말씀하시죠."

어쨌든 송해진의 보호자는 현재 엄태준인 건 분명했기에 호칭 따윈 상관없었다.

"결론을 말씀드리자면 다행히 송해진 씨는 각막이식만 한다면 충분히 시력을 회복할 수 있습니다. 하지만 너무 오랜 시간 방치하여 이식 후 제 시력을 찾을 수 있을지는 미지수입니다. 겨우 사물을 구별하거나 색깔을 구별하는 정도로……."

"그 정도면 됩니다. 그 정도라도 보인다면……."

태준은 희망적인 이야기에 급격히 흥분하기 시작했다.

"하지만 이식이라는 것 자체가 굉장히 어려운 일입니다. 당장 하고 싶다고 해서 할 수 있는 것도 아니고, 지금 대기인원 수만 해도 상당히 많기 때문에 송해진 씨의 순서까지 오려면 얼마나 기한이 걸릴지도 지금으로선 알 수가 없습니다."

"그렇다고 이대로 방치할 순 없습니다. 희망이 있다면 뭐든 해봐야죠. 하겠습니다, 선생님. 해주십시오, 무조건."

태준은 해진의 손을 꼭 붙잡으며 담당의를 간절하게 쳐다봤다. 누군가에게 이렇게 간절하기는 난생처음이었다. 해진의 시력만 되살릴 수 있다면 뭐든 할 수 있을 것 같았다.

돌아오는 차 안에서 오히려 기분 좋은 건 태준이었고 해진은 여전히 아무 말도 하지 않았다. 희망적인 결과에 본인이 더 좋아해야 했지만 정작 해진은 가타부타 말이 없으니 나중엔 태준이 눈치를 살피기까지 했다.

"배고픈가?"

"아뇨."

"차멀미 하나?"

"괜찮아요."

애써 대답하고 있다는 게 느껴지니 백발이 백미러로 힐끔 쳐다볼 정도였다.

"호텔로 모실까요?"

"어디 가고 싶은 데 없어? 우리 그…… 남산타워 가볼까?"

"형님."

그 소리에 백발이 제지하고 나섰다. 수배가 내려진 상황에서 서울 한복판을 돌아다니는 건 위험한 일이었다. 백미러로 태준과 눈이 마주친 백발은 짧게 고개를 저었다.

"아니에요, 아저씨. 나 쉬고 싶어요. 그냥 호텔로 가요."

해진은 아예 두 눈을 감으며 저조한 컨디션을 보였다. 호텔에 돌아와서도 해진의 컨디션은 여전했다.

"어디 불편하신 것 같은데 제가 얘기해 볼까요?"

"아니야, 됐다. 그만 돌아가 봐."

백발은 침실 쪽을 걱정스레 쳐다보며 고개를 끄덕였다. 백발이 나가자마자 침실로 향한 태준은 무슨 생각을 하는지 전혀 파악이 안 되는 해진을 보다가 열려 있는 문을 똑똑 두드려 노크했다. 그의 기척에 고개를 슬며시 든 해진이 힘없이 웃었다.

"백발 씨는 가셨어요?"

"응."

"인사도 못했네요. 오늘 저 때문에 고생 많으셨을 텐데."

"이봐, 언니. 고생은 내가 더 했어."

"아저씨껜 항상 감사하죠."

애써 미소를 띠는 모습에 태준은 활기찬 목소리로 말했다. 다운된 그녀의 기분을 업시켜 주고 싶었다.

"서울 구경할까?"

"피곤……."

"나가자고."

태준이 덥석 해진의 손목을 잡아끌었다.

뜨거운 날씨에도 불구하고 남대문시장 한복판엔 사람들이 가득
했다. 태준은 해진의 손을 꼭 잡은 채 사람들 속에서 그녀를 감싸
느라 제일 바빠 보였다. 그러면서도 입으로는 이것저것을 설명해
주느라 제일 말을 많이 하는 사람이기도 했다.

"어때?"

"우와, 이렇게 부드러운 실은 처음이에요."

해진을 위해 털실 파는 곳에 와 손으로 털실을 만지게 하자 해
진의 입가에 미소가 번졌다. 나오길 잘했단 생각이 들 만큼 해진
의 컨디션이 점점 좋아지는 것 같았다.

"이건 빨간색 같은데? 무지 어두운. 자주색인가? 한…… 3일 정
도 묵힌 사체에 굳어진 색인데?"

어이없는 비유에 해진은 웃음을 터뜨렸다.

"그래, 짙은 붉은색 정도로 해두자."

"이걸로 해리 조끼 떠주면 굉장히 따뜻할 것 같아요."

"밤톨한텐 이 노란색이 더 괜찮을 것 같은데?"

"아, 그래요? 해리가 빨간색을 좋아해서. 같은 실인가요?"

"그럼 다 사도록 하지."

"아니에요. 하나만……."

태준은 주인에게 털실을 다 싸달라는 눈짓을 주었다.

"근데 어째, 눈이 불편한 것 같은데 뜨개질을 다 해요?"

궁금해하던 주인이 결국 못 참고 물었다.

"네, 어쩌다 보니 할 줄 아는 게 뜨개질뿐이라."

해진이 다소곳이 대답했다.

"이것도 만져 봐. 이건 어때?"

또 다른 실을 손에 쥐어주며 태준이 물었다.

"아저씨, 이제 그만 사도 될 것 같은데……. 어떻게 다 들고 가려고 그래요?"

"그건 걱정 마. 일단 만져 보라니까?"

태준이 기어이 손에 실을 쥐어주며 해진의 반응을 궁금해했다. 해진이 부드러운 감촉에 깜짝 놀라자 태준은 웃음이 절로 났다.

잠시 후 털실 가게를 나온 태준은 해진의 손을 붙잡고 다른 여러 매장을 구경하기 시작했다. 그러다 양손 가득해진 짐에 해진의 손을 잡을 수 없게 되자 태준은 잠시 해진을 한 매장에 앉혀두고 밖으로 나와 누군가에게 전화를 걸었다.

〈……아, 예, 형님.〉

"와서 짐 좀 가져가라."

〈네?〉

당황한 백발의 목소리에 태준이 짧게 비웃음을 지었다.

"뒤따라오는 거, 설마 모른다고 생각했던 건 아니지? 와서 좀 들고 가."

울상을 지으며 백발이 한 건물에서 나와 태준 앞으로 다가왔다.

"경력 십 년에 아직도 미행 수준이 이거야?"

"형님, 이제 그만 돌아다니십시오. 불안해 죽겠습니다."

행여 무슨 일이 생길까, 태준의 뒤를 봐주느라 연신 쫓아다닌 백발이었지만 눈치 빠른 태준이 모를 리 없었다.

"이거나 가져가."

태준은 쇼핑한 물건들을 백발 앞에 놔주었다.

"아! 차라리 좀 조용한 데, 어디 딴 호텔이라도 들어가셔서 거사라도 치르시던가요. 더워서 쫓아다니기도 힘듭니다!"

"그런 거 아니라니까."

"아니라고 하기엔 형님…… 굉장히 놀라울 정도로 바뀐 거 아시죠?"

"아니야."

끝까지 단호하게 딱 잘라 말한 태준은 백발을 쳐다보다 뒤돌아섰다. 잠깐 비운 사이 행여 무슨 일이 있지는 않았을까 해진에게로 돌아가는 발걸음이 다급했다.

다행히 해진은 그 자리 그대로 앉아 주인과 이런저런 이야기를 나누고 있었다.

"애인 왔네요."

"아, 아주머니. 아, 아니에요. 아저씨랑 저는."

그 소리에 태준은 속으로 다시 한 번 '그래, 우린 아무 사이도 아니야' 라고 되새김질을 했다.

빈손이 되자 또다시 태준은 해진과 함께 구경에 나섰다. 생각해보니 태준도 서울에 살면서 이렇게 물건을 사러 다녀본 건 처음이었다. 그리고 누군가와 즐겁게 쇼핑을 해본 것도 난생처음이었다. 해진의 기분을 풀어주러 나와서 오히려 태준 본인의 시간만 즐긴 것 같은 생각이 들었다.


해진은 답지 않게 차가운 음료수를 한입에 반이나 비워냈다. 그 모습을 바라보던 태준 역시 시원한 음료를 가볍게 한 잔 비웠다.

"아! 너무 재밌었어요. 서울은 정말 사람도 많고, 볼 것도 많고, 재미있는 것도 많은 것 같아요."

활짝 웃으며 완전하게 컨디션을 되찾은 듯 해진이 얘기했다.

"덥기도 하고."

"영도보단 덜한걸요, 뭐. 어딜 가나 에어컨이 있어서 춥기도 했고요."

"그나저나 죄다 밤톨 것만 샀으니 언닌 뭐 갖고 싶은 거 없어? 필요하거나."

해진은 고개를 저었다. 하지만 태준은 무엇 하나라도 쥐어주고 싶었기에 재차 물었다.

"그래도……."

"제 것도 아저씨가 많이 사주셨는걸요."

"평소에 갖고 싶었던 거 있음 말해. 이번 기회가 아니면 또 언제 서울까지 올지 모르잖아."

해진은 아랫입술을 꼭 깨물며 고민했다.

"괜찮아, 말해보라니까?"

"아, 그럼 저…… 한 가지……."

태준이 고개를 끄덕이며 쳐다봤다.

"아, 저 지팡이요. 접었다 펼쳤다 하는 게 있다던데……. 사실 집 주변에 아무 막대기로 짚고 다녔더니 자주 없어져서……."

태준이 점점 표정을 굳혔다.

"없어, 그런 거."

"어, 없어요?"

"세상에 접었다 펼쳤다 하는 지팡이가 어디 있어? 빌 게이츠도 그건 개발 못했어."

"아저씨?"

그녀의 부름에도 태준은 끝끝내 고개를 돌리지 않았다.

그 말이 그저 우습게만 여겨진 해진이 웃음을 터뜨린 사이 태준은 자리에서 일어나 장난이 아니라는 듯 말했다.

"뭐가 재미있다고 웃는 거야? 난 농담이 아니라고."

쌩하니 욕실로 향하는 그의 기분이 갑자기 좋지 않아 보이자 해진의 고개가 갸웃했다.

"갑자기 왜 저러시지?"

그녀가 의문 가득한 목소리로 말했다. 그가 갑자기 화를 내는 이유도, 속상해하는 이유도 그녀는 알지 못했다.


샤워기 물을 틀던 태준의 손이 멈칫했다. 필요한 게 지팡이라니. 앞이 안 보이는 해진에게 가장 필요한 것인 걸 알면서도 태준은 그 현실이 너무 안타깝고 속상했다. 그저 농담으로만 넘길 수 없었던 태준은 짧게 한숨을 내쉬며 물을 틀었다. 머리끝에서부터 서서히 젖어들기 시작했다. 고개를 숙인 채 가만히 있던 태준은 환하게 웃는 그녀의 얼굴이 눈앞에 스치자 살며시 그대로 눈을 떴다. 항상 해진이 지팡이 대신 붙잡았던 자신의 팔을 바라보던 태준은 주먹을 꽉 쥐었다. 앞이 보이기 전까진 그녀에게 지팡이 대신 이 팔을 내주고 싶은 마음이 가득한데 막상 서울에 있으니 그럴 수만은 없을 것 같은 현실이 태준의 가슴을 아프게 조여 왔다.

자신을 향해 미소 짓는 해진을 생각하다 물을 잠근 태준은 뿌옇게 변한 거울을 닦아 내었다. 어느새 그의 입가에도 미소가 지어져 있었다. 이렇게 생각만으로도 미소가 지어질 만큼 좋은데 그 미소를 언제까지 볼 수 있을지, 앞으로 안 보고 살아갈 수 있을지 그에 대한 답은 찾을 수가 없었다. 태준은 손을 올려 가슴을 꾹 눌렀다. 그 미소를 볼 수 없단 생각을 하니 벌써부터 이렇게 마음이 칼에 찔린 듯 아파왔다.

"생각만으로도 이런데……"

눈을 감고 읊조린 태준은 인상을 쓰며 다시 샤워기의 물을 틀어버렸다. 이대로 가만히 있다간 조여오는 마음 때문에 견딜 수 없을 것 같았다.


"자."

샤워를 마치고 나온 태준은 해진의 손에 레몬차를 쥐어주었다.

"향 좋다."

코끝에 닿은 상큼함에 해진이 미소를 지었다. 태준은 마음에 들어 하는 그녀의 표정에 짤막한 미소를 보이며 황금빛의 맥칼렌을 잔에 채웠다.

"아저씨한테서도 좋은 향기가 나요."

"샤워했으니까."

"그래서 기분은 좀 나아졌어요?"

해진이 살짝 고개를 기울이며 물었다.

"진짜로 화나서 샤워하러 가신 것 같던데."

"신경 쓰지 마. 그냥 변덕 부린 거니까."

그는 아까 전의 상황에 신경 쓰는 것 같은 해진에게 농담이었다는 듯 말했다.

"그쪽은?"

"저요?"

"병원에서부터 안 좋았잖아."

"아⋯⋯."

고개를 끄덕이던 해진이 찻잔을 만지작거리며 잠시 고개를 숙였다. 태준은 맥칼렌을 한 모금 넘기며 해진에게서 시선을 떼지 않고 그녀의 대답을 기다렸다. 잠시 생각하던 해진이 고개를 들어 차분히 얘기했다.

"희망이 없는 일에 기대를 하고 싶지 않았을 뿐이에요."

"그게 무슨 소리야?"

"이식이라는 건 굉장히 어려운 일이잖아요. 그 순서가 언제 올지도 모르는 거고⋯⋯ 괜한 희망에 부풀었다가 실망하고 싶지는 않거든요. 더군다나 섬에 묶여 사는 내가 어떻게 그런 기회를 얻을 수 있겠어요."

"왜 그런 생각부터 해? 내가 해준다니까."

해진은 고개를 저은 뒤, 차를 한 모금 마셨다.

"이렇게 저 데리고 서울에 와준 것만으로도 너무 감사해요. 진심으로."

"이봐, 난 진심으로 그쪽 눈을⋯⋯."

"아저씨?"

차분히 부르는 목소리에 태준이 하려던 말이 끊겼다.

"저 그냥 속으로 혼자 욕심낼게요. 겉으로 너무 기대하다 보면 그 실망이 주변 사람들에게 퍼지거든요. 저 그런 건 싫어요."

이런 상황에서도 주변부터 챙기려는 마음은 진심이었다. 행여 자신의 욕심으로 주변 사람에게까지 피해가 갈까 두려워하는 마음을 알아차린 태준은 더 이상 이야기를 이어나가지 않았다.

"그렇게 선량하게 굴어봤자 손해 보는 건 언니라고."

해진이 농담 같은 그의 어투에 다시 웃음을 지었다.

"아, 근데…… 오랜만에 서울 오신 걸 텐데 왜 안 만나세요?"

"만나? 누굴?"

"애인이요."

태준은 술을 뱉을 뻔한 걸 겨우 참으며 어이없다는 듯 해진을 쳐다봤다.

"뭐? 애인?"

해진이 고개를 끄덕였다.

"나한테 그런 게 있다고 생각해?"

"있잖아요. 그…… 유일하게 지켜야 한다던……."

"민정이? 하!"

태준은 어이없는 웃음이 절로 나왔다. 영문을 모르는 해진은 찻잔만 꼭 잡은 채 고개를 기울였다.

"이봐, 민정인 우리 조직의 유일한 여자이자 보스의 유일한 혈육이라고. 지켜야 하는 건 나뿐만이 아니라 이 조직원 모두의 의무이기도 하지. 설마, 그때 그 통화 때부터 오해했던 거야?"

"아저씨가 확실하게 아니라고……."

말끝을 흐린 해진은 갑자기 마음 한 켠의 응어리가 탁 풀린 것 같았다.

"제대로 혼삿길 막힐 뻔했군?"

해진인 자신의 오해가 어이없기도 하고 왠지 안심이 되는 마음이 동시에 들자 실없이 웃음이 나와 버렸다.

"뭐지, 그 웃음은?"

"좋아서요."

"뭐?"

해진은 저도 모르게 그런 대답을 한 것도 모르는 채 연신 실없는 웃음만 지었다. 눈살을 찌푸린 태준이 그 웃음을 계속 보고 있자니 덩달아 기가 차 짧게 웃었다.

"뭐가 좋다고 계속 웃어?"

"아니, 아니에요. 아니에요."

해진이 고개를 저으며 차를 한 모금 마셨다. 그 응어리가 풀리고 나니 태준을 바라보는 해진의 미소는 더욱더 싱그러웠다. 그 싱그러운 미소와 함께 은은히 퍼지는 레몬차의 향기가 태준의 마음을 또 묵직하게 눌러왔다. 아랫입술을 꾹 깨물며 미소 짓던 해진은 흘러내린 머리카락을 단정히 뒤로 넘기며 또 다시 차를 한 모금 마셨다.

'미치겠다, 이 여자야……'

또다시 미소 지은 해진이 태준을 바라봤다.

"차 너무 맛있어요."

'널 어쩌면 좋을지……'

"아저씨?"

해진의 부름에 생각에 빠져 있던 태준이 입에 물고 있던 양주잔을 내려놓았다.

"응."

"아니, 말씀이 없으시기에."

"아, 딴생각 좀 했어. 오늘 약 치는 날인데 잘했나 싶어서."

그 말에 해진이 또 다시 웃음을 터뜨렸다.

"왜 웃지?"

"아저씨 영도 사람 다 됐네요."

"영도 사람?"

잠시 생각하다 그가 짧게 웃었다.

"듣기 좋군, 영도 사람."

"빨리 돌아가고 싶어요. 해리도 보고 싶고."

그 말에 태준도 동감하였다. 그 이틀 못 봤다고 해리의 구수한 사투리와 똘망똘망한 눈이 그리웠다.

테이블 위에 놔두었던 양주잔을 들어 올린 태준은 황금빛의 맥칼렌을 보며 우스운 생각이 들었다.

"맥칼렌을 앞에 두고 구더기 술이 생각나는 걸 보면 나 진짜 영도 사람 다 된 거겠지? 사실 말이야, 호텔식만 연신 먹었더니 밤톨이가 구운 생선도 먹고 싶고, 그쪽의 레시피대로 만든 찌개도 그립고."

"콩국수는요?"

"어젯밤엔 먹고 싶어서 잠을 못 잤지."

두 사람이 동시에 웃음을 터뜨렸다.

"아저씨, 이래서 나중에 어떻게 다시 서울에 오려고 그래요."

"사람이란 게 적응의 동물이니까. 뭐 다시 오면…… 또 영도 생활은 금세 잊고 지낼지도."

그 말에 해진이 감추려 해도 섭섭함이 얼굴에 묻어났다. 함께 할 수 없다면 그에게 그래도 가끔은 생각나는 사람 중 한명이고 싶다는 생각이, 아니, 유일한 한 명이 되고 싶다는 욕심이 점점 커져만 갔다. 그래도 그는 언젠간 자신의 곁을 떠나야 하는 사람이었기에 아무 말도 할 수가 없었다.

"무슨 생각을 그리 골똘히 해?"

"네? 아, 아뇨. 이거 맛있네요."

해진은 두 손으로 들고 있던 아이스티를 한 모금 마셨다. 태준은 양주잔을 굴리며 신경을 다른 곳으로 돌리려 했지만, 그녀에게 향하는 시선을 막지는 못했다. 아무 방해 없이 바라보는 것도, 둘만 함께 있는 이 시간도 태준은 놓치고 싶지 않았다. 마음 한편에서 이런 기회는 두 번 다시 없을 것 같단 생각이 들었다.

'한 번만…… 널 안을 수 있다면……'

태준이 입을 앙다물며 서글픈 눈빛을 띠었다. 점점 감정 조절이 안 되는 것 같았다. 미소 짓는 입가, 속을 꿰뚫어 보는 듯한 눈빛, 공손히 쥐고 있는 두 손, 하얀 살결의 목덜미를 보다가 자리에서 일어섰다.

"그만 쉬는 게 좋겠어. 방으로 데려다 주지."

"아, 네."

해진은 자연스럽게 손을 뻗어 그의 팔을 붙잡았다. 천천히 걸음을 옮겨 침실로 향했다. 스탠드불만 켜진 그윽한 분위기와 창밖 너머로 보이는 남산타워의 불빛이 침실을 영롱하게 비추고 있었다. 해진은 스탠드 불을 끄는 소리가 들리자 미소를 지었다.

"주무세요."

굿 나잇 인사만으로는 무언가 부족했다. 쉽게 표현할 수 없는 마음들 때문에 해진은 쉽게 잠자리에 들 수 없었고, 태준 역시 문고리를 잡은 채 방을 나갈 수가 없었다. 창밖에서 비춰지는 작은 불빛들이 침대에 앉아 있는 해진을 희미하게 비추고 있었다.

"아저씨, 이대로 헤어지면 길에서 우연히 마주쳐도 아저씨를 알아보지 못하겠죠?"

그렇게 묻는 해진의 얼굴에 슬픔이 머물렀다. 깊숙한 곳에서 울

컥 올라오는 감정에 눈물이 날 것 같기도 했다. 그 순간 태준은 불
쑥 해진의 손을 잡았다. 흠칫 놀라 뭐라고 말할 틈도 없이 그의 목
소리가 이어졌다.

"알아봐 줘."

태준은 자기 뺨에 해진의 손을 갖다 댄 채 재촉하듯 그녀의 손
을 꼭 잡았다.

"내가 꼭 눈 고쳐 줄 테니까 꼭 알아봐 줘야 해."

"아, 아저씨……."

해진은 놀랐던 마음이 금세 사라졌다. 이내 그의 얼굴에 있는 손
을 꼼지락거리며 떨리는 마음과 두 손으로 천천히 그의 얼굴을 훑어
내리기 시작했다. 눈썹으로 내려오자 속눈썹이 손끝에서 간질였다.

태준은 살며시 눈을 뜨며 코와 뺨을 훑는 그녀의 손길에 지그시
해진을 바라봤다. 그녀의 눈이 꼭 자신을 보고 있는 것 같아 태준
의 마음도 같이 떨려왔다. 닫혀 있던 빗장을 그녀의 눈빛이 쉴 새
없이 두들겼다.

"아저씨 다 예쁘다…… 눈도, 코도……."

그러다 손길이 입술에 닿자 해진은 흠칫 놀라 손을 떼어냈지만,
태준은 피하지 못하게 두 손을 꽉 잡았다. 해진이 분위기를 감지
한 듯 빼려던 손목의 힘을 누그러뜨리며 가만히 있었다. 천천히
둘의 입술이 마주했다. 온몸을 꿰뚫는 짜릿한 욕정이 아닌 마음을
따스하게 만드는 부드러운 입술에 그의 눈이 스르르 감겼다.

어떻게 하지? 너무 따뜻해.

그는 그렇게 생각했다. 그녀의 입술을 벌려 안으로 파고든다는
생각은 하지도 못한 채 한참이나 그녀와 입술을 맞추며 그러고 있

었다.

차가운 마음에 따스한 바람이 분다. 그리고 얼음장처럼 차가웠
던 그의 마음이 녹기 시작했다. 평생 눈이 소복하게 쌓여 있던 마
음에 어느새 봄바람이 불어왔다.

❋

보스와 조식 약속이 있었던 태준은 해진을 잠시 호텔에 두고 홀
로 외출을 했다. 한옥이 멋스러운 한정식 집은 오늘 하루 전세를
냈는지 손님 하나 없이 조용했다. 보스가 들어오자 기다리던 태준
이 자리에서 일어섰다.

"오셨습니까."

"어, 그래. 좋은 아침이구나."

태준은 허리를 숙여 인사를 되돌렸다.

"그래, 다시 들어갈 준비는 다 한 거냐?"

"네."

"송해진 씨한테 제대로 대접을 못한 것 같아 마음에 걸리는구
나. 그래도 널 도와주고 계신 분인데 얼굴 한 번 못 봤으니."

해진에 대한 보스의 관심에 태준의 몸이 움찔 떨렸다. 그는 서
둘러 고개를 저으며 말했다.

"제가 따로 챙기겠습니다."

"그래, 필요한 게 있다면 언제든지 얘기하고."

눈길을 낮추는 것으로 대신 답하자 상에 차려진 음식을 눈으로
훑던 보스가 흡족한 듯 고개를 끄덕였다.

"먹자, 준아."

"네."

태준이 물 한 모금으로 목을 축이는데 보스가 슬쩍 물어왔다.

"생각보다 적응을 잘하는 모양이구나."

"무슨 말씀이신지……."

"무언가 변한 것 같은 너의 모습을 보니 그런 생각이 문득 들어서 말이다."

"변하다니요."

태준은 짧은 미소를 지으며 다시 물 한 모금을 넘겼다.

"준아."

짧지만 가시가 느껴지는 그의 부름에 태준이 보스의 얼굴을 쳐다봤다.

"얼른 서울로 나오고 싶지?"

아니요, 아닙니다. 다시 돌아오고 싶지 않습니다. 내뱉을 수 없는 그 말은 마음속에서만 맴돌았다. 어젯밤 녹아버린 그의 마음이 아무 대꾸도 하지 못하게 했다.

"왜? 돌아오고 싶지 않은 거냐?"

다시 한 번 보스가 물었다.

"전……."

"이번 가을쯤이 어떻겠냐."

보스는 손을 닦던 손수건을 툭 내려놓으며 태준을 바라봤다.

"슬슬 네가 내 자리로 올라와야 되지 않겠냐?"

태준이 무슨 소리냐는 듯 미간을 좁히며 눈빛으로 물었다.

"이번 일 끝나는 대로 내 자리로 올라와라. 이젠 내가 뒤에서 널

돕겠다."

"보스······."

"그러니 이번 일 제대로 해야 한다."

태준은 아무 대답도 할 수 없었다. 지금까지 그는 해룡파를 지키기 위해, 보스의 뒤를 이어 받기 위해 살아왔고 살 것임을 약속했다. 하지만 어느 순간부턴가 그 약속을 잊고 살았다. 그 약속을 지키고 싶지 않았다.

"무슨 문제가 있기라도 한 거냐?"

"네?"

"오늘따라 네 대답 듣기가 힘들어서 말이다."

태준은 다시 입을 다물었다. 테이블에 두 팔을 괴며 보스가 다시 한 번 물었다.

"이번 일······ 제대로 처리할 자신이 없는 거냐, 준아?"

태준은 그 차가운 눈빛 속에서 순간 해진을 비롯한 영도의 사람들이 위험해질 것을 느꼈다. 그 순간이 느껴지자 태준은 얼른 눈길을 내렸다.

"그럴 리가요. 이번 일은······ 제가 마무리 지어야죠."

태준은 보스를 향해 짤막한 미소를 보였다.

"먹자."

그제야 보스가 수저를 들었다. 태준이 눈길을 내린 사이 보스는 눈길을 올려 태준을 빤히 쳐다봤다.


보스와의 식사 자리를 끝낸 태준이 서둘러 호텔로 돌아왔다. 아침에 급히 나가느라 제대로 해진을 마주할 수 없었기에 어젯밤 일이 꿈이 아닌지 확인하고 싶었다. 무엇보다 보스에게서 느껴진 그 오싹한 기운과 불안감을 떨치고 싶었다. 초인종을 누른 뒤 얼마 지나지 않아 해진의 곁을 지키고 있던 백발이 문을 열었다.

"형님, 오셨……."

"그만 나가봐."

태준은 백발을 지나쳐 안으로 들어서선 그의 발걸음을 재촉하듯 고개를 밖으로 까닥였다. 백발이 섭섭한 표정을 지으며 꾸벅 인사를 하자 그가 허리도 펴기 전에 문이 쾅 닫혔다. 행여 자신이 잠시 비운 사이에 해진에게 무슨 일이라도 생긴 걸 아닐까 그녀를 찾는 태준의 발걸음이 다급했다.

"백발 씨, 아저씨 오셔……!"

불쑥 허리를 감싸는 손길에 흠칫 놀란 해진이 온몸에 힘을 주었다.

"나야……."

"아, 아저씨."

"다녀왔어."

안고 있는 팔에 더욱 힘을 주어 해진의 등 뒤에 딱 달라붙은 태준은 무사한 그녀의 모습에 이제야 마음이 놓이는 것 같았다. 놀랐던 해진도 이내 그의 팔을 토닥여 주며 미소를 지었다.

"기다렸어요."

그 차분한 목소리에 태준이 짧게 한숨을 내쉬었다. 그 소리를 놓칠 리 없는 해진이 그의 팔을 풀며 뒤돌아 그와 마주 섰다. 마치 눈이라도 마주친 것처럼 해진의 눈빛이 정확히 태준의 눈과 마주했다.

"무슨 일 있었어요?"

"우리 어제…… 실수 아니었어. 그치? 분위기 탓에 그랬던 거
아니야. 맞지?"

해진이 그럴 리 없겠지만 어젯밤 일이 가벼운 일이 아니었다는
걸 확인받고 싶었다. 보스를 만나고 온 태준의 마음속에선 전쟁이
일어나고 있었다. 자신이 보스에게 돌아가지 않는다면 그가 해진
이나 영도를 가만둘 리 없었다. 그들을 지키기 위해선 태준은 다
시 이 지옥으로 돌아와야 했다.

"아저씨, 갑자기 왜 그래요?"

해진이 손을 뻗어 태준의 뺨을 쓰다듬었다.

"응? 왜 그러는데요."

"나…… 자신이 없다."

해진이 이내 손을 내리며 불안한 표정을 지었다. 아랫입술을 깨
문 해진이 자기 손을 비비며 어쩔 줄 몰라 했다.

"역시…… 장님인 제가 아저씨에겐……."

해진은 태준이 없는 동안 혹여 어젯밤 일이 그에게 일어난 한순간
의 충동일까 하루 종일 조마조마했다. 앞도 보지 못하는 제가 어찌
그런 사람과 사랑을 할 수 있을지, 그건 말도 안 되는 얘기라 생각했
다. 평생 짐밖에 될 수 없는 자신을 알기에 그가 돌아왔을 때 어젯밤
일은 실수라고 말할까 두려웠다. 그런데 그가 자신이 없단다.

태준은 해진이 불안해하는 것을 알아차렸다. 고개를 저으며 태
준이 급히 해진을 품에 끌어당겨 안았다.

"그게 아니야. 내가 자신이 없는 건…… 그런 게 아니라고."

태준의 인상이 울음이라도 터뜨릴 것처럼 구겨져 있었다.

"아저씨……."

해진이 품에서 한 발자국 벗어났다. 태준은 놓치기 싫은 듯 다시 안으려고 했지만 해진은 불쑥 손을 올려 태준의 입술에 손끝을 올렸다.

"우리 어제 실수 아니었어요. 그렇죠? 우리 어제 분위기 때문에 그런 거 아니었어요. 맞죠?"

그가 했던 질문을 되묻는 해진을 보던 태준은 입술 위에 있는 그녀의 손을 내리며 하염없이 해진의 얼굴을 바라봤다.

"세상에 아저씨만큼 강한 사람이 어디에 있어요. 자신이 없단 소린 약한 사람이나 하는 건데……."

'내가 자신이 없는 건…… 널 떠날 자신이 없다는 거다.'

혹여 이 마음을 비치면 해진이 자신이 짐이 된다는 생각을 할까 봐 말할 수도 없는 태준이었다. 하지만 가냘프고 차분한 그녀의 목소리가 태준의 마음속에서 일어나고 있는 전쟁을 일순간 잠재워 주었다.

"날 위해 강하게 버텨줄 수 있어요? 앞이 안 보이는 날 위해…… 평생 그래 줄 수 있어요?"

태준은 대답 대신 잡고 있는 손을 끌어당기며 해진의 입술에 자신의 입술을 포개었다. 코끝을 부빈 태준은 눈앞에 있는 해진을 한순간도 놓치기 싫어 시선을 떼지 않았다.

"앞이 보여도…… 그럴려고."

평생 곁에 있으려고.

다시 포개어진 입술 사이로 해진의 눈물이 새어 나왔다. 처음으로 해진에게도 욕심이라는 게 생겼다. 그를 놓치고 싶지 않은 마음. 그 마음을 서로에게 드러내지 못하던 두 사람은 지금 이 순간 모든 게 통한 듯 서로의 몸을 더 끌어안으며 입술을 떼지 못했다. 마지막까지 놓치고 싶지 않은 것처럼 태준은 해진의 윗입술을 끝까지 깨물었다. 해진이 참았던 숨을 차분히 내쉬는 사이에도 태준은 쉼 없이 입을 맞추었다. 이내 해진을 품에 끌어안은 태준은 감았던 눈을 천천히 떴다. 해진을 안고 있는 그의 눈빛은 단호해져 있었다.

✳

영도의 깊은 밤. 배를 긁적거리며 뒤척이던 덩치가 모기 한 마리에 결국 발버둥을 치며 자리에서 일어났다. 분명 옆에서 같이 코 골며 잠들었던 해리인데 깨어나 보니 양팔로 턱을 괴고 먼 산을 쳐다보고 있었다.

"꼬마아가씨, 왜 깼어?"

"울 언니 설서 어떤지 궁금하지도 않소? 난 아제처럼 그리 속없이 코 드렁드렁 골면서 잠을 잘 수가 없제. 정말 무심하기 짝이 없지, 어째 그리 퍼질러 잘 수가 있소?"

"저기요, 님. 님도 옆에서 계속 코 골았거든요?"

"아따, 등치아제는 꿈이랑 현실도 구분 못하요. 내가 언제 그랬다고?"

어차피 말로 못 당할 걸 알기에 덩치 역시 들리지 않게 구시렁거리기만 했다.

"그래서, 언니 보고 싶어서 깬 거야?"

"마음이 심란스러워 잠을 못 자것소."

분명 그 누구보다 더 열심히 자던 모습을 봤던 덩치는 그런 해리를 흘겨봤다.

"난 우리 형님이 서울 가서 뭔 일이나 안 생겼을지 그게 더 걱정된다."

"아! 사지 멀쩡한 양반이 뭔 일이 생긴다고? 등치아제는 울 언니 걱정은 되지도 않소?"

"그 사지 멀쩡한 양반이 옆에 있는데 언니 걱정은 뭐 하러 해?"

"하긴. 아제가 울 언니 잘 챙겨주것제?"

"당연하지. 울 형님이 그래 봬도 굉장히 세심한 부분이…… 있긴 있더라. 것도 굉장히 많이."

해진을 대하던 모습이 생각난 덩치가 고개를 끄덕였다.

"울 언니도 지금은 자것제?"

"그럼, 자겠지. 시간이 몇 신데…… 라고 하기엔 아직 10시구나. 하아, 여긴 뭐가 이렇게 칠흑같이 어둡냐? 누가 보면 한 새벽 두세 신 줄 알겠다. 아흐! 이놈의 모기!"

팔을 탁! 치며 덩치가 온몸 이곳저곳을 긁기 시작했다.

"아! 가만히 있음 물지도 않소. 어? 가만, 가만!"

점점 다가온 해리의 손이 덩치의 이마를 그대로 강타하며 짝! 소리가 났다. 동시에 덩치의 얼굴이 뒤로 넘어갔다.

"악!"

"오메, 우째 쓰까? 날아가 버렸는디."

"어? 꼬마아가씨, 스톱! 모기, 모기."

이마를 비비적거리던 덩치가 해리의 이마를 향해 정조준을 하자 눈치 빠른 해리가 잽싸게 슬리퍼를 신고 평상 밖으로 뛰쳐나갔다. 덩달아 덩치까지 평상 밖으로 나오자 아닌 밤중에 쫓고 쫓기는 추격전이 시작되었다.

불꽃 튀는 달밤의 추격전이 한참 벌어질 때쯤이었다. 결국 덩치의 손에 붙잡힌 해리가 애교를 부리며 상황을 모면했고, 덩치도 웃으며 해리를 불쑥 껴안았다. 그때 해리가 덩치를 보며 말했다.

"등치아제, 목마 태워주소!"

그 말에 덩치는 망설임 없이 해리를 번쩍 들어 목마를 태웠다.

"오메! 우리 섬이 다 보이제!"

"어두운데 뭐가 보인다고?"

"아제, 저쪽으로 가봐라. 저쪽으로 가믄 대장아제랑 울 언니도 보일 것만 같소."

"꼬마아가씨, 우리 형님도 보고 싶은가 보지?"

"대장아제도 보고 싶다, 억쑤로. 해리는 대장아제도 참말로 좋아하제. 그라고 등치아제도 많이 좋소."

"그래?"

"응! 대장아제랑 등치아제랑 맨날맨날 같이 살았으면 좋겠다. 그라믄 아제들이 밭도 매주고, 물고기도 잡아주고, 장작도 패줘가 이 영도에 걱정이 없다제?"

"오로지 일 때문에?"

"암만!"

짧게 웃음을 내뱉은 덩치는 아예 평상 위로 올라가 조금 더 해리가 멀리까지 볼 수 있게 해주었다.

"언니랑 형님이랑 지금 뭐 하고 있는지 보여, 아가씨?"

"현실적으로 대답해 주까, 분위기에 맞춰 대답해 주까?"

덩치의 표정이 급격히 우울해졌다.

"아제! 언니!"

저 멀리서 손을 흔드는 해리의 우렁찬 목소리가 들려왔다. 해진 역시 손을 흔들며 반가움에 자리에서 벌떡 일어났다. 덩치는 물론 마을 사람들이 두 사람을 반갑게 맞이하고 있었다. 태준 역시 저 멀리 보이는 모든 사람들이 그저 반갑기만 했다. 비록 짧은 시간 영도를 벗어난 거였지만 마치 몇 년이나 외지 생활을 했던 것처럼 이곳이 이토록 반가울 줄은 몰랐다.

"위험해. 아직은 앉아 있어."

해진의 손을 잡아주는 태준의 손은 그 어떤 때보다 다정했다. 바닷바람에 휘날리는 머리를 넘겨주는 태준의 손에 미소를 지은 해진은 그의 어깨에 살짝 머리를 기대어보았다. 그대로 어깨를 감싸 안으며 태준 역시 미소를 지었다. 그리고는 다가오는 영도를 보며 속으로 생각했다.

이번 이 섬에서의 흑룡 일을 마지막으로 손을 씻어야겠다.

그리고 다음번 다시 서울에 가면 분명하게 보스에게 이 마음을 얘기하리라 마음먹었다.

"아저씨."

"응."

"아저씨랑 함께 다시 이곳에 오게 돼서 너무 좋아요."

"……나도. 다시 와서 좋다."

이젠 이 바닷바람이 너무 포근하기만 했다.


해진은 배가 바위틈에 도착하자 앞도 안 보이면서 먼저 앞서 걸어갔다. 해리를 만나고 싶은 마음에 조급해진 그녀가 비틀거리며 앞서 걷자, 행여 넘어질까 태준은 불안불안해 하며 그 뒤를 따랐다. 바위 위에서 기다리고 있던 해리는 해진이 오자마자 몇 년 만에 만나는 사람처럼 해진의 품에 폴짝 안겼다. 그 모습을 지켜보는 태준의 입가에 미소가 지어졌다.

"언니, 언니, 서울은 어땠소? 퍼뜩 얘기해 보소."

"뭐, 그냥 많이 복잡했던 것 같아, 차도 많고. 아, 서울엔 지하철이라는 게 있는데 그게 뭔지 알아? 아주 기다란 차가 지하로 가는 건데……."

"오메! 서울에선 지하에도 길이 있는 갑소."

"나중에 해리가 가면 너무 좋아할 놀이동산도 있더라."

해진의 손을 잡고 가는 해리는 몇달 만에 언니를 본 것처럼 그녀에게서 시선을 떼지 못했다. 뒤에서 그 모습을 지켜보며 뒤따라가던 태준의 입가에서 미소가 떠나질 않았다.

"형님, 서울에선 별일 없었던 거죠? 걱정했습니다."

"별일 있을 게 뭐가 있냐."

"간만에 회포는 잘 푸셨습니까."

"그래, 백발이 잘 준비했더구나."

"백발 그 녀석, 저 혼자만 형님 만나러 왔다고 지랄했을 텐데……."

짧게 웃은 태준은 그제야 덩치를 위아래로 훑어봤다. 널따란 밀짚모자며 목에 걸린 수건을 보아하니 그사이 해리에게 제대로 당한 것 같았다.

"제대로 걸렸구나?"

"형님의 기준이 바뀐다는 애길…… 직접 체험했습니다. 1년 동안 장작 팰 일은 없을 겁니다."

갑자기 길을 가던 해리가 멈추며 뒤를 돌아봤다.

"등치아제, 걱정 마소. 장작 패는 일 말고도 일은 아주 많응께."

그 말에 태준이 실소를 보이자, 해리는 음흉한 미소를 지으며 말했다.

"대장아제, 내가 을마나 대장아제를 기다렸는지 모르제?"

"그렇게 보고 싶었음 와서 한 번 안겨보던가."

해리의 요망한 미소에 태준이 유유히 앞질러 걸으며 의기양양하게 말했다.

"밤톨, 너 그렇게 재미없게 나오면 선물 안 준다? 초코파이 열 통 사왔는데."

얼마 지나지 않아 태준이 앞으로 넘어질 듯 달려와 그의 허리를 왈칵 껴안은 해리가 활짝 웃어 보였다.

"아제! 참말로 보고 싶었제! 이것은 거짓이 아니여, 진실이제!"

싫은 척해도 태준은 이런 해리가 마냥 귀여웠다. 그사이 해진은 자연스럽게 덩치의 팔을 붙잡고 걸어 올라오고 있었다.

"야, 밤톨. 제발 네 언니 좀 잊지 마."

태준은 해리를 노려본 뒤 시선을 돌려 덩치의 팔을 잘라 버릴 듯 보았다. 순간 덩치가 몸을 움찔 떨었고, 태준은 단숨에 둘을 떼어낸 뒤 가운데 서서 그녀를 부축하였다.

"많이 덥죠? 아저씨, 땀나겠다."

"가서 샤워해야지. 이럴 줄 알았으면 그 호텔에 욕조만 떼서 가져오는 건데. 그치?"

"그 돌덩인 좀 맘에 들었어요."

둘이 헤헤 웃는 모습을 노려보던 해리가 태준의 팔을 탁! 쳐내며 해진의 손을 빼앗아 잡았다.

"아제."

"뭐?"

"설서 울 언니한테 끼 부린 건 아니제?"

"야, 내가 무슨 제비냐?"

"생긴 건 똑같제."

막상 해리를 보니 영도에 와 있다는 게 다시금 실감이 났다. 뒤따라온 덩치가 한숨을 내쉬며 얘기했다.

"우리 해리파 하나 만들까요, 형님?"

"아니. 절대, 싫어."

두 사람의 작은 목소리를 들은 것마냥 해리가 자리에 멈춰 다시 두 사람을 쳐다봤다.

"아! 퍼뜩 안 오고 뭐 하소? 얼른 집에 가 나물 말린 것부터 걷어야 하는디."

"갑니다, 아가씨!"

마당쇠가 되어버린 덩치.

"간다, 가, 이 요망한 것아."

혼자 중얼거리며 뒤쫓아가는 태준.

이들의 '그림자 섬 영도' 생활이 다시 시작되었다.

제8장

오늘은 태준의 지휘 아래 마을 사람들 모두가 두 팔을 걷어붙여야 했다. 아침 일찍 노 영감이 한가득 짐을 싣고 섬에 들어와 무슨 일인가 했더니 태준은 이 바위틈새에 계단을 만들 거라며 그에 필요한 재료들을 저번에 부탁했던 것이다. 어떻게 바위틈새에 계단을 만들 생각을 했는지 그저 기특하고 고맙기만 해 오늘은 모두 밭일을 제쳐 두고 해안가로 몰려들었다.

"거보랑께, 아제가 최고제!"

그중에서도 제일 신이 난 해리가 사람들 앞에서 태준의 칭찬을 아끼지 않았다.

"아, 형님, 도대체 이런 생각은 갑자기 왜 하셔서."

그 와중에도 굽혀지지 않는 뱃살을 굽히느라 연신 헉헉거리는 덩치가 울상이 되어 결국 한마디 했다. 대꾸도 없이 일에만 몰두

하는 태준의 이마에도 땀이 비 오듯 쏟아지고 있었다.

"대장총각! 대장총각! 션하게 이것 좀 자시고 해!"

잠시의 휴식을 위해 태준이 올라가자 기다렸던 새댁이 서둘러 다가와 대접을 건네주었다. 태준은 대접 안의 황금색을 보며 당연히 보리차일 거란 생각에 벌컥벌컥 마시다 그대로 풉! 뿜어버렸다.

"아, 디러, 증말."

해리가 눈을 가늘게 만들며 태준을 어이없다는 듯 쳐다봤다.

"오메, 대장총각은 췱차가 영 안 먹히나 보네?"

"제발 뭐 주실 땐 재료 표시 좀 해주시죠? 원산지까진 바라지 않을 테니."

연신 퉤퉤거리며 입안에 있는 것들을 뱉던 그가 여전히 남아 있는 쓴맛에 인상을 찌푸렸다.

"형님, 너무하십니다. 전 일 시켜놓고 혼자만 시원한 거 드십니까?"

뒤에서 앙탈을 부리는 덩치의 목소리가 들리자 태준은 얼른 표정을 바꾸며 씩 웃어 보였다.

"아주 시원하다. 마셔봐라."

그제야 활짝 웃음꽃이 핀 덩치가 두 손으로 대접을 얼른 받아 들며 군침을 삼켰다.

"등치아제, 이리 주소!"

갑자기 해리가 덩치의 손에서 대접을 빼앗아 꿀꺽꿀꺽 삼키기 시작했다. 태준과 덩치가 동시에 멍하니 쳐다보는데 단숨에 대접을 모두 비운 해리가 손등으로 입가를 닦았다. 하지만 쓴맛을 참고 있는지 인상이 붉으락푸르락해졌다.

"너, 너, 뭐 하냐?"

태준이 묻자 해리는 그를 눈이 찢어져라 노려보았다.

"우리 등치아제는 꿀 타서 줄 것이제!"

"뭐어?"

"등치아제, 해리가 등치아제 지켜줄랑게 아제는 걱정 말고 일이나 하소."

먹을 것을 빼앗긴 등치가 해리를 멍하니 쳐다봤으나, 해리는 태준이 보란 듯 등치의 허리를 감싸 안더니 있는 힘껏 혀를 쏙 내밀며 외쳤다. 서울을 다녀온 후부터 해리는 태준 앞에서 등치의 편만 들기 시작했다. 그 이유를 아는 데까지는 오랜 시간이 걸리지 않았다.

'설마 질투겠어? 저 어린 게 뭘 안다고.'

갸웃한 태준은 별거 아닐 거라는 생각으로 발걸음을 옮겼다.

온 마을 사람들이 계단을 만들기 위해 부산하자, 해진과 새댁은 둘이서 점심을 준비해 왔다. 쫑쫑 썬 김치와 고소한 참기름 냄새가 맛깔스럽게 어우러진 비빔국수를 보자마자 모든 사람들이 감탄사를 터뜨렸다.

"아, 우리 해진이 솜씨제!"

"우리 해진인 뵈지도 않으면서 어째 이리 요리를 잘하는가 몰라. 안 그렇소, 대장총각?"

처남댁 어르신이 불쑥 태준을 보며 묻자 그는 짧게 미소를 지으며 해진을 쳐다봤다.

"좀 먹었어?"

그리고 이어지는 다정다감한 목소리.

"같이 먹으려고 아직 안 먹었어요."

"늦었는데 배고팠겠네. 자, 이건 언니 먹어."

해진의 손에 그릇을 받쳐 주며 얼굴에서 눈길을 떼지 못하던 태준은 해진이 국수를 먹으려 하자 그 손을 덥석 잡아 세우며 물컵을 내밀었다.

"물부터 마시고."

해진은 미소를 지으며 시키는 대로 얌전히 물 한 모금을 마셨고, 그 모습이 너무나 사랑스럽고 만족스러운 태준은 연신 해진의 얼굴만 쳐다봤다. 그 눈빛을 다른 이들은 모두 보고 있었지만, 혼자 느끼지 못하는 해진은 조용한 주변에 멈칫했다.

"왜…… 다들 안 드세요? 입맛에 안 맞으신가요?"

그제야 두 사람을 쳐다보던 마을 사람들이 허겁지겁 후루룩 소리를 내며 국수를 먹기 시작했다.

"쳇!"

태준의 얼굴을 뚫어져라 보던 해리가 옆에 있는 덩치의 팔을 툭 치자 후루룩거리며 벌써 반이나 폭풍 흡입한 덩치가 한입 가득 우걱우걱거리며 해리를 보았다.

"해리도 물."

눈을 마구 깜빡이며 애교를 부렸으나 먹을 것 앞에선 아무것도 들리지 않는 덩치는 물주전자 그대로 해리 앞에 툭 놔주고 다시 국수를 목구멍으로 넘기기에 바빴다.

"기껏 지를 위해 그 쓴 물도 마셔줬구먼 돌아오는 건 물주전자요? 두고 보소……."

앙다문 해리의 입에서 폭풍 같은 저주가 쏟아져 나왔으나 덩치는 들리지도 않는지 그릇만 뚝딱 비워냈다. 죄 없는 국수 그릇만 젓가락으로 푹푹 찔러대는 해리 혼자만 열이 머리끝까지 뻗쳤다.

"다치니까 움직이지 말고 여기 가만히 있어."

"그럴게요. 아저씨도…… 조심해요."

눈길을 내리며 미소 짓는 얼굴이 오늘따라 왜 이렇게 예쁜지……. 눈길을 떼기 쉽지 않은지 태준은 해진의 머리를 쓸어주었다. 그러다 불쑥 토끼 얼굴이 나타나자 흠칫 놀라 얼른 손을 내렸다.

"아제, 참으로 이상하네."

"뭐가?"

해룡이의 머리를 쓰다듬는 손길은 부드러운데 태준을 쳐다보는 해리의 눈빛은 표독했다.

"설 갔다 온 이후로 울 언니랑 억쑤로 친해진 것 같네?"

"원래 친했어."

"언니! 아제가 설서 뭔 끼 부렸노?"

"그런 게 어디 있어. 해리, 계속 그런 안 예쁜 말 쓸래?"

"괜찮다, 얼굴이 예뻐가."

"헐!"

태준의 반응에도 해리는 계속 말을 이었다.

"아제! 솔직히 말하믄 내가 용서해 주께. 우리 언니한테 뭔 끼 부렸노. 응? 말해보그라."

"아! 난 그런 거 부릴 줄 모른다니까!"

태준의 뒤꽁무니를 졸졸 쫓아가며 연신 투닥거리는 두 사람의 목소리에 해진이 풋, 웃음을 내뱉었다.

"우리 해진이 얼굴에 꽃이 폈노."

기다렸다는 듯 새댁이 해진의 곁으로 불쑥 다가와 물었다.

"제가요?"

"그려, 대장총각이랑 설서 무슨 일이 있었남? 아주 그냥 두 사람 사이가 쫀득하니 인절미보다 더 쫄깃쫄깃해 보이네?"

"오메, 나는 두 사람이 인절미가 아니라 무신 개떡 반죽 해놓은 것처럼 짝짝 달라붙는 것 같던디?"

이장댁도 한마디 거들며 슬쩍 두 사람 곁으로 다가왔다.

"아, 아니에요. 왜, 왜 그러세요, 어르신들."

해진이 당황하며 말을 더듬었다. 정말 얼굴에 표가 많이 나나 싶어 손으로 뺨을 쓰다듬기도 했다. 하지만 어른들의 농담은 끝날 줄 몰랐다. 순진한 해진을 놀릴 겸, 두 사람 사이를 파헤치려는 것처럼 끈질기게 물었다.

"아, 그라도 얼라부터 들어서믄 안 되제. 순서라는 게 있는 건디! 혼례부터 치르도록 해야제, 해진아, 안 그냐?"

한 발짝 뒤에서 먹은 그릇들을 정리하던 처남댁이 더 짓궂게 한마디 거들자 해진은 어쩔 줄 몰라 하며 자리에서 일어섰다.

"해, 해리야, 바위 밑으로 내려가면 안 되다. 어?"

괜히 저 멀리에 있는 해리를 부르며 딴소리를 하는 해진을 향해 사람들은 들리지 않을 정도로 작게 키득거리며 눈빛을 주고받았다.


"형님."

"왜."

"서울 가서 저 언니 따 먹…… 아니, 뭐 하늘에 별이라도 본 겁니까?"

"무슨 소리야?"

인상을 팍 쓰며 태준이 정색하자 덩치가 의심스럽다는 듯 눈을 게슴츠레하게 떴다.

"뭔 일은 있었나 봅니다? 서울 가기 전부터 두 사람 이상한 낌새는 눈치챘지만……."

"쓸데없는 소리 말고 이거나 잡아."

태준이 끈을 무심히 건네주며 바위틈 아래로 내려갔다.

"대장총각! 이것 좀 보소. 그새 망에 물고기가 이만큼 찼제."

"아, 처남 어르신. 지금 꺼내면 다 도망갑니다."

"괜찮제, 괜찮어! 잠깐 확인만 한 건디 뭐 어뗘. 이번에도 팔뚝만 한 장어가 한 마리 잡혔제. 요고 과서 우리 대장총각이랑 등치총각이랑 맥여야 쓰것어!"

"저 녀석 줄 필요 없습니다. 밥심으로 충분히 살아가니까."

"아, 형님! 거 너무하십니다. 지금 이 섬에서 제일 힘쓰는 사람이 누군데! 어르신, 그 장어 우리 형님 말고 꼭 저 주셔야 합니다. 아셨죠?"

"아, 걱정 말어. 내가 자로 재가 둘이 똑같이 나눠 줄랑게."

"아따! 사내자슥들이 쓸데없이 여서 힘이나 쓰고…… 장어가 욕할 것이제!"

옆에서 일손을 돕던 이장댁이 농담을 하니 순간 모두들 웃음을 와락 터뜨렸다. 누구 할 것 없이 웃음꽃을 피우자, 사람들은 힘든 것도 모르고 더욱 일에 열중했다.

"해룡아…… 클났다. 내가 커서 대장아제한테 시집갈라 했드만…… 울 언니가 선수 칠 것 같아 불안하다. 휴우, 이 여린 여자의 마음을 누가 알아주노? 눈치 없는 덩치아젠 먹을 것만 디립따 밝히고. 하아…… 해룡이 넌 이 언니의 마음을 잘 알제?"

말귀도 못 알아듣는 토끼를 바라보며 한숨을 내쉬는 해리만 빼 놓고.


제법 연장질이 익숙한 태준과 덩치의 손발이 십 년 세월이 무색 하지 않을 만큼 잘 맞아 하루 만에 계단의 틀은 잡아놨다. 아직 완 성은 되지 않았지만 이 계단만 완성된다면 어르신들도, 해리도, 해진도 분명 더 편히 바닷가를 오고 갈 수 있을 거란 생각에 뒷정 리를 하는 태준의 마음은 흡족했다.

골목 어귀로 들어서자 태준이 서울에서 사가지고 온 모시 한복 을 곱게 차려입은 치매 할매가 여전히 그 자리에 앉아 먼 산을 보 고 있었다. 오늘은 가는 길에 할매를 해진네가 데려다주기로 했다.

"갔다 와라."

태준이 해리를 목마 태우고 있는 덩치를 보며 눈짓했다. 그러자 덩치의 입에서 절로 앓는 소리가 튀어 나왔다.

"형님, 저 지금 무진장 피곤……."

"내 말을 거역하게? 네가?"

"시행해야죠. 아무렴요."

억지로 미소를 지은 덩치가 태준을 지나치며 울상을 지었다.

"할매요! 가입시다! 일어나소!"

덩치의 큰 소리에 태준이 웃으며 해진과 함께 오르막길을 올랐 다. 그녀는 집 앞마당에 도착하자 태준의 눈이 있을 위치를 바라 보며 미소 지었다.

"아저씨, 고마워요."

"이 언닌 인사가 취미인 가봐? 툭하면 고맙고 미안하대."

"그래도요. 계단…… 정말 생각지도 못했거든요. 한 번쯤은 있었으면 좋겠다는 생각은 했었지만…… 정말 이렇게 만들어질 줄은 몰랐어요."

"아직 완성 안 됐어."

"언젠가는 완성될 거잖아요. 미리 고맙다고 인사하는 거예요."

"그때 가서도 그쪽은 또 고맙다고 말할걸?"

해진의 웃는 모습에 태준 역시 덩달아 피식 웃음을 내뱉었다. 은근히 어깨를 감쌌던 팔에 힘을 주며 더 제 품으로 끌어당기자 해진은 옆으로 몸을 비틀었다.

"부, 불편해요."

"난 편해."

아랑곳없이 태준은 더 품으로 끌어당겼다.

"해, 해리 와요."

"하루 종일 이러고 싶어서 죽는 줄 알았다고."

"마을 사람들이 보기라도 하면……."

연신 품에서 벗어나려는 해진이 못마땅해 품에서 놓자 해진은 어쩔 줄 몰라 하며 한 발자국 뒤로 물러났다.

"가, 갑자기 이러는 건 좀 그래요."

"뭐가 그래? 이 정도도 못 하나, 우리가? 그럼 사사건건 물어봐야 해?"

"그런 게 아니라……."

해진의 말을 자르며 태준이 톤을 높였다.

"이봐, 언니. 오늘 하루 종일 안고 싶어서 혼났는데 지금 아무도 없고 아무도 우릴 쳐다보지 않으니, 그쪽을 잠시 내 품에 15키로 속도로 끌어당겨 무게중심 45도 정도 실어 좀 안아도 되나? …… 이러고 물어야겠어?"

어이가 없어 해진이 웃음을 터뜨리자 태준은 그 모습이 못마땅한 눈치였다.

"난 여자한테 그렇게 순서를 지킬 줄 아는 방정식 같은 남자가 아니야."

"말했잖아요. 앞이 보이지 않는 사람은 갑작스런 행동에 많이 예민하다고요."

"아니, 손 잡는 것도 싫다 그러고……."

"그건 내가 불편하다니까요. 그냥 팔을 잡고 가는 게 편한걸요. 손잡고 가다간 같이 넘어질 확률이 높아요."

"난 남들보다 몇천 배로 뛰어난 운동 실력을 지닌 사람이야."

"어르신들 보기도 민망해요."

"그러는 사이에도 언니 부모님은 해리를 낳았어."

"억지 좀 부리지 말아요. 난 그냥 이렇게 마음이 통했다는 것만으로도 부끄럽다고요."

"두 번 부끄러워했다간 아예 나랑 말도 안 하겠군?"

해진의 말끝마다 연신 꼬투리를 잡으며 태준이 뚱한 표정으로 평상에 앉았다.

"얼른 씻기나 해요, 저녁 준비 할 테니까."

"날 밥이랑 똑같이 취급하지 마!"

투덜거리며 마구간으로 들어가는 소리에 해진은 그에게서 어린

애 같은 모습이 느껴져 마냥 웃음이 나왔다. 하지만 마구간에 들어간 태준은 훅훅거리며 팔굽혀펴기부터 하며 남은 힘을 빼야 했다. 막상 마음은 통했어도 끌어안는 것조차 어려운 이곳에서 앞도 안 보이는 해진과 눈빛 교환도 되질 않으니 뭐든 혼자만 앞서고 있는 중이었다.

태준이 뜨거운 열기를 가라앉히기 위해 냉수 마찰까지 하고 나오자, 해진은 웃으며 그를 향해 물었다.

"아저씨, 나왔어요?"

그에게서 아무런 대답이 없자 해진이 갸웃하며 다시 걸어가려 했다.

"나 진짜 고민돼서 물어보는 건데……."

뜬금없이 물어오는 태준의 목소리에 해진이 고개를 기울였다.

"아니, 진짜 뭐든 미리 얘기를 해야 하는 거야?"

"무슨 소리예요?"

"우리 충분히 그냥 서로 손도 잡고, 안기도 하고, 뭐 그럴 수 있는 거 아니야? 이거야 뭐, 갈수록 눈치 보고 조심스러워하고……."

해진은 짧게 웃었다. 그가 포옹 한 번 거부했다고 샤워하는 내내 신경을 썼을 거란 생각을 하니 웃음이 날 수밖에 없었다.

"아저씨, 너무 귀엽다."

해진은 무장해제된 것처럼 환한 웃음을 지었다. 그런 해진의 모습에 참지 못한 태준이 와락 껴안자 해진이 흠칫 놀라 얼른 그를 밀어냈다. 그의 격한 포옹에 놀란 듯한 그녀의 표정에 태준이 얼른 사과부터 했다.

"미안! 네가 그렇게 웃으니까 참지 못하고 또……."

그 말에 해진은 어쩔 줄 몰라 했다. 미안한 마음은 본인이 더했다.

"저랑 지내려니 많이 힘드시죠, 아저씨?"

해진이 애써 미소를 지으며 뒤돌아섰다.

"저녁 준비 할게요."

해진의 발길이 멈춰졌다. 태준이 뒤에서 해진의 어깨를 조심스럽게 붙잡았다. 그리고는 천천히 품으로 끌어당겨 뒤에서 포근히 감싸 안았다.

"힘들다 생각한 적 없어, 정말이야."

"아저씨……."

"생각보다 많이 좋아하고 있어……."

보이지 않아도 해진이 지금 어쩔 줄 몰라 하는 표정을 짓고 있을 거란 생각이 든 태준은 더욱 꼭 껴안으며 말했다.

"알고는 있으라고."

품에서 놔주며 태준이 뒤돌아서자 뒤에서 조용한 목소리가 들려왔다.

"저도요."

생각지도 않은 대답에 오히려 어쩔 줄 몰라 하는 건 태준이었다. 두 사람 사이에 순간 대화가 끊기며 부끄럽고 어색한 정적이 흘렀다. 태준은 헛기침을 하며 뒤돌아섰고, 해진은 자기 손을 만지작거리며 입을 꾹 다물었다.

그때, 강아지풀을 흔들며 촐랑촐랑 마당 안으로 들어서던 해리가 자리에 멈칫 섰다. 서로 등을 돌리고 서서 멋쩍어하는 표정을 의심스럽게 쳐다보던 해리가 허리춤을 쥐며 소리쳤다.

"언니!"

"어, 해, 해리야. 미안하지만 밑반찬 좀 꺼내올래? 아저씨들 시장하시겠어. 서둘러 준비하자."

해리의 목소리에 놀라 대충 얼버무린 해진이 자연스럽게 부엌 쪽으로 발길을 돌렸다.

"언니, 대장아제가 언니를 꼬신 겨? 아님 언니가 아제를 꼬신 겨?"

"뭐어?"

뒤따라 들어오던 덩치가 흠칫 놀라 얼른 해리의 입을 틀어막으며 태준의 눈치를 살폈다.

"아! 아, 해, 해리야, 내 말뜻은 그게 아니라……."

"너 경고하는데 애한테 쓸데없는 소리 하지 마. 특히 밤톨은 습득력과 응용력이 남들보다 몇천 배는 뛰어나. 저 쥐톨만 한 게 얼마나 생각이 남다른데. 잘못하면 앞으로 네가 고생한다."

"예, 형님."

입을 막고 있는 덩치의 손을 치운 해리가 태준을 째려봤다.

"꼬신다는 게 끼 부리는 거랑 같은 말인 것이제? 그럼 아제가 울 언니를 꼬신 거구먼?"

"송해리, 그런 말 계속 쓰면 언니한테 혼난다고 말했지?"

해진이 진심으로 화낼 것처럼 한마디 하니 그제야 해리가 입을 다물며 발을 쿵쿵 구르면서 부엌으로 쏙 들어갔다.

"죄송해요, 해진 씨. 우리 꼬마아가씨가 두 사람 때문에 심술이 좀 나 있길래 설명을 한다고 한 게 잘못 전달된 것 같아요."

"심술이요? 우리 해리가 왜요?"

"아무래도 해리에게 첫사랑이 좀 빨리 찾아온 것 같아요."

"첫사랑이요?"

해진은 모르겠다는 듯 물었지만, 태준은 그 말뜻을 알아차린 것인지 덩치와 시선을 맞혔다. 그의 표정은 복잡 미묘했다.

잠시 후 밥상 앞에 모인 네 사람은 저마다 밥을 먹으며 다른 생각에 잠겨 있었다.

조용히 밥을 먹던 태준이 슬쩍 해리를 쳐다봤다. 연신 뾰로통해져 숟가락으로 밥을 쿡쿡 찌르던 해리는 태준과 눈이 마주치자 보란 듯이 시선을 돌렸다.

"밥을 왜 그렇게 먹어? 제대로 먹어야지."

"울 언니나 신경 쓰시제?"

역시나 질투가 맞았다. 서울에 다녀온 이후 해리는 툭하면 해진이나 태준에게 통통거리기 일쑤였고, 덩치를 자기 편으로 만들어 앙탈을 부리곤 했다. 그냥 서울에 둘이 다녀와서 골이 났나 했더니 알고 보니 눈에 띄게 해진을 챙기는 태준을 보며 해리가 뿔이 나 있었던 것이다.

어휴, 이걸 어쩌나.

꼬마숙녀의 마음을 빼앗았다 생각하니, 저 자신의 잘남에 속으로 웃던 그가 곧 걱정하기 시작했다.


오늘 하루 종일 숨이 콱콱 막히게 덥더니 해가 지자마자 우르르거리던 하늘에서 비가 조금씩 내리기 시작했다. 다급히 빨래를 걷어 마루로 올라온 덩치는 비 오는 소리에 급히 해룡이를 데리고 달려온 해리와 나란히 앉았다.

"비 온다는 소식 없었잖아."

"있었소."

힘없는 해리의 목소리에 덩치가 표정을 살폈다.

"언니한테 혼났어? 왜 그렇게 삐죽해?"

"초코파이 하나 먹겠다는데 이 닭은 후라 안 된대자녀. 치사하게! 우리 해룡이만이 나의 마음을 알아줄 것이제."

"내가 초코파이 줄까?"

"있소?"

"우리 방에 가봐. 거기도 한 박스 있어."

해룡이를 끌어안으며 그제야 환한 얼굴이 된 해리가 벌컥 문을 열고 태준의 방으로 들어갔다.

"아제, 초코파이 좀 주소."

"찾아봐."

후후거리며 칼날을 다듬는 데 신경이 곤두선 태준의 뒷모습을 째려보던 해리가 불쑥 그의 눈앞에 토끼의 얼굴을 들이밀었다. 뭔가 마음에 들지 않을 때 나오는 행동이었다.

"아씨, 깜짝이야. 이러다 토끼 모가지 날아…… 다친다?"

"아, 초코파이 어딨는디?"

"몰라. 덩치가 먹었지, 난 안 먹었어."

두리번거리던 해리가 서랍장 위에 있는 초코파이 박스를 보며 활짝 웃었다. 초코파이 하나를 꺼내 한쪽을 잘라 토끼 앞에 놔주는 모습을 태준이 어이없다는 듯 바라봤다.

"그거 토끼는 뭐 하러 주냐?"

"맛있는 건 나눠 먹는 거라고 언니가 그랬제."

"동물들은 그런 거 먹으면 죽어, 인마. 이리 줘, 내가 먹게."

“앗!”

말이 끝나자마자 해룡이 앞에 놔둔 초코파이 한쪽이 날름 태준의 입속으로 들어갔다.

“뭐 하는 것이여? 우리 해룡이 걸 훔쳐 먹게!”

“보는 눈앞에서 먹는 건 훔쳐 먹은 게 아니지, 당당하게 먹은 거지. 너, 언니가 자기 전에 군것질 못하게 해서 여기 와서 몰래 먹는 거지?”

순간 멈칫한 해리가 혹여 뺏길까 초코파이를 와구와구 입안으로 쑤셔 넣었다.

“아우, 알았어, 알았어. 비밀로 할 테니까 천천히 먹어. 자, 물.”

입이 터질 정도로 볼이 볼록해진 모습에 태준이 한쪽에 있던 물컵을 해리 앞에 탁 놔주었다. 해리는 태준의 팔을 톡톡 치더니 입을 벌려 먹여달라는 시늉을 해 보였다.

“토끼 내려놓고! 컵 들고, 마셔.”

기어이 물컵을 손에 쥐게 한 태준은 쯧, 혀를 차더니 다시 칼날로 시선을 돌렸다.

“아제.”

“왜.”

“울 언니랑 깊은 관계여?”

“아, 진짜 덩치 이놈 자식을……. 밤톨! 앞으로 덩치가 하는 말 그거 다 잘못된 말이니까 한 귀로 듣고 한 귀로 흘려! 알겠어?”

“울 언니는 아제랑 그냥 친한 친구 같은 사이라는디, 그게 참말이여?”

“언니가 그래? 나랑 그냥 친한 친구 사이라고?”

"그라제!"

"뭐……."

그제야 태준이 잠시 생각을 하다가 너무 솔직하게 얘기할 필요는 없는 것 같아 고개를 끄덕였다.

"그렇지, 그냥 친한 친구 사이. 서울에 갔다 오니까 친해졌어."

"그려? 그럼…… 둘이 붙어먹은 건 아니제?"

저건 또 어디서 들은 건지……. 태준은 깊은 한숨을 쉬며 힘주어 말했다.

"아니야, 됐어?"

그제야 해리는 안심이 된다는 듯 굳어 있던 표정을 풀었다.

"난 또…… 아제가 울 언니한테 찝쩍거려서 울 언니가 홀라당 넘어가 버렸는 줄 알았제."

"덩치가 그딴 소리도 하디?"

"아니, 이건 내 짐작으로 지어낸 말인디. 찝쩍거린다는 건 꼬시다와 같은 뜻인 것 같제. 그라믄 끼 부리는 거랑 붙어먹는 거랑 비슷한 말인디, 그렇담 울 언니가 먼저 그럴 리가 없제!"

태준은 듣다듣다 못해 초코파이 하나를 얼른 뜯어 해리의 입에 콱! 넣어 틀어막았다.

"한글도 다 못 깨우친 주제에 무슨 응용력만 발달했어? 네가 빌 게이츠냐?"

"그건 또 뭐시여?"

초코파이를 퉤퉤 뱉으며 해리가 물었다.

"있어, 접이식 지팡이도 못 만드는 세계 최고의 천재."

"천재? 접이식 지팡이? 울 언니 거? 그거 마구간에 있던디?"

태준은 얼른 손가락으로 조용히 하라는 시늉을 해 보였다.

"쉿, 그거 있는 거 비밀이다. 나중에 네 언니 선물로 줄 거니까, 밤톨은 모른 척해."

"내 선물은?"

"초코파이 열 통이나 사다 줬잖아."

"그럼 빌게추보고 백 통으로 만들어달라 해. 천재라믄서."

"미국에 있어."

"안타깝구먼."

태준은 어린애와 이런 대화를 하고 있는 제 자신이 조금은 낯설기도 했다. 열려진 방문밖으로 조금씩 거세지는 빗줄기를 보다가 토끼를 쓰다듬는 해리를 쳐다봤다.

"밤톨."

"말하소."

"내가 네…… 아빠 해줄까?"

해리가 그제야 태준을 또렷하게 쳐다봤다.

"왜 대장아제가 내 아빠 해주는데?"

해리의 물음에 제 마음을 어떻게 설명해야 할지 몰라 태준은 고민했다. 아이의 눈높이에 맞게 잘 설명해 주고 싶었다.

"그야 해진이와 널 하늘만큼 땅만큼 좋아하니까."

"하늘만큼 땅만큼?"

"어."

해리가 멀뚱히 그를 보자 태준은 제 설명이 조금 부족한 것 같아 말을 덧붙였다.

"음…… 밤톨 넌 그 토끼가 물에 빠지면 구해줄 수 있어?"

"암만! 이 골목대장이 목숨을 바쳐서라도 구해줄 수 있제!"

"나도 그래. 하늘만큼 땅만큼 좋아해. 목숨을 바칠 수 있을 만큼."

빤히 쳐다보는 해리의 시선에 태준도 잠시 진지하게 아이의 눈빛을 바라봤다. 갈수록 너를 그렇게 지켜주고 싶다는 말을 어떻게 해야 할지 잠시 망설였다. 어차피 모든 걸 씻을 거라 마음먹었다면 솔직한 마음을 표현하는 것도 나쁘진 않겠지만, 왜 그런지 마음 한쪽은 여전히 끝나지 않는 전쟁이 일어나 그의 발목을 잡고 있었다.

"아제, 해리 아빠가 돼준다는 말…… 참말이제?"

해리는 그 말을 한참이나 고민했던지, 뒤늦게 물었다. 그러자 태준은 꽤나 진지한 얼굴로 답했다.

"그러고 싶어. 나 역시 널 네가 그 토끼를 생각하는 것만큼 생각하고 있으니까…… 그러고 싶다."

"그럼 해리 엄마는?"

"엄마? 엄마는 언니가 있는데, 뭐."

태준이 대답하자 해리가 자리에서 벌떡 일어나 토끼를 꼭 끌어안았다.

"여전히 끼 부리는구먼!"

"뭐어? 야! 야, 바, 밤톨!"

해리는 부름도 무시하며 밖으로 나가 버렸다. 태준은 혼자만 진지하게 이야기한 것이 무안해져 괜히 헛기침을 하며 담배를 꺼내 들었다. 오늘따라 빈 담뱃갑을 보며 구겨 버렸다. 순간 울컥 속에서 화가 올라왔다. 태준은 기껏 신경 써서 속마음을 이야기했는데 해리에겐 그 진심이 전해지지 않은 것 같아 짜증이 올랐다.

"젠장, 진즉에 책 좀 읽어놓을걸."

어린아이까지 감동시킬 만한 그런 명언 같은 것들을 줄줄 외워둘걸 그랬다, 라며 잠시 생각을 하던 그가 한숨을 푹 쉬었다.

"무슨 미친 생각이야."

자리에 누운 뒤 이불을 머리끝까지 올린 그가 눈을 감았다.


천둥소리에 눈을 뜬 태준은 밤처럼 어두컴컴한 하늘을 올려다보았다. 오늘 하루는 밭일을 하지 못할 것 같아 왠지 모를 여유를 느꼈다. 해진이 깨지 않았나 싶어 마루 쪽으로 가자 방에 불이 켜져 있었다.

"나야."

"아, 들어와요."

문을 열자 혼자 방에 앉아 뜨개질을 하고 있는 모습에 눈길이 해리부터 찾았다.

"밤톨은?"

"새댁네 지붕 괜찮은지 확인하겠다고 일찍 나갔어요."

"차기 이장은 송해리다."

한쪽 팔을 베개 삼아 옆으로 드러누운 태준이 해진을 바라봤고, 그 소리가 우스워 실소를 뱉은 해진은 뜨개질하고 있는 것을 들어보였다.

"코 빠진 거 없어."

"아니, 이거 떠서 아저씨 주려고요."

"아, 진짜?"

"색깔 괜찮아요? 해리 말로는 이 색이 꽤 잘 어울릴 거라고 하던데."

태준은 샛노란 실을 보며 눈을 가늘게 떴다.

"밤톨이…… 골라준 색이라고?"

고개를 끄덕인 해진은 다시 손을 움직였다. 손은 익숙하게 움직이고 있었지만, 온 신경을 집중한 얼굴은 진지했다. 과할 정도로 노란 옷을 보며 태준은 미간을 찌푸렸다.

"그 색은 나보다…… 덩치가 더 잘 어울리겠군."

"이건 분명한 아저씨 거예요."

"기대할게."

"근데 아저씨 조끼 떠줄 거라니까 해리가 좀 심술이 났나 봐요. 또 퉁퉁거리며 나갔거든요."

"친한 친구라고 했는데 또 뭘."

"애들은 본능적으로 그 감이 있으니까…… 또 그러면 조금 더 설명을 해줘야겠어요."

"뭐라고?"

태준은 가까이 다가가 한쪽 팔로 턱을 괴고 짓궂게 쳐다봤다.

"밤톨, 네가 생각하는 것보다 우리 사이는 조금 더 깊은 관계다?"

"아니, 그런 게 아니라……."

"그러려면……."

해진의 머리를 쓸어 넘기는 태준의 손끝이 오늘따라 진득거렸다. 그러다 엄지손가락이 뺨을 스치며 내려오다 입가에서 멈추었다.

"깊은 관계를 만들어야겠네?"

"아, 아저씨. 왜, 왜 그래요."

해진이 얼굴을 치우며 어쩔 줄 몰라 하는데 밖에서 우렁찬 새댁의 목소리가 들렸다.

"해진이 안에 있는감?"

"어머, 어르신이 해리 데리고 왔나 보다."

태준에게서 도망치듯 해진이 서둘러 자리에서 일어나 밖으로 나갔다.

"비 오는데 뭐 하러 여기까지 오셨어요."

"옹심이 뜬 게 많아가 아침에 한 그릇 잡수라고 갖고 왔제. 아직 총각들 안 일어났어? 벌써 해는 중천인디."

"한 분은 일어났어요. 그나저나 지붕은 괜찮은 거죠?"

"아! 그럼 우리 대장총각이 을매나 튼튼하게 고쳐 줬등가 태풍이 불어도 끄떡없다제?"

"해리야, 옹심이 일단 부엌에 갖다 놓을래?"

"해리? 해리 어디 갔는감?"

미소 짓고 있던 해진의 표정이 급격히 굳어졌다. 그녀의 눈동자가 불안함에 떨렸다.

"아까 아침에 일찍…… 댁에 안 갔어요? 지붕 괜찮은지 본다고 갔는데……."

"아니여! 안 왔어. 오는 길에 해리 그림자도 못 봤제. 아니, 요것이 아침부터 어딜 갔다는 겨?"

"아, 안 갔다니요. 그럴 리가……."

방에 있던 태준이 마루로 나와 홀로 서 있는 새댁을 보다 해진을 쳐다봤다.

"무슨 일이야?"

해진이 태준을 떨리는 눈동자를 보았다. 손가락이 바들바들 떨리며 마루 아래로 걸음을 옮겼다.

"아, 안 돼……."

이상한 해진의 반응에 태준이 서둘러 그녀의 손을 잡아주었다. 해진은 발을 더듬어 신발을 꿰어 신은 뒤 태준의 옷자락을 잡으며 말했다.

"해, 해리…… 해리 좀 찾아주세요."


"해리야! 해리야!"

"송해리! 인마, 니 지금 어댔노! 해리야, 대답 좀 해보그래이!"

우비를 쓴 마을 사람들이 각자 흩어져 바닷가며, 숲이며 곳곳을 뒤지기 시작했다. 눈물 한 방울 떨구지 못할 정도로 놀란 해진은 넋이 나간 채 마루에 앉아 기둥을 붙잡고 겨우 정신을 차리고 있었다. 좁은 영도에서 숨을 곳이라고는 전혀 없는데 아침 내내 찾아 다녀도 해리가 보이질 않았다.

"형님!"

"찾았어?"

덩치가 고개를 젓자 태준은 쓴 표정을 삼키며 얼굴을 가려 버렸다. 고민하고 있을 때가 아니다. 태준은 얼굴을 가렸던 손을 내리며 덩치를 지나쳤다.

"경찰을 불러야겠다."

지나치려는 태준의 팔을 급히 붙잡은 덩치가 고개를 저었다.

"형님, 안 됩니다! 경찰이라니요! 지금 상황이 어떤데!"

"지금 내 상황이 중요해? 해리가 사라졌다고! 내 상황보다 그 앨 찾는 게 난 더 급해!"

"그래도 경찰은 안 됩니다!"

기어이 태준의 앞길을 막은 덩치는 그가 내지른 주먹에 뒤로 나뒹굴었지만, 급히 바닥을 기어가 그의 단단한 다리를 붙잡았다.

"안 됩니다, 형님! 안 된다고요!"

지명수배가 내려진 상태다. 해리를 찾겠다고 신고를 하게 되면 그 즉시 그는 잡히게 된다. 감방에서 얼마나 썩고 나올지 몰랐으며, 곧 있으면 물건을 받아야 했기에 절대 안 될 말이었다. 하지만 태준은 절대 자신의 생각을 굽힐 생각이 없어 보였다.

"이 좁은 섬에서 그 애가 갈 곳이 어디 있겠어? 만약 이 섬에 있었다면 진즉에 찾았을 거야! 사라졌다고, 송해리가!"

그가 소리 질렀다.

입가에 맺힌 피는 빗물에 금방 씻겨 내려갔지만 태준의 다리를 붙잡은 덩치는 찰거머리처럼 딱 달라붙었다. 그러다 저만치에서 다급한 새댁의 목소리가 들려왔다.

"대장총각! 대장총각!"

덩치와 태준이 동시에 뒤돌아 한걸음에 위쪽으로 뛰어갔다.

"이, 이거 해리 먹거리 아니요!"

새댁의 손엔 뜯지 않은 초코파이 하나가 들려 있었다.

"이 근처에 왔던 모양이제!"

"그라도 해리는 절대 저 숲엔 못 들어간다. 아, 해리가 세상 무서운 게 없어도 저 숲은 엄청 무서워하지 않았소!"

태준 역시 해리가 저 숲엔 절대로 혼자 못 들어갈 거란 생각이 들었다. 숲은 앞이 보이지 않을 정도로 어두웠고, 걸음을 옮기기도 버거워 보일 정도로 땅이 질었다. 해리의 걸음으로 비까지 오는 상황에서 저곳에서 오랫동안 서성일 리가 없었다. 바닷가 쪽을 한참 살피던 이장과 처남댁이 기운 빠진 모습으로 사람들 곁에 돌아왔다.

"해리 옷가지라도 못 봤소?"

"이 기집아가 진짜 어디로 사라졌노!"

"오메, 우리 해리 어댔노. 우리 해리 우짜노."

급기야 처남댁이 그대로 바닥에 주저앉아 땅을 치며 울음을 터뜨리기 시작했다.

"해리야! 해리야!"

그사이 빗소리를 뚫고 해진의 울부짖는 목소리가 들려왔다. 태준은 단번에 뒤돌아 소리가 나는 쪽으로 내려갔다. 해진은 내리는 비를 고스란히 맞은 채 신발과 옷은 온통 엉망이 되어 해리를 부르고 있었다.

"안 돼, 이러지 마."

태준이 다가가 해진의 어깨를 잡았다.

"아저씨, 나 우리 해리 없음 못 살아요. 우리 해리 못 찾으면 나……."

"걱정 마. 꼭 찾아내, 꼭 찾아낸다고."

"부탁이에요. 아저씨…… 아저씨는 앞이 잘 보이니까, 제발 우리 해리……."

태준의 옷깃을 부들부들 붙잡으며 해진이 간신히 말문을 열었다.

"알았어, 알았으니까 제발 집에 가 있어. 어?"

해진은 더 이상 걸을 기운도 없었다. 그대로 힘이 빠져 태준에게 몸을 지탱하여 겨우 서 있는 해진을 집으로 데리고 가 다시 마루에 앉혔다. 방에서 급히 수건을 들고 나오던 태준은 순간 마루에 멈칫 섰다.

비가 오면 항상 해리가 해룡이를 묶어두는 마루의 작은 박스 안에 해룡이의 목줄만 덩그러니 있었다. 다가가 목줄을 들어보니 동그란 모양이 그대로 잡혀 있는 게 사람이 풀어준 것 같지 않았다. 그 순간 어제 해리와 했던 대화가 떠올랐다.


"음…… 밤톨 넌 그 토끼가 물에 빠지면 구해줄 수 있어?"
"암만! 이 골목대장이 목숨을 바쳐서라도 구해줄 수 있제!"


태준의 눈이 급히 커지며 서둘러 밖으로 나갔다.

숲 주변에선 여전히 마을 사람들이 목이 갈라져라 해리를 소리쳐 부르고 있었다. 이젠 해리를 발견하지 못하더라도, 아이의 옷가지라도 발견하고 싶은 마음들이었다.

"형님, 어디 가시는 겁니까!"

갑자기 뛰어 올라간 태준은 사람들을 제치며 숲 쪽으로 달리기 시작했다.

"오메! 대장총각, 그곳은 위험하요!"

"형님!"

덩달아 덩치도 태준의 뒤를 쫓아 숲으로 들어갔다. 역시나 들어가자마자 미끌거리며 진흙이 발길을 연신 붙잡았다.

"형님! 형님!"

태준은 부름에도 아랑곳없이 나무들을 헤치며 더 깊이 안으로 들어가기 시작했다.

해룡이가 없어진 것이다. 그렇다면 해리가 해룡이를 찾기 위해 위험을 무릅쓰고 갈 곳은 이 숲밖에 없었다.

바다에도 없고 마을에도 없다. 그렇다면, 그렇다면……!

오로지 그의 마음엔 제발 무사히 해리가 있어주기만을 바랐다.


"나도 그래. 하늘만큼 땅만큼 좋아해. 목숨을 바칠 수 있을 만큼."


"제발, 무사히 있어줘, 제발."

태준에게 해리는 그런 존재였다. 비록 짧은 시간이었지만 해리는 그를 바꿔놓았다. 저만 알고 살던 그를 주위에 있는 사람들도 보게 만들었고, 마음속에 사람을 품는 법도 가르쳐 주었다. 그는 해리를 위해 모든 걸 걸 수 있었다. 소중한 사람을 위해 바칠 수 있는 것이 있다는 게 얼마나 감사한 일인가.

시야를 가리는 큰 나뭇가지를 팔로 제치며 미끌거리는 진흙에서도 뜀박질을 멈추지 않았다. 눈가에 뛴 빗방울을 털어내며 한걸음을 내딛던 순간, 그가 자리에 우뚝 멈춰 섰다.

엄청난 위용을 뽐는 파도가 비바람으로 인해 강하게 절벽을 때리며 회오리 치는 모습이 눈에 들어왔다. 아찔할 만큼 높은 절벽은 조금만 발을 헛딛었어도 바로 추락할 위치였다. 그런데 저 절벽 중간쯤에 해리의 슬리퍼 한쪽이 걸려 있었다. 그걸 보자마자 태준은 다리에 힘이 풀린 듯 자리에 무릎을 털썩 꿇었다.

"형님! 으악!"

소리가 터져 나옴과 동시에 덩치가 미끄러져 엉덩방아를 찧었다. 아픔에 이마가 구겨진 와중에도 덩치는 뒤로 슬금슬금 물러났다. 역시나 절벽 밑을 본 덩치는 가까이 올 엄두도 내지 못했다.

"혀, 형님, 위험합니다! 이쪽으로 오십시오! 어서요!"

하지만 무릎 꿇은 태준은 꿈쩍도 하지 않고 빗줄기만 맞고 있었다.

"형님!"

태준은 두 눈을 꼭 감으며 땅에 손을 짚었다. 그리고는 이내 영도를 크게 울릴 만큼 울부짖으며 맨주먹을 땅에 내리꽂았다.

"안 돼…… 안 돼……! 안 돼!"

땅을 내려친 주먹도 부들부들 떨려왔다.

"형님, 설마……."

그제야 사태 파악을 한 덩치 역시 천천히 자리에서 일어나 태준의 등 뒤로 다가갔다. 두려움은 사라졌는지 회오리치는 파도를 보았다. 그러자 그의 눈에도 아슬아슬하게 걸린 슬리퍼 한 짝이 들어왔다.

"안 돼…… 해리야, 안 돼……."

하루아침에 이런 일이 생기다니. 덩치는 도저히 믿지 못하겠다는 표정을 지었다. 얼이 빠진 듯 슬리퍼를 보던 눈에 곧 눈물이 차오르고 벌겋게 충혈되었다.

"안 돼!"

덩치 역시 괴로운 표정을 지었다. 태준과 별다를 바 없는 표정.

고통 속에서 허우적거리던 두 사람은 툭 건들이면 눈물을 쏟아낼 듯 눈시울을 붉혔다. 그때였다.

"아제……."

태준은 귓가에 들리는 해리의 목소리에 더욱더 주먹을 꽉 쥐었다. 벌써부터 해리가 그리워 환청까지 들리는 걸 보면, 그 아이가 자신의 인생에 얼마나 많은 부분을 차지하고 있었는지 알 수 있었다.

"아제……."

또 들린다? 태준은 눈을 부릅떴다. 목소린 환청이 아니었다.

"아제!"

"해리야!"

덩치의 목소리에 태준도 얼른 뒤를 돌아봤다. 이리저리 찢겨 축 처진 우비를 입고 신발 한 짝만 신은 채 겁에 질려 덜덜 떨며 울고 있는 해리의 모습이 보였다. 태준은 지금 자신의 눈앞에 있는 해리가 제발 꿈이 아니길 빌었다.

"아제……!"

태준은 해리에게 달려가 단번에 강하게 끌어안았다.

"아제!"

품에 안기자 울먹이는 소리로 말하던 해리는 곧 숨이 넘어갈 듯 울어 재끼기 시작했다. 태준은 무사히 이 아이를 만난 것에 그저 감사하고 또 감사했다. 끅끅거리며 무언가 말하려는 해리의 등을 쓸어내리며 태준은 두 눈을 꼭 감았다.

"진짜 이 말괄량이 아가씨! 없어져서 깜짝 놀랐잖아."

"등치아제……."

해리가 울먹이는 목소리로 뒤에 서 있는 덩치를 보았다. 안도의 한숨을 쉰 태준은 해리의 작은 등을 쓰다듬으며 말했다.

"괜찮아, 괜찮아. 이제, 됐다…… 밤톨…… 널 다신 못 보는 줄 알았다……."

달래는 그 한마디에 더 크게 울음을 터뜨린 해리는 태준의 목을 더 끌어안았다.

"무서웠다. 아제, 해리 진짜 무서웠다."

아이가 울먹이며 말하자, 태준은 천천히 등을 더듬으며 말했다.

"괜찮아. 다 끝났어."


"대장총각! 등치총각!"

"해리야! 총각들아! 제발 대답 좀 해보소!"

해리를 품에 안고 가는 사이 마을 사람들이 기어이 숲 안으로 들어와 그들을 부르고 있었다. 벌써 몇 번이나 넘어져 진흙더미와 빗물로 온 마을 사람들이 엉망진창이었다. 그러다 저만치에서 해리를 끌어안고 나오는 태준을 보자 마을 사람들은 약속이나 한 듯 자리에 멈춰 섰다.

"죽었능가?"

이장이 담담히 물었다. 태준은 미소를 지으며 고개를 저었다. 이렇게 기쁜 소식을 전할 수 있어서 얼마나 다행인지……. 그의 얼굴에 평온한 미소가 머물렀다.

그러자 사람들은 기쁨에 하늘을 보았다.

"아이고, 감사합니다!"

태준과 마을 사람들은 해리의 소식을 어서 해진에게 전하고 싶었다. 그래서 잠시 서로 얼싸안으며 기쁨을 나눈 뒤에 서둘러 숲을 빠져나왔다. 비가 시야를 가려 꽤 고단한 길이었지만, 누구 하나 인상을 찌푸리거나 힘든 기색을 하지 않았다.

"해진아! 해리 찾았다, 찾았어!"

"해리 무사하다, 해진아!"

마당을 들어서며 어르신들이 제각각 한마디씩 하며 해진에게 소식을 알려주었다. 자리에서 일어난 해진은 힘이 빠진 듯 그대로 다시 털썩 주저앉았다. 태준이 품에서 해리를 내려놓자, 해리는 언니에게 혼날까 주춤거리며 태준이의 옷깃을 꼭 잡았다. 그런 해리에게 태준은 괜찮다는 눈짓을 하며 슬쩍 등을 밀었다.

"송해리!"

"……언니."

굳게 입을 다물었던 해진의 턱이 부들부들 떨려오다 해리의 목소리에 결국 눈물이 터졌다.

"송해리, 너 진짜……."

"언니!"

눈물을 흘리는 해진의 모습에 그대로 달려가 품에 안긴 해리는 평소보다 더 힘껏 허리를 감싸 안았다.

"언니야, 진짜 미안혀. 내가 일부러 그런 게 아니고……."

"어디 괜찮은지……."

손이 닿는 대로 머리와 등을 쓸어내리며 해진은 품에서 느껴지는 해리의 무사함에 눈물만 쏟아냈다. 그 모습을 지켜보는 사람들 역시 다행스러움에 고개를 끄덕이며 눈물을 훔쳤다.


거센 빗줄기는 늦은 오후쯤부터 잦아들더니 곧 그쳤다. 평소보다 더 강한 별빛을 반짝이며 영도의 밤이 찾아왔다. 태준의 잔에 술을 따라주던 덩치가 여전히 근심 걱정이 가득한 태준의 표정을 살피며 조심스레 물었다.

"왜…… 계속 그러십니까. 무사히 돌아왔으니 그만 기분 푸십시오, 형님."

"그려, 대장총각. 해리 무사하게 돌아왔응게 이제 그만 긴장 좀 푸소. 아따, 그 토끼 한 마리가 아주 그냥 온 마을 사람을 잡아부렸소."

태준의 예상대로 해리는 없어진 토끼를 찾기 위해 그곳까지 가게 된 것이었다. 전쟁 같았던 하루를 보낸 뒤 해리네 평상에 모인 남자들은 술 한잔씩을 기울이는 중이었다.

"나 때문에……."

태준은 술잔을 만지작거리다 이내 술을 단번에 비워냈다.

"내가 어제 그런 말만 안 했어도……."

괜히 해리를 부추긴 것 같아 마음이 좋지 않았다. 목숨 들먹이며 좋아함의 비유를 하다니. 자기 자신이 너무 어리석었다.

"결론은 무사하다는 것인게, 그만 한시름 놓제, 총각."

이장까지 태준을 토닥였다.

"네, 그래야죠. 그게 중요한 거죠, 무사하다는 거."

태준은 고개를 끄덕이며 애써 마음을 추슬렀다. 고개를 들어 술 한 잔을 시원하게 비운 덩치가 문득 쳐다본 밤하늘에 멍한 시선을 보냈다.

"참, 별이 쏟아질 것 같지 않습니까?"

그 소리에 술잔을 채우던 태준과 두 어르신이 하늘을 보았다. 비 온 후라 맑게 갠 밤하늘은 그 어느 때보다 별이 빛났다.

"형님."

진지하게 부르는 덩치의 목소리에 태준이 눈길을 돌렸다.

"전 갈수록 두렵습니다."

"뭐가."

"이곳에 계속 물들어가는 게요. 아시다시피 저! 해룡파에서 도끼질 하나로 제 발밑에서 기는 놈들이 줄 서서 광화문 한 바퀴를 돕니다."

갑자기 자기 가슴을 툭 치며 덩치가 흥분했다.

"그런 제가! 점점 변해가는 걸 느낄 때마다……."

덩치가 무엇을 얘기하고자 하는지 태준은 단번에 알아차렸다. 자기도 느꼈던 그 마음을 덩치도 슬슬 느끼고 있으니 그 마음이 십분 이해됐다. 곁에서 듣고 있던 두 어르신도 그저 고개를 끄덕이며 덩치의 말을 끊지 않았다.

"해리가 순간 저 절벽 아래로 떨어졌단 생각을 했을 때 딱 그 생각이 들더라고요. 죽음이란 게 이렇게 두려운 거였나, 이렇게 무서운 거였나……."

"생명의 소중함은 원래 그런 순간에 느끼는 거제."

얘기를 듣던 이장이 술 한 잔을 비우며 한마디 툭 내뱉었다.

"그라제, 그저 오늘이 내일 같고 내일을 오늘같이 살믄서도, 어느 순간 살아 있다는 거 하나에도 감사할 때가 있제."

처남도 한마디 거들며 이장의 빈 잔을 채웠다.

"지금까지 한 번도 그렇게 생명을 귀하게 여기며 살아온 사람들이 아닙니다, 저희는."

허공을 바라보던 태준이 나지막이 한마디 꺼냈다.

"누구나 주어진 제 목숨이 아깝단 생각을 하면서 살지는 않제. 그러니 남의 목숨 귀한 것을 우째 알겠노. 죽음이 가까운 우리 나이가 되면 좀 알랑가…… 지금은 모를 것이제.”

“하긴, 성님 말 듣고 보니 지도 나이 먹어가는 거 느낄 때마다, 아침에 눈뜰 때나, 아직 일할 힘이 남아 있다는 거에 감사하는 날이 많긴 하더만요. 아! 생각해 보믄 나도 젊었을 때 총각들만키로 사는 게 지겹기만 했제. 그때 내 주어진 인생이 아깝다고 깨닫기만 했어도 이렇게 살지는 않았제. 안 그렇소, 성님?”

“맞다, 맞다. 나도 대장들만 할 땐 목숨 아까운 게 뭐야? 그저 날 왜 낳았나 부모 원망도 했제.”

“아! 성님도 그랬소?”

두 사람이 서로 맞장구를 치며 호탕하게 웃는 사이 태준은 아무래도 이 사람들이 자신들의 직업에 대해 제대로 모르는 것 같다고 생각했지만, 굳이 깊게 설명은 하지 않았다. 서로 이야기하고자 하는 생명의 의미는 달랐어도 어르신의 말이 결코 틀린 건 아니었다.

“그라니까 총각들, 우리 노인네들 늙어 고생하는 거 보믄서 젊은 나이에 제대로! 열심히! 살아놔야 혀. 알긋제?”

태준과 덩치는 대답을 할 수가 없었다. 제대로, 열심히 산다는 게 어떤 건지 모르고 살아왔기 때문에 어떤 대답을 해야 할지 그것부터가 어려웠다. 하지만 분명한 건 지금은 분명 잘못 살고 있다는 점이었다. 그리고 지금 이 노인들은 적어도 젊었을 적에 허투루 살지 않았다는 것이다.

“그라고 보니 우리 해리 요 쪼까난 것이 총각들한테 그라도 아주 큰 깨달음을 줬구먼? 안 그렇소?”

처남이 태준을 보며 물었다. 태준은 술잔을 꼭 쥐며 고개를 천천히 끄덕였다.

"그러게나 말입니다. 겨우 일곱 살 난 어린애한테서…… 많은 걸…… 배우네요."

문득 환하게 웃는 해리의 얼굴이 눈앞을 스쳐 지나갔다.

"뭐 부족한 거 없으세요?"

소리가 들리자 모두들 시선을 마루로 돌렸다.

"오, 해진아. 해리는 좀 어떠냐. 열은 안 나고?"

"네, 놀란 것도 많이 진정됐고, 코 고는 거 듣고 나왔어요."

덩치가 다가가 해진을 평상 쪽으로 데리고 왔다. 평상에 앉은 해진은 미간을 살짝 찌푸리며 말했다.

"오늘 놀래켜 드려서 죄송해요. 해리 딴엔 그 토끼가 정말 소중했던 모양이에요."

"아, 그 나이엔 그럴 수 있제! 그래도 큰일 아니니 얼마나 다행이냐? 난 진짜 아까 대장총각이 해리 안고 나오는디 죽은 거 데리고 나오는 줄 알고 가슴이 철렁했다, 아주 그냥."

"네, 어르신……."

해진도 그제야 미소를 지었다.

어르신들은 괜찮다고 했지만 자리를 비켜줄 겸 덩치가 두 노인네들의 집까지 모셔다 주겠다며 함께 밖으로 나섰다.

부엌에서 술상 정리를 마친 태준은 평상을 닦으며 아래로 내려오는 해진의 모습에 불쑥 곁으로 다가가 그대로 품에 안았다. 그가 다정한 목소리로 속삭였다.

"괜찮아?"

그 물음에 고개를 끄덕인 해진은 태준의 옷깃을 꼭 잡았다.

"난 단 한 번도 해리 없는 세상을 생각해 본 적이 없어요. 그런데 아까 문득 그런 생각이 들더라고요. 나 수술이 가능하다고 하는데, 아저씨가 나 꼭 앞을 볼 수 있게 해준다고 했는데…… 그럼 조금만 더 기다리면 우리 해리 볼 수 있는데……. 설마, 한 번도 우리 해리 얼굴 보지도 못하고 헤어지는 건 아닌가……. 그게 너무 두려워서……."

얼굴을 찡그린 해진은 말하는 내내 옷깃을 잡은 손에 힘을 풀지 않으며 애써 눈물을 참아냈다. 태준은 그런 해진을 더욱 꼭 끌어안아 주었다.

"이제 됐어. 무사하잖아…… 다 좋아질 거야……."

그 두려운 마음을 태준도 똑같이 느꼈기 때문에 해진이 지금 얼마나 잘 버티고 있는지 알 수 있었다.

"내가 꼭 해리 얼굴 보여줄게……."

태준은 두 눈을 꼭 감으며 미간을 구겼다. 그리고 다시 한 번 다짐했다. 꼭 그렇게 해주리라.


"아, 덩치총각 왔음 들어오라 하지 밖에서 뭐 한다요?"

이장댁이 닫힌 방문을 보며 양말을 벗고 있는 이장에게 물었다.

"온 김에 전화 한 통 한다고. 아, 냅두소! 설에 있는 애인한테라도 하나 부제."

덩치는 방에서 들려오는 두 사람의 소리에 조금 더 전화를 끌고 방문에서 멀어졌다. 한참 신호가 가더니 곧 걸걸한 목소리가 들려왔다.

"접니다, 연락이 늦어 죄송합니다. 오늘 섬에 생각지도 않은 일이 생겨서……."

〈그렇지 않아도 네 연락이 없어 내일 찾아가 볼까 했다.〉

들리지 않게 한숨을 내쉰 덩치는 방 안에 있는 이장 부부의 동태를 잠시 살피다 더 목소리를 낮추며 말했다.

"잠입하기 좋은 장소를 알아냈습니다. 하지만 눈에 띄지 않는 만큼 위험성이 높습니다."

한참 통화를 하던 덩치는 수화기를 내려놓으며 깊은 한숨을 내쉬었다. 무엇인가 깊이 생각하다 짧게 머리를 저은 뒤 자리에서 일어났다.

"전화 잘 썼습니다, 어르신!"

"살펴가소."

크게 대답한 이장은 다시 손 위에 올려진 낡은 사진 한 장으로 시선을 내렸다.

"이놈 자슥아, 살아만 있지…… 살아만 있었어도 인생은 순리대로 돌아가는 것인디……."

등 돌리고 누워 있던 이장댁은 뒤에서 읊조리는 이장의 한마디에 소리 없는 눈물만 훔쳤다.


눈이 침침해 잘 보이지 않는 것인지 고개를 뒤로 뺀 뒤 손가락에 퉤퉤 침을 뱉은 처남은 천천히 돈을 세다가 벌컥 문을 열고 들어오는 처남댁의 소리에 얼마까지 세었는지 까먹자 번뜩 화를 냈다.

"아, 이놈에 여편네야! 그 살살 좀 들어온나! 까먹지 않았소!"

"그깟 꽁치 주둥이만 한 돈 셀 게 뭐 있다고 허구한 날 세고 자빠졌소? 아, 그런다고 돈이 갑자기 뿌는 것도 아니고!"

"다음 장에 나갈 땐 이거라도 붙여야 할 거 아니겠소!"

"그 돈 갖고 뉘 집 코에 붙일라고?"

"아! 남들은 친정이 딸내미덜 팍팍 밀어줘 기 살려준다는디, 우린 있는 거라도 좀 해줘야지 않것소!"

"아, 이 늙은이요! 남들은 딸 넷이믄 효도방석에 앉아, 쩌기~ 뱅기 탄다고 합디다!"

"째빠지는 소리 말고 꿍친 돈이나 있음 좀 내놓그라!"

"아, 이 양반이, 내가 돈이 어데다꼬? 장 나가 돈 벌어오는 사람은 당신이지 않소!"

처남댁이 눈을 부라리며 소리쳤다. 하기사 겨우 감자랑 채소 조금 캐 장에 나가 팔아오면 다섯 집이 똑같이 나누니 꿍칠 돈이라도 있으면 다행이란 생각이 들었다.

"에효…… 뭐, 땅이라도 좋은 땅이라야 팔던가 하제. 암튼 이거 다음 장에 나가 붙일 테니께 그리 알고 있소."

오늘도 서울에 나가 지 앞가림하고 살기 바쁜 자식들 걱정에 처남댁 부부의 언성이 높아졌다가 한숨으로 마무리 되었다.


낮엔 그렇게 땀을 뻘뻘 흘리며 무더워도 잠이 들 때면 겨울이불을 꽁꽁 몸에 감싸는 새댁은 오늘 밤도 추울 것 같아 자리에서 일어나 버선을 다시 신었다. 휭 하며 바다에서 불어온 바닷바람 소리가 창문 틈으로 들어오자 순간 멈칫한 새댁은 서둘러 다시 이불 속으로 들어갔다. 하지만 이내 다시 이불을 걷으며 자리에서 일어나 등으로 손을 뻗기 위해 용을 썼다.

"아따, 등이 와 이리 가렵제?"

몸을 꿈틀거리다가 얼른 서랍장으로 기어가 모서리에 등을 대
고 겨우 간지러움을 해소했다.

"하이고, 이제 등 한 번 긁고 나면 기운이 다 빠지네."

숨을 몰아쉬며 잠깐 급히 움직인 게 숨이 차오자 움직임을 멈췄
다가 다시 한 번 모서리로 등을 긁었다. 간지러움이 가시자 새댁
은 문득 적적한 방을 슥 둘러봤다. 손바닥만 한 방에 겨우 몸 하나
눕힐 곳만 있는 곳이었지만, 오늘따라 유독 커 보였다.

"총각들만 한 아덜 하나만 낳았어도 내 꼴이 이렇진 않았것지."

씁쓸함에 금세 눈시울이 붉어지자, 새댁은 코를 훌쩍이며 애써
담담함을 찾으려 했다.


바닥에 누워 두 팔을 천장으로 뻗어 실 하나를 들고 팔찌를 만들
려고 애쓰는 할매는 연신 풀어지는 실 자락만 만지작거렸다. 그러
다 두 눈을 부릅뜨더니 두 팔을 가슴팍으로 내리며 혼자 외쳤다.

"아들, 우리 아들! 에미가 기다렸소. 가자, 에미랑 밥 묵자, 아들!"

하지만 이내 다시 두 팔을 뻗어 실 자락으로 다시 팔찌 만들기
를 시작했다.

"에미는 팔찌가 필요 없제, 필요 없어."


뒤척이던 해리는 갑갑함이 느껴져 끙 소리를 내며 눈을 떴다.

"언니……."

해리를 꼭 끌어안고 있던 해진은 감싸고 있던 팔을 풀었다.

"깼어?"

"왜 안 자는 겨? ……나 땜에?"

“아니야, 해리야. 아니야.”

해리의 등을 토닥여 주며 해진이 미소를 지었다.

“미안, 깨워서. 더 자, 안 건들게.”

해진이 한 뼘 뒤로 물러나며 이불을 끌어 올려주었다.

“잘못했소, 언니. 생각해 본께 언니는 죽어도 그 숲에 가지 말라 했는디, 난 언니 말을 또 안 들은 것이구먼?”

“해리야, 언니는…… 우리 해리 없으면 살아갈 의미가 없어.”

“언니…….”

“다시는 이렇게 언니 걱정시키지 마. 알았지?”

해진의 말에 해리는 시무룩하게 말했다. 웅얼거리는 목소리가 곧 울음이라도 터트릴 것 같았다.

“잘못했소.”

“언니가 우리 해리 사랑하는 거 알지?”

“그람, 알고말고. 해리도 송해진이 없인 못 살제.”

해진이 짧게 웃음을 내뱉자, 해리가 꿈틀거리며 따뜻한 품속에 폭 안겨왔다.

“언니야.”

“응.”

“아제가 해리 아빠 해준다고 했단 말이제. 해리한텐 언니가 엄니구.”

두 눈을 꼭 감으며 더 세게 해진의 허리를 감싼 해리가 가슴팍에 얼굴을 파묻었다.

“둘이 다 해 먹으소!”

잘해보란 소리라는 것을 알았기에 해진은 그저 미소를 지으며 해리의 등을 토닥였다.

　서로 등 돌리고 누워 있는 태준과 덩치는 쉽게 잠들 수가 없었다. 각자의 생각에 빠졌던 두 사람은 한숨을 내쉬며 잠을 청해보고자 동시에 등을 돌리다 떡하니 눈이 마주쳤다.
　"에이 씨!"
　"아이 참."
　가까이에서 마주친 두 눈에 서로 못마땅한 듯 한마디씩을 하며 동시에 또 등을 돌리고 누웠다.
　"왜 안 주무십니까?"
　등 돌린 채 덩치가 나지막이 물었다.
　"잘 거야."
　무뚝뚝하게 답하며 눈을 감자 방 안에 정적이 흘렀다.
　뿡.
　이윽고 들려온 덩치의 방귀 소리. 덩치에 어울리지 않게 작은 소리였다. 덩치만 보면 천지가 개벽할 소리가 나야 했건만. 태준은 소리가 나자마자 반사적으로 이불을 머리끝까지 덮어썼다.

　영도의 밤은 별빛이 쏟아질 듯 반짝였지만, 저 멀리 바다는 형태조차 보이지 않을 만큼 무거운 어두움에 짙게 깔려 있었다.

## 제9장

무언가 말로 표현하기 힘든 복잡한 심경이 뜬눈으로 밤을 새게 만들었다. 아직 해가 뜨기 전 같은데 일찍부터 기척이 들려와 조용히 밖으로 나가니 해진이 평상 위에서 튀김가루를 만들고 있었다.

"꼭두새벽부터 뭐 해?"

갑작스런 기척에 흠칫 놀란 해진은 이내 미소를 지었다.

"해리가 좋아하는 튀김 좀 해주려고요."

"아침부터?"

"우리 해리는 튀김이라면 자다가도 벌떡 일어나서 먹거든요."

"어제 하루 종일 신경 쓰느라 피곤했을 텐데 왜 더 안 자고. 아직 6시도 안 된 건 알아?"

"그러는 아저씨야말로 왜 이렇게 일찍 일어났어요? 해리 찾느라 오히려 나보다 더 힘들었을 텐데."

"언니 냄새 맡고."

해진은 풋, 웃더니 오징어가 담겨 있는 바구니를 태준 앞으로 내밀었다.

"오징어 먹기 좋게 잘라줄래요? 튀김용이니까 얼마가 적당한지는 아시죠?"

"내 칼질이 이런 식으로 쓰일 줄이야."

설마 천하의 엄태준이 오징어나 썰 줄은 몰랐다. 못마땅한 듯한 한마디에 해진이 미소를 지었다.

"무슨 뜻인지나 알고 웃어? 난 나름대로 직업 전향의 기로에 서 있는 거라고."

"아저씬 뭘 해도 다 잘하실 거예요."

"이런다고 내가 순순히 오징어를 잘라줄 줄 알아? 공짜는 안 돼."

해리를 찾았단 안도감이 이제야 드는지 해진은 별말 아닌데도 입가에 웃음이 끊이질 않았다.

"가진 거라곤 이 몸뿐인데, 드릴 게 없어서 어쩌죠?"

해진 역시 농조로 대꾸했다.

"어쩌긴? 그 몸으로라도 때워야지."

흘깃 보던 태준이 불쑥 다가가 얼굴을 가까이 마주했다. 안 보여도 그 느낌이 확 와 닿자 깜짝 놀란 해진이 순간 미소를 감추었다.

"보여?"

말소리가 아주 가까이에서 들리니 해진은 얼른 고개를 돌렸다.

"왜, 왜 그래요."

"우리 충분히 이래도 된다고 판단됐거든."

"해, 해리 봐요. 더, 덩치 씨라도 나오면 어쩌려고……."

그 한마디에 태준이 입꼬리를 짧게 올렸다.

"이 앙큼한 언니 좀 보소? 두 사람이 보면 안 될 짓이라도 하려는 모양이지?"

"아! 아, 아니, 그, 그게 아니라……."

어쩔 줄 몰라 하는 해진이 마냥 귀여운 태준은 좀 더 골려먹으려 느끼한 손짓으로 뺨을 쓸어내렸다. 잔뜩 움츠러든 해진이 눈까지 질끈 감아버리며 아무 말도 하지 못했다. 이 순간을 빙자해 태준은 정말로 뭐든 하고 싶단 생각이 들었다. 장난 삼아 시작했지만 손끝에 해진의 체온이 따스하게 다가오자 태준의 표정도 점점 진지하게 변해갔다.

질끈 감겨 있던 해진의 눈은 얼마 지나지 않아 조금 떠졌다. 그가 아무런 행동도 하지 않자 조금은 안심한 눈빛이었다. 하지만 태준의 마음은 달랐다. 피하고 있는 뺨을 슬쩍 당기자 해진의 눈동자가 그의 시선으로 향했다. 둘의 눈이 마주했다. 그러자 깊은 곳에 있던 감정이 더욱 꿈틀거렸다.

점점 다가가던 태준의 눈이 반쯤 감겼다. 코끝이 닿자 해진은 다시 두 눈을 감아버렸고, 태준은 살짝 닿은 윗입술에 멈칫하며 쉽게 다가가지 못했다. 짧게 마주친 윗입술의 감촉만으로도 저 발끝서부터 온몸의 신경세포가 예민해지는 기분이었다.

둘의 호흡이 맞닿았다. 그러자 직접 입술이 닿았을 때보다 더 자극적이었다.

해진은 보이지 않아도 자신의 얼굴 가까이서 느껴지는 숨결에 심장이 멎는 기분이었다. 그러다 스친 오묘한 기분. 난생처음 느껴본 짧은 입술의 스침은 등골이 오싹할 정도로 온몸을 뜨겁게 달구는 것 같았다. 그저 뺨만 만지고 있는 손길에도 터질 듯한 심장 소리가 태준에게까지 들릴까 창피했다. 하지만 아주 낮선 스침에 창피함은 곧 가시고, 다른 감정이 자리 잡았다. 다시 한 번 더 오랫동안 느끼고픈 신선한 생소함. 태준은 더 이상 애간장을 녹일 이유가 없겠단 생각에 불쑥! 다가가려 했다.

"해룡아!"

태준은 갑자기 마루에서 들려온 해리의 목소리에 얼른 고개를 옆으로 돌리며 기지개를 쭉 켜는 척 뒤돌아 방긋 웃어 보였다.

"굿 모……."

"해룡아!"

부랴부랴 신발을 신고 마당으로 내려와 밖으로 나가는 해리의 모습에 태준이 흠칫 놀라 얼른 뒤따라갔다. 해리가 심각한 얼굴로 마당 밖으로 뛰쳐나갔다는 것을 모르는 해진은 잘 익은 토마토처럼 붉어진 얼굴을 손으로 꾹꾹 눌렀다.

"아우, 못 살아……."

혼자 남아 있다는 게 느껴지자 해진이 울상을 지으며 아랫입술을 꼭 깨물었다.

"어떻게 해. 심장이 터질 것 같아."


"밤톨!"

"해룡아! 해룡아!"

또다시 뒷산으로 뛰어가는 해리의 발걸음에 태준이 한걸음에 다가가 해리의 허리를 붙잡아 세웠다. 태준은 무시무시한 얼굴로 해리를 노려보며 말했다.

"너 미쳤어? 또 어제 같은 사태를 만들려고 이러는 거야? 정신
좀 차리지, 이제?"

울 것처럼 인상을 팍 쓴 해리가 입을 꾹 다물곤 태준의 손을 뿌
리치며 다시 같은 숲을 향해 뛰어갔다. 허리춤을 쥐며 그 뒷모습
에 한숨을 내쉰 태준 역시 빠른 걸음으로 뒤쫓아갔다. 하지만 해
리는 숲 앞까지만 가서 멈춰 섰을 뿐 안으로 들어가지는 않았다.

"해룡아! 해룡아!"

"그런다고 그 토끼나부랭이가 돌아올 것 같아? 이제 그만 잊어!"

"엄해룡!"

"왜 하필 내 성을……."

"해룡아! 언니는 널 잊지 못할 것이여! 언제나 기다릴 것이제!
긍깐 얼른 돌아와야 혀! 알긋제? 언니 말 들리제?"

소리치는 해리의 모습을 보며 문득 고아원에서 키우던 강아지
를 잃어버려 한참을 울며 찾아다녔던 자신의 모습이 떠올랐다. 서
글픈 자신의 마음을 알아주던 유일한 친구였다. 지금 해리가 느끼
고 있는 감정은 아마 그때 당시 처음으로 울며불며 누군가를 애타
게 찾아 헤맸던 자신과 같지 않을까 하는 생각이 드니 밤톨이 안
쓰럽게 느껴졌다.

"하긴, 그 무서운 숲을 겁도 없이 혼자 헤맬 정도니……."

태준은 여전히 손나팔을 만들어 소리치는 해리를 보며 혼잣말
을 중얼거렸다. 해리는 흘러내린 눈물을 손등으로 슥슥 닦아냈다.
코를 훌쩍이며 주머니에서 초코파이 하나를 숲 가까이에 얌전히
놓아주었다.

"이거 우리 해룡이 묵어. 알긋제?"

고요한 숲에선 바람에 스치는 낙엽 소리만 바스스 들려왔다. 그 소리를 대답 삼은 해리는 뒤돌아서다 미소를 지으며 자신을 바라보고 있는 태준과 눈이 마주치자 몸을 움찔 떨었다. 아이는 꽤나 서러웠던지 턱을 부들부들 떨며 달려가 태준의 허리를 감싸 안았다.

"아제, 우리 해룡이……."

태준은 해리의 등을 토닥여 주었다.

"분명 저 숲에 살고 있는 가족들 품으로 돌아갔을 거야."

"가족……?"

고개를 들어 쳐다보는 해리의 눈에서 눈물이 시작되더니, 곧 얼굴은 눈물과 콧물로 엉망이 되었다.

"그래, 밤톨한테 언니가 있듯이 그 토끼한테도 가족이 있었을 거 아니야. 지금까지 밤톨이랑 놀아줬으니 이제 그 토끼도 가족한테 돌아가야지."

사실 말하면서도 닭살 돋을 만큼 태준은 이런 말을 하는 자신의 모습에 놀랐다. 어린아이를 위로하는 자신의 모습은 전혀 상상할 수 없었다. 하지만 닭살이 돋든, 상상치 못했던 일이라 한들 해리를 위해서 무엇을 못할까? 어제 일만 생각한다면 이보다 더한 말도 수백 번 더 해줄 수 있었다.

"아마 그동안 밤톨이 잘해줘서 무진장 고마워하고 있을 거야."

"진짜?"

"당연하지. 그러니까 울지 말고 씩씩하게 인사해 줘."

해리는 고개만 돌려 숲을 한 번 쳐다보고는 다시 시선을 옮겨 태준을 쳐다봤다.

"아제……."

"응."

태준은 해리의 머리를 부드럽게 쓸어내렸다.

"좀 더 참신한 위로는 없소? ……그래도 얘기 잘 들었소."

그리고는 태준의 티셔츠에 팽! 코를 풀고는 유유히 지나쳐 내려갔다. 그대로 경직된 태준은 슬쩍 티셔츠를 들어 흥건히 남아 있는 콧물의 흔적에 깊은 한숨을 내쉬었다.

'두 번 다시 내가 이딴 소리하면 내가 네 아들이다!'

라고, 큰 소리로 외쳤다. 마음속으로. 어차피 그 말을 해봤자 본전도 못 찾을 걸 알기 때문에…….


아침을 먹자마자 마을 아래로 내려온 태준은 해리를 목말 태우고 비행기를 태워주는 덩치의 뒷모습을 쳐다보며 어제의 일은 금세 잊고 마음을 완전히 놓았다.

덩치와 태준이 계단을 만드는 동안, 두 어르신은 망을 치느라 바빴고, 아낙네들은 밭일을 하면서도 오고 가는 수다 속에 웃음이 끊이질 않았다. 여전히 그 자리에 앉아 팔찌 만드는 일에 열중인 치매 할매는 문득 손을 멈추고 멍하니 먼 산을 바라보다 다시 팔찌를 만들기에 열중하였다. 해진은 태준의 방을 닦다 불어오는 청량한 바람에 잠시 멈추어 바람을 느끼며 미소를 지었다.

그렇게 하루가 지나고, 이틀이, 또 삼 일이 지난 날엔 태준이 그토록 용을 썼던 계단이 어색한 모습으로 완성이 되었다. 다 같이 잔치를 벌려 완성된 계단에 함께 기뻐하기도 하며 태준과 덩치는 이곳 생활에 완벽히 물들어가고 있었다.

언덕에 올라와 앉아 바다를 바라보던 태준의 곁으로 덩치가 다가왔다.

"아, 여기 계셨습니까. 억쑤로 찾아다녔지 말입니다."

"왜."

"이장 어르신이 새로 구더기 술 꺼냈다고 주셨거든요. 한잔해야죠. 얼른 내려오십시오. 형수님이 오늘 제대로 파전 구워내고 있다는 거 아니겠습니까."

"그렇게 부르지 말라니까. 부담스러워하잖아."

"그래도 두 분 사이가 이토록 명확해졌는데 그럴 순 없죠."

"뭐가 명확해? 마을 사람들 눈치 보랴, 밤톨 불쑥불쑥 나타나, 거기다 넌 좀 예민해? 둘이 얘기만 하고 있어도 방해하잖아?"

"에이, 제가 또 언제 그랬다고!"

못마땅한 표정이 역력한 태준은 자리에서 일어나 담뱃불을 비벼 껐다. 곁을 지나가는 태준을 미소 띤 얼굴로 보던 덩치는 태준의 뒷모습에 잠시 미소를 감추다 얼른 뒤쫓아갔다.

"형님, 사랑합니다."

"그걸 나랑 언니랑 좀 해보자고. 너 말고."

이젠 넷이 평상에 모여 밥 먹는 모습도 어색한 일이 아닌 게 되어버렸다. 아주 일상적인 모습. 이젠 당연하게 받아들이게 된 모습.

"형수님도 술 배워보시지 그래요?"

"예전에 한 번 마셨다가 다음날 머리가 너무 아파서 다시는 못 마시겠더라고요. 그리고 그 호칭…… 정말 부담스러워요. 어르신들 보기 너무 민망해요."

"그렇다고 저희 형님이 만나시는 분을 함부로 부를 순 없습니다."

"그럼 만나는 사람마다 다 형수라고 해야 되는 것이여?"

해리가 불쑥 물었다.

"그럼 이장댁 아줌니랑 처남댁 아줌니도 다 형수님이 되는 것이게? 아! 나도 만나는데 왜 난 여지껏 꼬마숙녀고 언니만 형수여? 나한테도 형수라고 해야제?"

해리의 생각지도 않은 질문에 모두가 웃음을 터뜨렸다. 잠시 허망한 얼굴이 된 덩치가 말했다.

"꼬마아가씨는 몰라도 돼."

"지금 나 어리다고 무시하는 겨?"

"그런 게 아니라…… 어른이 되면 알게 돼."

해리가 계속해서 반발을 했지만, 덩치는 끝끝내 입을 꾹 다물어 버렸다.


석양이 질 무렵, 해리와 덩치가 설거지를 하고 있는 동안 해진은 평상을 닦는 중이었고, 태준은 방문 앞 마루에 걸터앉아 연필을 깎고 있었다.

"대장총각, 대장총각!"

숨을 몰아쉬며 느닷없이 이장이 모습을 보이자 모두들 문 쪽을 미어캣처럼 바라봤다.

"이장 어르신? 이 시각에 어쩐 일이세요."

"어, 그래. 해진아, 내 대장총각한티 볼일이 있어가 잠깐 왔제."

가쁜 숨을 몰아쉬며 이장이 대답하자 태준이 자리에서 일어났다.

"무슨 일이십니까."

"잠깐 우리 집에 내려와 밖에 전화 좀 한 통 해야 쓰겄는디?"

"네?"

"뭔지는 모르겠고 아! 노 영감이 퍼뜩 대장총각이랑 연결 좀 시켜달라지 않소."

태준은 왜 그런지 생각하다가 혹시 보스의 지시가 내려진 건가 싶어 얼른 고개를 끄덕였다.

"감사합니다. 가시죠."

태준의 뒷모습을 보는 덩치의 눈에 빛이 돌았다. 무슨 생각을 하는지 알 수 없는 눈빛이었다.


닫힌 방문을 확인한 태준은 이장이 건네준 노 영감의 전화번호를 꾹꾹 눌렀다. 짧게 신호가 가자 노 영감의 목소리가 들려왔다.

〈내일 새벽 일찍이 배 들어가니까 나올 준비 하소.〉

"무슨 일입니까?"

〈그건 내 알 바가 아니제! 암튼 그런지 아소.〉

툭 끊어진 전화에 태준의 미간이 찌푸려졌다. 혹시 서울에 무슨 일이 있나 싶어 보스, 민정이, 백발에게 닥치는 대로 연락을 취했지만 그 누구 하나 연락을 받는 사람은 없었다.

수화기를 내려놓으며 태준은 그제야 그날이 가까이 다가왔음을 알아차렸다. 자신의 손을 쳐다보며 또다시 피를 묻혀야 하는 날도 이번이 마지막이란 생각에 주먹을 꽉 쥐었다.

"전화 잘 썼습니다, 어르신."


집으로 돌아오자 해진과 덩치가 걱정하는 표정으로 동시에 평상에서 일어났다.

"무슨 일이에요?"

“형님, 무슨 일이 생긴 겁니까.”

“별일 아니야. 신경 쓸 거 없어.”

해진과 덩치를 번갈아 보며 대답한 그가 곧장 방으로 들어갔다. 방문을 열자 초코파이를 먹던 해리가 흠칫 놀라 입을 꾹 다물었다.

“왜 또 여기 있어?”

“쉿! 이거 먹는 거 비밀이랑께!”

“그게 그렇게도 좋냐?”

“암만! 이렇게 달콤한 게 세상에 또 어디 있다고?”

“입맛은 딱 일곱 살이구만 왜 입은 일흔이냐, 너.”

“그것이 궁금하믄 별들에게 물어보소.”

“아효, 내가 말을 말자, 말을 말아.”

태준은 해리를 노려보며 자리에 앉아 잠시 딴생각에 빠졌다. 아무래도 준비를 해야 할 때가 온 것 같았다.

“해리야, 아저씨 쉬시게 그만 나와.”

“송해리 지금 초코!”

말이 끝나기 전에 초코파이 하나가 태준의 입에 콱! 파묻혔다. 일러바치려는 태준을 강하게 노려본 해리가 조용히 읊조렸다.

“이런 식으로 나오믄 재미없소, 아제. 이 집에서 편히 밥 먹고 싶으믄 초코파이 일은 없던 일로 하소. 알것제?”

태준은 여전히 입에 초코파이를 문 채 고개를 끄덕였다. 해리가 밖으로 나가자 덩치가 방으로 들어오며 우적우적 초코파이를 먹고 있는 태준을 이상하게 쳐다봤다.

“이젠 단것도 드십니까?”

“입막음용이니 먹을 수밖에.”

그제야 해리의 짓이라는 것을 안 덩치는 짧게 웃었다. 태준의 옆에 앉아 양말을 벗으며 슬쩍 그의 얼굴을 살폈다.

"근데 무슨 일이었습니까? 노 영감님, 전화."

"내일 아침 일찍 데리러 오겠대. 무슨 일인지 모르겠지만 잠깐 나가봐야 할 것 같다."

"무슨 일로……."

"나도 나가봐야 알겠지?"

"그렇군요."

태준은 받아쓰기 문제로 해리가 받아 쓴 공책을 훑어보며 초코파이만 우적우적거렸다. 「형님 멋쟁이」라고 불러준 문장을 「형님 문디」라고 쓴 해리의 답에 있는 힘껏 작대기를 그었다. 해리의 받아쓰기 솜씨가 일취월장하고 있었다.

"씻고 오겠습니다, 형님."

덩치가 나가자 태준은 그제야 물 한 모금에 달달한 입안을 씻어내며 살기 어린 눈빛으로 닫힌 방문을 빤히 쳐다봤다.

파도 소리가 들려올 만큼 조용한 저녁. 다른 이들은 모두 잠들어 있는 시각이었지만, 태준은 자리에서 일어나 옆에서 깊이 잠든 덩치를 한 번 보곤 조심스럽게 밖으로 나왔다. 해진의 방문을 열자 해리의 코 고는 소리가 들려왔다. 태준은 혹여 해리가 깰까 조심스럽게 해진의 옆으로 다가가 몸을 흔들었다. 앞이 보이지 않는 대신 민감한 해진은 금방 잠에서 깨어났고, 갑작스런 접촉에 화들짝 놀라 말했다.

"누……!"

"쉿, 나야!"

"왜 그래요?"

긴박해 보이는 태준의 목소리에 해진 역시 목소리를 낮추었다. 태준은 다시 한 번 해리를 확인한 뒤 말했다.

"따라 나와, 밤톨 깨지 않게."

카디건 한 장을 걸쳐 입고 밖으로 나온 해진은 태준과 함께 절경 자리로 올라왔다. 이곳까지 올 동안 아무 말도 없던 태준은 혹여 누군가 들을까 주변을 살폈다.

"아직 밤 아니에요?"

"맞아."

"근데 왜요……. 잠 안 오면 술상을 봐달라 그러지."

"지금부터 내 말 잘 들어."

태준은 해진의 양쪽 어깨를 꼭 잡았다.

"아침 일찍 배 타고 나갈 일이 있어. 노 영감이 전화해서 날 데리러 오기로 했거든."

"무슨 일 있어요?"

"잠깐 볼일이 있는 것뿐이니까 크게 신경 쓸 일은 아니야."

"근데 왜……."

"혹시나, 혹시나 해서 그러는 거니까 내일은 무조건 밤톨 데리고 마을 사람들이랑 같이 있어. 절대 단둘이 남아 있지 마. 내일 갔다가 반드시 돌아올게."

불안해하는 태준의 음성에 해진은 짤막히 숨을 고르며 오히려 그의 등을 토닥였다.

"잘 있을 테니까 너무 걱정 말아요. 아저씨가 이러니까 나까지 불안하다.”

“송해진…….”

태준은 처음으로 해진의 이름을 나지막이 불렀다.

“지켜줄게, 꼭.”

태준은 해진의 품을 더 꼭 끌어안았다.


아직 해도 뜨지 않은 이른 새벽, 세수를 마친 태준은 거울을 보곤 짧고 굵게 숨을 내뱉으며 수트 안주머니에 든 칼을 확인했다. 그냥 나가려다 잠시 자리에 멈춰 서며 천천히 뒤돌아 해진의 방을 쳐다봤다.

조용히 방문을 열자 해리는 허연 배를 내놓은 채 코를 골며 자고 있었고 그 옆에서 해진은 잠도 다소곳이 자고 있었다. 해리에게 이불을 덮어주자 인상을 쓰며 등을 돌리는 모습에 태준은 미소를 지었다. 해진의 곁으로 다가간 태준은 잠이 든 그녀의 뺨에 살며시 입을 맞추었다. 눈을 뜨며 흠칫 놀라는 해진의 입술에 손가락을 갖다 대었다.

“나야.”

태준은 손가락을 치우며 그 위로 입을 짤막히 맞추었다. 해진이 놀라 입을 꾹 다물었다.

“다녀올게.”

혹여 해리가 깰까 작게 읊조린 태준은 해진의 위에서 벗어나려 몸을 일으키다 팔을 툭 잡는 해진의 손길에 잠시 멈칫했다. 눈길을 내린 해진은 손을 뻗어 태준의 뺨을 어루만졌다. 태준은 뺨을 어루만지는 해진의 손을 잡아 내리며 조심스레 코끝을 비볐다. 눈을 감고 있는 해진의 얼굴을 바라보는 태준의 눈길이 바빴다.

이게 마지막이 아닌데 왜 이렇게 쉽게 발길이 떨어지지 않는 건지. 그는 마음이 놓이질 않았다. 또 그 마음을 느낀 것처럼 해진은 태준의 손에 깍지를 끼며 살며시 눈을 떴다. 또다시 짤막히 입을 맞추자 쉽게 떨어지지 않는 입술 사이엔 두 사람의 숨결만 뜨겁게 닿아 있었다.

태준은 깍지 낀 해진의 손을 더 꼭 잡으며 그대로 팔을 머리맡에 두고서야 뜨거운 숨결을 터뜨리며 잡아먹을 듯 해진의 입술을 탐하기 시작했다. 깍진 낀 두 사람의 손은 영원히 풀리지 않을 것처럼 더더욱 세게 서로의 손을 잡아갔다.


등을 돌리다 잠에서 깬 덩치는 빈 태준의 자리를 보며 슬그머니 자리에서 일어섰다. 태준이 영도를 비우게 된 것을 알아차린 덩치는 맨얼굴을 쓸어내렸다. 벌컥, 문이 열리고 해리가 들어오며 방 안을 두리번거렸다.

"등치아제! 대장아제 어데 갔노?"

"글쎄다."

"하! 왜 아침부터 안 보이제. 아제! 그라지 말고 퍼뜩 인나 아침 하는 것 좀 도와주제?"

덩치는 여전히 맨얼굴을 쓸어 올릴 뿐 대답이 없었다.

"아! 얼른!"

그러다 덩치가 손을 내리며 입꼬리를 씩 올려 해리를 소름 끼치게 쳐다봤다.

"지금까지 잘 놀았지, 꼬마아가씨?"

태준은 갑자기 등골에 오싹함이 몰려와 뒤돌아 저 멀리 보이는 영도를 불안하게 쳐다봤다. 다급히 기관실로 가 노 영감에게 물었다.

"도대체 절 어디로 데려가는 겁니까?"

"그저 숨겨주라 하면 숨겨주는 것이고, 내오라 하면 내오는 것을 내가 우째 알겠소?"

애매한 대답에 태준은 주먹을 꽉 쥐며 항해실 문을 내려쳤다. 이미 배는 바다 한가운데까지 나왔고, 태준의 답답함도 그만큼 깊어만 갔다. 느낌이 너무 좋지 않았다.

태준은 큰 섬으로 나오자마자 이장댁으로 전화를 넣었다.

〈여보시요!〉

"지금 집에 사람들이 안전하게 있는지 확인해 주십시오. 부탁드립니다."

〈잉? 대장총각? 오메, 어서 전화를 한 것이제?〉

"설명은 나중에요. 급합니다. 빨리 집으로 가주십시오."

〈참말, 홍두깨 같은 노릇이제.. 아! 숨넘어가지 말고 기다려 보소.〉

"전 노 영감님 댁에 있으니 그리로 연락해 주시면 됩니다."

〈내 금방 갔다 와서 연락할 테니께.〉

"어르신."

전화를 끊으려던 이장이 다시 수화기를 들었다. 나지막한 목소리엔 걱정이 가득했다.

"부디 어르신도 안전하셔야 합니다."

태준은 수화기를 내려놓으며 터지는 한숨에 머리를 쓸어 올렸다. 지금 당장 자신이 할 수 있는 건 연락을 기다리는 일뿐이었다.

노 영감은 태준이 배에서 내리자마자 이 집을 알려주며 연락이 올 때까지 기다리란 말만 남겨두곤 뱃머리를 돌렸다.

생선 비린내가 그득한 낡은 집은 홀로 살고 있다는 게 확연히 눈에 보였다. 사람의 손길이 닿지 않은 마당엔 시커멓게 변한 빗자루 하나와 다 찌그러진 세숫대야 하나가 덩그러니 놓여 있을 뿐이었다.

낡은 집 여기저기를 둘러보며 줄담배를 태우던 태준은 전화벨이 울리자 단번에 수화기를 들어 올렸다.

"어르신."

〈접니다, 형님.〉

눈살을 찌푸린 태준은 덩치의 나지막한 목소리에 잠시 입을 다물었다.

✳

"걱정 마십시오. 이곳은…… 안전합니다."

자신의 목소리에 태준의 대답이 들려오질 않자 수화기를 더 꼭 붙잡았다.

〈덩치야.〉

"네, 형님."

그리고 들려오는 한숨 소리.

〈내가 다시 들어갔을 때 부디 사람들이 어제와 같이 그 자리에 있길 바란다.〉

"무슨 말씀이십니까."

〈정말 몰라서 묻는 거냐.〉

덩치는 인상을 썼다. 그의 얼굴엔 긴장한 기색이 역력했다. 모든 걸 알고 있는 듯한 그 엄중한 목소리에 덩치는 입을 다물었다.

〈널 두고 내가 혼자 섬 밖으로 나온 이유를 네가 알았으면 좋겠다.〉

덩치는 수화기를 내리며 허공에 시선을 멍하니 둘 수밖에 없었다. 그 이유가 단지 '너를 믿는다' 라는 뜻이란 걸 너무 잘 알고 있었다.

"아제!"

저만치서 해리와 이장이 함께 내려오는 모습이 보이자 덩치의 입에선 깊은 한숨이 절로 터져 나왔다. 그러다 아침에 있었던 일을 떠올렸다.


"지금까지 잘 놀았지, 꼬마아가씨?"

입꼬리를 올린 덩치의 소름 끼치는 표정에 해리가 빤히 쳐다보다 콧방귀를 뀌었다.

"놀긴 뭘 놀아? 여태 잤구먼. 오늘은 아침부터 기분이 굉장히 불순하니께 토 달지 말고 어여 나오소."

문이 닫히자 덩치는 방금 전 지었던 소름 끼치는 미소가 무안해져 멍하니 닫힌 문만 쳐다봤다. 아침 식사를 하면서도 오히려 눈치 보는 사람은 덩치였다. 덩치가 수저를 내려놓을려던 찰나, 탁! 소리를 내며 해리가 먼저 숟가락을 내려놓았다.

"아! 불순혀, 불순혀!"

덩치와 더불어 흠칫 놀란 해진이 물을 마시다 얼른 입에서 컵을 떼어냈다.

"송해리, 그게 무슨 말이야?"

"아! 꿈에서 언니랑 아제랑 불순허게 뽀뽀를 하는 거 아니겠소."

"애, 애가 모, 못하는 소리가 없어. 그런 말은 또 어디서 배운 거야?"

당황한 해진이 들고 있던 물컵을 내려놓다 그대로 엎어버리자 갑자기 산만해진 해리와 해진 때문에 덩치도 어쩔 줄 몰라 했다.

"아! 등치아제 뭐 하고 있소! 가서 걸레 좀 퍼뜩 가져오지 않고?"

"어? 아, 가, 가져올게."

부랴부랴 걸레를 가져오니 해리가 물이 엎어진 곳을 손가락으로 가리켰다.

"여기, 여기. 여까지 흘렀소."

서둘러 쏟은 물을 닦는데, 씩 웃은 해리가 허리 굽힌 덩치의 등에 불쑥 매달려 목을 꼭 감싸 안았다.

"아제, 해리의 이 불순한 마음을 어찌 풀 수 있을랑가?"

덩치는 등에서 전해져 오는 해리의 따뜻함에 짧은 한숨을 내쉬었다. 해리의 팔을 잡아 앞으로 끌어앉히자 말똥말똥한 눈빛이 유독 빛을 내고 있었다. 덩치는 해리를 보다 품에 꼭 끌어안았다.

"아제?"

"미안해……."

그 일을 떠올리던 덩치가 입술을 악다물며 눈을 질끈 감았다.

✳

수화기를 내려놓자마자 전화벨이 또다시 울렸다. 태준은 직감적으로 백발의 전화라는 걸 알 수 있었다.

"나다."

〈전 줄 어떻게…….〉

당황스러운 백발은 이내 실소를 내뱉었다.

〈역시, 형님이십니다.〉

"헛소리 말고 지금 어디야."

〈부둣가에 있습니다.〉

"지금 가마."

수화기를 내려놓은 태준은 서늘한 표정을 지으며 자리에서 벌떡 일어났다. 궁금한 점이 너무나 많았다. 그렇다면 직접 가서 확인해 보면 될 터였다.


바닷바람에 백발이 머리카락을 휘날리며 담배 연기를 내뿜는 사이 저만치에서 다가오는 태준의 모습에 얼른 담뱃불을 비벼 껐다. 반가운 마음에 미소를 지으며 재빠르게 다가갔으나 태준은 가까이 온 백발의 턱 밑에 불쑥 칼을 겨누었다.

"혀, 형님!"

"보스는?"

죽일 듯 쳐다보는 눈초리에 백발의 등줄기로 식은땀이 흘러내렸다. 얼마 전 서울을 왔을 때 봤던 그 다정다감하고 부드러운 눈빛은 절대 찾아볼 수 없었다.

"아, 안전하십니다."

태준은 남은 손으로 백발의 수트 주머니를 뒤적여 핸드폰을 꺼내 내밀었다.

"연결시켜."

칼을 치우자 마른침을 삼키며 백발이 그제야 숨을 제대로 터뜨렸다.

"접니다, 보스. 지금……."

태준은 여전한 눈빛으로 백발의 멱살을 잡은 채 핸드폰을 뺏어 들었다.

"도대체 누굴 위한 계획입니까."

〈네 목소리를 들으니 이미 눈치를 챈 모양이구나.〉

"보스……."

〈준아, 진심으로 난 널 지키고 싶다.〉

"이러시는 건 절 지키는 일이 아닙니다. 덩치가 어떤 일을 꾸미는지 파악이 되질 않아 시키는 대로 나오긴 했지만…… 오랜 시간 이곳에 있을 순 없습니다."

〈이번 일에선 손 떼. 그 일 처리, 덩치가 조용히 해줄 거다. 넌 이번 일을 제대로 처리할 수가 없어.〉

"왜 그런 판단을 하신 겁니까? 보스, 왜 절 못 믿으시는 겁니까. 어째서……."

태준은 말을 하다 멈추었다. 백발의 어깨 너머 검은색 승용차 창문이 열리며 보스의 모습이 보이자, 태준은 휴대전화를 백발에 던진 후 차를 향해 걸음을 옮겼다. 앞만 바라보고 있는 보스는 차로 다가와 목례를 하는 태준을 천천히 올려다봤다.

"너도 사람인 걸 내가 잠시 잊고 있었다."

"보스."

"너도 정이란 게 있는 사람인 것을······."

그리고 덩치, 그 녀석도 사람이라는 것을 잊고 있었다. 보스는 지난밤의 일을 떠올렸다. 늦은 밤 울리는 전화벨 소리. 그는 나지막한 덩치의 한숨 소리를 기억해 냈다.


"접니다, 연락이 늦어 죄송합니다. 오늘 섬에 생각지도 않은 일이 생겨서······."

"그렇지 않아도 네 연락이 없어 내일 찾아가 볼까 했다."

"잠입하기 좋은 장소를 알아냈습니다. 하지만 눈에 띄지 않는 만큼 위험성이 높습니다."

"위험할수록 일 처리하기는 쉽다. 더군다나 태준의 도움 없이 처리하려면 말이다."

"네, 보스······."

덩치가 말끝을 흐리자, 보스는 기가 막히게 그의 변화를 눈치채고서 물었다.

"그래, 오늘은 그 섬에 무슨 일이 있었던 게냐."

"그 여자아이가 잃어버린 토끼를 찾겠다고 숲에서 길을 헤맨 모양입니다. 마을 사람들은 전부 그 아일 찾느라 정신이 없었습니다."

"준이가 많이 놀랐겠구나."

떠보듯 해본 말이었다. 태준이, 그 녀석이 어떤 녀석인가. 그런 일에 눈 깜짝할 아이가 아니었다. 하지만 답은 그의 예상과 너무나 다른 것이었다.

"어쩌면 형님에게 그 아이가 오히려 송해진 씨보다 더 등불을 밝혀준 사람일지도 모릅니다. 형님의 내면에 잠재된 인간성을 그

아이가 모두 꺼내놓았으니까요."

그 일을 떠올리던 보스가 미소를 지었다. 덩치의 말대로 태준은 변했다. 예전의 그가 아니다, 자신의 충실한 심복이었던.

"제가 정 때문에 일을 그르칠 거란 말씀입니까?"

"지금의 넌 그러고도 남지."

"조용히 일 처리를 하려고 했습니다. 미리 이렇게 추측하신 건 큰 실수이십니다, 보스."

"난 혹시라는 말에 도박을 걸고 싶지 않다. 완벽한 계획으로 일 처리를 해야 하지. 이번 일에 내가 얼마나 신경을 쓰고 있는지 네가 더 잘 알 거다. 하지만 이번 일에 준이 넌 나에게 도박을 하게 만들었어."

"절 이곳에 보낸 사람은 다름 아닌 보스십니다."

"난 이곳에 우리 조직의 행동대장 엄태준을 보냈지 널 보내주지 않았다. 준아, 난 널 지키고 싶구나."

"보스가 지키고 싶은 건 제가 아닙니다."

태준은 주먹을 꾹 쥐었다.

"행동대장 엄태준일 뿐."

그의 말에 보스의 미간이 꿈틀거렸다. 그는 더 이상 참지 못하겠다는 듯 문을 열고 밖으로 나왔다.

"너희는 계획대로 차질 없이 섬으로 들어가라."

백발에게 보스가 지시를 내렸다.

"네, 보스."

태준을 지나친 백발은 애써 그의 시선을 외면했다.

"준아, 나와 함께 돌아가자. 난 네가 필요하다. 이번 일에 널 빼내온 건 정말로 널 아끼기 때문이야. 난 널 잃고 싶지가 않다."

"보스……."

태준은 짧게 한숨을 내뱉었다. 다시 보스를 만난다면 분명히 자신의 뜻을 전하리라 마음먹었다.

"전……."

"돌아가자."

"갈 수 없습니다."

보스의 얼굴에 머물러 있던 감정이 순식간에 사라졌다. 하지만 날카롭게 빛나는 눈빛만은 더욱 살아났다. 다시 한 번 말해보라는 듯 서늘한 눈빛이 태준의 얼굴에 내리꽂혔다.

"이번 흑룡 일이 마무리되는 대로 해룡을 떠나겠습니다."

태준의 눈빛 역시 확연하게 변해 있었다. 아들 같았던 태준의 눈빛에 보스는 허한 웃음을 짧게 내뱉었다. 이 아이를 아주 잘 알고 있다 생각했는데……. 아주 단기간에 많은 것들이 변했다. 예전 엄태준의 모습 따위 떠올릴 수 없을 정도로.

"네가 과연 칼질을 안 하고 살 수 있을까? 넌 태생이 칼잡이야. 것도 아주 더러운. 네 자신을 누구보다 네가 더 잘 알 거야."

"네, 압니다."

태준의 머릿속, 지난날의 악행이 필름 스치듯 지나갔다. 영도에 들어가기 전 경멸에 찬 눈빛으로 끝까지 쳐다보던 그 사내의 눈빛이 마지막으로 떠올랐다.

"하지만 이젠 저도 사람답게 살고 싶습니다, 보스."

"엄태준이 살아가는 방식은 조직의 칼잡이로서야. 넌 절대 평범한 사람들 속에서 어울려 살 수가 없어. 네가 앞도 보지 못하는 여잘 좋아하면서 네 눈도 닫아버린 모양인데……."

태준의 앞으로 다가온 보스는 그의 수트 깃을 정리해 주었다.

"준아, 사람은 누구나 저마다 살아가는 방식이 있다. 이곳에서 지내면서 네가 삶의 방식을 바꾸고 싶다고 생각하는 건 한순간의 흔들림일 뿐 평생이 될 순 없다. 다시 나와 함께 돌아가자. 그러면 분명 네 생각은 또 바뀔 거다."

그러다 멱살을 잡듯 태준의 수트 깃을 꽉 잡은 보스가 태준 얼굴 가까이 다가가 읊조렸다.

"더군다나 섬 사람들? 넌 그 사람들과 어울릴 수 없어."

그리고는 이내 옷깃을 툭툭 털어주었다.

"절대."

보스가 뒤돌아서자 태준은 그에 지지 않고 답했다.

"살고 싶습니다, 저도! 그 사람들과 함께! 섬으로 돌아가겠습니다."

태준은 보스의 뒷모습에 꾸벅 목례를 하고는 뒤돌아섰다.

"내가 그 섬을 어떻게 아는지 궁금하지 않니?"

그 말에 태준의 걸음이 멈췄다. 미간을 꿈틀거린 그는 천천히 뒤돌아 인상을 썼다.

"내가 행동대장으로 있을 무렵 내가 모시던 보스의 고향이 바로 영도였다. 예전부터 그 섬에 대해 이야길 듣곤 했지. 그때 내가 모시던 보스는 일찍이 자리에서 물러났다. 바로 너와 같은 이유였지. 평범하게 사는 것."

태준은 처음 듣는 이전 보스의 이야기에 집중할 수밖에 없었다.

지난날 보스의 보스는 어떤 사람이냐고 물었을 때 '아주 평범하게 살고 싶어 하던 사람'이라고 짧게 말했을 뿐 더 이상의 이야기를 해주진 않았다.

"함자는 노중렬."

태준의 미간이 급격히 좁아졌다.

"바로 노 영감이지."

그렇게 자신을 쓰레기 취급하던 노 영감이 해룡파의 전대 보스였던 사실에 놀라지 않을 수가 없었다. 그저 큰 섬에 살고 있는 순진한 영감일 거라 생각했는데, 크게 뒤통수를 맞은 것 같은 기분까지 들었다.

"그건 놀랄 일도 아니야. 한 가지 더 이야기해 주마. 지금으로부터 십 년 전, 우리 해룡파가 잠시 뿔뿔이 흩어져야 했을 때를 기억하니, 준아."

태준은 눈살을 찌푸리며 보스를 빤히 처다봤다.

"검찰의 조폭 소탕 계획에 노출되었던 난 그때 잠시 이곳에 몸을 숨기러 왔었다."

이젠 이야기를 듣는 것 자체가 긴장이 되었다.

"그곳에서 난 이장댁 둘째 아들을 만났지."

놀라 눈이 커진 태준은 입까지 벌어졌다.

'설마…… 설마……'

속으로만 되새길 뿐 말이 나오지 않을 정도로 온몸이 경직되었다.

"그래, 십 년 전 널 대신해 칼을 맞고 죽은 동주……"

어느 날 보스가 일을 가르쳐 보라며 태준 앞으로 한 시골 청년을 데리고 왔었다. 시골 생활이 죽어도 싫다던 동주는 태준에게 몇 번이고 무릎을 꿇었다. 일을 배우고 싶다고, 꼭 돈을 벌고 싶다고……. 그럴 때마다 이 일과 어울리지 않는 그에게 다른 일을 찾아보라고 했지만 동주는 자신의 의지를 보여주겠다며 그때 당시 싸움이 자주 붙었던 홍천파의 소굴로 직접 들어갔다. 그 사실을 알게 된 태준이 뒤늦게 싸움판으로 들어섰지만 급습해 오는 칼을 미처 피하지 못하자 동주가 그를 대신해 칼을 맞게 된 일이 있었다.

태준의 눈빛이 흔들렸다. 그의 동공은 커다란 충격과 함께 공포를 담고 있었다.

"이제 알겠니? 네가 절대 그 사람들과 함께 지낼 수 없는 이유를……."

태준은 고개를 저었다. 동주가 이장댁의 둘째 아들이었다는 사실보다 더 놀란 건 자신이 어떤 일을 하는 사람인지 정확하게 알면서도 아무것도 모르는 척, 그렇게 살뜰하게 자신을 대했던 이장댁 부부의 행동이었다. 그가 갈 때마다 보약이라며 한 그릇씩 챙겨주던 그 쓰디쓴 약과 박하사탕을 어떤 마음으로 건네줬을지 짐작도 가지 않았다.

속에서 쓴 물이 올라왔다. 눈물이 터질 것 같았다. 하지만 태준은 이를 악물며 참았다. 참고 또 참아냈다.

"준아, 왜 나와 함께 가야 하는지 이제 알겠니? 모른 척 그냥 이대로 넌 조용히 그 섬을 떠나면 돼. 이번 일은 덩치와 백발에게 맡겨라."

보스는 저만치 서 있는 사내들에게 고개를 까닥였다. 기다렸다는 듯 사내 다섯 명이 태준의 곁으로 다가와 고개를 푹 숙였다.

“형님, 모시겠습니다.”

사내가 다가왔지만 태준은 다시 눈을 치켜뜨며 보스에게 말했다. 생각은 더욱더 명확해져 간다. 그랬기에 태준은 힘이 담긴 목소리로 말했다.

“그렇다고 섬을 두고 갈 순 없습니다.”

어떠한 위험이 도사리고 있을지 모르는 이 상황에 그대로 모른 척할 수는 없었다. 빚을 졌다, 마음의 짐을. 그 짐은 아주 무겁고 커다란 것이어서 그냥 눈을 감고 있을 수가 없었다.

‘지켜야 해.’

그 말만이 머릿속을 가득 채웠다. 마을 어르신들이 자신의 허물을 알고서도 모두 이해하고 받아들여줬다고 생각하자, 그 결심은 더 확고해졌다.

‘무슨 수를 써서라도, 꼭……!’

“내 얘길 듣고도 그 사람들의 얼굴을 제대로 볼 수 있겠니? 허! 역시 넌 네 생각만 하는 놈이었어. 그게 마음에 들기도 하지만.”

태준은 고개를 저었다.

“더더욱 그 섬을 지켜야 하는 이유가 생긴 겁니다, 저에겐.”

“엄태준…….”

인상을 구긴 보스는 주먹을 꽉 쥐었다.

“널 절대 다시 저 섬으로 보내지 않을 거다.”

그리고 이내 태준의 주변으로 사내들이 둘러쌌다.

## 제10장

덩치는 저 바다 중간까지 들어온 배를 보며 계단 손잡이를 꼭 쥐었다. 결국 태준은 그들이 섬에 들어올 수 있는 길을 마련해 준 꼴이 되어버렸다. 뒤돌아선 덩치는 점심을 먹기 위해 이장댁 평상에 모인 마을 사람들을 향해 걸어갔다. 서서 지켜보는데 그들의 웃음엔 그 어떤 걱정 근심도 보이질 않았다.

"오, 등치총각, 어여 와서 밥 묵으소!"

"아제! 아제! 어여 오소. 내가 아제 줄라그 이케 밥 맛나게 비벼 놨제. 해리랑 같이 비빔밥 묵자!"

"등치총각 좋아하는 젓갈 새로 꺼내놨소. 어여 오소."

"다들 조용히 해…… 다들 닥치라고!"

도끼를 꽉 쥔 덩치가 소리를 질렀다. 그의 표정은 급격히 서늘해졌다.

덩치는 가쁜 숨을 몰아쉬며 마당에 들어섰다. 해진은 툇마루에 앉아 뜨개질을 하고 있다가 기척이 들려오자 미소를 지었다.

"해리니?"

대답이 없으니 해진이 고개를 갸웃했다.

"덩치 씨?"

어두운 그림자가 해진의 몸을 덮쳤다.


개미 새끼 한 마리 보이지 않는 섬을 둘러본 백발이 사내들에게 손짓을 하자 일사불란한 남자들이 재빠른 발걸음을 옮겨 마을을 뒤지기 시작했다. 백발과 두 사내가 이장댁으로 들어서자 엎어진 음식들과 깨진 그릇들이 평상과 그 주변에 어지럽게 널려 있었다. 혹여 기척이 들릴까 발걸음을 조심스럽게 옮기며 주변을 살피던 백발은 수트 안주머니에서 날카로운 단도를 꺼내 들었다. 발로 문을 찼으나 방 안엔 아무도 없었다.

"이쪽도 없습니다."

부엌에서 나온 사내가 한마디 하자 백발은 한숨을 내쉬며 이장댁에서 나왔다. 몇 채 되지 않는 집을 모두 뒤져 봤지만, 사람들은 보이지 않았다. 밭 주변에 모인 사내들은 그림자 하나 보이지 않는 주변에 그저 고개만 저었다. 길을 따라 올라가 꼭대기에 있는 집까지 뒤졌지만 여전히 사람의 흔적은 보이지 않았다.

골목 어귀에서 멈춰 선 백발은 해리네 집 쪽으로 시선을 돌렸다가 다시 그쪽을 향해 달려 올라갔다.

잠시 후 해리네 집 마당에 들어서자 사내들이 방이며 부엌이며 마구간을 샅샅이 뒤지기 시작했고, 그사이 툇마루 쪽으로 다가간 백발은 흐트러진 뜨개질 꾸러미를 한 손에 집어 올렸다. 미간을 구긴 백발은 남대문 시장에서 털실을 사던 태준과 해진의 모습이 떠올렸다.

"설마, 그 여자까지……."

한 사내가 방에서 나와 백발 앞에 멈춰 섰다.

"이쪽에도 사람은 없습니다. 아무래도 덩치 형님께서 처리하신 게 아닐까 싶습니다."

덩치의 모습도 보이지 않으니 마음이 답답해져 왔다.


작은 항구부터 시작해 마을 전체를 뒤지고도 마을 주민들을 하나도 찾지 못하자 그들은 이번엔 음산해 보이는 숲으로 들어섰다. 숲으로 들어서자 찐득거리는 바닥에 사내들의 움직임이 둔해졌다. 백발은 나무에 얽혀 있는 거미줄을 칼로 쳐내며 숲 주변을 뒤지기 시작했다. 그러길 얼마 지나지 않아 도끼를 손에 쥔 덩치의 초췌한 모습이 저만치에서 보이기 시작했다. 오랜만에 만난 모습에도 불구하고 백발은 덩치를 보자마자 인상을 썼다.

"어떻게 된 거야."

"따라오기나 해."

뒤돌아선 덩치의 뒷모습을 보며 백발은 사내들에게 따라오란 고갯짓을 했다.


※

차 안에서 싸움을 지켜보던 보스는 빼곡히 사내들에게 둘러 싸였어도 머리카락 하나 닿지 않는 태준의 실력을 눈살을 찌푸리며 바라봤다.

"젠장."

한편 태준은 자신에게 날아오는 주먹을 피하며 욕설을 내뱉었다.

분명 보스라면 마을 사람들을 모조리 같이 처리하라는 지시를 내렸을 게 뻔했다. 그곳에 해리와 해진이 있다는 생각에 태준은 지금 이 사내들을 처리하고 있는 시간이 그저 아깝기만 했다. 하지만 눈으로 가늠하기 힘들 만큼 많은 사내들은 끊임없이 태준을 붙잡기 위해 그의 주변을 둘러싸고 있었다.

"내 손에 칼을 쥐게 하지 마라."

"형님, 얌전히 잡히십시오. 저희도 이러고 싶지 않습니다."

다가온 사내를 향해 거침없이 발길질을 하며 재빨리 항구 쪽으로 뛰어갔다.

태준은 노 영감의 배가 항구 쪽으로 들어와 접안하는 걸 보며 서둘러 뱃머리에 올라탔다. 그리곤 노 영감에게 배를 출발시키라고 소리쳤다. 그러면서도 배에 올라타려는 사내들을 연신 발길질과 주먹질로 밀어냈다.

묵묵히 그 모습을 지켜보던 노 영감은 결국 뱃머리를 돌렸고, 이내 몇 명의 사내가 바닷속으로 떨어져 물속에서 허우적거리기 시작했다.

물 속에서 허우적거리는 사내들을 뒤로하고 더 이상 그들이 달려들 수 없을 만큼 거리가 벌어지자 그제야 태준은 가쁜 숨을 몰아쉬며 흘러내린 땀을 닦아냈다. 태준은 그대로 기관실로 들어가 칼을 들어 핸들 뒤쪽 나무판자에 단번에 내리찍었다. 날카롭게 빛을 내는 칼이 꼿꼿이 세워졌다.

"영도를 지키고 싶었던 것 아니었습니까? 그 사람들을 지키고 싶었던 게 아니었냐구요!"

기어이 언성을 높인 태준은 벌겋게 충혈된 눈을 부라리며 노 영감을 강하게 쳐다봤지만, 노 영감의 시선은 묵묵히 바다로 향해 있을 뿐이었다. 태준의 앙다문 표정에선 떨림이 일기 시작했다.

"해룡파의 전대 보스로서 이번 일을 적극 도와주실 생각으로 마을 사람들 모두를 위험에 빠뜨리신 겁니까!"

"그 망할 놈의 일에 가담할 생각 추호도 없소."

"그렇담 어째서 절 섬에서 빼내오신 겁니까! 왜! 우리 보스를 도와주신 거냐고요!"

"그게 내가 섬마을 사람들을 지키는 유일한 방법이니께!"

눈을 부릅뜬 노 영감이 언성을 높이며 대답했다.

"자네를 빼오지 않았으면 민도 저놈이 섬으로 쳐들어갈 것이제! 민도 저놈이 섬으로 들어가면 사람들 어데 도망갈 틈도 없을 것을 왜 생각지 못하는가! 자네 혼자 힘으로 민도를 이길 수 있다 생각하면 오산이여! 오산이제!"

주먹을 꽉 쥔 노 영감은 다시 바다로 시선을 돌렸다.

"자넨 민도가 얼마나 무서운 인간인지 아직 몰라. 동주가 죽었다는 소릴 들어도 눈 하나 깜짝 안 하고 이 섬을 밀려고 하는 인간이여. 민도가 자넬 이곳으로 보낸 이유는 단 한 가지제."

항상 아낀다며, 널 꼭 지켜주고 싶다고 말하던 보스.

"그저 무기처럼 이용하려는 것뿐."

그 뜻을 이제야 알 것 같았다. 보스에게 있어서 태준은 지키고 싶은 사람이 아닌 지켜야 할 무기였을 뿐이다. 이번에 흑룡과의 공동사업도 무기와 관련된 일이었다. 무기가 많을수록 조직을 지킬 수 있는 힘이 강해진다는 생각에 집착 수준으로 무기를 끌어모았다. 그러니 차기 해룡파의 보스로 점 찍을 만큼 단연 최고의 칼솜씨를 지닌 태준을 쉽게 놔줄 리가 없었다.


—삼촌, 절대 다치게 해서는 안 되는 사람이오. 부디 안전한 곳으로 피신 좀 시켜주오.


노 영감에게 도착한 한 장의 메세지. 그리고 만난 태준. 첫인상부터 남달라 한눈에 민도가 보낸 사람이란 걸 알아차릴 수 있었다. 민도가 이런 간곡한 부탁까지 한 것을 보면 태준은 민도에게 인정받은 유일한 실력자인 게 분명했다.

"그걸 알고도 절 그 섬으로 들여보낸 이유는 뭡니까?"

"오늘 일을 대비하기 위해서."

"네?"

"민도 계획을 알아야 나 역시 이곳에서 대비를 할 수 있었을 텐께."

태준은 이해하지 못하겠다는 눈빛으로 노 영감을 쳐다봤다.

"그래야 경찰을 부르든, 뭘 하든 해야 했을 것 아닌가."

"그럼 경찰을 불렀단 말씀이십니까?"

"자네 지금 수배 내려져 있지 않은가. 그럴 순 없제."

태준이 눈살을 구기며 여전히 이해하지 못하겠다는 표정을 지었다.

"첨엔 민도가 들어올 시기쯤, 그럴라 했어. 헌디, 마을 사람들이 그라지 말라고 날 설득시켰제."

더욱더 인상을 구긴 태준이었다.

"동주 얘기 들었을랑가? 나는 진즉에 마을 사람들헌티 자넬 섬 밖으로 내몰라 했제."

"그런데……."

"그란디 동주 애비가 오히려 자넬 그냥 냅두라 날 잡았제. 자네를 점점 귀히 여기게 된 것이제, 마을 사람 모두가. 어차피 나가서 못 산다믄 이 섬에서 데리고 같이 살아보것다고. 자네 충분히 이 섬서 자기들이랑 바깥일 모두 잊고 충분히 살 수 있을 거라 생각해서. 자네 하나 사람 만들어 살아보것다고 그 난리를 피운 것이제."

그저 웃는 얼굴로 반겨주던 어르신들의 모습이 하나하나 눈앞을 스쳐 지나갔다. 알면서도 모르는 척 그렇게 한 사람을 사람 자체로만 대해주던 그 진실된 마음이 느껴지니 태준은 마음 한 켠에서 뭔가 울컥 올라오는 것을 느꼈다.

"순하고 암것도 모르는 것처럼 뵈도 세상 돌아가는 이치는 아는 사람들이제. 특히나 동주 일로 한참 마을이 그 몇 년간 심란스러웠제."

묵묵히 밭일을 하던 태준의 모습을, 해진의 어깨를 감싸 안으며 미소 짓던 그의 모습을, 앙다물며 계단을 만들던 모습을 떠올리며 노 영감은 태준을 지그시 바라봤다.

"이젠 그 섬을 자네가 다시 한 번 살려봐라."

"영감님······."

그는 날이 잔뜩 벼뤄진 칼을 단번에 뽑아 태준에게 내밀었다.

"자네가 영도를 지켜줄 것이라 믿제."

절실히 부탁하는 노 영감의 눈빛. 태준은 칼을 받아 들었다.

"네, 무슨 일이 있어도 지킵니다."

태준의 눈빛이 확고해졌다.


✻


비바람이 치지 않아도 절벽을 때리는 파도는 보고만 있어도 아찔했다. 거구의 사내들도 밑을 보자마자 눈을 질끈 감고 뒷걸음질 쳤다. 백발은 입에 물고 있던 담배를 절벽 아래로 튕겨내다 문득 중간에 걸려 있는 어린아이의 슬리퍼 한 짝을 눈살 구기며 쳐다봤다.

"혹시, 형님 여자······ 송해진이라고 알지?"

백발이 넌지시 물었다.

"그 여자는 왜?"

"같이 처리했어?"

"예외란 없지."

"미친놈."

짧게 읊조리며 백발이 뒤돌아섰다. 백발의 등 뒤로 사내들이 얼른 이 무서운 절벽 주변에서 벗어나려 황급히 뒤를 쫓았다. 홀로 남은 덩치는 그제야 미간을 찌푸리며 아래쪽을 내려다봤다.

덩치가 처음 이 숲에 어떻게 들어왔는지 아는 사람은 덩치 혼자

뿐이었다. 아찔한 높이의 절벽이 숲을 모두 뒤덮었을 거라 생각했지만, 숲을 조금 더 지나 안쪽으로 들어가면 충분히 사람이 다닐 수 있는 높이의 바위가 계단처럼 되어 있는 곳이 있었다. 처음 덩치가 이 섬에 진입했을 때 주변을 둘러보다 찾아낸 곳이었다.

저 돌을 기어 올라가다 보면 작은 동굴이 나온다. 비가 엄청 내리던 그날, 덩치는 이곳에서 하루를 묵기까지 했었다. 그곳에 영도의 사람들이 몸을 숨기고 있었다.


"언니, 우리 언제까지 이러고 있어야 하는 겨?"

해리의 말에 해진은 아무 말도 할 수 없었다. 그저 해리의 허리를 꼭 안으며 그날의 일을 떠올렸다.


"다들 조용히 해…… 다들 닥치라고!"

벌겋게 충혈된 눈을 부라리며 소리친 덩치는 날카롭게 마을 사람들을 보았다. 갑작스런 덩치의 고함 소리에 사람들은 놀라 눈을 깜빡였다.

"아제……?"

해리가 덩치 앞으로 다가갔다. 그러고는 덩치의 손에 들린 도끼를 뺏어 내려놓고는 그 손에 숟가락을 대신 쥐어주었다.

"배고파서 성났구먼, 우리 등치아제."

"아, 그런 것이여? 싸게 오라고. 어여 와 밥 묵으소."

그제야 마을 사람들이 다시 웃으며 덩치에게 손짓을 했다. 고개를 숙인 덩치는 손에 들린 숟가락과 싱글벙글 웃고 있는 해리를 번갈아 보다가 그대로 무릎 꿇고 두 주먹을 꽉 쥐었다.

"……아제."

다시 웃음을 감춘 마을 사람들은 그런 덩치를 걱정스레 쳐다봤다. 해리 역시 미간을 좁히며 걱정스럽게 쳐다보다 덩치의 어깨에 슬쩍 손을 올렸다.

"배고파 쓰러지것소?"

입을 굳게 다문 덩치가 결심을 한 듯 눈에 힘을 주며 해리를 쳐다봤다.

"지금부터 아저씨랑 숨바꼭질하자. 마을 어르신들이랑 다 같이."

"아제, 더위 먹었소? 밥 묵다 말고 웬 숨바꼭질이여?"

덩치는 불쑥 해리를 안고 자리에서 일어났다. 뒤돌아선 덩치가 이장과 눈이 마주치자 문득 그날 밤이 떠올랐다.


그날도 모두가 잠든 시간에 전화를 하기 위해 이장댁으로 내려오니 언제나처럼 덩치가 전화를 쓸 수 있도록 방문 앞에 전화기가 놓여 있었다. 굳게 닫힌 방문을 확인한 덩치는 재빠르게 서울로 전화를 걸었다.

"보스, 제발 한 번만 형님을 믿어보십시오. 형님도 분명 계획이……."

이미 보스는 이번 일을 전적으로 태준에게 맡길 수 없음을 확신하고 있었다.

〈덩치야, 너도 알다시피 태준인 우리 해룡파를 이끌어갈 차기 보스다. 그렇다면 차기 행동대장은 누가 되겠니? 난 백발은 아직 부족하다고 본다.〉

걸걸한 음성 속엔 사탕같이 달콤한 속삭임이 담겨 있었다. 전화를 끊으며 터지는 한숨에 덩치는 자리에서 쉽사리 일어나질 못했다. 태준의 마음이 흔들리고 있단 소리만 안 했어도 일이 이렇게까지 불거지진 않았을 것 같단 생각에 마음이 무겁기만 했다.

보스는 태준이 이번 일을 쉬고 잠시 휴식을 가진다면 다시 마음을 잡고 조직 일을 예전처럼 해줄 거라 생각했다. 하지만 태준과 이 섬에서 지낸 덩치는 이미 태준이 너무 먼 길을 왔다는 것을 알아차렸다. 그건 보스의 손에 태준의 목숨이 위태롭다는 것과 같았다. 그걸 알기에 덩치는 보스의 편에 서야 할지, 태준과 함께 이 섬을 지켜야 할지 갈등에 휩싸였다.

"나 좀 보소, 덩치총각."

이장댁을 빠져나오려는 그때 뒤에서 나지막이 이장의 목소리가 들려왔다. 그는 덩치에게 잠시 술 한잔을 하자 권했고, 덩치는 거절할 수가 없어 자리를 잡고 앉았다.

덩치의 술잔에 가득 술을 채운 이장은 묵묵히 술잔만 기울였다.

"대장총각이 처음 이 섬에 들어오기 전날 노 영감한테 한 젊은 사내가 이 섬에 잠시 머물 거란 얘기를 들은 적이 있소. 나랑 우리 여편넨 사실 처음부터 대장총각이 이 섬에 들어오는 걸 반가워하진 않았제. 하지만 생각해 보니 죽은 아는 죽은 아고, 또 살 사람은 살아야 되지 않것나 싶었제."

"무슨 말씀입니까?"

이장은 주머니에서 낡은 사진 한 장을 꺼내 내밀었다. 사진을 빤히 쳐다보던 덩치는 동주의 모습에 흠칫 놀라 이장을 흔들리는 눈동자로 보았다.

"십 년 전에 큰 섬에서 유민도를 만난 우리 둘째 놈이 설로 돈 벌겠다고 따라 나갔제. 느낌이 평범한 일은 아닐 거라 생각해 말리기도 수십 번 했지만…… 결국 지가 택한 인생에 지가 쫑 나버린 것이제."

"어, 어떻게…… 어떻게 알면서도 저희를…….."

덩치의 시선이 아래로 뚝 떨어졌다. 차마 이장의 얼굴을 볼 수가 없다는 듯.

"내 아들놈이 택한 삶일 뿐, 총각들이 잘못한 건 없지 않소. 또 지내보니 살겠다고 이라는 거 보믄 아들놈 생각이 나기도 하고, 대견하기도 하고…….."

"저희 형님은 아직 모르시는 겁니까?"

"알면 이제 와서 우얄낀데?"

술 한 잔을 넘긴 이장이 잠시 생각하다 고개를 끄덕였다.

"노 영감한티 대장총각이 유민도의 부하라는 사실을 듣고 놀라지 않을 수가 없었제. 위험한 일을 한다는 건 알았어도 우리 둘째 놈이 죽은 그 무리 사람이라는 건 심히 큰 충격이었제. 처음부터 대장총각이 다 맘에 든 건 아니었소. 어른이 말해도 무시하는 건 기본이고, 그 살기 어린 눈빛은 어느 때 보믄 등골이 오싹하기도 하고."

말하다 보니 울컥해진 이장이 사진을 빤히 쳐다보다 한숨을 푹 내쉬었다.

"근디 아니더라고. 우리 동주는 지가 죽겠다고 자처하고 나선 거지만, 대장총각은 그래도 사람답게 살아보고 싶은 맴에 우리 노인네들 도와주겠다 발 벗고 나서는디 어째 마음이 안 열 수가 있겠소? 묵묵히 그래도 할 건 다 해주고, 아 저 불쌍한 해진네 거들 어주는 거 보믄서 저거 인간 되겠다, 싶었제. 그래서 더 잘해줄라 고 우리 늙은이들도 노력한 것이고."

그러다 불쑥 이장이 덩치의 손을 붙잡았다.

"밤마다 어딜 그리 전화하는 것인지 모르것지만, 등치총각, 부 디 우리 둘째 놈같이 멍청한 자식은 되지 마소."

"어르신……."

"내 도와주리다. 총각들 살게끔 도와줄 테니께, 헛된 마음 먹지 마소."


그때 덩치의 손을 꼭 붙잡으며 손등을 툭툭 쳐주던 그 주름 자 글자글한 손이 덩치의 마음을 울컥하게 만들었었다. 이장과 눈이 마주한 덩치는 고개를 끄덕였고, 이장 역시 때가 온 거다 싶은 마 음에 굳게 고개를 끄덕였다.

그렇게 그 밤이 지났다. 그리고 덩치의 결정은…… 마을 사람들 을 구하는 것이었다.


"자, 자! 이 밧줄 잡고 가소! 아! 처남! 처남은 할매 잘 모시고 오 제!"

"잘 따라갈 테니께 성님은 해리나 잘 챙기소!"

"아이고, 우리 해진인 워쩐담?"

"걱정 마소! 아, 등치총각이 잘 데리고 온댔소!"


가는 길목마다 표시를 해둔 덩치는 동굴까지 가는 밧줄을 설치

해 둔 상태였고 해진까지 완벽하게 동굴로 숨긴 뒤에야 밧줄과 표시, 진흙에 남은 발자국의 흔적을 없앴다. 그리고 초췌한 모습으로 숲 중간에서 백발을 마주치게 된 것이었다.


급박하게 몸을 숨긴 사람들은 동굴 안에서 지친 기색이 역력한 표정으로 앉아 있었다.

"언니야, 해리 배도 고파온다."

해리는 배를 슥슥 문지르며 울상을 지었다. 급히 나오느라 아무것도 챙겨오지 못해 물 한 모금 마시지 못한 건 다들 마찬가지였다.

"아제는 언제 오는 겨? 응?"

해리의 물음에 해진은 아랫입술을 깨물며 해리를 꼭 안아주었다. 모두 태준의 대한 걱정으로 숙연해져 있었다.

"우리 아들 곧 올 것이제."

그 정적을 깨며 치매 할매가 한마디 했다.

"미국에서 곧 올 것이여."

할매는 실을 묶어 팔찌를 완성시킨 것을 흔들어 보였다. 이럴 때 아무 생각 없는 할매가 부럽기도 했기에 사람들은 한숨을 터뜨릴 뿐이었다.


해룡은 영도에 있는 항구 두 곳을 모두 봉쇄시키고 숲 뒤쪽으로 유인해 한꺼번에 흑룡을 몰살시킬 계획을 세우고 있었다.

오늘 해가 질 때쯤 들어오기로 한 흑룡의 배. 하지만 코빼기도 보이지 않자 사내들은 점점 지쳐가고 있었다.

"흑룡 쪽에서 눈치챈 건 아니겠지?"

“그쪽도 워낙 눈치 빠른 놈들이 많으니까.”

“근데 박 검사한테 무슨 일 있어? 아까 애들끼리 박 검사 뭐라 하던데.”

덩치는 문득 생각이 나 물었다.

“박 검사…… 없다.”

“무슨 소리야?”

“보스가 처리했다.”

깜짝 놀란 덩치가 눈을 부릅떴다.

“뭐?”

“한 번 배신한 자는 두 번 배신도 쉽다고 생각하시는 분이야. 박 검사를 가만둘 리가 없잖아. 더군다나 박 검사…… 태준 형님 잡을 계획을 세우면서 우리 해룡파까지 넘길 계획을 가지고 있었어. 아차 했다간 우리 모두 오늘 박 검사 손에 잡혀갈 판이었다고.”

“그, 그렇다고 처리해? 거기…… 처자식이, 애가…… 아직 어린 애가 있잖아?”

“그게 뭐?”

백발은 정말 궁금해 묻는 표정이었다.

“설마 그 집 어린애들까지…….”

“싹은 남기지 않는다. 직계가족까지 처리하는 건 당연한 거 아니야?”

당황스러움이 역력한 덩치를 보며 백발이 이상하다는 듯 말했다.

“새끼, 갑자기 왜 그래?”

“그 집 애들 이제 갓 초등학생들이라고! 알아? 근데 어떻게, 어떻게!”

덩치가 눈깔이 뒤집혀 소리를 지르자, 움찔 몸을 떤 백발이 당황한 기색이 역력한 얼굴로 말했다.

“나 아니야! 내가 안 했어! 땡팔이가 했다고!”

“이 개자식!”

마을 골목에 있던 덩치가 그대로 뒤돌아서서 언덕을 올라갔다. 평소엔 중간 쯤에서 숨을 고르기도 하였는데, 오늘은 단숨에 높은 언덕길을 올라가 혜진네로 들어섰다. 마당에 놓여 있는 평상에 앉아 담배를 태우고 있는 땡팔이의 멱살을 붙잡아 올렸다.

“혀, 형님!”

갑작스런 멱살잡이에 당황한 사내들이 덩치를 말리려고 주변으로 모여들었다. 땡팔이의 멱살을 있는 힘껏 붙잡은 덩치는 부들부들 떨며 외쳤다. 땡팔이는 다리가 공중에 붕 떠 어떻게든 벗어나려 발버둥을 쳤다.

“그래도 애는…… 애는 건드리지 말았어야지!”

“형님!”

“이 새끼가 미쳤나! 너 왜 그래, 갑자기!”

백발이 다가와 단숨에 덩치의 멱살 잡은 손을 풀어냈다. 덩치는 그대로 뒤돌아서며 항상 태준이 즐겨 앉아 있던 언덕으로 단숨에 올라가 섰다.


“가족사진입니까?”

“왜? 부럽냐? 인마, 너도 인생 똑바로 살았어 봐. 예쁜 마누라에 토끼 같은 자식들이 있지."

"검사님 애가 커서 저처럼 안 된다는 보장도 없죠. 너무 자랑하진 마시죠."

"너도 나중에 네 새끼 낳아 키워봐. 어디 가서든 자랑하고 싶어 환장하니까."


박 검사의 미소와 함께 가족사진이 떠오르자 덩치는 꽉 쥔 주먹을 풀 수가 없었다. 그때 갑자기 누군가의 손이 어깨에 턱 올려지자 흠칫 놀란 덩치가 재빨리 뒤를 돌아봤다.

"뭐야, 여기. 아무것도 안 보이잖아?"

이미 어둠에 깔린 바다를 보며 백발이 담배에 불을 붙였다.

"어디다 감췄냐?"

"뭘."

"마을 사람들."

눈썹을 일그러트린 덩치가 백발을 강하게 쳐다봤다.

"무슨 소리야?"

"몰라서 물어?"

백발의 사나운 눈초리가 덩치를 단숨에 제압했다.


"아들한테 갈 거여! 아들한테 갈 거여!"

"아이고마! 할매요! 제발 얌전히 좀 계시소!"

동굴 밖으로 나가려는 할매를 겨우 붙잡은 처남은 행여 이곳이 들통 날까 마음이 조마조마했다.

"언니, 나 배고파."

“미안, 해리야. 조금만 참자. 응?”

그새 초췌해진 마을 사람들. 징징거리는 해리를 품에 꼭 끌어안은 해진은 행여 태준에게 나쁜 일이 생기는 건 아닌지 너무나 걱정이 되었다.

점점 시간이 지날수록 마을 사람들도 모두 지쳐 갔다. 그러다 잠깐 아차 하는 사이 눈치를 살피던 할매가 어디서 그런 힘이 났는지 벌떡 일어나 동굴 밖으로 뛰쳐나갔다. 흠칫 놀란 이장과 처남이 재빨리 뒤쫓아 나가 다행히 바다에 빠지기 직전 할매를 붙잡았지만 배 안에서 정찰 중인 사내들과 눈이 마주쳤다.

“서, 성님, 우쩐다요…….”

“가, 가만히 있제. 가, 가만히. 마, 망부석처럼.”

돌덩이처럼 굳은 이장과 처남은 할매를 꼭 붙잡은 채 그들이 그냥 지나가길 바랐지만 이윽고 울부짖는 할매의 목소리가 크게 울려 퍼졌다.

“아들!”

두 사람의 눈이 질끈 감겼다.


짙은 어둠이 내렸다. 태준은 배에 묶여 있던 낡은 손수건을 끌러 자신의 주먹에 질끈 묶었다. 그는 뒤돌아 잠시 노 영감을 바라봤다.

“정말로 그저 평범하게 살고 싶어 해룡파를 관두신 겁니까?”

“난 평범하게 살고 싶었다기보다 그냥 사람답게 살고 싶었을 뿐이제. 자네도 사람답게 살다 보면 평범하게 살아가는 게 얼마나 어려운 일인지 느낄 것이고.”

"그래도 한 번 경험은 해보고 싶네요, 사람답게 사는 게 어떤 건지."

태준은 노 영감의 눈빛에 고개를 끄덕이며 뒤돌아서려다가 다시 고개를 돌렸다.

"이건 좀 다른 얘긴데요."

잠시 생각하던 태준이 담담히 말했다.

"새댁 어르신…… 꽤 괜찮으신 분입니다."

"뭐여?"

"집안 꼴 보니 영감님도 여자의 손길이 좀 필요해 보이는 것 같아서……."

기가 차 헛웃음을 짧게 뱉는 노 영감을 보며 태준은 한마디 더 했다.

"특히 옹심이는 한 번 맛보면 절대 잊을 수가 없죠."

"자네 지금 목숨 잃을 판에 그딴 소리가 나와?"

"혹시 제가 이 섬에 들어갔다가 다시 영감님을 만나지 못할 일이 생길까 봐 미리 말씀드리는 겁니다. 진지하게 생각해 보십시오. 두 분…… 꽤 잘 어울리니까."

태준이 바위로 뛰어내리며 노 영감의 배 위로 밧줄을 던져 넣었다. 태준이 깊게 숨을 들이켜며 뒤돌아서자 나지막한 노 영감의 목소리가 들려왔다.

"꼭 다시 만나 그땐…… 술 한잔합세."

뱃머리를 돌린 노영감의 시선에 편지봉투 하나가 들어왔다. 태준이 남긴 거란 걸 알아채며 뒤돌아봤으나 이미 태준의 모습은 영도의 어둠 속으로 사라져 버렸다.

　마을 입구에서 한 사내의 뒷모습을 본 태준은 재빠르게 사내의 목에 칼을 대며 입을 틀어막았다. 눈이 커져라 놀란 사내는 그의 품에서 빠져나오려 발버둥을 쳤지만 태준의 제압에 그대로 무릎을 꿇었다.

　살짝 손을 땐 태준은 음습한 목소리로 말했다.

　“조용히 해, 죽고 싶지 않으면.”

　“혀, 형님!”

　“바른대로 말해. 마을 사람들은 어디 있어.”

　“이, 이미 처리된 상태였습니다.”

　“뭐?”

　“저, 정말로 보지 못했습니다.”

　그 말에 마을 사람들의 생사조차 판단되지 않자 태준은 불안하기만 했다. 사내의 허벅지 한가운데를 단번에 내려찍으며 고통만 주었다. 그는 더 이상 사람을 죽일 수가 없었다.

　“제발 조용히 있어라. 더 이상 내 손에 피를 묻히고 싶지 않아.”

　“혀, 형님…….”

　“나와 함께 있었던 시간을 생각한다면 꼭 그래 줘야 한다.”

　태준의 진심 어린 말에 사내의 눈빛이 흐려졌다. 그는 너무나 많이 바뀐 행동대장 엄태준을 혼란스러운 눈으로 바라보고 있었다.

✻

　“이 새끼, 너 정신 나갔냐? 무슨 쓸데없는 소리야?”

의심 섞인 눈빛으로 연신 바라보는 백발을 보며 덩치는 헛웃음을 지었다.

"남들은 속여도 내 눈은 못 속여."

"너 요즘 술 많이 마시냐? 알코올 중독이야? 아님, 약 해?"

"말 돌리지 마! 너 이번 일이 얼마나 중요한지……."

그 순간 바닷가에 갑자기 불빛이 비치자 덩치는 단번에 백발의 입을 막으며 자리에 주저앉았다. 인상을 구긴 백발이 덩치와 눈을 마주치며 동시에 고개를 끄덕였다. 예정 시각보단 늦었지만 흑룡의 배가 들어오고 있었다. 백발이 사내들에게 손가락 휘파람을 짧게 불자 일사불란하게 발동작을 맞추며 제각각 무기를 들고 숲으로 향하기 시작했다.

질척거리는 숲으로 들어간 사내들은 절벽에 부딪치는 파도 소리가 점점 가까워 오자 긴장감을 높였다. 이미 절벽 쪽에서 숨을 죽이고 동태를 살피던 사내들은 덩치와 백발이 가까이 오자 서로 신호를 보내며 머리끝까지 신경을 곤두 세웠다.

첫 번째 배 한 척이 예상대로 공간이 넓은 절벽 쪽에 멈춰 섰다. 너무 어두워 주변 상황이 제대로 파악되지 않아 전체 몇 척의 배가 들어왔는지 가늠하는 것조차 힘들었다. 이대로 이 절벽 쪽으로만 흑룡들이 치고 들어와도 승산은 100%였다. 그들의 뒤통수를 치고 물건은 모두 해룡파의 것이 된다. 백발이 타이밍을 보고 있다 세게 휘파람을 불자 미리 준비되었던 조명이 절벽 아래의 배를 강하게 비추었다. 그대로 공격 지시를 내리려던 덩치가 순간 멈칫했다.

"우에우에어!"

"아어우에어!"

손과 입이 묶인 선원들이 살려달라고 외치고 있었다. 동시에 서로를 쳐다본 덩치와 백발은 흑룡이 미리 손을 썼다는 걸 눈치채며 사내들을 데리고 급히 마을로 내려갔다. 하지만 이미 섬 안엔 흑룡들이 급습해 있었다.

"이 피라미 같은 유민도 새끼, 어디 있어!"

흑룡파의 보스 오만식이 어둠 속에서 소리치고 있었다. 어둠에 조금 익숙해진 백발과 사내들은 맞은편에 서 있는 오만식의 모습을 살기 어린 눈빛으로 쳐다봤다.

"겨우 조무래기들을 보내 내 물건을 가로채겠다? 이거 배신당한 것보다 더 자존심이 상하는군."

"물건은 어쨌어."

백발이 나서서 물었다.

"유민도에게 전해라. 물건을 갖고 싶다면 약속대로 돈을 가져오라고."

"지금은 보스와 연락을 할 수가 없다. 알다시피 이 섬은……."

"돈은 나한테 있다."

그 순간 태준의 나지막한 목소리가 울렸다. 덩치와 백발이 미간을 찌푸리며 쳐다보자 어둠 속에서 모습을 드러낸 태준이 흑룡의 보스와 마주했다.

"그래, 유민도보단 엄태준이가 낫지. 자네가 와 있었는지는 몰랐군. 자존심 회복은 조금 된 것 같은데?"

비웃음 속에 금니가 유독 눈에 띄었다. 옥반지를 끼고 있는 오만식이 손가락을 까닥이자 뒤에 서 있던 한 사내가 007가방을 가져와 펼쳐 들었다. 그 안엔 권총 한 자루가 들려 있었다.

"물건은 확실하다. 배 안에 57자루가 더 있어. 우린 약속을 지켰다. 해룡도 약속을 지켜야겠지?"

덩치와 백발은 태준에게 돈이 없는 걸 알기에 이 순간을 어떻게 모면할지 몰라 바짝 긴장하고 있었다. 하지만 태준이 손가락을 부딪치자 태준에게 발길질을 당한 사내가 절뚝거리며 가방을 가지고 그의 곁으로 다가왔다. 그 가방은 처음 태준이 이곳으로 들어오면서 들고 왔던 돈 뭉치가 들어 있는 가방이었다. 태준은 그 가방의 한쪽을 찢어 돈 뭉치를 보여주며 말했다.

"약속한 금액이다. 나머지 금액도 준비되어 있다."

먼 거리에 가방 안의 금액이 얼마인지 확인할 수 없었던 오만식은 인상을 찌푸리며 말했다.

"거리가 멀군."

그렇게 읊조린 만식은 피식 웃으며 말했다.

"하지만 뒤통수치면 어떻게 되는지 네가 더 잘 알 테니, 뭐."

"못 믿나?"

"믿지. 이 바닥에서 넌 꽤 신뢰할 만한 인간이니까. 천하의 엄태준이 그런 꼼수를 쓰는 놈은 아니니까. 더군다나……."

오만식이 비소를 짓자 뒤쪽에서 사내들이 테이프로 입을 막고 결박된 해진을 데리고 왔다. 태준은 물론 뒤에 서 있던 백발과 덩치마저 눈을 부릅뜨며 놀라지 않을 수가 없었다.

"네놈 여자를 데리고 있으니까."

"어떻게……!"

덩치가 주먹을 꽉 쥐며 혼자 읊조렸다.

"표정을 보니 아주 아끼는 여잔가 보군."

태준은 마른침을 꿀꺽 삼켰다. 연신 비소를 띨 때마다 드러나는 금니가 유독 눈에 거슬렸다. 오만식이 가까이 다가온 해진의 뺨을 손끝으로 쓸어내리자 눈을 질끈 감은 해진은 고개를 돌린 채 온몸에 힘을 주고 있었다. 새하얗게 질린 얼굴이 곧장 쓰러질 것처럼 보였다.

"이거 누구 여잔지 몰라도 꽤나 고와. 특히 이 하얀 살결 말이야. 아주 매끈하고 좋아. 달아오르는군."

"건들면 죽인다."

태준이 살기 어린 눈빛으로 말했다. 하지만 오만식은 전혀 개의치 않는 얼굴로 낄낄거리며 웃었다.

"칼자루는 내가 쥐고 있는데?"

"상관없는 사람들이다."

"과연 그럴까?"

단번에 해진의 입에서 테이프를 떼어내자 해진은 짧게 신음을 터뜨리며 입을 앙다물었다.

앞을 보지 못하는 해진은 이 상황이 너무나 무서웠다. 앙다문 입술 사이로 공포에 찬 신음이 터져 나왔다.

"으흑."

태준이 똑바로 볼 수 있게 해진의 턱을 거칠게 붙잡자, 태준은 움찔하며 한 발자국 앞으로 다가가려 했다. 하지만 덩치가 태준의 팔을 강하게 붙잡으며 고개를 저었다.

"안 됩니다, 지금은……."

읊조린 덩치 역시 지금 당장 해진을 거칠게 다루는 저 손목을 부러뜨리고 싶었지만 오만식을 도발해서 좋을 건 없었다.

"이번 일을 처리하는 데 있어서 그 여자든 마을 사람이든 아무 상관이 없다. 난 물건만 받으면 되는 거고, 넌 돈만 챙겨가면 모든 게 끝난다."

태준은 침착하게 이야기를 끌어냈다.

"좋아. 이런 일은 빨리 마무리 짓는 게 서로 편하지."

오만식의 눈빛이 번들거릴수록 태준의 얼굴은 상대적으로 굳어갔다. 그때였다.

"내가 좀 늦었나, 오만식?"

어둠을 뚫고 들려온 또 다른 목소리. 오만식과 태준이 동시에 고개를 돌리자 해룡파의 보스 유민도가 모습을 드러내고 있었다. 유민도의 목소리에 해진을 붙잡고 서 있던 사내가 재빨리 뒤쪽으로 해진을 끌어 태준에게서 더욱 멀리 떨어뜨려 놓았다.

"안 돼!"

태준이 한눈을 파는 사이 오만식이 다가와 그의 머리카락을 잡아 끌어내렸다. 그러자 자연스레 태준의 무릎이 꿇어졌다. 그가 재빨리 일어서려 했지만 방금 전까지 해진을 겨냥하던 날카로운 칼날이 그대로 태준의 턱 밑을 파고들었다.

"붙잡아둬라."

명령에 뒤에 서 있던 사내 하나가 재빨리 칼을 꺼내 태준의 목을 대신 겨냥했다.

"오랜만이다, 유민도."

금니를 훤히 보이며 섬이 떠나가라 웃던 오만식이 유민도의 어깨에 거만하게 팔을 올렸다. 유민도는 옥반지가 끼워진 오만식의 손을 흘깃 쳐다봤다.

"손모가지 잘리고 싶지 않으면 내려라, 오만식."

그제야 오만식이 웃음을 멈추며 유민도의 어깨를 꽉 잡았다.

"이거 왜 이러시나? 흑룡 없이 이번 일 엄두도 못 냈을 주제에."

"앞으로 흑룡이란 이름은 이 세상에서 사라질 거다, 오만식."

그제야 분위기가 이상한 것을 눈치챈 오만식이 어깨에서 손을 내리며 한 발자국 뒤로 물러섰다. 바로 그때 기다렸다는 듯 공격을 해오는 사내들의 큰 함성이 그들을 덮쳐 왔다.

그 순간 태준은 손날을 세워 자신을 위협하는 칼날을 쳤다. 칼이 바닥으로 떨어지자마자 몸을 굴려 피한 태준은 해진이 끌려 간 곳으로 다가가기 위해 걸음을 옮겼다. 하지만 걸음을 옮길 때마다 덩치 큰 사내들이 그에게 엉겨 붙어 앞으로 나아갈 수 없었다.

여기저기 사람들의 신음성이 터졌다. 깨끗했던 바닥은 피로 얼룩졌고, 여기저기 사람들이 나뒹구는 소리와 욕설이 터져 나왔다. 어두운 밤 영도는 순식간에 아수라장이 되었다.

"네가 지키고 싶어 하던 곳이 결국 네 손에 망가지고 있다, 준아."

한 발자국 뒤에서 그 모습을 지켜보던 유민도는 사내들을 단숨에 제압하는 태준을 빤히 쳐다봤다. 덩치를 통해 그에게 변화가 생긴 걸 알아차리면서 이번 일에 자신이 나설 수밖에 없다고 생각한 유민도는 자신의 앞길을 방해하는 그 모든 무리들을 한 곳에 모이게 했다. 조용히 일 처리를 할 수 있는 이곳 영도로.

"왜 너희들까지……!"

태준은 자신을 공격해 오는 해룡파 조직원들을 보며 손을 움찔 멈췄다. 차마 그들에게 칼을 겨눌 수가 없었다.

"죄송합니다, 형님. 형님까지 잡으라는 명령을 받았습니다."

몽둥이를 들고 주춤주춤 하던 사내가 눈빛을 보내자 바로 뒤에 있던 한 사내가 태준의 어깨를 세게 내려쳤다.

"윽!"

들고 있던 칼을 놓치며 그대로 주저앉은 태준은 수많은 사내들에게 둘러싸였다. 이미 수적으로 불리했던 흑룡은 단숨에 해룡의 손에 제압당했다.

전쟁터를 방불케 했던 주위가 순식간에 조용해졌다.

태준은 물론 덩치와 오만식, 흑룡의 조직원들이 유민도의 앞에 모두 무릎 꿇고 있었다.

걸레짝처럼 너덜너덜해진 오만식이 공포에 질린 눈으로 가까이 다가온 유민도를 올려다봤다.

"나, 나쁜 새끼, 날 배신하다니⋯⋯."

"우리 세계에서 이 정도를 배신이라 했던가? 네 옆구리에 바람구멍 내지 않은 걸 다행으로 여기라고."

조무래기는 안중에도 없었던 유민도는 덩치를 지나치며 태준 앞으로 다가갔다.

"배신은 이놈이 나에게 한 것이지."

유민도는 태준의 어깨에 손을 살포시 올려놨다.

"다시 한 번만 묻자, 준아."

그의 차분한 음성엔 가시처럼 날카로운 압박이 숨어 있었다.

"나와 함께 돌아가자."

“싫습니다.”

단호하게 잘라 대답했다. 태준의 어깨를 잡고 있던 유민도의 손에 힘이 바짝 들어갔다.

“전 사람답게 살 겁니다.”

유민도와 두 눈을 마주한 태준이 힘주어 말을 덧붙였다. 하지만 민도는 쉽게 태준을 포기할 생각이 없었다.

“준아, 널 놓치긴 정말 아깝구나. 나는 진심으로 널 지키고 싶다.”

“정말로 절 지키고 싶으시다면 이대로 그냥…… 끝내십시오. 더 이상 피를 보고 싶지 않습니다.”

“난 날 배신한 자는 가만두지 않는다. 물론 너 역시 마찬가지지.”

“보스에게만은 칼을 들고 싶지 않습니다. 제발…… 조용히, 조용히 물건을 가지고 떠나십시오.”

그의 확고함에 유민도는 숨을 들이쉬며 허리를 꼿꼿이 폈다. 도대체 그가 원하는 사람다운 삶이란 게 무엇인지 이해할 수가 없었다. 그저 자기 손에서 떠나려는 배신자로밖에 보이질 않는다.

“널 이렇게 한순간에 잃을 줄은 상상도 못했다.”

널 그렇게 아꼈는데. 그 누구보다 널 아꼈는데. 유민도는 배신감에 몸을 떨었다. 어떻게 네 녀석이 나에게 이럴 수 있냐며. 하지만 태준은 그의 속을 모른 채 힘주어 말했다.

“이 순간 죽는다 해도 전 두렵지 않습니다.”

“두렵지 않다?”

태준은 이미 이 순간을 각오한 사람처럼 표정엔 편안함도 비쳤다.

"여섯 시간……. 여섯 시간 안에 빨리 진행시켜야 해."

그가 덩치에게 읊조리듯 낮게 말했다. 그러자 눈을 질끈 감고 모든 것을 포기한 듯 앉아 있던 덩치가 눈을 번쩍 떴다.

"섬 밖으로 나가는 데만 해도 네 시간이다. 그 순간이 오면 최대한 숨통은 잡아보겠지만, 어떻게 될지 몰라. 신속하게 진행시켜."

"혀, 형님……!"

각막이식은 사망 이후 여섯 시간 안에 이루어져야 한다는 건 덩치도 알고 있기에 지금 태준이 하는 이야기에 깜짝 놀랐다.

"어, 어떻게……."

"평생 끔찍하게 살아왔는데, 내 몸뚱어리 중 남의 피를 묻히지 않은 곳이 없는데……. 떠나기 전에 착한 짓 한 번은 하고 가야 하지 않겠냐."

태준의 눈빛이 허한 빛을 띠었다.

"어차피 죽을 목숨이라면 그 사람에게 그 정도는 주고 떠나고 싶다. 이것도 너무 큰 계획인가."

태준의 입술이 비틀렸다. 피식, 본인을 비웃는 것처럼 보이기도 했다. 하지만 덩치는 그를 따라 웃을 수가 없었다. 눈에 눈물이 차올랐고 곧 고개를 떨구었다.

태준은 천천히 시선을 올려 유민도를 쳐다봤다.

"보스, 이곳으로 절 보내주셔서 감사합니다."

유민도는 그 말이 꼭 자신을 농락하는 것처럼 들려 부들부들 턱을 떨며 입을 앙다물었다.

"기어이 내 손에 죽겠다는 거냐!"

말끝의 언성에 메아리가 쳤다. 태준은 대답 대신 천천히 눈을 감으며 마지막으로 읊조렸다.

"여섯 시간이다……."

바로 그때였다.

"멈추랑께!"

한쪽에서 큰 소리가 들려오며 공포와 긴장감으로 가득했던 분위기가 일순간 깨졌다. 당황한 해룡파 조직원들의 시선이 소리가 나는 쪽으로 향했다. 그곳엔 마을 사람들이 어둠 속에서 우루루 몰려나와 있었다.

"야, 묶어두지 않았어?"

조직원의 말에 제일 앞에 서있던 이장댁이 버럭 소리를 질렀다.

"묶어 두면 가만히 있을 줄 알았는 감? 우리가 가마니로 보이는 겨?!"

이장의 목소리에 눈을 번쩍 뜬 태준은 물론 덩치 역시 인상을 쓰며 어르신들을 보았다. 그들은 손에 호미며, 낫, 괭이들을 들고 다부진 표정으로 서 있었다.

"감히 우리 총각들을 건들다니 간이 배 밖으로 나왔제! 나가 가만두지 않을 것이여!"

이장이 자기 가슴을 툭툭 치며 외쳤다. 그러자 옆에 서 있던 처남도 번쩍 호미를 들어 올리며 눈을 부라렸다.

"이래 봬도 내가 젊었을 땐 너그들만키로 힘 좀 썼당께! 혼자서 날뛴 소도 잡은 적이 있어!"

"이래 죽으나 저래 죽으나 어차피 뒈지는 목숨! 내 느그들 영혼까지 델꾸 갈끼제! 차라리 잘됐구먼, 외로운 황천길 같이 가게 생 겼응게!"

새댁 역시 침까지 튀겨가며 크게 외쳤다.

"우리 동주 죽은 후로 나는 무서운 게 없는 사람이제! 그라제! 무서운 게 없제!"

이장댁도 한마디 거들며 큰소리를 쳤다.

"암만!"

그리고는 동시에 고개를 끄덕이며 들고 있는 농기구를 꽉 쥐었 다. 갑자기 나타난 노인들의 모습에 태준은 심각한 상황에서도 갑 자기 헛웃음이 났다.

"아제!"

그리고 불쑥 양손에 나뭇가지를 들고 나타난 해리의 모습에 사 람들이 화들짝 놀랐다. 하지만 해리는 아주 할 말이 많다는 듯 사 람들을 향해 뾰족한 나뭇가지를 휙휙 휘저으며 소리쳤다.

"우리 아제 괴롭히는 것들은 모조리 다 혼내줄 껴! 이 골목대장 이 다 잡아 밭일 시킬 껴!"

"아이고! 해리야! 해리는 여 오믄 안 되다지 않았냐! 느근 해진 이랑 얌전히 숨어 있으랑께 왜 왔냐!"

"어여 가라! 어여 가! 아! 니는 여 있음 위험하제!"

"내가 대장이라믄서 왜 나만 빼는 겨! 싫소! 내도 아제 지킬 거 제! 울 언니한테도 못쓸 짓한 저것들을 내 절대 용서하지 않을 거 여!"

씩씩거리는 해리를 보며 오히려 마을 사람들이 더 놀라 해리의 등을 떠밀려고 했다.

이 모습을 지켜보고 있던 유민도는 주먹을 꽉 쥐었다. 분명 포박시켰던 인간들이었는데 어째서 이렇게 나와 있는지 모르겠다. 유민도는 분노에 찬 눈빛으로 주변을 살폈다.

"백발⋯⋯."

유민도는 마을 사람들 사이로 모습을 드러낸 백발을 보며 앙다문 입으로 읊조렸다.

"너마저⋯⋯."

백발의 모습에 놀란 건 태준과 덩치 역시 마찬가지였다.

"제가 이 바닥에 처음 들어와 만난 사람이 태준 형님입니다. 십 년을 태준 형님 밑에서 충성하며 살아왔습니다. 태준 형님이 어떤 선택을 하든 저 또한 그 선택을 따릅니다, 보스."

백발은 보스에게 단호히 말하고는 태준을 보았다.

"형님이 지키고자 하는 그 모든 것들, 저 역시 형님을 도와 지키겠습니다."

유민도는 차오르는 분노에 눈까지 충혈되었다. 유민도가 마을 사람들을 향해 발걸음을 옮기자 태준은 본능적으로 자리에서 벌떡 일어나 그의 앞을 막았다.

"안 됩니다, 보스! 절대, 저 사람들은 저희와는 관계가 없는 자들입니다."

"아니. 난 네 두 눈 앞에서 저 사람들 모두를 갈기갈기 찢어놓을 거다. 네가 지키고자 하는 것들을 내가 다 죽여 버릴 거야."

태준이 더욱 팔을 뻗어 유민도를 막아 세웠다.

"차라리 저부터 죽이십시오! 제 눈앞에서 저 사람들 다치는 꼴, 저 못 봅니다."

유민도는 그의 애원에 이를 까드득 깨물었다. 하얗게 질릴 정도로 주먹은 쥔 유민도는 그대로 옆 사내의 칼을 뺏어 들어 태준을 향해 내리찍으려 했다.

"할매!"

그 순간, 퍽! 하는 소리와 동시에 유민도의 몸이 그대로 바닥에 곤두박질쳐졌다. 갑자기 나타나 유민도를 향해 몸을 던진 할매는 자리에서 벌떡 일어나 소리 질렀다.

"우리 아들이여! 우리 아들 괴롭히믄 내가 가만히 있지 않을 것이제!"

너무 놀란 태준은 경직되어 할매를 보았다. 순간 그의 눈에서 눈물이 흘러내렸다.

"쿨럭!"

할매의 입에서 피가 한 움큼이 쏟아졌다. 천천히 아래를 내려다보자 유민도의 손에 들려 있던 칼이 할매의 복부에 그대로 꽂혀 있었다.

"아, 안 돼……."

태준은 그런 할매를 보며 저도 모르게 작게 읊조렸다.


"아들! 우리 아들인 겨?"

"아들! 에미랑 밥 묵자. 응? 아들!"


그 애처로운 눈빛이, 애타게 손짓하던 할매의 모습이 눈앞을 스쳐 지나갔다. 마을 사람들 역시 한순간 벌어진 일에 너무 놀라 입을 다물지 못했다. 해리는 들고 있던 나뭇가지를 그대로 떨구며 경직되어 버렸다.

"아들⋯⋯."

벌겋게 충혈된 눈으로 여전히 태준을 바라보는 할매는 평소처럼 그를 부르고 싶었지만 배가 너무 뜨겁고 아파와 칼이 꽂힌 배를 움켜쥐었다.

"바, 밥 묵⋯⋯ 자. 에, 에미랑⋯⋯."

"하, 할머니⋯⋯ 할머니⋯⋯."

"아, 아드을⋯⋯."

할매의 눈에선 쉼 없이 눈물이 흘러나왔다. 태준은 후들거리는 발을 옮겨 할매에게 다가갔다. 그리고 그대로 풀썩 쓰러지듯 주저앉아 할매의 얼굴을 덜덜 떨리는 두 손으로 붙잡았다. 주름 가득한 얼굴을 움직여 미소 지은 할매는 자신의 뺨을 붙잡은 태준의 손을 꼭 잡았다.

"우, 우리 아들이⋯⋯ 마, 맞구먼. 그, 그제?"

태준은 미간을 구기며 벌겋게 충혈된 눈을 깜빡였다.

힘겹게 손을 뻗은 할매는 태준의 뺨을 쓸어주었다. 왈칵 피를 쏟아내면서도 할매는 태준의 뺨에 닿아 있는 손을 내리지 않았다. 웃고 또 웃으며 뺨을 쓰다듬었다. 아이고, 곱다. 그렇게 말하는 것 같았다. 부드럽게 웃고 있는 눈이.

"고맙소, 총각⋯⋯."

태준은 미간을 더 구기며 마지막 순간 정신이 돌아온 할매를 쳐다봤다.

"나중에 우리 아들 만나거든⋯⋯ 에미는 팔찌 필요 없다고⋯⋯ 그거 필요 없응게 그냥 돌아만 와달라고⋯⋯."

힘겹게 입을 여는 할매의 입가를 아무리 닦고 또 닦아봐도, 계속 검붉은 피가 흘러나왔다.

"와서 에미랑 밥 묵자고……."

"아, 안 돼요. 안 돼……."

점점 힘이 빠지는 할매를 보며 태준은 고개를 저었다.

"안 돼요! 제발…… 죽지 마. 내가 잘못했어! 제발 죽지 마!"

그대로 태준의 품에 쓰러진 할매는 힘겹게 숨을 몰아쉬고 있었다. 마을 사람들은 그대로 맥없이 주저앉았다. 덩치와 백발 역시 가슴 찢어지는 그 장면에 차마 고개를 들 수가 없었다.

치매가 걸렸어도, 그런 자길 버렸어도 할매는 끝까지 자식을 놓지 못했다. 비가 오나 눈이 오나 언제나 그 골목 어귀에 앉아 아들이 오기만을 기다리던 할매는 언젠간 엄마의 손에 꼭 좋은 팔찌를 해줄 거라며 자길 버리고 간 아들을 잊지 못한 채 태준의 품에서 서서히 눈을 감았다.

"아들……."

그리고 태준의 뺨을 만지던 손이 아래로 툭 떨어졌다. 태준은 두 눈을 꼭 감으며 그대로 할매를 품에 안았다. 죽음을 눈앞에서 지켜봐야 한다는 게 얼마나 잔인하고 고통스러운 일인지 말로 형용할 수가 없었다.

유민도는 죽은 노인을 끌어안고 뜨거운 눈물을 흘리는 태준의 모습을 보며 자리에서 일어났다. 그 기척에 태준이 떨리는 입을 다물며 천천히 할매를 내려놓고 자리에서 일어났다.

할매의 피로 태준의 손은 피범벅이 되어 있었다. 유민도와 눈을 마주친 태준은 수트 안에서 자신의 칼을 꺼내어 유민도에게 내밀었다.

"죽여주십시오."

"……."

태준은 쉼 없이 눈물을 흘리며 칼을 내밀었다.

"죽여주십시오, 제발."

태준은 애원하듯 말했다. 하지만 보스는 끝까지 입을 열지 않았다. 그러자 속에서 울컥 눈물이 터져 나온다.

"나부터 죽이라고, 이 새끼야!"

분노에 찬 태준의 목소리가 영도에 가득 울렸다. 유민도는 그가 건네는 칼을 받아 태준이 목숨처럼 아꼈던 그 작은 칼을 빤히 쳐다봤다.

"사람이 사람처럼 살겠다는 게 뭐가 그리 큰 죄라고……!"

태준은 자기 가슴을 내려쳤다.

"사람이랑 살아보겠다는 게 뭐가 그리 큰 죄악이라고!"

할매의 죽음, 그리고 태준의 울부짖음에 숙연함과 긴장감이 영도의 어둡던 새벽을 점점 거둬내고 있었다.

"내가 사람 대접 받지 못할 정도로 쓰레기라면! 그랬다면! 날 죽여야지, 저 사람을 죽이면 안 되잖아!"

소리친 태준은 입을 꾹 다물었다. 그 뒤 덜덜 떨리는 목소리로 작게 말했다.

"그게 죄라고 생각하신다면…… 죽이십시오, 절."

유민도는 칼을 쥔 채, 아무 말도 할 수 없었다. 지금 이 순간 무슨 말을 할 수 있을까. 한참 입을 딱 다물고 있던 그가 등 뒤로 보이는 사람들의 얼굴을 보며 그가 나지막이 읊조렸다.

"준아, 무엇이 죄인지는 나도 모르겠구나……."

그 또한 사람답게 살지 못하니 무엇이 죄인지 모른다. 작게 읊조린 유민도가 천천히 태준과 눈을 마주했다. 그리고 걸음을 옮겨 천천히 그의 앞으로 다가섰다.

태준의 어깨를 붙잡은 유민도는 그의 귓가에 낮고 작은 목소리로 속삭였다.

"내가 지키고자 했던 엄태준은……."

유민도는 그의 분신이었던 칼을 꽉 잡으며 그의 복부를 눌렀다. 태준은 입을 앙다물며 새어 나오는 신음을 삼켰다. 그의 이마에 힘줄이 굵게 불거졌다. 뜨거운 피가 옷에 스며들며 고통이 점점 온몸으로 퍼졌지만 태준은 단 한 소리도 내지 않았다.

"이걸로 죽었다."

"보, 보스……."

"넌 이제 내가 사랑하고 아끼던 엄태준이 아니다."

보스의 말에 태준의 눈이 천천히 감겼다.

그리고 그때, 시끄러운 사이렌 소리가 섬 전체에 울려 퍼지기 시작했다.

"너희들은 완벽히 포위됐다!"

"다들 무릎 꿇고 손 머리 위로 올려!"

삽시간에 경찰과 특공대가 총을 겨누며 사람들을 포위했다. 갑작스런 경찰들의 등장에 당황한 사내들이 기겁하며 도망치려 했지만 이미 재빠른 경찰들에게 둘러싸여 옴짝달싹할 수가 없었다.

일사불란하게 경찰들이 조폭들을 삽시간에 소탕하며 전쟁의 끝이 보이기 시작했다.

"오메! 대장총각! 등치총각!"

"시상에! 우리 총각들 잡아가지 마소!"

"그러지들 마소! 대장총각!"

태준은 애써 뒤에서 들려오는 마을 사람들의 목소리를 외면했다. 영도를 이렇게 망가뜨리고 할매를 지키지 못한 죄인이 무슨 염치로 마을 사람들을 볼 수 있나 싶었지만, 그를 애타게 부르는 사람들은 이 모든 일을 태준의 탓으로 돌리지 않았다.

"우리 착한 총각들이여! 풀어주소!"

"잠깐 인사라도 하게 좀 냅두소!"

그 소리와 함께 태준의 오른쪽 손목에 철컹, 수갑이 채워졌다. 다친 배엔 하얀 붕대가 겨우 피를 틀어막고 있었고, 왼쪽 어깨는 빠진 것인지 축 늘어져 있었다. 그 모습을 애처로운 눈으로 보던 사람들은 태준에게 달려가려 했지만, 경찰들은 사람들이 태준 가까이에 가지 못하게 했다.

"아제! 아제!"

그런 그들을 멈칫하게 한 건 해리의 목소리였다. 하지만 태준은 뒤를 돌아볼 수가 없었다. 그들을 보면 발길이 더욱 떨어지지 않을 것 같았다.

"어서 데리고 가."

태준의 말에 경찰이 한쪽 눈썹을 찌푸리더니 욕설을 뱉었다. 그에 한 경찰이 어디서 반말을 지껄이냐며, 깡패새끼라고 하자 그 이야기를 듣고 있던 해리가 급기야 자기 몸을 막고 있던 경찰의 손을 콱 깨물어 버렸다.

"악!"

비명을 지르며 손을 놓치자 그 틈에 해리가 재빨리 태준에게로 뛰어갔다.

"아제!"

수갑이 채워진 손으로 태준은 뛰어오는 해리를 단숨에 안았다.

"아제! 가지 마소! 가지 마소!"

"미안해, 미안하다."

태준은 왈칵 쏟아지는 눈물을 참지 못한 채 해리의 머리와 등을 꼭꼭 쓰다듬었다.

"아제, 해리가 말 잘 들을게. 일도 안 시키고, 갑자기 사라지지도 않을 테니까 제발 가지 마소."

지난날 해리와 보냈던 순간들이 눈앞을 스쳐 지나갔다. 그을린 얼굴이며, 까랑까랑한 목소리, 살갑게 살을 비비던 모습. 그 시간들을 이제 함께할 수 없다고 생각하니 태준의 눈시울이 뜨겁게 타들어갔다.

"잠깐…… 잠깐 서울 갖다 올게."

"가지 마소. 아제, 제발……."

해리의 울음이 엉엉 터지기 시작하자 태준은 손을 들어 아이의 작은 머리를 쓰다듬어 주었다.

"언니 말 잘 듣고, 밥 잘 먹고, 다치지 말고…… 그럴 수 있지?"

"싫다, 아제! 아제 가는 거 싫다."

더욱더 꼭 끌어안으며 해리는 고개를 저었다. 품에 안겨서도 발을 동동 구르며 절대 떨어지지 않으려는 해리의 모습이 태준의 마음을 더 아프게 했다.

"아저씨…… 아저씨."

그때 처남댁의 부축을 받으며 해진이 다급히 걸음을 옮기는 모습이 보였다. 그 모습을 보던 태준은 자리에서 일어나 해진의 손을 잡아 세웠다.

"이 언니 좀 봐. 지팡이도 없이 이렇게 혼자 다니면 위험하잖아."

"아저씨……."

해진의 얼굴도 이미 눈물로 범벅되어 있었다. 하지만 우는 모습으로 보내고 싶지 않아 턱을 부들부들 떨며 손을 뻗어 태준의 얼굴을 만졌다.

"기다릴게요. 아저씨 올 때까지…… 기다릴게요."

자기의 얼굴을 만지는 해진의 손을 꼭 붙잡은 태준은 그녀를 와락 끌어안았다.

"꼭 다시 올게."

태준은 해진을 자신의 품으로 더욱 끌어당겼다.

뒤에서 두 사람의 모습에 울고 있던 해리가 끝내 두 사람 사이로 파고들었다.

"언니! 아제!"

가기 싫다. 도저히 해진과 해리를 두고 갈 수가 없다. 이 마음이 연신 태준의 마음을 송곳으로 쿡쿡 찔러대고 있어 가슴이 아파왔다.

더 이상 시간을 지체할 수 없어 태준을 데리러 온 경찰들이 겨우 그들 사이를 떼어놓았다. 언제 다시 볼 수 있을지 알 수 없기에

이 순간의 헤어짐이 너무 아프기만 했다. 배에 오르는 태준의 뒷모습을 보던 해리가 손을 크게 휘저으며 말했다.

"아제! 아제, 기다릴 것이오! 해리가 언니랑 기다리고 있을 테니까 어여 돌아오시오!"

하지만 대답을 해줄 태준에게선 답이 없었다.

# 제11장

영도에 굵은 빗줄기가 쏟아져 내렸다. 두 번 다시 겪고 싶지 않은 그날의 흔적은 빗물과 함께 거센 바닷속으로 씻겨 나갔다. 태준이 없는 영도는 그림자 섬답게 조용하고 적막감이 돌았다. 늘 웃음소리가 가득했던 곳이었지만, 요즘은 다 같이 모여 있는 일도 줄었다.

풀이 죽은 해리는 밥 먹는 것도 시원치 않았고 일상이 지루하게만 느껴졌다. 해진 역시 뜨개질을 하면서도 생각은 다른 곳으로 향해 있었다.

할매의 장례가 끝나고 얼마 후, 편지 한 통을 들고 노 영감이 섬을 찾았다. 태준의 편지였다.


―벌써부터 파도 소리가 귓가에 머무릅니다. 처음 그 섬에 들어갔을 때 그곳이 너무 답답하기만 했는데 지금은 그곳이 너무나도 그립습니

다. 할매, 왜 그렇게 팔찌에 집착하시는지 모르겠지만 이것이 그 허전한 마음을 조금이나마 달랬으면 좋겠습니다. 혹여 제가 다시 할매를 만나는 일이 있다면 그땐 꼭…… 할매와 함께 밥을 먹고 싶습니다.

마을 사람들은 할매의 영정사진 앞에 놓여 있던 옥팔찌를 떠올렸다.

—이장님, 우리 섬에 배 한 척이 있으면 어르신들도 돈 걱정이 조금은 줄어들겠죠? 우리 섬의 배는 해리호라고 지었습니다. 차기 이장이 물려받을 배이니까요. 가족들끼리 모여 밥 한 끼 먹고 싶다는 처남 어르신을 보며 참 그 따님들이 부러웠습니다. 부디 좋은 추억 남기셨으면 좋겠습니다.

노 영감은 해리호라고 적힌 배를 타고 들어오는 처남댁 부부의 네 딸들의 모습을 가리켰다. 너무나 놀라 입을 다물지 못하는 이장 부부와 처남 부부는 태준이 준비한 선물이 이토록 클 줄은 예상조차 하지 못했다.

—그리고 새댁 어르신. 그때 주신 산삼, 아직 제 방에 잘 보관하고 있습니다. 그건 저보다 아마 노 영감님이 드시면 효과가 좋지 않을까 생각이 듭니다. 노 영감님은 배도 있으시고 집도 있으시고 다 있으신데 딱 하나, 등 긁어줄 분이 안 계시더라고요. 인연은 가까이에 있다고들 하지 않습니까?

새댁이 노 영감을 쳐다보자 노 영감은 괜한 헛기침을 하며 시선을 돌렸다.

—밤톨, 부디 엄씨라고는 짓지 마. 토끼까진 내가 어떻게든 봐줬지만 개한테까지 똑같은 취급 받고 싶지 않거든?

노 영감이 박스를 열자 누런 새끼 강아지 한 마리가 낑낑거리며 해리를 쳐다보고 있었다.

—난 항상 우리 밤톨이 씩씩했으면 좋겠다. 그래야 영도가 기운이 넘치니까. 그렇지만 제발 말 좀 가려서 해. 네가 숙녀가 됐을 때 여전히 말투가 그럴까 봐 정말 걱정이다. 그래서 시집은 가겠어?

강아지를 끌어안은 해리는 그제야 활짝 웃음을 지었다.
"행동아! 앞으로 네 이름은 행동이여, 행동이. 엄행동!"
강아지를 끌어안고 활짝 웃는 해리의 모습에 태준이 마지막까지 이 섬의 그림자처럼 언제나 곁에 있음을 다시 한 번 더 느낄 수 있었다.

—이봐, 언니. 내가 약속 못 지킬 줄 알았지? 그림자는 원래 티 나지 않는 곳에서도 항상 따라다니잖아. 내가 지금 그러고 있다고 생각하면 훨씬 마음이 편할 거야. 새롭게 눈을 떴을 때 분명 당신도 아름다운 세상을 볼 수 있을 거라 생각해. 나에게 항상 아름다움을 느끼게 해준 것처럼. 그리고 고마워, 누군가의 그림자가 될 수 있게 해줘서.

해진은 편지를 접어 완성된 노란 털조끼 위에 올려두었다.

"언니! 또 읽고 있었소!"

해진이 문 쪽을 쳐다보자 행동이와 산책을 마친 해리가 해진을 노려보며 들어오고 있었다. 해리의 몸만큼 커진 행동이만큼 어느덧 긴 시간이 지나 있었다. 해리의 움직임을 따라 해진의 동공이 자연스럽게 움직였다. 해진은 해리의 얼굴에 흘러내린 땀을 보며 수건을 내밀었다.

"우리 해리, 방학하자마자 와서는 행동이랑만 놀고, 언니는 계속 뒷전이네?"

"설마! 내가 우째 울 언니를 뒷전으로 미루겠소?"

품에 안긴 해리의 얼굴을 쓰다듬으며 해진은 해리의 얼굴을 빤히 쳐다봤다.

"빨리 아제가 돌아와서 언니가 앞을 볼 수 있다는 걸 알게 됐으면 좋겠다."

"그래, 그런 날이 곧 올 거야. 참! 노 영감님이랑 새댁 어르신은 잘 지내시지?"

"아, 그럼! 둘이 맨날 싸우기는 하지만……. 아, 노 영감이 허구한 날 옹심이만 찾아싸서 새댁 아줌니가 딴것도 좀 먹자고 그라고 싸워. 그라도 둘이 알콩달콩혀."

살림을 합친 두 사람은 큰 섬에 나가 함께 어업 일을 하며 살게 되었다. 학교를 다니게 된 해리는 큰 섬에 살고 있는 새댁과 노 영감 집에서 함께 지내다 주말이나 방학이 되면 영도로 들어오곤 했다.

"언니, 이게 몇 갠지 잘 보여?"

"그래, 잘 보인다니까. 언제까지 물어보려고?"
"아직도 언니가 볼 수 있다는 게 안 믿겨 그라제."

지난겨울, 태준은 해진의 사연을 적은 편지 한 통을 라디오 사연에 보내게 되었다. 오지의 섬에서 앞이 보이지 않는 핸디캡으로 어린 동생을 보살피는 그녀의 사연은 전파를 통해 많은 이들의 관심을 끌게 되었고, 마침내 구원의 손길이 해진에게 닿게 되었다. 성공적으로 각막이식이 되면서 드디어 그녀의 삶에 빛이 비치게 되었다. 항상 해진에게 빛을 주고 싶었던 그의 마음. 그녀가 즐겨 듣던 라디오를 생각해 낸 태준은 그렇게 자신이 섬에 없어도 마을 사람 모두와 함께 있는 것처럼 곳곳에 자신의 마음을 새겨두었다. 마치 없는 듯이 조용히 항상 뒤를 따르는 그림자처럼.
"아제! 보고 싶응께 어여 오소!"
항상 태준이 즐겨 찾던 언덕에 서서 해리가 크게 외치자 영도 전체에 그 메아리가 울렸다.

※

면도기가 지나가며 쉐이빙 크림이 없어질 때마다 깨끗한 피부가 점점 드러나고 있었다. 물을 틀자 샤워기의 물줄기가 온몸을 적시며 하얀 수증기를 내뿜었다. 자신이 분신처럼 가지고 있던 칼은 이제 그의 복부 한쪽에 흉터로 짙게 남아 있었다. 유민도가 남긴 그날의 상처는 아마 평생 갈 듯했다. 짧은 머리를 이리저리 살피는 눈빛도 변함없이 여전히 강렬했다. 와이셔츠 단추를 채우고 수트 자락을 휘날리며 단숨에 입자 허리 라인과 긴 다리로 이어지는 올 블랙의 수트 핏은 여전히 완벽했다. 그동안 조금 야윈 덕분에 턱선이 더 돋보였고, 차가운 인상을 더 강하게 해주었다.

그의 외모에서 달라진 건 없었다.

"가자."

달라진 것이 있다면,

"집으로."

미소를 띠는 태준의 얼굴엔 여유로움과 설렘이 가득하다는 것. 그리고 그 미소를 바라보며 덩치와 백발 역시 미소를 지었다.

"네, 형님."

새로운 삶으로 한발을 내딛는 그들의 도약은 그리 유별나지도, 그리 화려하지도 않았다. 더 호화로운 삶이 아닌 그저 사람들과 어울리며 평범하게 사는 것을 택한 이들의 힘찬 발걸음 끝엔 언젠 간 돌아올 내 식구를 기다리는 것처럼 아주 자연스럽게 그들이 기다리고 있었다.

분명 우리의 지난날은 어두웠다. 지난 삶에 대한 후회보단 앞으로 남은 생을 허투루 살지 않기 위해 택한 이 길은 분명 더 편안할 것이다.

남들보다 더 잘 먹고 잘살길 바라는 건 아니다. 그저 내가 지키고 싶고 사랑하는 사람들과 함께 밥을 먹고 이야기를 나누며 소소한 일상을 나누고픈 것뿐. 그러한 것들을 뒤늦게 깨닫게 된 태준은 그나마 늦지 않았음에 감사했다.


"다녀왔습니다."

"고생 많았제? 어서 오소."

자연스러운 이장과의 인사에 결국 마을 사람들은 참았던 눈물을 흘리며 고개를 끄덕였다. 여전히 밭은 정갈하게 정리되어 있었고, 새참을 즐기던 큰 나무 밑의 그늘도 여전했다. 그 뒤로 보이는 울창한 숲의 나무들은 더 키가 자란 듯 하늘 높이 향해 있었다. 맛있는 영도의 공기는 온몸 구석구석을 깨끗하게 정화시켜 주는 것 같았다.

자신을 사람이 사는 곳으로 이끌어준 해리가 해진의 손을 잡고 골목 어귀에 서서 기다리고 있었다. 덩치는 해리의 모습에 입이 귀에까지 걸렸지만 지금은 태준에게 첫 인사를 양보하고 싶은 마음에 굳이 나서진 않았다. 마을 사람들은 해진과 해리에게 가보라는 듯 자리에 멈춰 섰다.

뜨겁게 눈물을 흘리며 다시 만날 것을 약속했던 바로 그 자리에 서 있는 해진과 해리. 천천히 다가간 태준은 기어이 두 팔 벌려 안기는 해리부터 꼭 끌어안으며 다시 만날 수 있음에 진심으로 감사했다.

"아제……."

울먹이는 해리의 목소리를 들으며 태준은 미소를 지었다.

"이젠 밤톨이 아니라 밤송이가 됐네?"

"아제는 여전히 쪽제비 같구먼?"

해리는 눈물을 훔치며 씩 웃었고 다시 한 번 더 태준을 꼭 끌어안았다. 태준은 해리에 맞춰 숙였던 허리를 펴며 해진과 마주 섰다. 불쑥 손을 들어 해진의 시야 앞으로 손을 내밀자, 해진은 미소를 작게 지어 보였다.

해진은 여전했다, 그 예쁜 웃음.

해진은 주르륵 흘러내린 눈물을 훔쳐 냈다. 처음 보는 태준의 얼굴에, 손끝에서 느꼈던 그 얼굴과 아주 흡사한 모습에 앞으로 다가가 그의 허리에 팔을 둘렀다.

"혹시 내 얼굴 보고 실망한 건 아니지?"

"아저씨……."

변함없는 그 가냘픈 목소리에 태준도 그녀를 꼭 끌어안았다. 코끝을 간질이는 향긋한 비누 내음도 여전했다. 우리 처음 마음을 확인했던 그날의 뜨거웠던 첫 포옹처럼 또다시 만날 수 있어서 감사했다. 지금 이 순간은 뭐든지 감사하는 마음부터 들었다.

이윽고 태준은 미소 지으며 해리와 해진을 동시에 끌어안았다. 뒤에서 세 사람을 바라보는 마을 사람들의 입가에 흐뭇한 미소가 걸렸다.


아주 오랜만에 영도가 떠들썩해졌다. 쏟아질 듯한 별빛 아래에 영도는 지금 위성에서 그 모습을 감췄겠지만, 그 속에 있는 사람들의 웃음소리는 끊임없이 들려왔다. 덩치의 무릎 위에 앉아 서로 음식을 먹여주고 있는 해리와 덩치. 술 속에 들어 있는 굼벵이를 보며 경직된 백발. 그리고 여전히 술잔을 기울이며 즐거워하는 영도의 사람들.

"아! 우리 대장총각은 도대체 어디 간 거여?"

"그라고 보니 해진이도 안 보이제! 해리야, 가서 니 언니랑 아제 좀 찾아와 봐라."

"으메! 어르신들은 그리 눈치도 없소. 둘이 지금 한참 끼 부리고 있을 거 아니요. 냅두소."


저 멀리 마을 사람들의 웃음소리가 희미하게 들려오는 이 밤. 여전히 칠흑 같은 어둠이 영도를 채우고 있었지만 오늘따라 쏟아질 것 같은 별빛은 환하게 이곳을 밝혀주고 있었다. 언덕에 나란히 앉은 태준과 해진은 달콤한 키스 삼매경에 빠져 사람들이 찾는 것도 모르고 있었다.

해진은 부끄러운 눈길을 잠시 올려 태준을 바라봤고, 눈으로 아름답다는 말을 하는 것처럼 바라보던 태준은 그녀의 눈에 살며시 입을 맞춰주었다. 그리고 다시 눈이 마주치자 뜨거운 키스로 서로의 마음을 확인했다. 깍지 낀 손을 더욱 꼭 잡으며 태준은 나지막이 속삭였다.

"다녀왔어."

이윽고 미소 띤 해진이 말했다.

"기다렸어요."

저 바다 건너엔 영도의 파도가 넘실거렸고, 불 켜진 마당에선 즐거운 웃음소리가, 별똥별이 떨어지는 곳 아래에선 태준과 해진의 행복한 미소가 동시에 지어지고 있었다.


그리고 다음날 아침, 영도의 아침이 밝아옴과 동시에 태준의 방문이 벌컥 열렸다.

"대장아제! 등치아제! 흰머리아제! 뭣들 하는 겨! 얼른 일어나 밭 나갈 준비 해야제!"

해리파 보스 겸 차기 이장 밤톨이 씩 웃고 있었다.

## 에필로그

"배 온다! 배 온다!"

저만치서 보이는 배를 보며 계단을 단숨에 올라온 해리가 호들 갑을 떨며 이장댁 마당으로 들어섰다. 항상 밭일을 하는 시간이지만 오늘 밭은 휑하니 비어 있었고, 이장댁 마당은 평소보다 더 분주하게 사람들이 오가고 있었다.

"오메! 촛대는 어디로 갔데냐! 시방, 촛대 좀 갖고 오니라!"

"아, 성님, 여짝도 눈코 뜰 새 없이 바뿌요! 거 성님이 좀 찾으소."

"아! 아직도 새댁은 안 들어오는 겨? 떡이 여지껏 안 들어오면 우째!"

너나 할 것 없이 분주한 마당과 달리 방에 다소곳이 앉아 있는 해진은 그 소리가 귀에 들리지 않을 만큼 잔뜩 긴장하고 있었다.

바로 이틀 전까지만 해도 혼례를 치를 거란 생각을 하지 못했는데, 마을 사람들이 바로 오늘이 기일이라며 부랴부랴 두 사람의 혼례를 준비해 주었다. 그냥 물흐르듯 두 사람이 함께 사는 건 아니라며 마련한 마을 사람들의 깜짝 선물이 오늘의 영도를 시끌벅적하게 만들었다.

"나도 어여 커서 언니처럼 시집가고프다!"

"꼬마숙녀 기다리려면 아직 한참이나 멀었네?"

"어! 등치아제! 흰머리아제!"

해진은 갑자기 밖에서 들려오는 노 영감과 새댁, 그리고 덩치와 백발의 목소리에 더욱 긴장하기 시작했다. 곧 문이 열렸고, 해진이 밖으로 나가자 혼례가 시작되었다.

해진이 얼굴을 가리며 화려한 혼례복 차림으로 모습을 드러내자 마을 사람들은 해진의 어여쁜 모습에 감탄사를 내뱉었다. 먼저 나와 있던 태준은 자신의 옷매무새에 어색함을 느끼다가 순간 해진의 모습에 그대로 넋이 빠져 버렸다. 연지곤지와 같은 색을 띠는 붉은 입술 때문인지, 제 얼굴까지 붉어져 버렸다. 태준이 혼이 쏘옥 빠진 얼굴로 해진을 보자 주위 사람들이 킬킬거리며 웃기 시작했다.

"신랑, 정신 좀 차리제?"

오늘 사회를 자처한 노 영감이 입을 헤벌린 태준을 보며 한마디 하자 마을 사람들이 와락 웃음을 터뜨렸다. 방금 전보다 더 크고 활기찬 웃음이었다. 태준은 민망함도 잠시, 해진과 눈이 마주치자 살짝 윙크를 해주었다.

간소하게, 하지만 철저히 순서를 지키며 노 영감은 영도만의 결혼식을 진행했다. 엄숙하면서도 즐거운 마음이 한데 어우러진 결혼식이었다. 그때 화촉이 타들어가는 것만큼 이글이글 타오르는 태준의 눈빛을 본 해리가 버럭 소리를 질렀다.

"아제, 그러다 울 언니 타겠소! 그만 뚫어져라 쳐다보소!"

식 내내 해진에게서 눈을 떼지 못하는 태준을 보며 결국 해리가 한마디 했다. 그 말에 또다시 사람들은 기쁨의 웃음을 터뜨렸다.


단아한 핑크빛 한복을 갖춰 입은 해진은 거울 앞에 서서 자신의 눈동자를 깊이 들여다보고 있었다. 노크 소리에 고개를 돌리니, 태준이 그녀를 빤히 보고 있었다. 막상 식을 치르고 나서 처음 대면하는 자리라 어제 봤던 상대방의 모습이 낯설게 느껴져 잠시잠깐 어색함이 흘렀다.

"뭐 하고 있었어?"

"아, 눈이요."

"왜? 어디 불편해?"

"아뇨, 그런 게 아니라…… 오늘 아저씨의 멋진 모습을 볼 수 있게 해줘서 고맙다고 인사하고 있었거든요."

싱거운 소리라며 태준은 웃었지만 해진은 진지했다.

"안 그랬으면 평생 아저씨가 어떻게 생겼는지도 몰랐을 거 아니에요."

미소 지은 태준은 해진에게 넥타이를 내밀었다.

"맬 줄 안다고 했지? 난 좀 서툴러서 말이야."

고개를 끄덕인 해진이 그에게 한 발자국 다가갔다. 그리고 태준의 목에 넥타이를 둘러주었다.

"참, 오빠는 다음 달에나 한국에 들어올 수 있대요. 오빠랑 상의 없이 급하게 날 잡아서 미안하다고 전화했었거든요.”

“그렇지 않아도 전화 한번 드릴까 했는데…….”

“오빠가 고맙다고 전해달래요.”

“또?”

“아무래도 내 눈을 고쳐 준 은인이니까…… 자, 다 됐다.”

태준은 살짝 벌어진 붉은 입술을 보다 해진의 손을 붙잡아 세웠다.

“왜요? 이렇게 하는 거 아니에요?”

“그런 게 아니라…….”

태준은 자기도 모르게 해진의 입술로 고개를 내리다가 그녀가 손으로 입을 틀어막는 바람에 멈칫했다.

“밖에 어른들 계세요.”

해진이 흘겨보자 태준은 입바람을 짧게 불었다.

“오늘부터 가만 안 놔둘 거니까 그리 알라고.”

장난으로 받아들인 해진은 웃음을 내뱉었지만 태준은 진심이었다. 그동안 해진에게 스킨십을 시도하기도 수차례, 그럴 때마다 온갖 핑계를 대며 해진은 쉽사리 옆자리를 내어주지 않았다. 그런 걸 알아차린 마을 사람들이 서둘러 기일을 잡아준 것이다.

오늘은 기필코……!

그는 속으로 파이팅을 외치며, 어떤 식으로 그녀를 요리해 줄까 고민하였다.


해진과 태준이 식을 마치고 들른 곳은 할매가 잠들어 있는 묘 앞이었다. 그날 사건으로 떠나 버린 할매. 그래서 태준은 늘 할매만 생각하면 마음이 아팠다. 그의 마음을 알기에 해진은 조심스럽게 태준의 옆자리에 무릎 꿇고 앉았다.


"장님 왔는가?"


할매의 목소리가 들리는 것 같아 해진은 미소를 지었다.
"할매, 해진이 왔어요. 할매…… 아드님이랑 같이."
해진은 태준의 손을 먼저 잡아주었다.
"오늘 할매가 없어서 많이 섭섭하지만 하늘에서 지켜봐 주셨을 거라 믿어요."
해진은 한마디 하라는 듯 태준을 올려다봤다.
"잘살겠습니다…… 어머니."
해진이 미소를 지으며 태준의 손을 더욱 꼭 잡아주었다.
함께 산을 내려오던 두 사람은 언덕에 서서 저 멀리서 넘실거리는 바다를 바라봤다. 이곳에서 바다를 보며 많은 생각을 했던 태준은 이제 두 사람이 함께 바라볼 수 있음에 감사했다.
"아, 좋다."
해진이 바람에 두 눈을 감고 음미하는 모습을 보며 태준은 어깨에 손을 올리며 바짝 몸을 밀착시켰다. 해진은 그 신호에 태준을 바라보며 미소를 지었고, 이내 가까워진 두 사람의 얼굴에 숨결이 느껴질 때쯤.
"아제! 언니!"
해리의 우렁찬 목소리가 들려오자 두 사람은 후다닥 서로 몸을 물리며 시선을 다른 곳으로 돌렸다.

"아, 도대체! 할매께 인사를 하러 간 것이여, 벌써 얼라 만들려고 간 것이여?"

화들짝 놀란 태준과 해진이 쳐다보는데 해리가 고개를 기울였다.

"그래 어르신들이 말씀하셨제. 왜 그리 놀래싸?"

"해, 해리야, 제발 말뜻 좀 잘 알고 얘기해."

"왜? 왜? 얼라 만드는 게 뭐가 이상한 겨?"

"그, 그런 게 아니라…… 아무튼! 너 어른들 말 아무렇게나 따라 하지 마. 알았어?"

해진의 한마디에 흥, 콧방귀를 뀐 해리가 한복 치마를 주섬주섬 올리더니 속에 입고 있던 바지 주머니에서 꼬깃꼬깃하게 접힌 종이 한 장을 내밀었다.

"둘이 같이 봐."

색색별로 그려진 섬과 남자와 여자의 모습. 그리고 그 밑엔 '사랑하는 해진 언니와 형부아제' 라고 쓰여 있었다.

"해리야……."

헤벌쭉 웃으며 쑥스러운 듯 해리가 머리를 긁적였다.

"언니랑 아제가 해리의 엄마, 아빠여서 억쑤로 좋구만."

해진은 울컥해진 마음에 금세 눈시울이 붉어지며 해리의 머리를 쓰다듬어 주었다.

"해리야, 언니가 더 잘할게. 언니가 우리 해리 더 행복할 수 있도록 노력할게."

"내 걱정은 말고 아제랑 언니랑 행복하게 사소. 그 새댁 아줌니처럼 싸우지 말고. 알콩달콩허게. 알긋제?"

"그럴게."

태준이 고개를 끄덕였다.

"이젠 대장아제가 아니라 형부아제구먼?"

"그렇네. 너도 이젠 그냥 밤톨이 아니라 밤톨처제이구먼?"

동시에 웃음이 터진 세 사람은 저 멀리 지고 있는 노을을 바라봤다. 비록 힘든 나날도 있었지만 앞으로는 행복한 일만 있을 거라, 그렇게 살게끔 꼭 만들어줄 거라 태준은 다짐해 본다.

양손에 해진과 태준의 손을 잡고 있던 해리는 두 사람의 손을 모아 세 사람의 손을 한곳에 모았다. 해진과 태준을 번갈아 쳐다보며 미소를 짓던 해리는 갑자기 두 눈을 꼭 감고 기도하듯 중얼거렸다.

"첫 조카는 괴롭히기 재미난 사내놈으로 해주소, 부디."

기어이 태준과 해진이 웃음을 터뜨렸다.


The End

〈그림자〉를 통해 아직 세상은 사람과 사랑의 마음으로 이어지는 거라는 이야기를 하고 싶었습니다. 픽션이다 보니 억지스러운 면도, 극적인 상황도 있긴 했지만 일곱 살 해리와 아름다운 해진, 그리고 정 많은 마을 사람들을 통해 변화되는 태준을 쓰면서 사람이 성장하는 과정은 어떠한 커리큘럼이나 기관이 아니라 사람과의 소통이 아닐까, 하는 생각이 들었습니다. 그 뜻을 전달하고자 이 글을 쓰기 시작은 했지만, 사실 중간에 포기하고 싶었던 적도 있었습니다. 하지만 항상 옆에서 응원해 주시는 분들이 있었기에 〈그림자〉가 이렇게 빛을 보게 되지 않았나 하는 생각이 듭니다.

손수화 편집자님 그리고 청어람 관계자 여러분. 〈그림자〉를 탄생시켜 주셔서 감사합니다. 저에게 작가로서의 희망과 꿈을 실어 주셨습니다. 더 많은 작품을 통해 다시 한 번 인연이 될 수 있기를 바래봅니다.

사랑 이야기보다 사람 이야기를 더 쓰고 싶게 만든, 언젠간 이 글을 보게 될 내 사랑하는 조카들! 너희들을 위해서 이 고모가 글을 쓴단다. 보잘것없는 이 고모가 남겨줄 수 있는 거라고는 이 책 한 권이니까. 그리고 책 표지에 내 이름을 보고 놀랄 우리 가족들! 나의 가장 든든한 팬이라면서 눈 침침하다고 안 펼쳐 볼 게 뻔하지만 그래도 사랑합니다.

"또? 아직도 쓰고 있어?"

"이번엔 또 뭔데……. 뭐 좀 신선한 거 없어?"

"하아……. 알았어, 볼게……. 완결 나면……. 책 나오면……."

지금 이 대사 보고 뜨끔할 누군가는 사실 내가 책이 나오면 가장 먼저 보여주고 싶은 사람이기도 해. 발랄한 민서맘 선미야, 외로운 내 짝꿍 령화야, 막뚱이 바다맘 성미야. 내 글에 토 달기 바쁜 너희들이지만 그래도 내 글을 가장 좋아해 주는 것도 너희들일 거라고 생각…… 해도 되지? 어쨌든 훈훈하게 마무리는 알라뷰로~ 빨리 너네도 나 알라뷰~ 해줘!

강유, 결혼 축하해. 너 따위도 결혼하다니! 도대체 난 뭐가 모자란 거야! 어? 도대체! 휴우. 그리고 우리 민재 엄마, 아빠, 소윤이랑 경엽이 항상 지금처럼 행복한 모습 부탁해! 둘째 어때? 히히. 나만의 갈등에 올라선 락선이와 동원이……. 내가 진짜 두 사람의 의사와는 상관없이 누굴 선택해야 되는지, 폭식증이 늘고 있어. 빨리 와서 아무나 책임져!

나는 사실 글을 쓸 때, 너희들과 보냈던 시간들 그리고 함께하고 있는 시간들을 생각하며 많은 영감을 얻고 있단다. 10대 땐 너무 어려서 뭘 몰랐고, 20대 땐 자리를 잡지 못해 많이 흩어졌지만 이제부터 함께 공유해 가며 이 우정들 지켜 나가자! 그리고 우리 재미난 시간들 많이 보내면서 나에게 많은 영감을 주소. +_+!

항상 내 글을 모니터링해 주며 조언과 아낌없는 지식을 나눠주는 조민정 작가님. 그리고 다 거론할 수 없지만 항상 마음으로 아껴주시고 함께해 주시는 작가님들이 계시기에 제가 글을 쓸 수 있었습니다. 진심으로 감사드려요! 벌써 오래된 인연으로 항상 나의 왕팬을 자처해 주시는

희윤맘 정희 언니. 언젠가 한번 '내가 제일 좋아하는 작가는 지현 씨예요'라고 말해줬을 때 너무너무 감동받았습니다. 제 평생 잊지 못할 말이에요. 그리고 언제나 격려와 응원을 아끼지 않고 저에게 힘을 불어넣어주신 텔존 식구들. 거론되지 않았지만 제 글에 항상 응원을 해주시는 모든 분들께 진심으로 감사드립니다.

이 마지막 장을 넘기고 있을 '독자님'에게 이 모든 감사와 사랑을 드리며, 지금 이 글을 봐주시는 독자님이 있어 오늘도 〈그림자〉는 행복합니다.


2013년 8월 어느 날

노지현 올림.

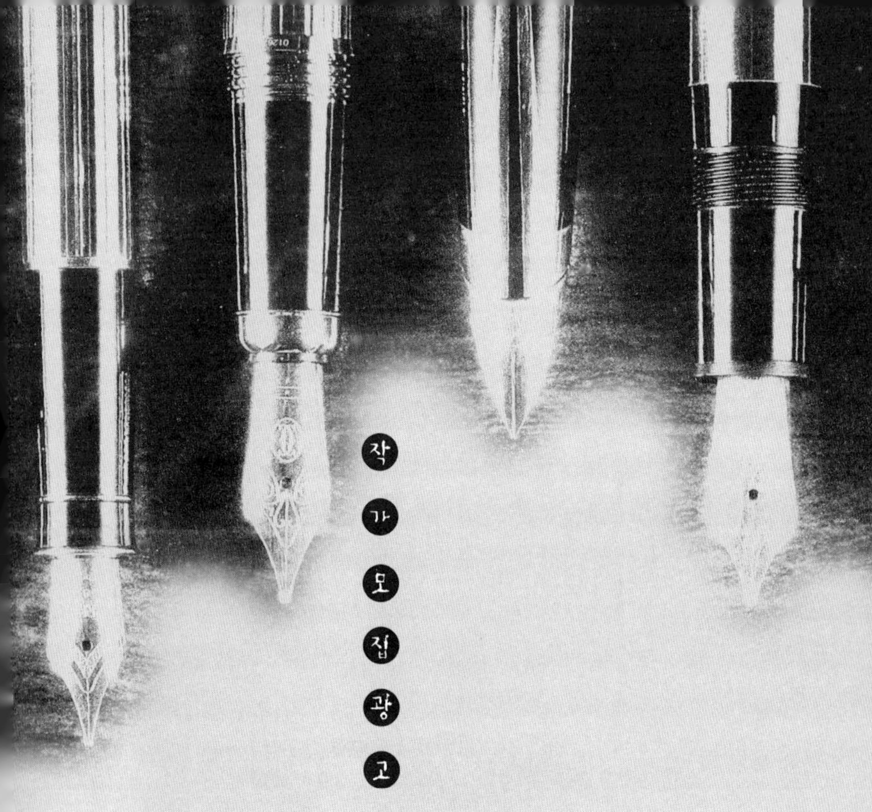


작
가
모
집
광
고